霍松林选集

第八卷 诗国漫步

霍松林 著

HUO SONGLIN XUANJI

陕西师范大学出版总社有限公司

序

郑伯农　周笃文（执笔）

　　松林先生是著作等身的大学问家，同时又是当代吟坛的巨擘宗匠。他袭芬家学，少有凤慧。中学时即主编刊物，名动一方。1945年考入时在陪都重庆的中央大学，1946年随校迁南京。师从汪辟疆、陈匪石、胡小石等名家大老攻治文史，学益精进。尤得于右任先生器许，有西北奇才之目。程千帆先生云："松林之诗兼古今之体，才雄而格峻，绪密而思清。"可谓的评。先生于文史之学，既能广纳，兼贵精深。所著《文艺学概论》、《唐音阁文集》、《孔颖达诗歌理论初探》、《苏诗释例》等，恒能发人所未发，师古而不泥于古。贵在通权达变，开径自行，一代宗师，允其无忝。即以本书而论，收集自1979年以来三十余年有关诗歌本质、体裁、风格、艺术手法及潮流趋向等著作三十五篇，具有很强的针对性、理论性与实践性。才学兼胜，令人读之手不忍释。

　　本集开篇之作是成于1979年的《诗的"直说"及其他》，这是讨论《毛主席给陈毅同志谈诗的一封信》的专文。"诗不能直说吗？""形象思维等于比、兴吗？"对于这些重大而敏感的理论问题，作者通过对毛文周密、深入的分析，并结合诗歌创作的实际，得出了准确、深刻而又极富新意的结论。他认为毛主席所言的"直说"前面有个"不能如散文那样"的状语，其含义并不等于"不能直说"。因为如散文那样直说，那就不是诗而是散文了。并引用毛公原文"赋也可以用，如杜甫之《北征》，可谓敷陈其事而直言之也"来补强上述观点。文中还引用李商隐的《夜雨寄北》"君问归期未有期，巴山夜雨涨秋池。何当共剪西窗烛，却话巴山夜雨时"作为例证，说明："四句诗明白如话，一口气说完，没有用比、兴，全是直说，然而又是何等深婉，何等含蓄不露！"这是我们所看到的关于这个问题最辨证、深刻与完满的解释。它避免了片面、浮浅的毛病，而又大有益于诗词创作。在当时写这样的文章是需要勇气、学问与大智慧的。

　　又如《论于右任诗的创新精神》，也是一篇力能扛鼎的鸿文。作者率先引用于右老在台南诗人集会上的重要讲话，如强调："（诗必须）一、发扬时代精神;二、便利大众欣赏。"又说:"古人用自己的口语来作诗,我们用古人的口语来作诗,其难易自见。我们想要把诗化难为易,接近大众,第一先要改用国语的平仄与韵。"霍老认为"于先生在台南诗人集会上所讲的两段话,实在太精辟了"。后来他提倡作近体诗用新声新韵,即按普通话的读音押韵调平仄,又在《简论近体诗格律的正与变》中提出了这样的主张:"与其受格律束缚而窘态毕露,何如适当放宽格律而力求完美的艺术表现。"又说:"入门须正,初学写近体诗必须经过严格的格律训练。所谓适当突破,是指一首诗尽管有拗字、拗句、失粘等,但应基本合律……读起来仍不失近体诗的格调韵味。"可说是嗣响于右老而有所发展。这些主张与我们所倡导的"倡今知古"、"求正容变",是完全吻合而有利于继承创新的。

《论绝句的起源、类型、特征和艺术鉴赏》同样是才学俱超,优入一流的鸿文力作。"何谓绝句?"有人认为是截取唐人律诗一部分而成的,有人认为始于汉代古乐府之《古绝句》。但作者经过仔细爬梳,认同南朝宋代义阳王刘昶的《古绝句》"白云满障来,黄尘暗天起。关山四面绝,故乡几千里"为古绝之始,堪称定谳。在谈及鉴赏时,作者指出:"高水平的鉴赏,必须建立在对作品本身及作家经历、社会背景等彻底了解的基础上,因此校勘、训诂、考证以及各种相关问题的研究是必要的。而通过长期精读名作培育起来的艺术敏感,和通过亲身创作实践积累起来的心得体会,往往能在鉴赏作品时,迅速透过外在形态而把握其内在意蕴,捕捉其象外之象,言外之意,弦外之音,而确切的审美判断,即寓于无穷的艺术享乐之中。"如此议论,真可说是涵盖古今,横通中外的至理名言,匪惟有裨于阅读,亦大有助于创作,足以启沃后学,开示诗艺的无数法门。

一部《诗国漫步》,可说是当代诗词复兴生动的记录与诗国星空闪亮的坐标。它立足于时代的制高点,激扬文字,引领风骚,推动着诗词事业的发展。相信它的问世必将发挥更大的作用。

(《诗国漫步》原为线装书局《中华诗词文库》内之一种,收入本书时篇目有个别变动。本文为线装书局2010年6月第1版《诗国漫步》原序)

目 录

序 郑伯农　周笃文

重谈形象思维
　　——与郑季翘商榷　001
提倡题材、体裁、风格的多样化是我国古代诗论的优良传统　028
论诗歌创作的设色艺术　045
论绝句的起源、类型、特征和艺术鉴赏　051
简论近体诗格律的正与变　062

论中华诗歌传统的继承和创新　084
论中华诗词的艺术魅力和现实意义　096
古典文学与素质教育　109
论素质教育与中华诗词进校园　114
纪念"五四"运动　振兴中华诗词　120

形象思维第一流
　　——读毛主席词《贺新郎·读史》　124
缅怀先烈促四化
　　——喜读叶副主席新作　130
论于右任诗的创新精神　135

"新声韵组诗《金婚谢妻》"附注及与《中华诗词》主编的通信　147
试作新声新韵律绝的体验和感想　150
关于"自作新词"的浅见　155

唐诗讨论会开幕词　158

中国社甫研究会首届学术研讨会开幕词　161

高举邓小平理论伟大旗帜开创吟坛新局面
　　——在全国第十四届中华诗词研讨会开幕式上的主题发言　166

全国第十一届中华诗词研讨会开幕词　175

全国第十二届中华诗词研讨会闭幕词　178

全国第十三届中华诗词研讨会闭幕词　182

全国第十四届中华诗词研讨会闭幕词（摘要）　187

全国第十五届中华诗词研讨会闭幕词　191

陆游国际学术研讨会开幕词　194

《金榜集》前言　197

《鹿鸣集》前言　204

《回归颂》前言　210

《世纪颂》前言　215

《长岭集》前言　223

《二十世纪中华词选》序　228

《海岳风华集》序　230

《〈万首唐人绝句〉校注集评》序　232

《历代好诗诠评》序　239

重谈形象思维
——与郑季翘商榷

郑季翘在《文艺研究》(1979年第1期)上发表了一篇洋洋洒洒的论文:《必须用马克思主义认识论解释文艺创作》(以下简称《解释》)。这个题目当然是无可争辩的,但这篇论文的内容,则有很多离题、背题乃至骂题的地方,值得商榷。

怎样还历史的本来面目

这篇论文的第一个小标题是《还历史的本来面目》。在这个小标题下,郑季翘做了不少文章,其中心意思是要为他1966年4月在《红旗》上发表的讨伐"形象思维论"的檄文恢复"荣誉",从而对"形象思维论"继续开展批判。文章一开头就指责道:在毛主席的信发表后,有的同志"曲解毛主席关于形象思维的论述,为自己过去宣扬的错误理论'形象思维论'进行辩解,并进一步发挥其错误思想,甚至歪曲我在文化大革命前写作和发表的《在文艺领域里必须坚持马克思主义的认识论——对形象思维论的批判》一文的事实真象,硬把它和'四人帮'拉在一起来批判,这是很不应该的"。"这种蓄意违反事实,陷人以罪的做法也是很不正常的。"……诸如此类,不一而足。为了证明自己的上述指责,他援引了《诗刊》记者以及其他许多同志批判他的部分原文,如说他的那篇檄文是"陈伯达、江青之流……强行发表的","实际上和林彪、江青制造的所谓'黑八论'一起,都成了'文艺黑线专政'论的支柱,理论工作者和广大文艺工作者被压得不能动弹","完全是为'四人帮'反革命野心和其篡党夺权的阴谋服务的"等等。接下去,他还摆了一些"事实真相",似乎这样一来,就还了历史的本来面目了! 就为他那篇檄文恢复"荣誉"了!

郑季翘所说的那段"历史"距今并不遥远,它的"本来面目",亿万人民特别是文艺界的人们无不记忆犹新。如果有人故意加以歪曲和掩盖的话,那么只要坚信实践是检验真理的唯一标准,只要有那么一点辩证唯物主义的观点和实事求是的作风,要"还"起来也不太困难。

在读到郑季翘的这篇新作之前,我根据《诗刊》记者在《学习〈毛主席给陈毅同志谈诗的一封信〉座谈会纪要》中提供的事实,对郑季翘有些谅解,误以为他那篇文章真如《诗刊》记者所说,原是对形象思维问题作学术讨论的,只是被江青、陈伯达之流所利用和篡改,把学术问题搞成政治问题,层层加码,无限上纲,陷人以罪,为其篡党夺权的阴谋服务罢了。现在经过郑季翘"澄清事实",才知道那篇讨伐"形象思维论"的檄文是他自己"写作和发表"的,与林彪、"四人帮"无关,这就使我对郑季翘有了新的看法。

郑季翘在他的新作《解释》一文中,虽然曾说"毛主席历来提倡'艺术科学中的是非问题,应当通过艺术界科学界的自由讨论去解决,通过艺术和科学的实践去解决,而不应采取简单的方法去解决'",并且表示"愿意参加关于形象思维的讨论",但不仅没有接触他以前在"批判形象思维论"的文章中是怎样对待艺术中的是非问题的,而且在他的《解释》一文中,仍对他轻蔑地称之为"形象思维论者"的同志们极尽冷嘲热讽乃至谩骂之能事。这"也是很不正常"的。

让我们先谈谈他1966年4月发表在《红旗》的那篇《在文艺领域里必须坚持马克思主义认识论——对形象思维论的批判》(以下简称《坚持》)究竟是什么样的文章?它在"四害"横行时期,究竟起了什么作用?

在我国,从50年代中期开始的关于形象思维问题的讨论,是在批判胡风把文艺的特点,把形象思维绝对化、神秘化的基础上开展起来的,有些同志在批判胡风文艺观点的文章中,就批判过对形象思维的曲解。然而文艺毕竟是有自己的特点的,丢掉了文艺的特点,也就丢掉了文艺,因此,当时党在文艺界的领导者之一周扬同志在《建设社会主义文学的任务》的报告(见1956年3月25日《人民日报》)中,首先批判了胡风"把艺术认识和科学认识、形象思维和逻辑思维完全割裂开来,借以证明作家的创作同他们的世界观毫无关系"之后,又从克服作品中公式化、概念化倾向的目的出发,要求重视艺术地反映现实的特殊规律。此后,关于形象思维的讨论,就开展起来了。直到郑季翘的《坚持》发表前夕,都是真正贯彻了"百家争鸣"精神的"自由讨论"。在讨论中,有个别同志不承认有形象思维,绝大多数同志则认为形象思维是文艺反映现实的特点或特点之一,但对形象思维的理解又不尽相同。因此,有时争论得很热烈,但都是心平气和地各抒己见,互相商讨,没有谁动用过棍子或帽子之类的武器。这些事实,只要翻阅一下上海文艺出版社1978年出版的《形象思维问题参考资料》第一辑,就会看得一清二楚。

这里还应该特别提出:周总理《在文艺工作座谈会和故事片创作会议上的讲话》中,在反复强调发扬艺术民主的同时,还反复强调了文艺的特殊规律,明确谈到"文艺的特点是通过形象思维反映生活","文艺为政治服务,要通过形象,通过形象思维"。据郑季翘在《解释》一文中的"解释":他的《坚持》初稿"写于1962年底、1963年初",当时不知道毛主席给陈毅同志的信中三次地肯定了形象思维,因而谈不到把矛头指向毛主席。而周总理上述讲话的时间是1961年6月19日,即在郑季翘写《坚持》初稿的半年以前。周总理的上述讲话,既是在较大规模的会议上发表的,又立即在各省市传达、落实。郑季翘作为一个省的文教工作的负责人,总不能说在《坚持》一文中把形象思维论打成"反马克思主义的认识论体系"的时候,还不知道周总理在那篇讲话中两次地肯定了形象思维吧!对于这一点,郑季翘又如何解释呢?

话又说回来,我在前面之所以讲到形象思维问题的讨论是在批判胡风文艺观点的基础上开展起来的,其目的是探讨文艺如何通过它的特点更好地为无产阶级政治服务,又特别提到敬爱的周总理也早已肯定过形象思维,只不过是"还历史的本来面目",说明从50年代中期开始直到郑季翘《坚持》一文发表前夕为止的关于形象思维问题的讨论,是人民内部的学术讨论,不是政治问题,不是敌我矛盾性质的问题。

作为一个学术问题,尽管周总理、毛主席都先后多次肯定过形象思维,郑季翘仍然可以提出他个人的独创性的见解。问题是郑季翘在《坚持》一文中,压根儿没有把形象思维看作学术问题,按照"双百"方针进行"自由讨论",而是把它作为严重的政治问题、作为敌我矛盾性质的问题,棍、帽交加,对所有主张形象思维的同志(包括周总理在内)乃至整个文艺界、教育界,进行了全盘否定的"批判"与声讨。

郑季翘无视或者说"歪曲"(这是他最喜欢强加于人的字眼)形象思维问题的讨论正是在批判胡风的基础上开展起来的历史事实,在《坚持》一文的第五节《从形象思维论的演变看它到底为什么人服务》中耸人听闻地说:

形象思维这个观点传入我国后,曾被胡风拿来进行反对马克思主义的活动。……后来,胡风的反党阴谋被粉碎了,但是他的形象思维的论点并没有得到批判。……文艺界一些别有用心的人就来继续以形象思维论为武器,向马克思主义的世界观开火了。

把讨论形象思维问题指斥为传胡风之衣钵,"继续以形象思维论为武器,向马克思主义的世界观开火",这纲上得非常高,高到"吓煞人也"的地步!当然,郑季翘还是有分寸的,他在这里指的是"文艺界一些别有用心的人",而没有指全体。那么,并非"别有用心的人"又怎么样呢?郑季翘说,这些人认为"只有形象思维才能说明文艺的特点",因此,"人们的出发点不同,而结果都是一个:都肯定了形象思维论"。

"都肯定了形象思维论"中的那个"都"所包含的规模究竟有多大呢?请看郑季翘的如下一段描绘:

> 近年来,在我国文学艺术领域中流行着一个特殊的理论,这就是形象思维论。这个理论很有势力:一些文艺理论家在倡导着它,大学的文学课程在讲述着它,文艺工作者在谈论着它。一句话,这是我国文学艺术领域中普遍流行的、用以说明作家进行文艺创作时思维过程的基本理论。

这就是说,在郑季翘的《坚持》一文发表之前,我国整个文学艺术领域都被形象思维这种"特殊的理论"占领了、统治了。

面对这种现实,郑季翘提出了一个十分尖锐的问题:"形象思维论为什么会成为某些人进行反党、反马克思主义活动的理论武器呢?"他于是亲自下手,"经过研究"作出了如下判决:

> 所谓形象思维论,不是别的,正是一个反马克思主义的认识论体系,正是现代修正主义文艺思潮的一个认识论的基础。近年以来,文艺领域中不断发生这样那样的问题,这反映了这个战线上复杂尖锐的阶级斗争,而形象思维论,却正给一些否定马克思主义和党的领导的人提供了认识论的"根据",起了很坏的作用。

郑季翘在作了如上判决之后,合乎逻辑地提出了如下的战斗任务:

当前,我们的社会主义文化革命正在深入发展。在文艺领域中,我们正在对一些反社会主义的作品和理论进行斗争,这是完全必要的。但是,如果不彻底破除形象思维论这个反马克思主义的体系,那就等于还给反社会主义的文艺在认识论的根本问题上留下一个掩蔽的堡垒。所以,为了保卫马克思主义的认识论,捍卫毛泽东文艺思想和坚持党的文艺路线,对形象思维进行彻底的批判,扫清形象思维论者撒播的迷雾,应该是思想战线和文艺战线上一个重大的战斗任务。

我在这里引了这么多郑季翘的原文,未免浪费纸笔。然而为了"还历史的本来面目",不得不这样做。郑季翘的《坚持》一文的初稿,写于周总理在文艺工作座谈会和故事片创作会议上讲话半年之后,发表于叛徒江青勾结卖国贼林彪炮制出来的《纪要》正式出笼的两个月之后。郑季翘如果真的像他要求别人的那样"在学术讨论中坚持实事求是的作风","用马克思主义认识论"看问题,那就不妨把自己的《坚持》一文放在那个特定的历史环境里,从内容上、从总的倾向上,跟总理的讲话相对照,也跟江青和林彪之流的《纪要》相对照,下一番分析、研究的工夫,看看会得出什么结论?何妨把《坚持》发表以后所产生的社会效果做一些哪怕是非常粗略的调查,看看会有什么感想?还应该指出,郑季翘曾经在《坚持》一文中高喊过一系列相当"革命"的口号,诸如"某些文艺工作者拒绝党的领导、向党进攻"呀!"我们正在对一些反社会主义的作品和理论进行斗争"呀!"以形象思维论为武器","进行反党、反马克思主义活动"呀!"扫清文艺领域里一切封建的、资产阶级的、修正主义的妖氛迷雾"呀!试把这些"革命"口号跟党中央粉碎"四人帮"以来在文艺界拨乱反正,发扬艺术民主,贯彻"双百"方针,打碎文字狱,为作家作品落实政策,昭雪、平反了无数冤案、错案、假案的一系列英明措施联系起来,加以考虑,看看会不会产生不同于《解释》一文的新看法?

众所周知,江青勾结林彪炮制的《纪要》,是他们篡党夺权阴谋的一个步骤。在《纪要》中抛出的"文艺黑线专政论",则是他们在文艺界夺权,推行极左路线,实行法西斯专政,打击迫害文艺工作者,给古今中外优秀的文艺作品贴上封、资、修的标签、进行"彻底扫荡"的合法理论根据,使我国文艺事业遭到了空前的浩劫。粉碎"四人帮"以后,党中央撤销了《纪要》,挽救了社会主义文艺事业。但它的流毒,还远远没有肃清。郑季翘在他的《解释》一文中,不是也说要"彻底地肃清其流毒影响"吗？如果真心要"彻底地肃清其流毒影响"，就首先要考虑自己受过流毒影响没有。倘若受过的话，现在是否已经"彻底地肃清"了。《纪要》诬蔑建国以来文艺界被"反党反社会主义的黑线专了我们的政"，而"这条黑线，就是资产阶级的文艺思想，现代修正主义的文艺思想和所谓30年代文艺的结合"。郑季翘在《坚持》一文中则说形象思维论在"我国文学艺术领域中普遍流行""很有势力"，而这个"特殊的理论"，"正是一个反马克思主义的认识论体系，正是现代修正主义文艺思潮的一个认识论基础"。这不是给"文艺黑线专政论"作了一个绝妙的注脚吗？从社会效果上说，有不少同志已经指出《坚持》一文提出的"反形象思维论"是"文艺黑线专政论"的有力支柱，这是完全符合历史真实的。奇怪的是郑季翘在写《解释》一文时不仅回避了这一历史真实，而且连自己把学术问题搞成敌我矛盾性质的政治问题都一字不提，却谩骂批评过他的同志"歪曲事实""陷人以罪"，这难道是一个以马克思主义者自居的人应有的态度吗？

相当有趣的是，郑季翘驳斥别人对他的"歪曲"和"诬蔑"时，引了姚文元1964年说过的一句话，用以证明"四人帮""是主张形象思维论的"。这真是一箭双雕！把他这位反形象思维论的英雄和被他批判过的遍布全国的"形象思维论"者都摆到他希望摆的位置上去了。然而这不过是枉费心机而已！众所周知，"四人帮"是一伙翻手为云、覆手为雨的政治骗子。举例来说，1957年春天，张春桥、姚文元不是一再鼓吹在题材上要有"完全自由""不受任何限制""祖国大地，海阔天空，任君选择"吗？而在后来的《纪要》中，却转了一百八十度，把"反题材决定论"打成了"黑八论"之一。再说，如果"四人帮"是真心地、始终一贯地"主张形象思维论"的，那么，在"四人帮"大搞顺我者昌、逆我者亡的法西斯专政时期，"反形象思维论"的郑季翘并未因此而受到非难，倒是被郑季翘在《坚持》中点名批判过的"形象思维论"者以及无数未被点名、但也"主张形象思维论"的同志却都受到了不同程度的打击、迫害，有的甚至株连全家，弄得妻离子散。请问郑季翘：这该如何解释呢？事实上，郑季翘的"反形象思维论"正适应了"四人帮"挥舞"文艺黑线专政论"的大棒，推行封建法西斯文化专制主义的需要。"四害"横行时，不仅大批特批所谓"黑八论"以及一切所谓"反党反社会主义的毒草作品"，而且直接接过了郑季翘在《坚持》一文中提出的"战斗任务"，在"思想战线和文艺战线"上投入了不少力量，"彻底破除形象思维论这个反马克思主义的体系"，以便从根本上摧毁"黑八论"和一切

"反党反社会主义毒草作品"赖以产生的"认识论基础"。而郑季翘在批判"形象思维论"时创立的"主题先行论",却被"四人帮"奉为金科玉律,成了炮制阴谋文艺的理论根据。郑季翘在一笔抹倒从别林斯基以来包括高尔基在内的所有"形象思维论"者的基础上提出的"扫清文艺领域里一切封建的、资产阶级的、修正主义的妖氛迷雾"的战斗口号,也为"四人帮"在"扫荡封、资、修黑货"的叫嚣中灭绝古今中外的一切优秀文化开了极其恶劣的先例。

马克思主义者是辩证唯物主义的动机和效果的统一论者。郑季翘的动机在《坚持》一文中表现得十分明确,其社会效果也有目共睹,不容掩饰。郑季翘如果要如实地"还历史的本来面目",恐怕应该正视这些事实才行。像在《解释》一文中那样企图用"歪曲""诬蔑"之类的词儿压倒对方,其结果只能是事与愿违。看起来,郑季翘是过分看重个人的得失了。在举国上下欢欣鼓舞,为实现新时期的总任务而忘我奋斗的时候,一个曾经做过省委文教书记、并曾参加过中央文革小组的人,难道不应该考虑怎样做,才有利于彻底肃清"四人帮"疯狂推行法西斯文化专制主义的流毒,充分发扬艺术民主,以繁荣社会主义文艺的研究和创作,更好地为实现四个现代化的宏伟目标服务吗?

根本的分歧究竟在哪里

郑季翘的新作《解释》一文的第二个小标题是《根本的分歧在哪里》,在这个小标题下面,他概括了《坚持》一文的基本内容,并对近两年来许多同志对《坚持》一文的批评进行了反驳,然后作出了结论:"这种分歧的实质,就在于是否用马克思主义的认识论来解释文艺创作。"(着重点是原有的——引者)

郑季翘提出的这个"根本分歧"是从若干"分歧"中归纳出来的。我们也不妨就这若干"分歧"进行商榷。

(一) 究竟有没有形象思维

郑季翘断言根本没有形象思维,只有逻辑思维。"所谓形象思维","不过是一种违反常识,背离实际的胡编乱造"。他进一步上纲:"认为形象思维是与抽象思维相对称的特殊的思维规律,就是在认识真理的途径上制造了二元论。"

把对方打成"二元论"的"制造"者,当然对自己很有利,但首先应该弄懂什么叫"二元论"。看来动不动以马列主义者的口吻训人的郑季翘,连什么是"二元论"还处于望文生义的阶段,岂不令人惋惜!多少有一些哲学常识的人都知道,认为万物只有一个本原的哲学学说叫"一元论"。认为物质是世界的本原,这是唯物主义的"一元论";认为精神是世界的本原,这是唯心主义的"一元论"。与此相反,认为世界的本原不是一个,而是两个——物质与精神,企图调和并结合唯物主义与唯心主义的,叫做"二元论"。郑季翘所批判的"形象思维论者"并不曾谈论世界的本原问题,只不过认为人类具有反映物质世界的两种思维形式,这又与"二元论"有什么相干?

我个人承蒙郑季翘不弃,在《坚持》一文中被多次点名批判,因而很受了一些教育与锤炼。但截至目前,几经思考,仍认为人类具有形象思维和逻辑思维两种既有共同性,又有特殊性,相互促进,相辅相成的反映客观世界的思维形式,而文艺创作,虽然离不开逻辑思维,但主要要用形象思维,正像科学研究虽然也需要形象思维,但主要用逻辑思维一样。

马克思在《〈政治经济学批判〉导言》中指出:"整体,当它在头脑中作为被思维的整体而出现时,是思维着的头脑的产物,这个头脑用它所专有的方式掌握世界,而这种方式是不同于对世界的艺术的、宗教的、实践——精神的掌握的。"这说明从艺术上掌握世界的思维方式和从科学上掌握世界的思维方式各有特点。我曾经在郑季翘批判形象思维时作为靶子之一的《文艺学概论》中引用过这段经典性的论述,但郑季翘不屑一顾,大概是认为那也是"制造二元论"吧!

《在延安文艺座谈会上的讲话》(以下简称《讲话》)这篇光辉著作中,毛主席虽然没有用"形象思维"这个术语,但在阐述文艺的特殊规律的许多地方,实际上都谈到了形象思维。他强调指出:"学习马克思主义,是要我们用辩证唯物论的观点去观察世界,观察社会,观察文学艺术,并不是要我们在文学艺术作品中写哲学讲义。"谁都知道,"写哲学讲义",主要用的是逻辑思维。"并不是要我们在文学艺术作品中写哲学讲义",这就清楚地指出,文艺创作,要用形象思维。毛主席正是由于充分地估计到文艺的这一特点,所以又明确地告诉我们:"马克思主义只能包括而不能代替文艺创作中的现实主义。"这短短的一句话,讲得多么精辟、多么全面! 第一是"只能包括",我们所说的现实主义是包括于马克思主义之内的革命现实主义,而不是违反马克思主义的其他"现实主义";第二是"不能代替",一"代替",就取消了文艺创作的特殊规律,从而抹杀了文艺的特殊职能。

马克思主义"包括"的现实主义,其创作过程是受辩证唯物主义指导的,毛主席正是从这一点出发,既指出社会生活是文艺的唯一源泉,又强调"文艺作品中反映出来的生活却可以而且应该比普通的实际生活更高,更强烈,更有集中性,更典型,更理想,因此就更带普遍性"。文艺创作从客观生活出发而达到了六个"更",正说明从感性认识上升到了理性认识,其创作过程,是"包括"在马克思主义的认识论之内的。但是,这个过程,马克思主义的认识论又"不能代替"。毛主席是这样说明这个过程的:

> 革命的文艺,应当根据实际生活创造出各种各样的人物来,帮助群众推动历史的前进。例如一方面是人们受饿、受冻、受压迫,一方面是人剥削人、人压迫人,这个事实到处存在着,人们也看得很平淡;文艺就把这种日常的现象集中起来,把其中的矛盾和斗争典型化,造成文学作品或艺术作品,就能使人民群众惊醒起来,感奋起来,推动人民群众走向团结和斗争,实行改革自己的环境。

毛主席在这里所说的"根据实际生活创造出各种各样的人物来","把这种日常的现象集中起来,把其中的矛盾和斗争典型化"等等,难道不是最深刻、最准确地揭示了形象思维的特质吗?

毛主席在给陈毅同志谈诗的一封信里三次地肯定了形象思维,并借用我国古代诗论家从包括大量民歌在内的《诗经》的创作实际中总结出来的赋、比、兴"三法",说明了形象思维的特点,其精神跟《讲话》中的上述论述一脉相承,并无二致。毛主席引用朱熹的话对赋、比、兴作了解释:"赋者,敷陈其事而直言之也";"比者,以彼物比此物也";"兴者,先言他物以引起所咏之辞也"。此外,我国古代诗论家对赋、比、兴还作过许多解释。如说:"赋之言铺,直铺陈今之政教善恶"。"比者,附也;兴者,起也。附理者切类以指事,起情者依微以拟议"。"取象曰比","叙物以言情,谓之赋","触物以起情,谓之兴"。总括起来看,兴指现实生活激起的诗情诗意,比指创作过程中的联想与想象,赋指对客观事物的叙述和描写。兴、比、赋并用,正说明艺术构思自始至终都是凭借客观事物的感性形象进行的。

郑季翘为了替他的"反形象思维论"辩护,只引了毛主席所说的"诗要用形象思维,不能如散文那样直说,所以比、兴两法是不能不用的"几句话,公然把"赋也可以用,如杜甫之《北征》,可谓'敷陈其事而直言之也',然其中亦有比兴"这几句与上文紧密联系、十分重要的话砍掉了！他如此这般地把毛主席的完整论述根据自己的需要加以肢解之后，即"理直气壮"地教训"形象思维论"者说：

> 如果我们完整地加以理解，当能体会到，毛主席所说的形象思维，是指诗要通过形象来表现思想（着重点是原有的——引者），与散文直接说出自己的思想不同，而比、兴则是用形象表现思想的艺术方法，所以不能不用。……某些同志企图以曲解毛主席给陈毅同志的信来为"形象思维论"辩护，是徒劳的。

在这里，郑季翘把毛主席所说的"诗要用形象思维"做了一个真正够得上"荒谬"的解释："诗要通过形象来表现思想。"还"老王卖瓜，自卖自夸"，说这是对毛泽东思想"完整地加以理解"，而把"形象思维论"者对毛主席三次肯定形象思维的解释说成"曲解"。魔术师的魔术棒这样一挥，就轻而易举地把毛主席的形象思维理论纳入他的反形象思维论体系中去了。应该指出，这才真正"是徒劳的"。

毛主席指出的马克思主义包括的现实主义文艺创作，是要从社会生活中汲取源泉，用形象的形式、即生活本身的形式，在更高的程度上反映生活真实。我们在前面引用的《讲话》中的那些精辟的论述，不是讲得十分清楚吗？毛主席反复指出的是"应当根据实际生活创造出各种各样的人物来"；"把这种日常的现象集中起来，把其中的矛盾和斗争典型化"；要表现"新的人物，新的世界"；毛主席给陈毅同志谈诗的信中又指出："要做今诗，则要用形象思维方法，反映阶级斗争与生产斗争……。"什么时候讲过文艺要"通过形象来表现思想"这样的话、或者表达过这样的意思？"通过形象来表现思想"，这决不是辩证唯物主义者对文艺所下的定义，因为它和唯心主义划不清界限。黑格尔给文艺下过一个相当著名的唯心主义的定义，与郑季翘的定义，先后辉映，堪称"双璧"。那就是："观念是艺术的内容，而感性的、形象的外观是观念的形式。""四人帮"的御用文人遵照"主题先行"和"三突出"之类的钦定模式，由"领导出思想"，然后根据"领导"所出的"斗走资派"之类的思想编造人物，从而炮制出来的歪曲现实生活、颠倒敌我关系的大量阴谋文艺作品，不是也完全符合郑季翘所下的"通过形象来表现思想"的定义吗？

还应该指出,毛主席借赋、比、兴的传统术语论述形象思维,只用了几句话,但郑季翘同志连这几句话的意思都没有弄懂,就"完整地"加以解释了。毛主席说"诗要用形象思维,不能如散文那样直说……"把前后联系起来加以理解,就可以看出这里的"散文"指的是不用形象思维的,非文艺性的散文。这一点,我认为很重要。因为第一,诗也是可以"直说"的,毛主席紧接着就以杜甫的不朽名作《北征》为例,指出"敷陈其事而直言之"的赋"也可以用"。"直言"与"直说",究竟有多大差别呢?学过一点语法的人都会看出毛主席特意用了"如散文那样"的状语对"直说"加以限制。诗"不能如散文那样直说",并不等于诗"不能直说"。比如说"我们不能如'四人帮'那样搞文艺创作",难道就等于"我们不能搞文艺创作"吗? 第二,用形象思维的文艺性的散文,也不一定"直说",往往是"曲说"的。(我的这些理解也许是"曲解",在《陕西师大学报》1979年第3期发表的《诗的"直说"及其他》一文和在《语文学习》1979年第二、三期连载的《柳宗元〈永州八记〉选讲》一文中作了较充分的说明,请参阅、赐教)而郑季翘的理解却与此不同,说什么"毛主席所说的形象思维,是指诗要通过形象来表现思想,与散文直接说出自己的思想不同,而比、兴则是用形象表现思想的艺术方法,所以不能不用"。请问郑季翘,难道博览群书、从实际出发的毛主席,会认为像司马迁的《项羽本纪》那样的史传文学作品和柳宗元的《黔之驴》、《永州八记》之类的文艺性散文,都是"直接说出自己的思想"的吗?

在《解释》一文的另一个地方,郑季翘更进一步指斥他所谓的"形象思维论"者"不是完整地、准确地去理解马列主义、毛主席的思想,而是断章取义、片言立论、任意地加以曲解"。骂得的确很痛快,也值得被骂者认真检查,有则改之,无则加勉。但郑季翘却为我们树立了这样一个"完整地、准确地去理解马列主义、毛主席的思想"的"样板",怎能不使人感到遗憾!

理论是从实践中概括出来的,又需要经过实践的检验,在反复实践中得到完善和发展。因此,卓越的、有丰富的文艺创作经验的革命作家关于形象思维的论述是值得重视的。在列宁直接关怀和指导下从事文艺工作的高尔基,具有无产阶级的革命立场和马克思主义的思想武装,是已有定评的伟大的社会主义现实主义作家。他在小说、戏剧、诗歌、童话以及各种文艺性的散文等几乎所有的文艺样式的创作中,都取得了辉煌的成就,积累了异常丰富、异常宝贵的实践经验。他在总结自己的创作经验的基础上批判地继承了前人关于形象思维的理论而加以革命性的改造，发表了许多精湛的见解。1933年，他在《论短视与远见》一文中，把他阐述的形象思维，作为社会主义文学艺术创作的思维方式，认为作家只要正确地反映社会主义现实生活及其发展趋势，"这就是社会主义现实主义，是那些改变和改造世界的人的现实主义，是以社会主义经验为基础的现实主义的形象思维"。而郑季翘却对高尔基的形象思维理论嗤之以鼻，随便引了几句，即以"含糊语句"四字判处死刑。时隔十余年，郑季翘似乎认识到革命作家的创作经验也有些用处了，他引了姚雪垠同志谈《李自成》创作经验的一段文字。引来干什么呢？引来为他的反形象思维论撑腰，用以证明形象思维论"是完全违背实际的一种臆造，是十分荒谬的"。

《李自成》是目前深受广大读者欢迎的小说。引《李自成》作者的创作经验否定形象思维，是有说服力的。问题是郑季翘只引了似乎对他有利的几句话，犯了"断章取义、片言立论"的老毛病。其实，姚雪垠同志的最主要的创作经验对郑季翘的"反形象思维论"很不利。郑季翘大约是个忙人，写论文时，无暇占有材料，所以不妨多引几句姚雪垠同志《〈李自成〉创作余墨》（《红旗》1978年第1期）中的话，以供参阅：

在历史小说作家的劳动中，关于历史事变的科学研究，题材的形成，主题思想的逐渐明确和深化，由简略到比较细密的艺术构思，原是互相伴随着进展的，是辩证统一的。过去有人将逻辑思维与形象思维绝对分开，从而只承认逻辑思维，否定形象思维，这个论断不符合众多文学艺术家的创作实践，是一种形而上学的观点。逻辑思维只能指导形象思维，不能代替形象思维。形象来源于生活，来源于客观世界在头脑中能动的反映，决不是来源于逻辑思维。没有形象思维，连最简单最原始的艺术也不会产生。……

企图用逻辑思维代替形象思维，其结果必然不利于艺术创作，而只会促使作品流于简单化、概念化、干巴巴的、千篇一律、以图解主题思想为完成任务。如果逻辑思维可以代替艺术形象，那么所有的理论家都可以创作出优秀的文学艺术作品，用不着提倡独特的艺术修养了。另外，我们也必须看到，不仅逻辑思维能够指导形象思维，而且伴随着创作实践过程的形象思维也能够反过来影响逻辑思维。……

郑季翘本来是企图用姚雪垠同志的创作经验为自己的"反形象思维论"辩护的,却没看到姚雪垠同志还讲了这么多,"否定形象思维,这个论断不符合众多文学艺术家的创作实践,是一种形而上学的观点"等等的创作经验。看了这些经验之谈,不知郑季翘有何感想?打算怎样处理?是不是又要像对待毛主席给陈毅同志的信那样"完整地加以理解",然后纳入自己的"反形象思维论"体系呢?如果采取这种手法,那只能弄巧成拙。因为姚雪垠同志从他的创作实践中概括出来的关于形象思维及其与逻辑思维的辩证关系的论述,是和50年代中期以来多数主张形象思维的同志的见解完全一致的。

(二)主张形象思维,是不是等于"不用抽象,不用概念",传播"反科学的直觉主义、神秘主义理论"

郑季翘在《坚持》一文中引了我在《文艺学概论》(陕西人民出版社1957年版)中所说的"形象思维是用形象来思维的"一句话(在《解释》一文中又被引用)以及其他几位同志所讲的类似的话,然后斥之为"不用抽象、不用概念,不依逻辑规律",传播了"反科学的直觉主义、神秘主义理论"。

必须郑重声明:这些帽子,扣在我的头上,并不那么合适。我在《批判阿垄的诗歌理论》(发表于《人民文学》1955年8月号,同年10月号《新华月报》转载,同年9月天津文联编入《批判胡风集团反动文艺思想》第三辑)一文中,用了近两千字的篇幅批判了阿垄的"形象思维"论,谈了我自己对形象思维的看法。其中的着重点是,引用毛主席《实践论》中"从感性认识跃进到理性认识"的有关论述,批判了阿垄鼓吹直觉主义、神秘主义的理论;引用列宁《黑格尔〈逻辑学〉一书摘要》中"一切科学的(正确的、郑重的、非瞎说的)抽象,都更深刻、更正确、更完全地反映着自然"的有关论述,批驳了阿垄在形象思维过程中排斥抽象和概念的臆说。

至于说"不依逻辑规律",这也跟我对形象思维的论述颇有出入。我在《试论形象思维》(《新建设》1956年5月号发表,收入长江文艺出版社1958年版拙著论文集《诗的形象及其他》和上海文艺出版社1978年版《形象思维问题参考资料》第一辑)一文中用了将近三千字的篇幅,谈了"形象思维和逻辑思维的共同性",并在这一节的结尾部分说:

> 如果说形象思维有助于逻辑思维,那么,逻辑思维对于形象思维就有其更重大的指导意义。早在人类发展的初期,我们就看到思维有形象的

和逻辑的两种形式。而逻辑思维的发展,不仅没有取消形象思维的作用,反而相应地促进了它的发展。在前面说过,形象思维也需要"反映事物的本质,反映事物的内部规律性",而逻辑思维,正可以帮助艺术家在研究生活的时候,正确地理解事物的本质及其内部规律性。

总之,在我关于形象思维的全部论述中,既谈了形象思维的特殊性,也强调了它与逻辑思维的共同性以及二者之间的辩证关系。其结论是:文学艺术的创作不等于"写哲学讲义",必须运用形象思维,而不能只用逻辑思维。但在文艺创作中进行形象思维的时候,这种形象思维不是孤立的,不是和逻辑思维对立的。我曾在《文艺学概论》中强调说明:

在文学创作中,形象思维有赖于逻辑思维的帮助,它们往往互相启发,互相渗透,互相转化,形成一种复杂的思考过程。

不难看出,我在谈文艺创作的特点的时候,曾几次谈到"逻辑思维可以帮助形象思维,却不应该代替形象思维",却从来没有讲过在文艺创作中只要形象思维,不要逻辑思维。我探讨形象思维问题,正是从 1955 年初批判阿垅"把形象思维归结为'感觉'而和逻辑思维对立起来,从而反对对于生活的理性认识"开始的。

郑季翘只引了"形象思维是用形象来思维的"一句话,就作出了"不用抽象、不用概念,不依逻辑规律"等一系列判断,实在令人费解。"用形象来思维",我在其他地方,也借用高尔基的说法,写作"凭借形象来思维"。其用意在于强调在文艺创作中,形象是思维的对象,而这形象又主要是人物形象。"革命的文艺,应当根据实际生活创造出各种各样的人物来"。不凭借实际生活中的各种各样的人物形象进行思维,能行吗?要知道,这正是文艺创作的特点。把几麻袋数字和公式视为珍宝搞数学研究,写出了名震中外的数学论文的陈景润同志,就不必下这番功夫。但对搞文艺创作的人来说,如毛主席所指出:"了解人熟悉人的工作却是第一位的工作。"

"形象思维是用形象来思维的"这一句话,是我从前面的几大段论述中概括出来的,这里不妨引几句:

因为艺术的基本对象是作为"社会关系的总和"的活的整体的人,所以形象思维的特点之一是凭借具体的形象、主要是凭借处于特定环境中的人的形象(外在形象和内在形象)进行思维的。

很清楚,我始终没有说不要"思维",而是说要凭借处于特定环境的各种人物的外在形象和内在形象来"进行思维"。"思维"这个哲学术语,难道不正是包含了"抽象""概念"等内容、而倒是跟这些内容水火不相容的吗?在《文艺学概论》中,我还讲过这样一段话:"有些人把形象思维和逻辑思维对立起来,甚至反对在谈形象思维问题时接触'抽象''思想'一类的术语。在他们看来,仿佛在形象思维中只有感受、没有认识,只有形象、没有概念。果真这样,那么形象思维就不是'思维'了。"不知道郑季翘是有意忽略,还是没有看见。

(三)"主题先行",是不是现实主义的创作规律

在《坚持》一文中,郑季翘先后引了我谈主题思想形成过程的两段话。一段是:"有些人认为不论是逻辑思维或形象思维,在将'丰富的感觉材料''进行改造制作'的方法上并没有什么区别。那就是:逻辑思维是从具体到抽象,'造成概念和理论的系统';形象思维也是从具体到抽象,形成抽象的主题思想。在他们看来,形象思维不同于逻辑思维的只是在它形成抽象的主题思想之后,还需要给这种抽象的主题思想制造形象的外衣。显而易见,这种说法是错误的,有很大的危害性。按照这种说法,必然会在创作的一定阶段上用逻辑思维代替形象思维,其结果是产生公式化概念化的作品。"引到这里,紧接着就扣了一顶大帽子:"形象思维论者反对在文艺领域中运用《实践论》中所阐述的普遍的认识规律,竟然达到如此狂妄的地步!"很显然,这帽子也是凭空飞来,强加于人的,虽然大得吓人,长期内也发生过很大的压力;但其实是"大而无当"。我倒要请教郑季翘:难道"普遍的认识规律"运用于各种自然科学领域和社会意识形态领域去研究各自的特殊本质特殊规律的时候,只能表现为同样的模式,而不会显示出各自的特点吗?如果只能表现为同样的模式的话,那么对毛主席在《矛盾论》中阐明的矛盾的普遍性与矛盾的特殊性的辩证关系,究竟应该怎样理解?对毛主席在《讲话》中指出的"一般的宇宙观也并不等于艺术创作和艺术批评的方法","马克思主义只能包括而不能代替文艺创作中的现实主义,正如它只能包括而不能代替物理科学中的原子论、电子论一样",又该如何解释?

我在谈形象思维的时候，多次引用《实践论》中所阐述的普遍的认识规律，强调在马克思主义世界观指导下进行的与逻辑思维互相渗透相辅相成的形象思维，必须从感性认识上升到理性认识。郑季翘同志节引的那一段话，只不过是试图在普遍的认识规律指导下说明文艺创作"在将'丰富的感觉材料'进行'改造制作'的方法上"有什么特点罢了，怎么能扣上"狂妄"地"反对在文艺领域中运用《实践论》所阐述的普遍的认识规律"的帽子呢？

郑季翘在《坚持》一文中还引用了我的另一段话："霍松林同志说：'在形象思维的整个过程中，抽象化和具体化是统一的，不应该先抽象出赤裸裸的主题思想，然后再将它具体化。'"紧接着就用嘲笑的口吻说：

这种不要先有主题思想的文艺创作论，在不久以前，在不少文艺工作者当中，还是一种时髦的理论哩！

图穷匕首现，看来郑季翘费了不少笔墨，把形象思维论打成"反党"、"反马克思主义""反社会主义"的"现代修正主义的一个认识论基础"，其目的之一，就是要创立一种"先有主题思想的文艺创作论"——"主题先行论"。

在《试论形象思维》和《文艺学概论》中，我是这样探索主题思想的形成过程的："科学家在将'丰富的感觉材料''改造制作'的过程中，一面理出事物的本质，一面即抛弃'感觉材料'；艺术家则不然，他一面理出事物的本质一面选择并集中具体事物中的那些表现某种现象的一般本质的感性因素，顺着这样的途径，逐渐地形成了形形色色的形象，也逐渐地形成了主题思想。所以，在艺术中，思想并不是抽象地存在的，而是作为形象，作为由全部形象的逻辑发展及其相互关系所交织成的生活图画而存在的。一部作品所描绘的生活图画既体现着生活的一般规律性，同时又是独特的、个体的生活景象。"这就是我对被郑季翘节引的两段话——关于主题思想形成过程的部分解释。在被郑季翘从上下文中孤立出来的"形象思维是用形象来思维的"那句话后面，我还进一步解释说：

艺术家在生活实践中密切地注意处于特定环境中的各种人物的典型特征，注意他们的行动表现和内心活动，注意他们在做什么、怎样做以及为什么这样做……为自己积蓄生动具体的印象，并根据这些印象进行"思维",从而孕育人物,形成主题。主题思想本来就不是人物形象以外的东西,而是人物形象的思想意义。在现实主义的艺术作品中,主题思想总是跟着人物形象及其相互关系的逐步展开、逐步深化的。

概括起来说,我认为现实主义文学艺术家把"感觉材料"经过"改革制作",形成主题思想的过程、方法,与社会科学家把"感觉材料"经过"改革制作",形成"概念和理论的系统"的过程、方法,是有所区别的。前者的特点是:当文学艺术家深入现实生活,"观察、体验、研究、分析一切人,一切阶级,一切群众,一切生动的生活形式和斗争形式"的时候,主题的形成和深化,是伴随着人物的孕育和发展进行的。这里特意用了"孕育"两字,是在说明要创造出真正有强大生命力的人物形象、艺术典型,比女人十月怀胎还难,作者得把自己的全部心血、全部思想感情倾注进去,进行长时期的"孕育"。许多堪称"伟大""卓越"的文学艺术家,都有这方面的经验。巴尔扎克说:他过着他的人物的生活。他在写到高里奥老爹的死的时候,自己也觉得不舒服起来,甚至想叫医生。屠格涅夫在对奥斯特洛夫斯基谈到写《父与子》的时候说:"巴扎洛夫这个人折磨我到了极点。就是当我坐下来用餐时,他也往往在我面前出现。我在和人谈话的时候,就会想:要是我的巴扎洛夫在,他会讲些什么?"福楼拜说他写到波娃利夫人服毒的痛苦时,他自己也尝到了"真正的砒霜的味道",因而也病倒了。我国明代大戏曲家汤显祖在创作《牡丹亭》的时候,有一天忽然不见了。这急坏了全家人,寻遍了他可能去的所有地方,最后才发现他躺在柴堆上,"掩袂痛哭"。家里人很吃惊,问他为什么这样悲伤。他说:写杜丽娘的唱词,写到"赏春香还是旧罗裙"的地方了! 我国现代和当代的著名作家,也谈过类似的经验。姚雪垠同志在《〈李自成〉创作余墨》中就曾经说过:"伴随着对历史的初步认识进行着形象思维,愈来愈多的故事情节和生活画面在我的心中出现,而且很生动。"在谈《〈李自成〉的创作》中又说他孕育《李自成》的人物时,"对李自成及其将领、士兵群众、包括孩儿兵、女兵和女将在内,怀着深厚的感情,……与农民起义的大小英雄同呼吸,共脉搏,时常为他们痛洒激动之泪"。梁斌在谈他写《红旗谱》的过程时也说:"当我写这本书时,为了悼念我的朋友及战友们,曾经无数次的掉下眼泪,是流着眼泪写这本书的。"

高尔基所说的"凭借形象来思维"和法捷耶夫所说的"用形象来思考"中的"形象",都是指实际生活中的形象、主要指人物形象。人物形象来自现实生活,主题思想也来自现实生活。在一个坚持用真实地反映现实生活的现实主义原则从事创作的作家那里,主题思想伴随着人物形象的孕育、成长而形成、深化的过程,是一个复杂的过程。尔柴诺夫在关于托尔斯泰的回忆中记述的一段话很能说明问题。尔柴诺夫问托尔斯泰道:

"人家说,您对安娜·卡列尼娜非常残酷,您叫她在火车底下碾死;他们说,她不能一辈子同这一'枯燥无味的人'亚历克赛·亚历克赛特罗维奇耽在一起啊。"

托尔斯泰笑了一笑,提起了普希金的一件事:"普希金有一次对自己的一位朋友说:'你想想看,塔吉雅娜同我耍的什么把戏!她结婚去了!我从来也没有想到她会这样的。'关于安娜·卡列尼娜,我能说的也就是这样。一般说,我的男女主角们有时做一些我不会希望他们做的玩意儿,他们做的是在现实生活中必须做的和像在现实生活中常有的一样,而不是我所希望他们做的。"

这就是列宁所称赞的"不仅创作了无与伦比的俄国生活的图画,而且创作了世界文学中第一流的作品"的"伟大艺术家"托尔斯泰"孕育"人物的一种情况。当他的男女主角们"做的是在现实生活中必须做的和像在现实生活中常有的一样",而不是做他"希望他们做的"这种情况出现的时候,他就放弃了他的"希望",服从于生活的真实。而和他的"希望"相一致的主题思想,也就不得不跟着改变。

与此相反,郑季翘创立的"主题先行论"却不准作家根据实际生活长期地孕育人物,硬要作家"越过具体事物的感性形象"先形成主题思想,然后再根据表现主题思想的需要去创造人物。这样做,怎能创造出有血有肉有生命的足以激动亿万人心灵的人物来?就算那主题思想是正确的吧!也只能写出概念化的东西。普列汉诺夫曾经一针见血地指出:

倘若著作者不借形象而借理论的证明来写,或者那形象是为了显示一定的主题而想出来的,那么,即使他并不写研究或论文,依然写着小说或戏曲,他也同样不是艺术家,而是评论家。

我在郑季翘作为"狂妄"地"反对在文艺领域中运用《实践论》中所阐述的普遍的认识规律"而加以节引的那一段话之后还继续写道：

> 艺术家如果和科学家一样，只限于领会生活现象的本质及其规律性，而忽略尖锐地表现这种本质及其规律性的、特征的感性因素，特别是人的心灵的最复杂的活动，就不会创造出生动的、光辉灿烂的形象，只会干瘪地体现一些抽象的思想。同时，有些人是喜欢走捷径的。既然认为形象思维和逻辑思维一样，也是由具体到抽象，形成主题思想，那么，干脆用现成的科学理论、政治观点或政策条文作主题好了，又何必浪费精力，深入生活呢？对于他们，"第一位的工作"不是"了解人，熟悉人"，而是使现成的、抽象的主题思想"形象化"。
>
> 　　上述说法的危害性，还不仅在于它给公式化概念化作品的"创作"提供了理论根据，而且在于它实质上是在艺术领域中宣传了唯心主义。如所周知，唯心主义的美学家也是承认艺术的形象性的，但他们却抽掉了艺术形象的客观内容。在他们那里，艺术形象并不是现实生活的反映，而是作者的观念世界的客观化。

用一句老话说，这真可谓"不幸而言中"了。"四人帮"的御用文人们，不正是远离工农兵群众的斗争生活，身居广厦，饱饫粱肉，根据他们的"首长"所提出的"主题思想"来编造人物形象，炮制违反生活真实的阴谋文艺的吗？奇怪的是：郑季翘对于他创立的"主题先行论"结出的如此"丰硕"的成果似乎还感到不够过瘾；正当我们肃清阴谋文艺的流毒，争取形象地高度真实地反映现实生活，更好地为四化服务的时候，他却在《解释》一文中不仅坚决维护《坚持》一文的全部内容，而且打出"完整地"解释毛主席给陈毅同志的信的旗帜，创立了（其实是从过去的唯心主义者那里接过了）一个"新"的公式：文艺创作是"通过形象来表现思想"！在阶级社会里，"思想"是有阶级性的，我们已经吃够"春桥思想"的苦头了！"形象"这东西，也是可以违反生活，任意编造的，谁能说《春苗》、《盛大的节日》中没有"形象"？那么，在乾坤转正，日月重光的社会主义新时期，郑季翘连毛主席早已提出的"革命的文艺，则是人民生活在革命作家头脑中的反映的产物"这一经典定义都抛在脑后，继"主题先行论"之后，又创立了一个换汤不换药的"通过形象来表现思想"的新公式，究竟要把我们的社会主义文艺引到哪里去呢?

怎样用马克思主义的认识论解释文艺创作

郑季翘在《坚持》和《解释》两篇论文中,有一个一贯的提法:如果用形象思维、而不用逻辑思维进行文艺创作,就是反对马克思主义的认识论。很清楚,这是把马克思主义认识论和逻辑思维等同起来了。按照这个提法,人类在马克思主义的认识论产生以前的漫长岁月里,一直是没有思维能力、不会运用逻辑思维来认识世界的。事实难道是这样的吗?

事实上,人类在很早的时候,就在社会实践中掌握了认识世界的两种思维形式:形象思维和逻辑思维。

马克思在《〈政治经济学批判〉导言》里,谈到古希腊的神话时曾说:"任何神话都是用想象和借助想象以征服自然力,支配自然力,把自然力加以形象化。"而"想象",按高尔基的解释,就是"关于世界的思维","特别是凭借形象的思维"。那么,人类早在自己的童年时期,就已经有了关于世界的形象思维。毛主席运用从《诗经》的创作实际中概括出来的赋、比、兴解释形象思维,这说明早在遥远的周代,我国诗人就已经用形象思维的方法进行诗歌创作。至于逻辑思维,在我国先秦诸子,特别是墨家的著作中,已概括出相当完整的逻辑理论;在古希腊,早从亚里士多德的时代起,形式逻辑学已经形成。形式逻辑的规律和规则是全人类共有的,它没有阶级性,正像语言没有阶级性一样。不然,属于不同阶级的人们就无法互相了解。我们通常所说的"逻辑",就指的是"形式逻辑"。列宁曾说:"任何科学都是应用逻辑。"历史上许多著名的科学家当然都还没有掌握辩证唯物主义,所以这里所说的"逻辑"也指的是形式逻辑。毛主席要我们"学一点逻辑",当然也指的是形式逻辑;如果指的是辩证唯物主义,那么只"学一点",怎么行呢?

郑季翘同志把逻辑思维和马克思主义的认识论等同起来,把马克思主义的认识论降低到形式逻辑的水平;还以此为根据,给主张文艺创作要用形象思维的同志加上"向马克思主义世界观开火"的罪名,真令人啼笑皆非。

我在《试论形象思维》一文中,专门写了《世界观在形象思维中的作用》一节。开头是这样的:

思维并不等于世界观,但不论形象思维或逻辑思维,都必须通过世界观的棱镜。

形象思维是一个观察、研究、评价、选择、概括生活事实,创造表现某些社会力量本质的典型形象的复杂过程。在这个过程的各个阶级上,艺术家的世界观都起着决定性的作用。

接下去,我即依次论述了在这个过程的每个阶段上世界观所起的指导作用,归结到"在创造性地掌握马克思主义的基础上深入地研究现实,创造出更多、更好的作品"。

显而易见,我是把形象思维、逻辑思维和世界观加以区分的。我的整个构思是:在革命作家的创作过程中,形象思维有赖于逻辑思维的帮助,更需要马克思主义世界观的指导。我也是力图说明怎样在马克思主义世界观指导下进行形象思维和逻辑思维的。这一点,跟郑季翘把马克思主义的世界观与一般的逻辑思维混为一谈的做法是大不相同的。

思维是存在的反映,是第二性的现象,它随着社会实践的发展而发展。毛主席在《实践论》中指出:"在很长的历史时期内,大家对于社会的历史只能限于片面的了解,这一方面是由于剥削阶级的偏见经常歪曲社会的历史,另方面,则由于生产规模的狭小,限制了人们的眼界。人们能够对于社会历史的发展作全面的历史的了解,把对于社会的认识变成了科学,这只是到了伴随巨大生产力——大工业而出现近代无产阶级的时候,这就是马克思主义的科学。"不同历史阶段的不同阶级,都在各自的世界观指导下进行逻辑思维和形象思维。我们所要求的,则是受马克思主义世界观指导的逻辑思维和形象思维。郑季翘同志在1966年高喊"文艺领域必须坚持马克思主义的认识论",在十馀年后的今天又高喊"必须用马克思主义认识论解释文艺创作",仿佛是"最最"坚持马克思主义的认识论了,但在《坚持》、《解释》两篇论文里,却把人类历史上最正确、最科学、最先进的马克思主义世界观等同于一般的逻辑思维,这究竟应该得出什么结论呢?

不仅如此。从郑季翘的两篇论文看,他实际上背离了马克思主义认识论的若干基本观点和基本原理。这里只谈两点,和郑季翘商榷。

第一,背离了"生活、实践的观点,应该是认识论首先的和基本的观点",从而背离了"只有人们的社会实践,才是人们对于外界认识的真理性的标准"的基本原理。

郑季翘在《坚持》一文中,为了证明在文艺创作中不用形象思维而用逻辑思维,就是坚持了马克思主义的认识论,引了列宁的一句话:"逻辑形式和逻辑规律不是空洞的外壳,而是客观世界的反映。"列宁的这句话坚持了存在第一性、思维第二性的唯物主义观点,是完全正确的。但郑季翘在引了这句话之后,却紧接着说:"正因为这样,依照逻辑进行思维,就可以对于客观世界的本质取得正确的理解。"这显然是偷换了命题。辩证唯物主义的认识论教导我们:要"对于客观世界的本质取得正确的理解",必须通过社会实践,通过"实践、认识、再实践、再认识"的"循环往复"。而郑季翘却用列宁关于逻辑形式和逻辑规律的客观性论断,偷换了人的正确认识来源于社会实践和实践是检验真理的唯一标准的辩证唯物主义认识论原理,在他看来,"对于客观世界的本质取得正确的理解",不必依靠社会实践,只要住在高楼深院里"依照逻辑进行思维","就可以"了。这实在轻松得很!但这决不是在文艺领域里坚持了马克思主义的认识论,而是坚持了马赫主义。马赫主义者正是把逻辑形式或思想形式当作真理的标准,从而抹杀客观真理的。列宁在揭露马赫主义时一针见血地指出:"如果真理只是思想形式,那就是说……不能有客观真理了。"

郑季翘的"表象——概念——表象"的公式,据他自己说,是"从思想和存在的辩证同一性即由物质到精神,由精神到物质的辩证转化的原理出发"创立出来的。但按他自己的解释,这个公式中的第一个"表象"只是"事物的直接映象",明显地排除了社会实践,也就排除了在"社会实践的多次反复"中"综合感觉的材料加以整理和改造",又怎么能产生他的公式中的中间环节"概念"呢?他的公式中的第二个"表象",据他自己的解释,是按照"概念""新创造的形象",这就更加奇妙了!就算他公式中的那个"概念"是由感性认识上升到理性认识的东西、即由物质变出的精神吧,但毛主席讲得很清楚:"这时候的精神、思想(包括理论、政策、计划、办法)是否正确地反映了客观外界的规律,还是没有证明的,还不能确定是否正确,然后又有认识过程的第二个阶段,即由精神到物质的阶段,由思想到存在的阶段,这就是把第一个阶段得到的认识放到社会实践中去,看这些理论、政策、计划、办法等等是否能得到预期的成功。……此外再无别的检验真理的办法。"由此可见,"由精神到物质",指的是把第一阶段得到的认识放到社会实践中去检验,看它是否反映了客观外界的规律性,与郑季翘公式中的"概念——表象",即根据"概念"创造艺术形象完全是两码事。郑季翘的荒谬之处还不止此。他那个未经实践检验的"概念"是否正确地反映了客观外界的规律,这对他并不重要。这只要看他怎样把那"概念"转化为"新创造的形象",就十分清楚了。他说:"在思想到物质的过程中,又正因为表象材料可以经过抽象而变成思想,人们就可以把表象材料经过抽象而同自己的思想意图彼此比较,反复衡量,然后用它们在头脑中建立和自己思想意图相一致的形象。"不是"把表象材料经过抽象",然后把抽象出的"概念"放到社会实践中去检验,而是"同自己的思想意图彼此比较";不是创造和生活真实相一致的形象,而是"建立和自己思想意图相一致的形象"。这哪里有一点辩证唯物主义者的气味!

把思维看成第一性的,把存在看成第二性的,否定认识来源于实践、又必须经过实践的检验,这究竟该算哪一种"主义"的认识论?看起来,郑季翘创立了一个"红"极一时的"主题先行论",决非偶然。这个"主题先行论","四人帮"如获至宝,在大量阴谋文艺的"创作"实践中,经过了足够的检验。时至今日,它在亿万人民群众中早已成了过街老鼠,而郑季翘对这个"发明创造"却仍然洋洋自得,抱住不放。对于"实践是检验真理的唯一标准"这个马克思主义认识论的基本原理抱什么态度,不是又一次得到了生动的说明吗?

第二,背离了"由特殊到一般","由一般到特殊",循环往复、使认识不断深化的基本原理。

郑季翘把他的"表象——概念——表象"的公式,也写作:"个别(众多的)——一般——典型。"在提出这个公式之前,有这样的说明:"文艺作家头脑中新的表象的创造,必须是一个抽象和具体,一般和特殊循环往复的思维过程。"(着重号是原有的——引者)很清楚,他在这里讲的"一般和特殊循环往复的思维过程",是"作家头脑中的新的表象的创造"过程。这实际上是完全脱离社会实践的纯意识活动,用的是《矛盾论》中的词句,表现出的是与辩证唯物主义相对立的观点。在《矛盾论》中,毛主席所说的"由特殊到一般",是指人们在社会实践中,"首先认识了许多不同事物的特殊的本质,然后才有可能更进一步地进行概括工作,认识诸种事物的共同的本质"。毛主席所说的"由一般到特殊",是指"当着人们已经认识了这种共同的本质以后,就以这种共同的认识为指导,继续地向着尚未研究过的或者尚未深入地研究过的各种具体的事物进行研究,找出其特殊的本质,这样才可以补充、丰富和发展这种共同的本质的认识。"这两个认识过程"循环往复地进行",就"使人类的认识不断地深化"。请问郑季翘,这怎么能和"个别——一般——典型"的公式挂上钩?老实不客气地说,这个公式,是违反辩证唯物主义、违反文艺创作的实践经验的。

"个别——一般——典型",其目的在于说明如何"按照马克思主义的认识论"创造文学艺术的典型。那么,按照马克思主义的观点,什么是文学艺术中的典型呢?恩格斯总结了大量关于典型创造的经验,明确指出:"每个人都是典型,但同时又是一定的单个人,正如老黑格尔所说的,是一个'这个'。"这就是说,文学艺术中的典型,在反映社会生活的本质规律方面不同于科学:它不是通过"一般"的形式来说明"个别",而是通过"个别"的形式来反映"一般"。正因为这样,恩格斯反对把人物加以抽象的"理想化",反对把个性"消融到原则里去"。相反,他认为"倾向应当从场面和情节中自然而然地流露出来"。

要创造出这样的典型,恐怕还是"形象思维论"者所说的在"熟悉人,了解人"的过程中,既认识人物的共性,又选择、积累许多最突出、最鲜明地体现那共性的个性特征——具体的感性材料,加以概括,才能办到。比如阿Q这个典型所表现的"精神胜利法",其共性(一般)多么大!但那是通过被人打了,却说那是儿子打老子,自以为胜利;钱被人抢了,自己打自己的耳光,却说打人的是自己,被打的是别人,也自以为胜利之类的许多非常独特的个性特征表现出来的。又如阿Q这个典型所表现的讳疾忌医、不敢面对现实的劣根性,其共性也不算小,但那是通过千方百计地保护头上的癞疮疤的许多细节描写表现出来的。鲁迅如果不是从生活中选择、积累这许多感性材料,拿什么去塑造出阿Q这个独一无二的不朽典型呢?共性寓于个性之中,又通过个性表现出来。而当同一共性通过不同的个性表现出来的时候,就具有不同的特点。所以在古今中外文学艺术的人物画廊里,同一阶级的共性基本相同的人物,"每个人都是典型,但同时又是一个'这个'"。鲁迅创造了许多农民的典型,不都是独一无二的"这个"吗?而这,正是形象思维的特点。而郑季翘的"个别——一般——典型"的公式,却要从"众多的""个别"中抽出脱离个性特征的"一般",再把"一般"变成"典型",那所谓"典型"就不可能是恩格斯所说的典型,而只能是类型。按那样搞,一个阶级,就只能有一个"典型"。而从"众多的""个别"中抽出"一般"的工作,作家也不必亲自去做,因为每个阶级的最本质的共性(一般)、即阶级性,革命导师们不是已经科学地抽象出来了吗?

郑季翘背离"由特殊到一般","由一般到特殊"的基本原理,还表现在把形象思维的讨论划为"禁区"上。

毛主席在《矛盾论》里针对"矛盾的普遍性已经被很多人所承认","而关于矛盾的特殊性问题,则还有很多同志,特别是教条主义者,弄不清楚"的实际情况,着重地分析了矛盾的特殊性问题。他强调指出:"科学研究的区分,就是根据科学对象所具有的特殊的矛盾性。……如果不研究矛盾的特殊性,就无从确定一事物不同于他事物的特殊的本质,就无从发现事物运动发展的特殊原因,或特殊的根据,也就无从辨别事物,无从区分科学研究的领域。"文艺理论,也是一门科学,它研究的对象,就是文艺创作及其发展的历史。这一对象,是有其"特殊的矛盾性"的,有许多"尚未研究过的或者尚未深入地研究过的"问题需要研究。形象思维问题,就是其中之一。仅就这个问题说,从50年代中期以来,讨论正待深入和扩展。比如在革命现实主义的创作和在革命浪漫主义的创作中,形象思维各有什么特点;在"两结合"的创作中,形象思维如何运用;在叙事类作品的创作和抒情类作品的创作中,形象思维有什么差异;在诗歌、小说、戏剧、电影、童话、寓言、报告文学等各种文艺样式的创作中,形象思维有什么不同。更细致一点说,即使在小说这一文学样式中,短篇小说、长篇小说、科学幻想小说,在各自的创作过程中所进行的形象思维,也不可能没有区别。还有,历史悠久的中华民族,在长达三千年的艺术创作实践中,逐步形成了一套为中国老百姓所喜闻乐见的民族形式和民族风格;那么,这在形象思维上,是否也有与此相联系的民族特色呢?可是,开始不久的形象思维问题的讨论,还没来得及接触这些方面,就被郑季翘在《坚持》一文中加上"反马克思主义认识论"的罪名,划为"禁区"了。直到扫除"四害",玉宇澄清,《毛主席给陈毅同志谈诗的一封信》发表之后,形象思维问题的讨论才又开展起来。在讨论中,由于毛主席用我国古代诗论的术语赋、比、兴说明形象思维,因而解放了人们的思想,有些从事古典文学教学和研究工作的同志,开始从我国古代文艺理论和文艺创作中探讨形象思维的民族特色了。可是,就在这时候,郑季翘又发表了《解释》一文,尖锐地提出:他那个"反形象思维论"者和"形象思维论"者之间的"根本分歧","就在于是否用马克思主义的认识论来解释文艺创作"。就是说,他是坚持"必须用马克思主义认识论解释文艺创作"的,而肯定和讨论形象思维的同志们,则是反对用马克思主义认识论解释文艺创作的。这个纲还是上得相当高!我们虽然提倡"百家争鸣",但对于"反马克思主义"的东西,总不应该任其"自由讨论"下去吧!所以对于形象思维的讨论,仍应一棍子打死。

且不说郑季翘所讲的马克思主义认识论,实际上并不是马克思主义的认识论;就算是马克思主义的认识论吧,它也"只能包括而不能代替"文艺创作和文艺理论,正像它"只能包括而不能代替"数学、机械学、化学、物理学等各种科学中的基本理论、基本知识一样。如果可以"代替"的话,那么,所有科学家就不必去劳神苦思地研究他们所从事的那门科学对象所具有的特殊的矛盾性,而马克思主义的认识论,也就再无法得到"补充、丰富和发展"了。

毛主席在《矛盾论》中精辟地阐述了"由特殊到一般""由一般到特殊"这两个认识过程循环往复地进行,使人类的认识不断提高、不断深化之后,尖锐地指出:

> 我们的教条主义者在这个问题上的错误就是,一方面,不懂得必须研究矛盾的特殊性,认识个别事物的特殊的本质,才有可能充分地认识矛盾的普遍性,充分地认识诸种事物的共同的本质;另一方面,不懂得在我们认识了事物的共同的本质以后,还必须继续研究那些尚未深入地研究过的或者新冒出来的具体的事物。我们的教条主义者是懒汉,他们拒绝对于具体事物做任何艰苦的研究工作,他们把一般真理看成是凭空出现的东西,把它变成为人们所不能够捉摸的纯粹抽象的公式,完全否认了并且颠倒了这个人类认识真理的正常秩序。他们也不懂得人类认识的两个过程的互相联结——由特殊到一般,又由一般到特殊,他们完全不懂得马克思主义的认识论。

在党中央的英明领导下,全国九亿人民同心同德,向着实现四个现代化的宏伟目标进行新长征的伟大转折时期,"尚未深入地研究过的或者新冒出来的具体的事物"是很多很多的,亟待我们在马克思主义认识论的指导下进行艰苦的研究工作,为新长征贡献力量。那种自以为最懂得马克思主义的认识论,但在实际上却"把一般真理看成是凭空出现的东西,把它变成为人们所不能够捉摸的纯粹抽象的公式",并企图以此代替、乃至反对对许多尚未深入地研究过的和新冒出来的具体事物的特殊本质进行艰苦研究工作的人,还是越少越好。质诸郑季翘,不知以为如何?

最后,必须郑重声明:在马列主义、毛泽东思想的科学体系面前,我确实还是一个小学生,因而尽管力图用马克思主义的认识论解释文艺创作,连自己也深感力不从心。在这篇文章中,自然也难免有不少谬误,欢迎郑季翘及其他同志批评、指正。但归纳全文的主导思想,还想向郑季翘进一言:文艺创作,是有它的特殊规律的。既然一再强调必须用马克思主义的认识论解释文艺创作,就应该允许别人探讨文艺创作的特殊规律。至于形象思维,究竟是否属于文艺创作的特殊规律,那在文艺界的自由讨论中、特别是在社会主义文艺创作的实践中,自然会得到解决,不必一再地扣帽子、打棍子;质诸郑季翘,不知又以为如何?还有,这篇文章中的有些词句,由于是基于郑季翘在两篇论文中所表现的对待"双百"方针的那么一种"很不正常"的态度而发的,所以未能较好地控制自己的感情,希望能够得到谅解。

(原刊《陕西师大学报》1979年第4期)

提倡题材、体裁、风格的多样化是我国古代诗论的优良传统

"作为观念形态的文艺作品,都是一定的社会生活在人类头脑中的反映的产物。"社会生活十分广阔,文艺的题材也必然多种多样。为了全面地反映并从而积极地影响社会生活,应该提倡题材的多样化,反对题材的单一化。而提倡题材的多样化、反对题材的单一化,正是我国古代文论特别是诗论的优良传统。

看看我国最早的诗歌总集《诗经》,其题材就相当多样,因而所能发挥的社会作用也相当全面。孔子曾经指出:

> 小子何莫学夫诗?诗,可以兴,可以观,可以群,可以怨。迩之事父,远之事君,多识于鸟兽草木之名。①

这是从《诗经》的创作实际出发,概括诗歌的社会作用的著名论述。"可以兴",这说明了诗歌的鼓舞作用;"可以观",这说明了诗歌的认识作用;"可以群",这说明了诗歌的团结作用;"可以怨",这说明了诗歌的批判、讽喻作用。"迩之事父,远之事君",这是孔丘从他的政治立场出发,说明诗歌要为礼教服务。至于"多识于鸟兽草木之名",则说明诗歌还能给人以自然科学方面的知识,具有知识性。这一段话是从阐述诗歌的社会作用的角度讲的,但也接触到了诗歌的题材问题。就是说,凡是可以起到这样的社会作用的题材都可以写。黄宗羲在解释这一段话时,就着重从题材的多样化方面立论。他说:

---

① 《论语·阳货》。

  昔吾夫子以兴、观、群、怨论诗。孔安国曰:"兴,引譬连类。"凡景物相感,以彼言此,以谓之兴。后世咏怀、游览、咏物之类是也。郑康成曰:"观风俗之盛衰。"凡论世采风,皆谓之观。后世吊古、咏史、行旅、祖德、郊庙之类是也。孔曰:"群居相切磋。"群是人之相聚。后世公宴、赠答、送别之类皆是也。孔曰:"怨刺上政。"怨亦不必专指上政,后世哀伤、挽歌、遣谪、讽喻皆是也。

  黄氏在举例说明了"兴、观、群、怨"的题材范围之后又总起来说:"盖古今事物之变虽纷若,而以此四者为统宗。"①以"兴、观、群、怨"四者包举"古今事物之变",不正是提倡题材的多样化吗?

  孔丘强调了"事父"、"事君",这表明了他的政治倾向性。看起来,他是在政治倾向一致性的前提下提倡诗歌社会作用的多样性,因而也提倡诗歌题材的多样性的。

  诗歌之所以能发挥社会作用,从多方面影响现实,是由于它能够从多方面真实地反映现实,以饱和着诗人对现实的真情实感和深刻认识的艺术形象激动读者的心灵。我国古代诗论家,是注意到了这一点的。他们中的许多人,在回答诗歌如何产生的问题时,表现了朴素的、然而十分可贵的唯物观点。例如《礼记·乐记》云:"凡音之起,由人心生也。人心之动,物使之然也。感于物而动,故形于声。"刘勰《文心雕龙·明诗》云:"人禀七情,应物斯感,感物吟志,莫非自然。"钟嵘《诗品·序》云:"气之动物,物之感人,故摇荡性情,形诸舞咏。"这一切,都接触到主观反映客观的问题。诗歌既然是"感物吟志"的产物,那么"感人"的"物"无限丰富多样,诗歌的题材也应该无限丰富多样。我国古代诗论家,正是从这一点着眼,肯定了诗歌题材的多样性。郑玄《诗谱序》云:"及成王、周公致太平,制礼作乐,而有颂声兴焉;……厉也,幽也,政教尤衰,周室大坏,《十月之交》、《民劳》、《板》、《荡》,勃尔俱作,众国纷然,刺怨相寻。"班固《汉书·食货志(上)》云:"妇人闾巷相从夜绩。……男女有不得其所者,因相与歌咏,各言其伤。"《公羊传》宣十五年何休注云:"男女有所怨恨,相从而歌,饥者歌其食,劳者歌其事。"《汉书·艺文志》云:"自孝武立乐府而采歌谣,于是有代、赵之讴,秦、楚之风,皆感于哀乐,缘事而发,亦可观风俗、知厚薄

---

① 《南雷文定》四集卷一《汪扶晨诗序》。

云。"《文心雕龙·物色》云:"岁有其物,物有其容,情以物迁,辞以情发。"《诗品·序》云:"若乃春风春鸟,秋月秋蝉,夏云暑雨,冬月祁寒,斯四候之感诸诗者也。嘉会寄诗以亲,离群托诗以怨。至于楚臣去境,汉妾辞宫;或骨横朔野,魂逐飞蓬;或负戈外戍,杀气雄边;塞客衣单,孀闺泪尽;或士有解佩出朝,一去忘返;女有扬蛾入宠,再盼倾国。凡斯种种,感荡心灵,非陈诗何以展其义?非长歌何以骋其情?"如此纷纭复杂、千汇万状的客观现实既然都和作为"社会关系之总和"的人发生密不可分的关系,那么处于特定环境中的人对于他感受最切、认识最深,以至"摇荡"他的"性情",不得不"形诸歌咏"的那些事物、那种现实,用诗歌的形式反映出来,而这反映又具有客观真实性,那就不管它写的是什么题材,都具有不同程度的艺术价值。我国古代诗论家,正是从题材多样化的创作实际出发进行诗歌评论的。萧统把凡是符合"事出于沉思,义归乎翰藻"①的作品,不管写的是什么题材,都选入他的《文选》;钟嵘把"陈思赠弟"、"公干思友"、"茂先寒夕"、"安仁倦暑"、"景阳苦雨"、"谢客山泉"等写各种一般题材的作品,跟"仲宣《七哀》"、"阮籍《咏怀》"、"越石感乱"、"鲍照戍边"、"太冲《咏史》"、"陶公《咏贫》"等写各种重大题材的作品相提并论,称为"篇章之珠泽,文采之邓林"②。

　　肯定题材的多样性,并不等于主张题材无差别。我国古代进步的诗论家,是注意到题材的差别问题、并强调写有重大社会意义的题材的。例如白居易,就为了使诗歌发挥"补察时政"、"泄导人情"③的积极作用,宣称"惟歌生民病"④,强调写民间疾苦的题材,特别赞扬杜甫的《新安吏》、《石壕吏》、《潼关吏》一类的诗篇和"朱门酒肉臭,路有冻死骨"一类的诗句,而对陶渊明的"偏放于田园"和谢灵运的"多溺于山水"感到不满⑤。当然,田园、山水诗也不应该简单地否定,但这样从高标准要求,也是完全需要的。对于整个诗歌创作来说,既提倡题材的多样化,又强调写重大题材,无疑是一个应该遵循的原则。

　　文艺的唯一源泉是社会生活,任何题材都只能从这唯一的源泉中去汲取。

---

① 《文选序》。
② 《诗品序》。
③ 《白氏长庆集》卷四五《与元九书》。
④ 《白氏长庆集》卷一《寄唐生》。
⑤ 《白氏长庆集》卷四五《与元九书》。

我国古代进步的诗论家,是从"感物吟志"的角度,即从反映社会生活的角度肯定题材的多样性,评价反映各种题材的作品的,所以对于"事出于沉思,义归乎翰藻"的各种作品,都可以给予不同程度的肯定,但对一切脱离现实、毫无真情实感的作品,则持否定态度。例如对于用诗歌形式写"语录讲义"、"平典似《道德论》"的作品,堆砌典故,"殆同书抄"的作品,以及"嘲风雪,弄花草","彩丽竞繁,而兴寄都绝"的作品,许多诗论家就都进行过批判。

我国古代诗论家,对偏重某种题材而取得一定成就的诗人,固然给予应有的肯定;但对那些对社会生活有更广泛、更深入的了解,善于兼写多种题材、取得多方面成就的诗人,则给予崇高的评价。例如对杜甫,则称为"大家"、"诗圣",对白居易,则称为"广大教化主"。宋人喻汝砺在《杜工部草堂记》里说:"少陵之诗,……陈古悼今,劝直而惧佞,抑淫侈幸巧而崇节义恭俭,槁焉曾伤,慭恻当世。妇子老孺之骚离,赋敛征戍之棘数,哀怨疾痛,螯憯隐闵无聊之声,不啻迫及其身而亲遭之。其于治乱隆废,忠佞贤否,哀乐忻惨,起伏之变,衍迤纵肆,无乎不备。"①宋人胡铨在《送僧祖信诗序》里说:

> 少陵杜甫耽作诗,不事他业,讽刺、讥议、诋诃、箴规、姗骂、比兴、赋颂、感慨、忿懥、恐惧、好乐、忧思、怨怼、凌遽、悲歌、喜怒、哀乐、怡愉、闲适,凡感于中,一以诗发之。仰观天宇之大,俯察品汇之盛,见日月、霜露、丰隆、列缺、屏翳、沆瀣、烟云之变灭,云岩、邃谷、悲泉、哀壑、深山、大泽、龙蛇之所宫,茂林、修竹、翠筱、碧梧、鸾鹄之所家,天地之间,诙诡谲怪,苟可以动物悟人者举萃于诗。故甫之诗,短章大篇,纤馀妍而卓荦杰,笔端若有鬼神,不可致诘。后之议者,谓书至于颜、画至于吴、诗至于甫极矣。②

明人江进之在《雪涛小书》里说:

> 白香山诗,……意到笔随,景到意随,世间一切,都着并包囊括入我诗内。诗之境界,到白公不知开扩多少。较诸秦皇、汉武开边启境,异事同

---

① 《成都文类》卷四二。
② 《胡澹庵先生文集》卷一三。

功。名曰"广大教化主",所自来矣。①

题材是主题的物质基础。社会生活的不同侧面所包含的社会意义是不相等的,因而题材对主题有一定的制约性。一般地说,重大题材比一般题材更能集中、强烈地体现社会的本质,更有条件表现深广的主题、反映时代跳动的脉搏。正因为这样,我们反对"题材无差别"论。但是,题材只对主题思想有一定的制约性,而不能完全"决定"作品的优劣成败。同样的题材,不同的作者,是可以写出截然不同的作品的。正因为这样,我们也反对"题材决定"论。从血管里流出的都是血,从水管里流出的只是水。诗歌创作,是一个主观反映客观的问题,所以诗人的主观很重要。清人叶燮从"文章者,所以表天地万物之情状也"的唯物观点出发,提出文艺题材的源泉是客观现实中的"理、事、情",而要很好地表现理、事、情,作者必须有高尚、开阔的"胸襟",必须有卓越的"才、胆、识、力"。"以在我之四(才、胆、识、力),衡在物之三(理、事、情),合而为作者之文章,大之经纬天地,细而一动一植,咏叹讴吟,俱不能离是而为言者矣。"他在阐述文艺创作的主观条件和客观条件的时候,强调了主观条件的重要性,强调了诗人的"胸襟"是"诗之基"。下面的这一段话,讲得相当精辟:

> 诗之基,其人之胸襟是也。……千古诗人推杜甫,其诗随所遇之人、之境、之事、之物,无处不发其思君王、忧祸乱、悲时日、念朋友、吊古人、怀远道,凡欢愉、幽愁、离合、今昔之感,一一触类而起;因遇得题,因题达情,因情敷句,皆因甫有其胸襟以为基。如星宿之海,万源从出;如钻燧之火,无处不发;如肥土沃壤,时雨一过,夭矫百物,随类而兴,生意各别,而无不具足。……由是言之,有是胸襟以为基,而后可以为诗文。不然,虽日诵万言,吟千首,浮响肤辞,不从中出,如剪彩之花,根蒂既无,生意自绝,何异乎凭虚而作室也?②

这就是说,具备了主观条件的诗人,"因遇得题,因题达情",即使写一般题

---

① 《雪涛小书》又名《亘史外编》,原署冰华生辑,有襟云阁主人重刊本。唐人张为《诗人主客图》,"以白居易为广大教化主"。

② 叶燮《原诗》卷一。

材,都能写出好诗。相反,不具备主观条件,即使写重大题材,也写不出像样的、有生命力的东西来。

我国古代诗论中,并没有"题材"这个术语,但仔细分析起来,有许多论述都涉及题材问题。这些涉及题材问题的论述,就其精华部分而言:一、从"感物吟志"、主观反映客观的唯物观点出发,把多方面地反映现实和多方面地影响现实(文学的社会作用)联系起来,提倡诗歌题材的多样化而反对单一化;二、承认题材有差别,强调写有重大社会意义的题材,但又认为题材本身不能决定作品的成败优劣,起决定作用的是作者的主观条件。这一切,都对我们有借鉴意义。

题材的多样化,要求形式的多样化。现实生活是复杂的、不断发展的,反映现实生活的艺术形式也是多样的、不断发展的。我国古代进步的诗论家,既然提倡题材的多样化,那就也必然提倡形式的多样化。

鲁迅先生说过:"歌、诗、词、曲,我以为原是民间物,文人取为己有……"这是符合诗歌发展的实际情况的。我国古代的优秀诗人,都是从民歌中吸取养料和形式,从而取得了卓越的艺术成就,促进了诗歌的发展的。

看看流传至今的最早民歌——《诗经》中的十五"国风",因为那是"劳者歌其事"的,是"感于哀乐,缘事而发"的,所以决定了如下特点:用赋、比、兴方法(形象思维方法)反映现实,抒情达意;题材范围相当广阔;艺术形式相当多样、相当灵活。

就艺术形式看,一篇诗,章数多少没有限制,或两章、或三章、或四章、或五章、或六章、或七章、或八章、或九章、或十章,全视反映现实的需要而定;一章诗,句数多少也没有限制,或两句、或三句、或四句、或五句、或六句、或七句、或八句、或九句、或十句、或十一句,也服从于反映现实、抒情达意的需要;各篇诗,总的说来,以四字句为主,但通篇都是四字句的"齐言诗"并不多,多数是各句字数不等、富于变化的"杂言诗"。晋人挚虞在《文章流别论》里说:

> 古有采诗之官,王者以知得失。古之诗,有三言、四言、五言、六言、七言、八言、九言。古诗率以四言为体,而时有一句、二句杂在四言之间,后世演之,遂以为篇。古诗之三言者,"振振鹭,鹭于飞"之属是也,汉郊庙歌多用之。五言者,"谁谓雀无角,何以穿我屋"之属是也,于俳谐倡乐多用之。六言者,"我姑酌彼金罍"之属是也,乐府亦用之。七言者,"交交黄鸟

止于桑"之属是也,于俳谐倡乐多用之……①

挚虞在这里所讲的"古诗",显然指的是《诗经》,特别是采自民间的《国风》。他的这一段论述,有两点值得注意:一、从三言句到九言句,皆备于《国风》,也就是说,后来的三言诗、四言诗、五言诗、六言诗、七言诗等各种诗的形式,都萌芽于最早的民歌之中;二、《国风》率以四言为体,而时有非四言句杂在四言句之间,这说明最早的民歌,分"齐言诗"和"杂言诗"两大类,而以"杂言诗"为主。明人徐师曾云:

"孔子删诗,杂取周时民俗歌谣之辞,以为十五《国风》,则是古之有诗,皆起于此,故又通谓之诗"②古之有诗,皆起于《国风》——"周时民俗歌谣之辞",古诗的各种形式,也当然来自《国风》——"周时民俗歌谣之辞"。

民歌有地域性,不同地域的民歌在内容和形式上都有各自的特色;民歌有时代性,各个地域的民歌在内容和形式上都跟着时代的发展而发展。《诗经》中无楚风,"风雅既亡,乃有楚狂《凤兮》、孺子《沧浪之歌》,……其辞稍变诗之本体,而以'兮'字为读,则夫楚声固已萌蘖于此矣"③。以离骚为代表的《楚辞》,就是在学习楚地民歌、从中吸取养料和形式的基础上创造出来的。两汉魏晋南北朝的乐府民歌,则是周代民歌的发展,题材范围更加广阔,形式也更加完备。明人胡应麟说:

余历考汉、魏、六朝、唐人诗,有三言、四言、五言、六言、七言、杂言、近体、排律、绝句,乐府皆备有之。……是乐府于诸体无不备有也。④

比起《诗经》中的十五"国风"来,两汉魏晋南北朝乐府民歌的形式,有了

---

① 《艺文类聚》五六。
② 《文体明辨序说·古歌谣辞》。
③ 《文体明辨序说·楚辞》。
④ 《诗薮》内编卷一。

许多新的特点：一、在"齐言诗"中，五言诗已相当成熟，七言诗也日渐增多；二、在五言诗中，有四句一首，偶句押韵，类似五言绝句的作品，也有篇幅长短并无限制，像《饮马长城窟行》《陌上桑》《陇西行》那样的作品；三、"杂言诗"如《上邪》《战城南》《有所思》《孤儿行》《妇病行》《东门行》等等，形式更其灵活，句子长短更富于变化；四、叙事诗的比重较大，并且出现了像《孔雀东南飞》《木兰辞》那样善于展开故事冲突、表现人物性格的杰作。这一切，都为文人们的诗歌创作所借鉴、所提高，经建安而至于盛唐，诗体大备，出现了诗歌史上的高峰。明人胡震亨说：

> 诗自风、雅、颂以降，一变为《离骚》，再变为西汉五言诗，三变为歌行杂体，四变为唐之律诗。诗之至唐，体大备矣！今考唐人集，录所标体名，凡效汉、魏以下诗，声律未叶者，名"往体"。其所变诗体，则声律之叶者，不论长句、绝句，概名为"律诗"、为"近体"。而七言古诗，于"往体"外另为一目，又或名为"歌行"。举其大凡，不过此三者为之区分而已。至宋、元编录唐人总集，始于古、律二体中备析五、七等言为次，于是流委秩然，可得具论：一曰四言古诗，一曰五言古诗，一曰七言古诗，一曰长短句，一曰五言律诗，一曰五言排律，一曰七言律诗，一曰七言排律，一曰五言绝句，一曰七言绝句。外：古体有三字诗，六字诗，三、五、七言诗，一字至七字诗，骚体杂言诗。律体有五言小律，七言小律，又六言律诗及六言绝句。而诸诗内又有"诗"与"乐府"之别。"乐府"内又有"往题"、"新题"之别："往题"者，汉魏以下、陈隋以上乐府古题，唐人所拟作也；"新题"者，古乐府所无，唐人所制为乐府题者。其题，或名"歌"、亦或名"行"、或兼名"歌行"，又有曰"引"者、曰"曲"者、曰"谣"者、曰"辞"者、曰"篇"者，有曰"咏"者、曰"吟"者、曰"叹"者、曰"唱"者、曰"弄"者，复有曰"思"者、曰"怨"者、曰"悲"若"哀"者、曰"乐"者。凡此多属之乐府，然非必尽谱之于乐。谱之乐者，自有大乐、郊庙之乐章，梨园教坊所歌之绝句、所变之长短填词，以及琴操、琵琶、筝笛、胡笳、拍弹等曲，其体不一。而民间之歌谣，又不在其数。唐诗体名，庶尽乎此矣。①

---

① 《唐音癸签》卷一。原文内有小字双行注释，引用时略去。如"五言小律、七言小律"下注云："严沧浪以唐人六句诗合律者称'三韵律诗'，昭代王弇州始名之为'小律'云。"

形式是为内容服务的，反映不同的题材，需要不同的形式，有创作经验的人都懂得这一点。所以唐代诸大家，如宋人赵孟坚所指出，都是"众体该具，弗拘一也。可古则古，可律则律，可乐府杂言则乐府杂言，初未闻举一而废一也"①。正因为"众体该具"，所以能够根据不同题材的特点，选取不同形式，以发挥各种形式的特长，有效地反映千汇万状的社会生活。就杜甫诗歌而言，长篇五古《北征》、《自京赴奉先县咏怀五百字》、《壮游》等诗所写的题材，就很难用绝句、律诗那样短小的形式来表现。反过来说，七绝《赠李白》、五律《月夜》等诗所写的题材，也不需要采用五古、七古之类的长篇形式。这不仅仅是容量大小的问题，还涉及不同性能、不同风格等问题。例如《兵车行》、《乾元中寓居同谷县作歌七首》、《丹青引》、《茅屋为秋风所破歌》等乐府歌行，如果改用五古形式，即使篇幅相等或更长，也无法收到同样的艺术效果。

由此可见，形式的多样性决定于题材的多样性。它不单纯是形式问题，而主要是从多方面有效地反映生活、影响生活的问题。就一个诗人说，能否兼工各体，是判断他是否达到"名家"、"大家"水平的重要标志；就一个时代说，不同题材、不同形式、不同风格的诗歌创作是否百花齐放，也是判断那个时代诗歌盛衰的重要标志。前人曾指出：我国的诗歌发展史上的两个黄金时代——建安时代和盛唐时代，都是"诗体大备"的时代。而"备诸体于建安者，陈王（曹植）也；集大成于开元者，工部（杜甫）也"②。到了大历时期，则如胡震亨在《唐音癸签》（卷七）里所说：

> 自刘（长卿）、郎（士元）、皇甫（冉），以及司空（曙）、崔（峒）、耿（沣），……专诣五言，擅场饯送，外此，无他大篇伟什岿望集中，则其所短尔。

"十才子"等大历诗坛的代表作家中擅长用五言律诗这样的短小形式来写"饯送"这样的狭窄题材，不正表明了这一时期诗歌创作的衰落吗？而题材的狭窄、形式的单一，从根本上说，乃是作者脱离现实、远离人民的恶果。唐人皎然已经接触到这个问题，他说：

---

① 《彝斋文编》卷三《孙雪窗诗序》。
② 《诗薮》内编卷二。

> 大历中,词人多在江外,皇甫冉、严维、张继素、刘长卿、李嘉祐、朱放,窃占青山白云、春风芳草以为己有。吾知诗道初丧,正在于此。①

毛泽东同志在讲到我国诗歌发展时指出:"将来趋势,很可能从民歌中吸引养料和形式,发展成为一套吸引广大读者的新体诗歌。"研究我国古代诗歌形式的起源和发展,对于正确地理解毛泽东同志的这一论述很有帮助。第一、民歌的形式是多样的,不是单一的。有的同志似乎把民歌的范围理解得很狭窄,一讲民歌的形式,就想到用"兴"起头、七字成句、两句或四句成篇的抒情性作品,而不及其他:这不符合民歌的实际。从汉魏六朝的乐府民歌看,不是既有"齐言诗",又有"杂言诗",既有抒情诗,又有像《孔雀东南飞》那样长达一千七百五十字、"杂述十数人口中语,而各肖其声口性情"②的长篇叙事诗吗?从汉魏六朝到现在,我国各民族的民歌形式当然是不断发展、不断增多的。例如藏族史诗《格萨尔王传》,长达一百五十万行,约一千二百万字,体制宏大,文词瑰丽,堪与世界著名史诗媲美。其他如《逃婚调》(傈僳族)、《苗族古歌》、《召树屯》(傣族)、《江格尔》(蒙族)、《阿诗玛》(撒尼族)、《刘三姐》(壮族)等,都是优秀的长篇史诗或叙事诗。我们从民歌中吸取养料和形式,不应把这些排除在外。第二、毛泽东同志讲的是"发展成为一套吸引广大读者的新体诗歌","一套"不等于"一种",有的同志把"一套"理解成"一种",这是不符合毛泽东同志的原意、不利于社会主义诗歌的百花齐放的。第三、历来讲到我国古代诗歌的优良传统,不是《风》、《雅》并提,就是《风》、《骚》同举,都合民歌和文人们的优秀诗歌而言。屈原以来的杰出诗人③,都是从民歌中吸取养料和形式,从而写出优秀诗篇的。而民歌形式,又常常经过杰出诗人的加工而得到完善和发展。毛泽东同志曾经指出:要在民歌和古典诗歌的基础上发展新诗。这显然是在科学地总结了诗歌发展规律的基础上提出来的。后来在《给陈毅同志谈诗的一封信》里又提出"从民歌中吸引养料和形式",不过是强调了学习民歌

---

① 皎然:《诗式》卷四。
② 沈德潜:《说诗晬语》卷上。
③ 例如沈约在《宋书·谢灵运传论》里说:"自汉至魏,四百余年,辞人才子,文体三变。……源其飙流所始,莫不同祖《风》、《骚》。"又如杜甫在《戏为六绝句》中说:"别裁伪体亲《风》、《雅》,转益多师是汝师。""纵使庐王操翰墨,劣于汉魏近《风》、《骚》。"

的重要性,并没有排除古典诗歌的意思。在同一封信里,不是谈了许多关于古典诗歌的问题,还说"李贺诗很值得一读"吗?

盛唐是我国古代诗歌发展的高峰。盛唐时代的杰出诗人,怀着"济苍生"、"安社稷"、"致君尧舜上,再使风俗淳"的政治理想和"穷年忧黎元,叹息肠内热"的思想感情,在向民歌和前代作家学习的基础上用形象思维的方法反映现实,可以说创造了"一套新体诗歌"。李白的歌行,诸如《蜀道难》、《梁甫吟》、《将进酒》、《行路难》、《梦游天姥吟留别》等等,显然源于乐府民歌中的杂言体,但又吸取鲍照乐府杂言诗的优点,杂用《楚辞》和古文句法,从而形成一种比乐府民歌更自由、更解放的新诗体。中唐时期白居易等人的"新乐府",就其"即事名篇,无复倚傍"①,不复沿用乐府旧题这一点说,是受杜甫《兵车行》、《丽人行》等诗的影响;而就"篇无定句,句无定字,系于意,不系于文"②这一点说,则是李白歌行体的发展。杜甫的五古,特别是其中的鸿篇巨制,如《自京赴奉先县咏怀五百字》、《北征》、《述怀》、《壮游》等等,其形式当然源于汉代乐府民歌中的五言体,但又吸取汉魏六朝以来文人们五言诗创作的丰富经验、乃至《史记》等散文创作的优点,熔叙事、写景、抒情、议论于一炉,海涵地负,沉郁顿挫,开有诗以来未有之奇观,不能不说是一种新诗体。至于唐人称为"今体"(或"近体")的那一整套"格律诗",包括五律、五绝、七律、七绝、五排、七排等等,更不用说是在"永明体"的基础上经过由初唐到盛唐杰出诗人的创造才建立起来、完备起来、成熟起来的。

我国古代诗论家提倡诗歌形式的多样化、提倡继承《风》《骚》传统、向民歌及前代诗人的优秀创作学习,从而在原有的基础上进行新的创造,这对我们很有借鉴意义。我们应该把毛泽东同志有关新诗歌发展的一系列论述,诸如"用形象思维方法,反映阶级斗争与生产斗争",在民歌和古典诗歌的基础上发展新诗,"精练、大体整齐、押韵",以及"从民歌中吸引养料和形式,发展成为一套吸引广大读者的新体诗歌"等等联系起来,领会其精神实质,用以指导我们的诗歌创作实践,从而创造出"一套"、而不是"一种"为广大读者喜闻乐见的新体诗,使我们的社会主义诗歌园地百花齐放。

---

① 元稹《乐府古题序》云:"近代唯诗人杜甫《悲陈陶》、《哀江头》、《兵车》、《丽人》等,凡所歌行,率皆即事名篇,无复倚傍。予少时与友人乐天、李公垂辈谓是为当,遂不复拟赋古题。"

② 白居易:《新乐府字》。

我国古代文论家很重视风格的多样化。

曹丕的《典论·论文》，陆机的《文赋》，都谈到文艺作品的风格。《文心雕龙》中的《体性》篇，则是关于风格问题的专论。此后，讨论各种文体、风格的著作更多，唐人司空图的《诗品》，从历代的诗歌创作中概括出二十四种有代表性的风格，颇有影响。

刘勰在《文心雕龙·时序》中，从"歌谣文理，与世推移"，"文变染乎世情，兴废系乎时序"的观点出发，叙述、说明了自陶唐至南齐各个不同时代的文学具有不同的面貌和特色。例如他讲到建安文学时说："观其时文，雅好慷慨，良由世积乱离，风衰俗怨，并志深而笔长，故梗概而多气也。"这实际上谈到了文学的时代风格。如果再溯其渊源，那么"乱世之音怨以怒"、"亡国之音哀以思"；究其发展，那么严羽所说的"以时而论，则有建安体、黄初体、正始体……"①以及胡应麟所说的"风格体裁，人以代异"②等等，都接触到时代风格问题。

不同时代有不同的时代风格，同一时代的不同作者，又各有独特的个人风格。刘勰把文学作品的风格（他叫做"体性"）归因于作者的"情性所铄，陶染所凝。"他所谓的"情性"，指先天的"才"和"气"；他所谓的"陶染"，指后天的"学"和"习"。由于"才有庸隽，气有刚柔，学有浅深，习有雅郑"，所以不同的作者具有不同的艺术风格。他举例说明道："贾生俊发，故文洁而体清；长卿傲诞，故理侈而辞溢；子云沉寂，故志隐而味深；子政简易，故趣昭而事博；孟坚雅懿，故裁密而思靡；平子淹通，故虑周而藻密；仲宣躁锐，故颖出而才果；公干气褊，故言壮而情骇；嗣宗俶傥，故响逸而调远；叔夜隽侠，故兴高而采烈；安仁轻敏，故锋发而韵流；士衡矜重，故情繁而辞隐。"总之，"触类以推，表里必符"，"各师成心，其异如面"，因而"笔区云谲，文苑波诡"③。在这里，刘勰已经涉及艺术风格与作者的创作个性的关系问题。而且，他并没有像他的某些前辈那样把创作个性的形成单纯地归因于先天的"才、气"，还强调了后天的"学、习"，这是难能可贵的。

如果说刘勰所说的"情性"主要指先天的"才、气"，表现了他的局限性的

---

① 《沧浪诗话·诗体》。

② 《诗薮》内编卷二。

③ 《文心雕龙·体性》。

话,那么到了清代的叶燮,就大大前进了一步。叶燮在《原诗》里说:

> 作诗有性情,必有面目。……如杜甫之诗,随举一篇与其一句,无处不可见其忧国爱君,悯时伤乱,遭颠沛而不苟,处穷约而不滥,崎岖兵戈盗贼之地,而以山川景物、友朋怀酒,抒愤陶性,此杜甫之面目也。我一读之,甫之面目,跃然于前;读其诗一日,一日与之对;读其诗终身,日日与之对也,故可慕可乐而可敬也。

可以看出,叶燮所说的"性情",已经包括了我们所说的思想、感情、人格、世界观等等。他所说的"面目",则是作者的"性情"在作品中的表现,类似我们所说的风格。而"作诗有性情,必有面目",其含义略等于我们常说的"风格即人"。

作者创作个性的不同既然决定于"性情"的千差万别,决定于"才有庸、隽,气有刚、柔,学有浅、深,习有雅、郑",那么,艺术风格就必然有高下优劣之分。刘勰等古代文论家,正是基于这样的认识,一方面提倡艺术风格的多样化,另一方面对一些不好的风格,如"轻靡"、"浮艳"等等,持批判态度。

从主要方面说:"风格即人。"有什么样的人格,就有什么样的风格。但文艺作品的风格,是从内容和形式的统一体中表现出来的。因此,同一作者用不同的形式(体裁)表现不同的题材,也会形成风格上的差异。风格的多样性,是和题材、形式的多样性紧密联系的。早在晋代,陆机就已经谈论过这个问题。他说:

> 体有万殊,物无一量,纷纭挥霍,形难为状。辞程才以效伎,意司契而为匠,在有无而僶俛,当浅深而不让。虽离方而遁圆,期穷形而尽相。故夫夸目者尚奢,惬心者贵当,言穷者无隘,论达者惟旷。诗缘情而绮靡,赋体物而浏亮,碑披文以相质,诔缠绵而凄怆,铭博约而温润,箴顿挫而清壮,颂优游以彬蔚,论精微而朗畅,奏平彻以闲雅,说炜晔而谲诳。①

在这一段话中,"体有万殊",是说文体多种多样,各有特点;"物无一量",

---

① 陆机:《文赋》,《昭明文选》卷一七。

是说物象千变万化，没有一定的分限。从"辞程才以效伎"到"论达者惟旷"，是说用一定的文体反映一定的物象，要通过作者的构思，因而作者的个性不能不起作用，其结果是"夸目者尚奢，惬心者贵当，言穷者无隘，论达者惟旷"，因作者个性的差异而表现为不同的风格。而各种文体，其风格的表现又各不相同；"诗缘情而绮靡"以下各句，便概括地说明了诗、赋、碑、诔、铭、箴、颂、论、奏、说等各种文体在风格上的基本特征。

今人谈艺术风格，很少涉及文体。其实，文体对风格有一定的制约性。例如古诗中的"行"、"歌"、"吟"、"谣"、"曲"诸体，姜白石是这样说明它们的特点的：

> 体如行书曰"行"，放情曰"歌"，兼之曰"歌行"悲如蛩螀曰"吟"，通乎俚俗曰"谣"，委曲尽情曰"曲"。①

从这里，不是可以清楚地看出诗体对风格的制约性吗？

胡应麟把诗的风格区分为两大类：一类"以和平、浑厚、悲怆、婉丽为宗"，另一类"以高闲、旷逸、清远、玄妙为宗"。他"历考前人遗集"，看出后一类风格"宜短章，不宜巨什；宜古《选》，不宜歌行；宜五言律，不宜七言律"②。这看法，因为是从大量创作实践中总结出来的，所以非常中肯。

刘勰把"学"与"习"列为形成作家个人风格的必要条件，而又把这一条件与"才"、"气"统一起来，指出一切风格都是"情性"（才、气）所铄、陶染（学、习）所凝，这是很有见地的。就杜甫说，他"不薄今人爱古人"，"转益多师是汝师"，广泛地向古人和同时代人学习，因而能够"上薄《风》《骚》，下该沈、宋，言夺苏、李，气吞曹、刘，掩颜、谢之孤高，杂徐、庾之流丽，尽得古今之体势，而兼人人之所独专"③。但这一切，又都以杜甫的胸襟为之基。从广泛学习中摄取的丰富养料，通过他的胸襟，通过"致君尧舜上，再使风俗淳"的理想，通过"穷年忧黎元，叹息肠内热"的感情，在"因遇得题，因题达情，因情敷句"的时候凝成自己的独特风格。如叶燮在《原诗》中所说："杜甫之诗，包源流，综正变，自

---

① 《白石诗说》。

② 《诗薮》外编卷三。

③ 元稹：《唐检校工部员外郎杜君墓系铭并序》。

甫以前,如汉魏之浑朴古雅,六朝之藻丽秾纤、淡远韶秀,甫诗无一不备;然出于甫,皆甫之诗,无一字一句为前人之诗也。"而这,也就是杜甫所说的"后贤兼旧制,历代各清规。"①在"兼旧制"的前提下更有利于形成自己的风格,这是一个方面;"兼旧制"的目的是为自己深刻地反映现实、抒情达意服务,为自己更好地发挥独创精神服务,这是又一个重要方面。如果把继承变成抄袭、把借鉴变成模拟,那就只能产生公式化的作品。明代公安派的袁宗道说得好:

 爇香者,沉则沉烟、檀则檀气。何也? 其性异也。奏乐者,钟不借鼓响、鼓不假钟音。何也? 其器殊也。文章亦然。有一派学问,则酿出一种意见;有一种意见,则创出一般言语。无意见则虚浮;虚浮,则雷同矣。故大喜者必绝倒,大哀者必号痛,大怒者必叫吼动地,发上指冠。惟戏场中人,心中本无可喜事,而欲强笑;亦无可哀事,而欲强哭;其势不得不假借模拟耳。②

袁宗道在这里指出作家如果有独到的见解和深切的感受,自然就有独特的风格;反之,就只能模拟别人,写出雷同化的作品。这是切中要害的。

一个进步作家在创作上形成独特的艺术风格,这是他的创作趋于成熟的重要标志。

一个成熟作家的所有作品,与其他作家的作品相比较,都有其独特的风格,这是他的艺术风格的统一性。而他的每一篇作品,又各有特色,互不雷同,这又是他的艺术风格的多样性。王安石曾说杜甫的逸诗,"每一篇出,……辄能辨之",就由于杜甫的艺术风格具有统一性。王安石又说杜甫的诗,"有平淡简易者,有绵丽精确者,有严重威武、若三军之帅者,有奋迅驰骤、若羿驾之马者,有淡泊闲静、若山谷隐士者,有风流酝藉、若贵介公子者"③,这说明了杜甫艺术风格的多样性。

我国古代文论家认为:"才学兼众人之长,斯赏识忘一己之美。"④"少陵

---

① 《四部丛刊》影宋本《分门集注杜工部诗》卷一六《偶题》。
② 《白苏斋类集》卷二;《论文(下)》。
③ 《临川先生文集》卷八四《杜工部后集序》。
④ 《苕溪渔隐丛话》前集卷六引《遁斋闲览》。

(杜甫)于李白、元结、王、孟、高、岑,无不推重。香山(白居易)于张籍之古淡、韩昌黎之雄奥、李义山之精丽,无不推重。"①——这种对一切好的艺术风格都加以肯定,不存门户之见的作风,受到了人们的赞扬。与此相反,则受到人们的批评。清人薛雪就尖锐地指出:"从来偏嗜最为小见。如喜清幽者,则绌痛快淋漓之作为愤激,为叫嚣;喜苍劲者,必恶宛转悠扬之音为纤巧,为卑靡。殊不知天地赋物,飞潜动植,各有一性,何莫非两间生气以成此?""人之诗犹物之鸣。莺鸣于春,蛩鸣于秋。必曰莺声佳,可学,使四季万物皆作莺声;又曰蛩声佳,当学,使四季万物皆作蛩声;是因人之偏嗜,而使天地四时皆废,岂不大怪乎?"②

题材、形式、风格的多样化,是文艺园地百花齐放的表现。唐代的诗歌,可谓百花齐放。而前人称赞唐代诗歌的繁荣,就往往从题材、形式、风格的多样化方面着眼。胡应麟的如下一段话,很有代表性:

> 甚矣,诗之盛于唐也!其体则三、四、五言,六、七、杂言,乐府、歌行、近体、绝句,靡弗备矣。其格,则高、卑、远、近、浓、淡、浅、深、巨、细、精、粗、巧、拙、强、弱,靡弗具矣。其调则飘逸、浑雄、沈深、博大、绮丽、幽闲、新奇、猥琐,靡弗谐矣。③

当然,在我国古代文学史上,出于"偏嗜"、出于"文人相轻"、出于"门户之见"、出于某种政治目的,只肯定某种题材、某种形式、某种风格而否定其他的,也大有人在。但从主要倾向看,提倡题材、形式、风格的多样化,则是我国古代文论、特别是诗论的优良传统。而这,也正是我国古典文学、特别是古典诗歌能够取得光辉成就的原因之一。

我们的社会主义文学不同于以前任何时代的文学,这是毫无疑义的。但是,这个不同,主要表现在是否明确地、自觉地为广大人民群众服务上,而不表现在题材、形式、风格是否多样化上。我们的社会主义文学,是明确地、自觉地为广大人民群众服务的,而从事社会主义现代化建设的广大人民群众的艺术

---

① 尚镕《持雅堂文集》卷五《书典论论文后》。

② 《一瓢诗话》。

③ 《诗薮》外编卷三。

需要,又空前高涨,这就迫切地要求我们尽快肃清林彪、"四人帮"推行文化专制主义的余毒,在坚持社会主义方向的前提下,大力发展题材、形式、风格多样化的文艺创作,以满足广大人民群众多方面的艺术需要。从这一意义上说,回顾一下我国古代文学、特别是古代诗歌发展的历史,批判地继承我国古代文论家,特别是诗论家提倡题材、形式、风格多样化的优良传统,还是很有现实意义的。

(原载《古代文学理论研究》第二辑,上海古籍出版社1980年版)

论诗歌创作的设色艺术

作画要讲究设色。诗画相通,作诗也有个设色问题。当然,诗的设色不同于画的设色。

大千世界,五彩缤纷。人对于色彩的感受,是一般美感中最普遍的形式。诗,作为大千世界的折光,自然要展现绚丽多彩的图景,让读者获得美感享受。苏东坡在《书摩诘蓝田烟雨图》中说:"味摩诘之诗,诗中有画。"德国美学家莱辛在《拉奥孔》中也说:"没有图画感,会使一位最生动的诗人变成一位讲废话的人。"

大千世界,千汇万状,形形色色,诗人运用色彩,不能满足于简单地"随类赋彩,以色貌色",而应该精心选择,着意调配,构成和谐、生动的画面。这就叫设色。唐宋以来的杰出诗人,都善于设色。比如杜甫作于成都草堂的《绝句》,大家都很熟悉。这首小诗给予读者的美感,在很大程度上来自作者的设色。第一句"两个黄鹂鸣翠柳",用黄、翠两色。翠,是嫩绿色。说"翠柳",意味着春天刚到人间,柳枝新抽嫩芽;那么,成双成对,在"翠柳"之间跳跃鸣叫的"黄鹂",也是嫩黄色。嫩绿衬嫩黄,色彩既鲜明,又和谐。第二句"一行白鹭上青天",用白、青两色,以广阔的"青天"为背景,"一行白鹭"由低而高,自由飞翔。以青衬白,色彩也鲜明而和谐。通常认为这首诗"连用黄、翠、白、青四种颜色构成一幅绚丽的图案",其实,三、四两句也有色彩。"窗含西岭千秋雪","雪"不是白的吗?山岭积雪与青天相接,青、白映衬,十分悦目。"门泊东吴万里船",那"船"不用说是"泊"在江边的,"蜀江水碧",一江春水,当然更加碧绿可爱。诗中还有一种颜色:"青天"意味着万里无云,"翠柳"意味着初春时节,那么,暖洋洋、红艳艳的阳光,不正在普照大地吗?全诗用了多种色彩,却多而不乱。这因为具有不同色彩的景物或为近景、或为远景,或为低景、或为高景,或为大景、或为小景,或为静景、或为动景;各种景物,各种色彩,或彼此对比、或相互映衬,都统一于明朗的阳光之中,形成鲜明、和谐的色调,令人神清气爽,怡然自乐。

鲜明的色彩能够产生强烈的视觉效果。鲜明的色彩如果与富于动感的形象相结合。其视觉效果便更加突出。善于设色的诗人很懂得这个道理，因而根据创造特定意境的需要，力求使诗中的色彩鲜明活跃。"两个黄鹂鸣翠柳，一行白鹭上青天"，便具有强烈的运动感。杜甫还创造了一种独特的设色法，那是将颜色字置于句首，让读者突然看见色彩，再判断是何种物象以及如何运动。例如《放船》五律的第三联：

青惜峰峦过，黄知橘柚来。

　　江流迅急，船行如箭。忽然看见一片"青"色，及至意识到那是"峰峦"，正待仔细欣赏的时候，可惜它已经过去了。忽然看见万点金"黄"迎面扑来，凭借行船的经验断定那是"橘柚"，正待仔细欣赏的时候，不用说也已经退向船后了。在色彩如此鲜明、动感如此强烈的形象面前，读者的感官怎能保持沉默？
　　杜甫用这种独创的设色法创造出许多类似的警句，如"红入桃花嫩，青归柳叶新"；"碧知湖外草，红见海东云"；"绿垂风折笋，红绽雨肥梅"；"红浸珊瑚短，青悬薜荔长"；"翠深开断壁，红远结飞楼"；"紫收岷岭芋，白种陆池莲"；"白摧朽骨龙虎死，黑入太阴雷雨垂"等等，都由于首出色彩而继写动态，加强了视觉效果。与此相适应，句首的单音色彩字占一个音节，从而打破了五言句二二一、七言句二二二一的常规，句子健拔拗峭，并且具有多感性，更强化了视觉效应。
　　王维则用另一种设色法突现色彩的运动感。《书事》中的"坐看苍苔色，欲上人衣来"，表现诗人"坐看"细雨中的"苍苔"，由于受到雨水的洗濯滋润，其青苍之色越来越亮，仿佛在蔓延、扩散，快要爬上他的衣服。亮度强的色彩可以使人感到向外散射，诗人抓住这一特点而加以强调，便写出了雨中苔色的运动感。《送邢桂州》中的"日落江湖白，潮来天地青"，下句以青色弥漫于整个天地之间描状潮水铺天盖地而来的气势，何等壮阔！上句则以红日西落、暮色苍茫反衬"江湖白"，从而突出了江湖的亮度，产生了强烈的视觉效应。在各种色彩中，白色亮度最高，所以光线幽暗时也能看见。韩愈《李花赠张十一署》写夜间看花"花不见桃惟见李，……白花倒烛天夜明"，郑谷《旅寓洛南村舍》"月黑见梨花"，都抓住了白色亮度最高的特点，用以暗衬明的设色手法，写出了脍炙人口的佳句。

结合物象写出色彩的运动感,如王昌龄的"红旗半卷出辕门",王维的"漠漠水田飞白鹭",李贺的"桃花乱落如红雨",叶绍翁的"一枝红杏出墙来"等等,佳句甚多,不胜枚举。这里再看看韩愈《雉带箭》中的名句:"冲人决起百馀尺,红翎白镞随倾斜。将军仰笑军吏贺,五色离披马前堕。"——野雉被将军射中,带箭奋起,冲向高空,血红的翎毛与银白的箭镞摇晃倾斜,在将军仰天大笑与军吏的纷纷祝贺声中,五彩缤纷的野雉落于马前。真是写生妙手。把静态的色彩用精当的词语加以描状,使它栩栩欲生,乃是诗人常用的手法。例如韩愈的"山红涧碧纷烂漫",白居易的"日出江花红胜火,春来江水绿如蓝"等等,写的都是静景,但色彩何等鲜活!

人的五种感觉——视觉、听觉、触觉、味觉和嗅觉,能够互相沟通、互相转化,这叫"通感"。色彩,诉诸人们的视觉,但似乎又有温度。看红色仿佛感到温暖,看白色仿佛感到清冷,因而有"冷色"、"暖色"之分。诗的设色,并不以产生视觉效应为满足,还要追求"通感"效应。庾信的"山花焰火燃",庾肩吾的"复类红花热",王维的"水上桃花红欲燃",杜甫的"山青花欲燃",白居易咏榴花的"风翻火焰欲烧人",写花红像是即将燃烧、或已经燃烧起来的火焰,令人感到灼热;王维的"月色冷青松",欧阳修的"绿叶阴阴覆砌凉",杨万里的"乔木与修竹,无风生翠寒",则写松青、叶绿、竹翠令人感到清凉,甚至寒冷。以上两类,都由视觉形象转化为触觉形象。王维的"空翠湿人衣",裴迪的"山翠拂人衣",李贺的"黑云压城城欲摧",使读者在目睹空翠、山翠、云黑的同时产生湿感、拂感或压感,也由视觉形象转化为触觉形象。李贺的"天河夜转漂回星,银浦流云学水声",杨万里的"剪剪轻风未是轻,犹吹花片作红声",既诉诸视觉,又诉诸听觉。王维的"色静深松里"亦然,这是写"青溪"的诗,"深松里"的"青溪"之"色",当然与"深松"同样深净,这是视觉形象;而"静",则转向听觉。宋祁的"红杏枝头春意闹",着一"闹"字,视觉形象生动鲜活,也兼有听觉效应。李白的"一枝红艳露凝香",杜甫的"雨里红蕖冉冉香",晏几道的"雨红杏花香",宋徽宗时绘画试题"踏花归去马蹄香",使读者在目睹红艳的同时嗅到花香,由视觉通向嗅觉。韦应物的"怜君卧病思新橘,试摘犹酸亦未黄",则令读者看到尚带绿色的新橘便感到酸味,诉诸味觉。以上各例,都是写本来诉诸视觉的各种色彩由于通感作用,转化为触觉、听觉、嗅觉、味觉形象。

当然,还有反过来的例子,即把本来用于描状视觉形象的色彩,用来描状触觉、听觉、嗅觉、味觉形象,如李世熊的"月凉梦破鸡声白",杜甫的"闻道奔雷黑",齐己的"野桃山杏摘香红",严遂成的"风随柳转声皆绿",沈德潜的"行人便觉须眉绿"等等。写色彩而追求通感效应,便能唤起读者众多的感觉系统参与审美活动,因而所获得的不是单一的美感,而是综合的美感。如读"月凉梦破鸡声白",便同时唤起视觉、触觉和听觉:主人公远离家乡,独宿野店,久久不能入睡,望窗外月色银白,感到"凉";入睡之后,又被"鸡声"惊破客梦;再望窗外,月色茫茫,便感到那"鸡声"与惨白的月色融合无间,也"白"得"凉";而那位客子心绪之悲"凉",已见于言外。如果只写"月"色之"白"而单纯诉诸视觉,怎能使审美感受的内容如此丰富和强烈?

多种色彩的配合可以创造出绚丽多姿的画面,给人以美感。但在特定情况下只用一个颜色字集中而有力地刺激读者的感官,更能调动读者的想象和联想,进行审美再创造。钱起的《省试湘灵鼓瑟》,在以惊人的想象力描绘湘灵鼓瑟的神奇力量之后,以"曲终人不见,江上数峰青"结尾,把读者从神奇的音乐境界带回恬静的青峰碧水之间,鼓瑟人虽然不复可见,而恋念之情,则与"江上数峰"的"青"色同在,悠悠无尽。柳宗元《渔翁》中的"烟销日出不见人,欸乃一声山水绿",随着渔歌的回响,突然展现辽阔的绿色世界,苏轼赞它"有奇趣"。没有这个'绿'色,"奇趣"便无由产生,所以韩愈评此句"六字寻常一字奇"。白居易的《琵琶行》,用绘声绘色的诗句从曲的各种变化直写到"曲终",又用"东船西舫悄无言,惟见江心秋月白"的环境描写作侧面烘托,"江心秋月白"的幽寂、清冷境界存那个"白"字的象征意蕴,令人玩味无穷。钱起、柳宗元、白居易所用的"青"、"绿"、"白",是对自然景物的着色。在写人事方面,也可运用类似的设色手法。杜甫《冬狩行》中的"十年厌见旌旗红",着"红"色于"旌旗",强烈地刺激读者的感官,联想到十年战乱和人民颠沛流离的苦况。杜荀鹤《再经胡城县》中的"今来县宰加朱绂,便是生灵血染成",不说升官而说"加朱绂"(在唐代,"朱绂"是四、五品官的官服),并把颜色相同而性质相反的"朱绂"与"血"联系起来,用一个"染"字表明因果关系,令人怵目惊心。

色彩既有象征意蕴,又可造成感情联想。红色、深红色,被认为是积极的,令人激动的颜色,会使人们联想到火、血和战斗,青色、蓝色、绿色,则唤起对大自然的清快、凉爽的想法,适于安静、闲适的情绪;白色充盈宇宙,可在人们的情绪中引起光明、高洁、纯净、朴素、空灵、虚静等等的反应,还可唤起无穷无尽的空间感与时间感。诗从本质上说是抒发情思的。诗的设色,归根到底,服务于创造意境、抒发情思。前面所谈的许多关于设色的诗句,在整篇诗中,其设色都是为了更好地抒发情思。

从抒发情思的目的着眼,运用明快、鲜艳的色彩构成绚丽的图画,可以有效地抒发特定的情思,比如或以乐景写乐、或以乐景写哀。运用素净、疏淡、苍凉、幽暗、空灵、清雅等等的色调,同样能够抒发特定的情思。比如《诗经·秦风·蒹葭》"蒹葭苍苍,白露为霜。所谓伊人,在水一方"。色调凄清,表现了寂寥、怅惘、眷念伊人的无限深情。其他如王昌龄的"黄尘足今古,白骨乱蓬蒿",崔颢的"黄鹤一去不复返,白云千载空悠悠",王之涣的"白日依山尽,黄河入海流",李白的"黄云万里动风色,白波九道流雪山",孟浩然的"绿树村边合,青山郭外斜",杜甫的"魂来枫林青,魂返关塞黑",刘长卿的"日暮苍山远,天寒白屋贫",郎士元的"白草山头日初没,黄沙戍下悲歌发",司空曙的"雨中黄叶树,灯下白头人",顾况的"故园黄叶满青苔,梦后城头晓角哀"等等,都说明诗的意境、情思千差万别,诗的设色从属于造境、抒情,又怎能千篇一律?

诗中的颜色词有显、隐之分,如杜甫《曲江对酒》中的"桃花细逐杨花落,黄鸟时兼白鸟飞","黄"、"白"是显色词,"桃花"(红)、"杨花"(白)是隐色词。画中的色彩,是视而可见的。诗中的色彩,则靠语言为中介,经过想象和联想,呈现于再创造的画面。因此,诗中用显色的词,固然可以联想到相应的具体色彩;不用显色词而用隐色词,也可通过想象和联想,在脑海里浮现某种着色的图景。例如王昌龄的《采莲曲》:

荷叶罗裙一色裁,芙蓉向脸两边开。
乱入池中看不见,闻歌始觉有人来。

姑娘的罗裙,与周围的荷叶一样碧绿;姑娘的脸庞,与两边的荷花一样红艳。所以她"乱入池中",池外人只看见满池都是荷叶荷花。直到清歌乍起,才意识到池中有一位采莲姑娘。全诗无一显色词,却描绘出一幅多么绚丽的《采莲图》。

诗的设色,隐色词起重要作用。比如李白《客中作》中的"兰陵美酒郁金香,玉碗盛来琥珀光","玉"是白色,"琥珀"是蜡黄色或赤褐色,以洁白的玉碗满盛琥珀色的醇香美酒,真是值得一醉!正因为前两句作了这样有力的铺垫,后两句"但使主人能醉客,不知何处是他乡"才更有韵味。如果忽略了"玉"、"琥珀"两个隐色的词所隐含的色彩,便辜负了作者设色的苦心。

诗中的颜色词有虚实之分。"实"色词代表事物的色彩，如"黄鸟"的"黄"，"翠柳"的"翠"。诗的设色，主要用实色词描绘出特定的画面，构成特定的色调，用以抒发特定的情思。虚色词并不代表色彩，比如"白帝城"、"黄牛峡"，只是两个地名，并不是说那城是白色的、那峡是黄色的。然而诗的设色，也应尽量发挥虚色词的作用。这因为运用虚色词，既可增加字面的颜色美，又可唤起对于实色的联想，从而抒发相应的情思。王维的"一从归白社，不复到青门"，李欣的"白日登山望烽火，黄昏饮马傍交河"，高适的"青枫江上秋天远，白帝城边古木疏"，杜甫的"黄牛峡静滩声转，白马江寒树影稀"，柳淡的"三春白雪归青冢，万里黄河绕黑山"，郑谷的"雨昏青草湖边过，花落黄陵庙里啼"，唐无名氏的"青冢路边秋草合，黑山峰外阵云开"等等，或单用虚色词，或兼用虚色词与实色词，都有助于抒发特定的情思，强化了艺术感染力。其中的几组虚色地名对，设色和谐，对仗精巧，尤给人以独特的美感。"青草湖边"、"黄陵庙里"一联，由于写出了鹧鸪的神韵，其作者郑谷被称为"郑鹧鸪"。

《文心雕龙·物色》篇说："春秋代序，阴阳惨舒，物色之动，心亦摇焉。……物色相召，人谁获安！"因此，"情以物迁，辞以情发"，便有了文学创作。刘勰所说的"物色"，包括一切自然景物，当然也包括自然景物的色彩，所以还提出了"凡摛表五色，贵在时见；若青黄屡出，则繁而不珍"的设色原则。诗不仅描写自然景物，更主要的还在于反映社会生活。从前面所列举的诗句看，唐代诗人的设色，已超出了自然景物的范围。在当代社会，色彩已成为人们生活中一种不可缺少的条件，直接影响人们的情绪，直接关系到各种产品的生产。研究色彩的成因、原理、变化、特点以及与光照的关系等等，是一门复杂的学问，被称为"色彩学"。从人们的社会心理、审美趣味等方面研究"流行色"，又是一门新兴学科。中华诗歌，有讲究设色的悠久传统。从当代色彩学的高度研究诗的设色问题，对于更好地鉴赏古代诗歌，对于提高当代诗歌创作的艺术水准，都有积极意义。

诗的设色，源于现实而高于现实，反转来又通过读者的心灵而美化现实。

水碧山青白鸟飞，百花处处斗芳菲。
人间应有诗中画，彩笔还须着意挥。

（原刊《江海学刊》1993年第5期）

论绝句的起源、类型、特征和艺术鉴赏

何谓绝句？始于何时？这是颇有争议然而又必然首先弄清的问题。

有一种流行的说法：先有律诗，后有绝句；绝句，乃截律诗的一半而成。我们知道，绝句有个别名，那就是"截句"，简称"截"。由此可以看出这种说法的影响之大。

律诗定型于唐代。绝句既然是截取律诗而成的，其产生时期当然不可能早于唐代。我编《历代绝句鉴赏辞典》，约请一位老专家撰写几篇六朝诗的鉴赏稿，他回信说："六朝时期，连绝句这个名称也没有，哪有绝句？还是从唐诗选起，比较稳妥。"看起来，他也是"截句"说的拥护者。

一首律诗，限定八句；五律每句五字，七律每句七字；通常首尾两联不用对仗，中间两联，则必须讲究对仗；平仄，上下两句必须相对，前后两联必须相粘（即第二句与第三句、第四句与第五句、第六句与第七句，第二字平仄必须一致；如果不一致，便是"失粘"）。按照绝句即是截句的说法，一首绝句，正好是一首律诗的一半；四句都不用对仗的，乃是截律诗前两句和后两句而成；四句全用对仗的，乃是截律诗中间四句而成；前两句不用对仗、后两句用对仗的，乃是截律诗前四句而成；前两句用对仗、后两句不用对仗的，乃是截律诗后四句而成。这样，其平仄也都是符合要求的。吴讷《文章辨体序说》引《诗法源流》云："绝句者，截句也。后两句对者是截律诗前四句，前两句对者是截后四句，皆对者是截中四句，皆不对者是截前后各两句。"便是这类说法的代表。

这种说法，貌似合理，实与绝句形成的历史不合。我国诗歌，从《诗经》、《楚辞》到汉魏六朝的乐府民歌和文人创作，已为绝句的形成准备了充分条件。胡应麟《诗薮》云：

> 五七言绝句，盖五言短古、七言短歌之变也。五言短古，杂见汉魏诗中，不可胜数，唐人绝体，实所从来。七言短歌，始于《垓下》，梁陈以降，作

者垒然。

徐荩山《汇纂诗法度针》云：

> 五言绝句，起自汉魏乐府，如《出塞曲》、《桃叶歌》等篇；七言，如《乌栖曲》、《挟瑟曲》等篇，皆其体也。

这一类议论，都是切合实际的。当然，更有真知灼见的，还应推清人李锳，他在《诗法易简录》里说：

> 两句为一联，四句为一绝，其来已久，非始唐人。汉无名氏《古鼚句》云："稿砧今何在？山上复有山。何当大刀头，破镜飞上天。""鼚"字，系古"绝"字，是绝句之名，已见于汉矣。宋文帝见吴迈远云："此人联绝之外，无所复有。"亦一证也。又按宋文帝第九子刘昶封义阳王，和平六年，兵败奔魏，在道慷慨为断句云："白云满障来，黄尘暗天起。关山四面绝，故乡几千里！""断"字或系"鼚"字之误。是绝句之名，原在律诗之前，何得有截律诗之说？宋人妄为诗话，以绝句为截律诗，因有前四截、后四截、中四截、前后四截之说，甚至并易绝句之名为截句，何其谬也！

这里说"绝句之名，已见于汉"，乃是误解（理由见后），但引南朝宋文帝及其子刘昶的有关资料证明绝句之名早在律诗之前，则是确然无误的。

绝句之名，见于六朝，来自"联句"。六朝人的联句有几个特点：一、不像柏梁台联句那样每人各作一句，也不像后来常见的一人先做一句，接着每人各作两句，最后一人作一句结束，而是每人作四句，可以独立成一首小诗；二、作诗者不一定都在同时同地，往往由某人先作四句，寄赠他人，他人各酬和四句，编在一起，实际上是数首各自独立的小诗被编者缀合，其间并无有机的联系。例如《谢宣城集》卷五所收的《阻雪连（联）句遥赠和》，从题目上便可看出，这是以"阻雪"为题，几个朋友"遥"相"赠和"的，每个人的四句诗，都有独立性。把这具有独立性的数首小诗连缀一起，便叫"联句"，如果不加连缀，独立成篇，便称为"绝句"、"断句"或"短句"。试阅《南史》，便可在《宋文帝诸子·晋熙王昶传》、《齐高帝诸子·武陵昭王晔传》、《梁简文帝纪》、《梁元帝纪》、《梁宗室

·临川靖惠王宏传》中分别看到"为断句"、"作短句诗"、"绝句五篇"、"制诗四绝"、"为诗一绝"的记载。有人认为《南史》乃初唐李延寿所撰,不能证明南朝已有"绝句"名称。然而徐陵(507—583)的《玉台新咏》编于南朝梁代,卷十专收五言四句小诗,题中标出"绝句"名称的,便有吴均《杂绝句四首》、庾信《和侃法师三绝》、梁简文帝《绝句赐丽人》、刘孝威《和定襄侯八绝初笄》、江伯瑶《和定襄侯八绝楚越衫》。这可能都是作者自己命题的。更值得注意的是:徐陵把四首汉代民间歌谣编在卷十之首,题为《古绝句四首》。李锳在《诗法易简录》里以此为根据,断言"绝句之名已见于汉",其错误在于忽略了那个"古"字。汉代人怎会把同时代的诗歌称为"古"绝句呢?合理的解释是:徐陵特意把当时流行的一种新体小诗编为一卷,其中有些题目已标明是"绝句",未标明的,他也认为是"绝句",因而把原来并没有题目、其样式很像当时"绝句"的四首汉代民歌编在一起,加上"古绝句"的题目,列于此卷之首,意在表明当时的"绝句",并不是突然出现的。

　　绝句就字数说,有五言绝句和七言绝句。从形成过程看,五绝早于七绝。五绝源于汉魏乐府古诗,质朴高古,崇尚自然真趣。六朝逐渐流行,至唐代而大盛,出现了李白、王维、崔国辅等人的大量名篇。其后则作者渐少。七绝源于南朝乐府歌行,风格多样,崇尚情思深婉,风神摇曳。初唐逐渐流行,至盛唐、中唐、晚唐而大盛,名家辈出,名作如林,逐渐取代了五绝的优势。历宋、元、明、清而佳作继出,其势未衰。就《全唐诗》存诗一卷以上的诗人之诗统计:初唐,五绝一百七十二首,七绝七十七首;盛唐,五绝二百七十九首,七绝四百七十二首;中唐,五绝一千零十五首,七绝二千九百三十首;晚唐,五绝六百七十四首,七绝三千五百九十一首。从这些统计数字,可以看出五绝和七绝的发展趋势。

　　此外还有六言绝句,一般认为源于汉代谷永,曹植、陆机等亦有六言诗,至初唐诸家应制赋《回波词》,始定为四句正格。六绝易做而难工,所以作者寥寥;然而王维的《田园乐》七首、皇甫冉的《问李二司直所居云山》和王安石的《题西太一宫》二首,都精妙绝伦,至今传诵。

　　绝句就格律说,有古体绝句、律体绝句、拗体绝句。董文焕《声调四谱图说》云:

　　　　七言绝句之法,与五绝同,亦分三格:曰律、曰古、曰拗。

古绝，属于古体诗的范畴；律绝，属于近体诗的范畴。从绝句演变发展的角度看，汉魏六朝时期类似《玉台新咏》所收《古绝句》那样具有自然音韵之美的四句小诗，可称古绝；在"永明体"以来诗歌律化的过程中出现的四句小诗，虽已接近后来的律绝，但还不合律绝格律，也应该称为古绝。

古绝句的特点如果只用一句话概括，那就是不受近体诗格律的束缚。当然，基本条件是必须具备的，那就是二、四两句或一、二、四句必须押韵。在押韵方面，也比律绝自由，即律绝必须押平声韵，古绝则既可押平声韵，也可押仄声韵。

这里有一点应该特别注意。不少人认为，在唐代及其以后，便是律绝的天下，不再出现古体绝句了。其实不然。在包括律诗、绝句在内的近体诗定型之后，诗人们既写近体诗，也写古体诗，出现了无数五古、七古杰作，这是谁都知道的。古体绝句这种别饶韵味的小诗，在唐代伟大诗人笔下也开放了绚丽的艺术之花。试阅各种唐诗选本，被归入绝句一类的不少名篇，不太留意格律的读者总以为那都是律绝，其实呢，有的是古绝，有的则是拗绝。

就五绝而言，李白、王维、崔国辅，这是盛唐五绝的三鼎足。而李白的五绝，得力于六朝清商小乐府和谢朓、何逊等文人乐府，多用乐府旧题。名篇如《王昭君》、《玉阶怨》、《静夜思》、《越女词》（五首）、《自遣》等等，何一非古体绝句《秋浦歌》中的"秋浦多白猿，超腾若飞雪。牵引条上儿，饮弄水中月"之类，也与律绝毫无共同之处。这个问题前人多已指出，如胡应麟《诗薮》云："太白五言如《静夜思》、《玉阶怨》等，妙绝古今，然亦齐梁体格。"谢榛《四溟诗话》云："太白五言绝句，平韵律体兼仄韵古体，景少而情多。"这都是切中肯綮的。王维五绝，以《辋川集》二十首为代表，以淳古淡泊之音，写山林闲适之趣，清幽绝俗，色相俱泯。不言而喻，这样的诗适于用古绝；如用律绝，那种与诗的意境相和谐的淳古淡泊之音便没有了。试读这二十首小诗，绝大部分押仄声韵，不调平仄；极少数押平声韵。即使押平声韵，如《北垞》，"北垞湖水北，杂树映朱栏。透迤南川水，明灭青林端"，末句三平脚，也不能算律绝。《辋川集》以外的五绝名篇，如《杂诗》"君自故乡来，应知故乡事。来日绮窗前，寒梅着花未"；"家住孟津河，门对孟津口。常有江南船，寄书家中否"；《临高台送黎拾遗》"相送临高台，川原杳无极。日暮飞鸟还，行人去不息"；以及《崔兴宗写真咏》"画君少年时，如今君已老。今时新识人，知君旧时好"等等，也都是古体绝句。至于崔国辅的五绝，如前人所指出："自齐梁乐府中来"（乔亿《剑溪说诗》），与

《子夜》、《读曲》一脉相承,多用乐府旧题写儿女情思,清新明丽,婉转动人。如《怨词》(二首)、《铜雀台》、《襄阳曲》、《魏宫词》、《长乐少年行》等名篇,大都沿用齐梁体格,属于古绝范畴。此外,不少万口传诵的唐人五绝,如柳宗元的"千山鸟飞绝"、刘长卿的"苍苍竹林寺"、韦应物的"遥知郡斋夜"、崔颢的"君家何处住"、李商隐的"向晚意不适"、贾岛的"松下问童子"、李端的"开帘见新月"等等,也都并非律体。

唐人五绝杰作之所以多用古体,主要原因在于:五绝源于乐府民歌,崇尚真情流露,自然超妙;其音韵亦以纯乎天籁为高。前人多已阐明此意,如杨寿楠《云荘诗话》云:

诗至五绝,纯乎天籁,寥寥二十字中,学问才力,俱无所施,而诗之真性情、真面目出矣。

李重华《贞一斋诗话》云:

五言绝发源《子夜歌》,别无谬巧,取其天然,二十字如弹丸脱手为妙。李白、王维、崔国辅各擅其胜,工者俱吻合乎此。

沈德潜《说诗晬语》云:

右丞(王维)之自然,太白(李白)之高妙,苏州(韦应物)之古淡,并入化机。而三家中,太白近乐府,右丞、苏州近古诗,又各擅胜场也。

这些评论在较大程度上概括了五言绝句的艺术特质,而多用古体之故,也灼然可见。

唐人七绝,也有古体,不过比起五绝来,数量要少得多。举名家名篇为例,如高适的《营州歌》:

营州少年厌原野,狐裘蒙茸猎城下。
虏酒千杯不醉人,胡儿十岁能骑马。

有人会说：这是古诗，不是绝句。当然，既押仄声韵，又全不讲究平仄和粘对，确与律体绝句迥异。然而试加吟诵，情调韵味，都像绝句，不少选本也列入绝句。

如前所说，"绝句"之名，早见于六朝，然而都指的是五言四句的小诗。称七言四句小诗为绝句，最早见于何人何书，似乎还没有人考查过。显而易见的事实是：在唐代诗人中，喜欢在诗题中标明"绝句"的是杜甫。就七言说，标明"绝句"的就有十二题，而且多是组诗，一题数首或十余首。这许多标明"绝句"的诗，堪称律绝的并不多，有些是拗绝，另一些则是古绝，如《三绝句》组诗的前两首：

前年渝州杀刺史，今年开州杀刺史。
群盗相随剧虎狼，食人更肯留妻子？

二十一家同入蜀，惟残一人出骆谷。
自说二女啮臂时，回首却向秦云哭。

就格律而言，押仄声韵，平仄不谐，与高适的《营州歌》相类似，而题目却分明是"绝句"。

拗体绝句，这是律体绝句形成之后出现的。所谓"拗"，是指声调不合律。平仄不合律的诗句叫"拗句"，句与句之间排列关系不合律，即"失粘"的诗篇叫"拗体"。

拗体绝句，通常认为创自杜甫。董文焕《声调四谱图说》云："拗绝一种，与七律拗体同为老杜特创。"翟翚《声调谱拾遗》云："七言绝句，源流与五言相似，惟少陵所作，特多拗体。"其实，拗绝并非杜甫所首创，也非杜甫所独有。就七绝名篇而言，王昌龄的《采莲曲》（二首）、《浣沙女》，王维的《送沈子福归江东》、《凉州赛神》、《送元二使安西》，李白的《山中答俗人》、《长门怨》（二首其一）、《少年行》、《送贺宾客归越》、《宣城见杜鹃花》、《哭晁卿衡》、《山中与幽人对酌》等等，都"失粘"，有的且有"拗句"。

当然，在近体诗形成之后，绝句无疑以律绝为主流。今人做绝句，不应该以古代原有古绝、拗绝为由，为自己压根儿还不懂格律进行辩护。然而，某些精通格律的人为了追求音节峭拔、拗折以表现特定的情趣而有意运用古体、拗体,也确实写出了别开生面的好诗,如果讥笑这样的作者不懂格律,那便是错误的。如果认定所谓绝句仅限于律绝,选历代绝句,凡不合律绝格律的佳作必须一概摒弃,那更是有害的。

至于律绝,一般认为是律诗形成的唐代才有的。比较流行的"截句"说,就认为先有律诗,然后截其一半为绝句。然而事实上,早在齐梁以来诗歌律化过程中就已有完全合律的绝句出现,顺手举几个例子:

心逐南云逝,形随北雁来。故乡篱下菊,今日几花开。
——江总《长安九日》

日月光天德,山河壮帝居。太平无以报,愿上万年书。
——陈后主《入隋侍宴应诏》

杨柳青青着地垂,杨花漫漫搅天飞。
柳条折尽花飞尽,借问行人归不归?
——隋无名氏《送别》

至于基本上符合律绝格律的作品,在六朝乐府民歌和文人创作中更屡见不鲜。由此可见,律绝的形成早在律诗之前。

这里有必要谈谈律绝的格律。

包括律诗、律绝在内的近体诗的形成,把我国古典诗歌的发展推向新的阶段。诗,它的优势之一是具有音乐性。诗人直抒胸臆,发于自然,纯乎天籁,其作品当然也有音乐性;然而这无法保证一定能够臻于完美。因此,古代诗人无不为了强化诗歌的音乐美而艰苦摸索。晋宋以后,更重声律。及至齐梁,沈约、周颙、谢朓、王融等人作诗,讲究四声,强调"五字之中,音韵悉异;两句之内,角徵不同"(《南史·陆厥传》),加速了诗歌律化的进程,终于形成了近体诗的完整格律,使诗人对音乐美的追求从必然王国进入自由王国。

律绝的格律,主要表现在如何押韵和如何协调平仄。

就押韵说,双句的最后一个字(韵脚)必须押平声同一韵部的韵(韵母相同);第一句可押可不押。第一句不押韵的,如王之焕《登鹳鹊楼》:

白日依山尽,黄河入海流。欲穷千里目,更上一层楼。

第一句押韵的,如杜牧《山行》:

远上寒山石径斜,白云生处有人家。
停车坐爱枫林晚,霜叶红于二月花。

这样,同韵的韵脚作为诗句的最后一个音节在一首诗中反复出现,既加强了节奏感,又具有回环美。

就平仄说,四声中的"平声哀而安,上声厉而举,去声清而远,入声直而促"(《文镜秘府论》引初唐《文笔式》)。以平声为平,合上、去、入为仄,平仄交替,便形成抑扬顿挫,错落有致的节奏旋律。

所谓平仄交替,指平仄音步的组合。五言绝每句三个音步,七言绝每句四个音步。两个字的音步,决定平仄的主要是第二个字。

律绝的平仄律,可以概括成如下三点:

一、在本句之中,音步平仄相间;
二、在对句之间,音步平仄相对;
三、在两联之间,音步平仄相粘。

五绝和七绝,都有平起式、仄起式和首句押韵、不押韵之别,因而通常各列为四式。其实,首句押韵、不押韵,只是在首句的后两个音步上有些变化,其他各句都是不变的。

就五绝说,如果首句仄起,不押韵,其平仄格式便是:

仄仄|平平|仄　平平|仄仄|平　平平|平|仄仄　仄仄|仄|平平

很清楚,每句音步的平仄都是相间的;第一、第二两句音步的平仄是相对的,第三、第四两句音步的平仄也是相对的;两联之间,即第二句和第三句的头一个音步是相同的,这叫相粘。

如果首句起韵,则把后两个音步颠倒,变成"仄仄仄平平"即可,以下各句都不变。

这样,五绝仄起首句押韵与不押韵的两种格式便都清楚了。

如果首句平起，不押韵，其平仄格式便是：

平平|平仄仄　仄仄|仄|平平　仄仄|平平|仄　平平|仄仄|平

如果首句起韵，则把后两个音节颠倒，使全句变成"平平仄仄平"，以下各句皆不变。

这样，五绝平起首句押韵与不押韵两种格式，也就清楚了。

根据"同句之中音步平仄相间"的原则，在五言律句的头上加两个字，便是七言律句。比如五言句"平平仄仄平"要变七言句，便在头上加两个仄声字，变成"仄仄平平仄仄平"，其他可以类推。因此，懂得了五绝的四种格式，也就掌握了七绝的四种格式。

从格律上说，绝句是律诗的一半。把一首绝句的格式重叠一次，便是律诗的格式。这样，四种五律格式与四种七律格式，也可一一推出，不必死记。

以上用最简单、最易理解、最易记忆的办法谈了律绝的格律，这对鉴赏绝句的音乐美是必要的。

关于绝句的特点和优点，前人论述颇多，这里只引杨寿楠《云荭诗话》中的一段话以见一斑：

五绝纯乎天籁，七绝可参以人工。二十八字中，要使篇无累句，句无累字，篇若贯珠，句若缀玉，意贵含蓄，词贵婉转。鸾箫凤笙，不足喻其音之和也；明珰翠羽，不足喻其色之妍也；烟绡雾縠，不足喻其质之轻也；荷露梅雪，不足喻其味之清也。有唐一代，名作如林，……此皆千古绝唱。旗亭风雪中听双鬟发声，足令人回肠荡气也。

这里讲到的含蓄、婉转、音和、色妍、味清等等，都是绝句的重要特质。绝句作为古典诗歌中最有魅力的艺术品种，其突出特点是短而精。要用寥寥二十字或二十八字做成一首好诗，说大话、发空论、炫耀才学、卖弄词藻、铺排典故，都不行；必须情感真挚，兴会淋漓，神与境会，境从句显，景溢目前，意在言外，节短而韵长，语近而情遥，神味渊永，兴象玲珑，令人一唱三叹，低回想象于无穷。唐代绝句，成就最高，流传至今的总数多达万首（见《万首唐人绝句》），其中的大量佳作，在不同程度上达到了这样迷人的艺术境界。宋代绝句，别有风韵,王安石、苏轼、黄庭坚、陆游、范成大、杨万里诸大家,各有独创性,传世之作,至今脍炙人口。辽、金、元、明,相对于唐宋时代而言,古典诗歌处于低谷,然而绝句这种小诗仍然繁花盛开。清代、近代,古典诗歌又进入新的繁荣昌盛时期,流派纷呈,争新斗奇,绝句的创作也大放异彩。

绝句这种小诗以其易读易记而韵味无穷的优点获得了永恒的艺术生命,至今仍为各种不同文化层次的人们所偏爱。

近几年来出现了古典文学、特别是古典诗歌的鉴赏热,有关书籍畅销全国,方兴未艾,表明广大读者迫切需要从祖国文艺宝库的无数珍品中发掘精神财富,吸取心灵营养。这当然是令人振奋的可喜现象。然而搞文学研究而鄙薄文学鉴赏、甚至泼冷水的人也是有的,因而有必要说几句话。

文学鉴赏在整个文学活动系统中占有极其重要的地位,不容忽视。所谓"文学活动系统",是由生活、作家、作品、读者四个相互关联的要素构成的。作家从令他激动的社会生活中吸取素材和灵感,创造出文学作品,为人们提供了精神财富。然而不言而喻,不管这作品如何杰出,如果无人理睬,那就毫无意义。大家知道,文艺作品之所以可贵,在于它有极高的审美价值和社会作用。但这一切都不过是一种"潜能",不可能"自动地"实现。要实现,必须通过读者的阅读、理解和鉴赏。从文学反映社会生活并反作用于社会生活的全过程来看:反映生活的过程,是通过作家的艺术创造完成的;反作用于社会生活的过程,是通过读者的艺术鉴赏完成的。文艺作品只有通过文艺鉴赏,才能使读者沉浸于美的享受中,陶冶性情,开阔视野,提高精神境界,文艺作品潜在的智育、德育、美育作用,才能得到实现和发挥。

文艺鉴赏的意义还不止如此。对于作家来说,常常从文艺鉴赏反馈的信息中领悟到更高层次的审美情趣和审美理想,从而反思自己的成败得失,把此后的创作推进到新的领域。

高水平的鉴赏必须建立在对作品本身以及作家经历、社会背景等等彻底了解的基础之上,因此,校勘、训诂、考证以及各种相关问题的研究等等都是必要的。然而归根结蒂,这一切,其作用都在有助于对文艺作品的鉴赏,使其潜在的社会功能得以实现,并指导创作。这是一个方面。另一个方面,对作品的理解还不等于高水平的鉴赏。文艺鉴赏乃是一种艺术的再创造,而不是对作品内容的刻板复述。文艺作品描绘的一切有其确定性的一面,这种确定性的东西愈是显而易见,读者的鉴赏就愈有一致性。正因为这样,古今中外的名作才能被不同时代、不同民族的读者共同欣赏。然而一切优秀的作品都具有含蓄美,用接受美学的术语说,就是都具有"意义不确定性和意义空白"。鉴赏家的艺术再创造,就在于从作品实际出发,凭借自己的艺术敏感和审美经验,调动有关的生活阅历和知识库存,驰骋联想和想象,细致入微地阐明作品的象征、隐喻、暗示和含而未露、蓄而待发的种种内容与含义,并补充其"空白",突现其隐秘,甚至发掘出作者压根儿没有意识到的东西。当然,鉴赏者的这些阐明、补充和发掘,即使有一些是作者不曾意识到的,却应该是符合作品的客观意义的。在这里,应该坚决反对的是主观随意性。

对文艺作品能否鉴赏和鉴赏水平的高低,取决于鉴赏者的主体条件。刘勰在《文心雕龙·知音》的开头便慨叹"知音其难哉!"马克思在《1844年经济学—哲学手稿》里则说"对于不辨音律的耳朵说来,最美的音乐也毫无意义,音乐对它说来不是对象,因为我的对象只能是我的本质力量之一的确证"。因此,刘勰强调"操千曲而后晓声",马克思指出"如果你想得到艺术的享受,你本身就必须是一个有艺术修养的人"。

鉴赏文学作品,当然需要懂得文艺学、语言学、心理学、哲学和文学发展史,鉴赏古典诗歌,还得通晓历史、地理、音韵、训诂、考据、书法绘画乃至宗教、民俗。而通过长期精读名作培育起来的艺术敏感和通过亲身的创作实践积累起来的心得体会,往往能在鉴赏作品时迅速透过外在形态而把握其内在意蕴,捕捉其象外之象、言外之意、弦外之音,而确切的审美判断,即寓于无穷的艺术享受之中。

由此可见,高层次的文学鉴赏并非一蹴可及,然而又并非高不可攀。鉴赏水平较低的读者在扩大知识领域、加强艺术修养的同时结合高质量的鉴赏文章精读名作,日积月累,就会不断提高自己的鉴赏水平。

(原刊《唐都学刊》1991年第4期)

简论近体诗格律的正与变

《唐代文学研究年鉴·1983年卷》的"唐代文学研究笔谈"一栏中,发表过我的一篇短文,题为《"断代"的研究内容与"非断代"的研究方法》。其中说:

> "断代"的研究内容不宜用"断代"的研究方法。就研究唐诗说,不应割断它与唐以前、唐以后诗歌发展的联系,尤其不应忽视唐诗与今诗的联系。具体地说,研究唐诗的人也应该研究"五四"以来的诗歌发展史,研究新时期诗歌创作的成败得失及发展前途。
>
> 王充说过:"知古不知今,谓之陆沉。"(《论衡·谢短篇》)这里的"陆沉",指泥古而不合时宜。只研究唐诗而不同时了解并且关心当前诗歌创作的状况,其泥古而不合时宜,就很难避免。我国古代的杰出学者评论前代诗歌,都既了解当时诗歌创作的实际,又着眼于当时诗歌创作水平的提高。例如钟嵘,他在《诗品》里论述了自汉至梁一百多位诗人及其诗作的优劣,阐明了重"风力"、重自然而不轻视词采的正面主张;而对"理过其辞,淡乎寡味"的玄言诗及当时堆砌典故、片面追求声律的诗风,则给予中肯的批评,切中时弊。[①]

改革开放以来,不仅"五四"以来的新诗创作标新立异,热闹非凡;而且被冷落多年的传统诗词也焕发出勃勃生机,诗会、诗社、诗刊、诗报有如雨后春笋,不断破土而出,遍及神州大地。近几年逐渐由社会延伸到各类学校,许多大学、中学也纷纷建诗社、出诗刊;而《青年诗词选》、《大学生诗词选》、《中学生诗词选》一类的出版物,也层出不穷,方兴未艾。这种十分可喜的现状,研究唐诗和历代诗歌的专家们,无疑应给予热情的关注。

---

① 《唐代文学研究年鉴·1983年卷》,陕西人民出版社1984年版,第22—23页。

从当前诗坛的实际情况看,如果说新诗创作的偏向是过分脱离传统,那么传统诗歌创作的局限,则是过分拘守格律,知正而不知变。近十多年来,传统诗、词、曲各体尽管都被运用,但比较而言,普遍运用的还是五、七言律、绝,也就是唐人所谓的"近体诗"。因此,本文以《简论近体诗格律的正与变》为题,试图为当前的近体诗创作提供借鉴。

律诗、绝句定型于初唐(当然个别合律的诗唐以前就出现了),故唐人把这一套诗体叫"近体",而把旧有各体叫"古体"。从"永明体"肇始,经过无数诗人的创造而建立起来、完备起来的近体诗,是汉语优点的充分发扬,也是诗歌传统经验的总结和提高。"四声"虽然是南齐永明时期的沈约等人提出来的,但一字一音而音有平仄,却是方块汉字固有的特点。因此,早在三千年前的《诗经》中,就往往出现声调和谐的句子,即后人所谓的"律句"。就第一篇《关雎》看,如"参差荇菜,左右流之;窈窕淑女,寤寐求之",如果把"窕"换成平声字,则四句诗完全"合律"。《楚辞》也如此,如《离骚》开头的"帝高阳之苗裔兮,朕皇考曰伯庸",其中的"高阳"、"苗裔"和"皇考"、"伯庸",正好是平仄相对的四个节,也"合律"。到了汉魏五言诗,如曹植的"驱马过西京"、王粲的"回首望长安"等完全合律的句子更多,无烦详举。构成律绝的要素之一"平仄律",就这样逐渐形成了。单音节的汉字每一个字都有形有音有义。就字义说,"天"与"地","高"与"下","多"与"少","贫"与"富","红"与"绿","男"与"女",以此类推,每一个字都可以找到一个乃至好多个字与他对偶,更妙的是其平仄也往往是相对的。构成律诗的另一要素"对偶律",就这样逐渐形成了。律绝之所以或为五言,或为七言,是因为五言诗、七言诗的创作已有悠久历史,取得了丰富的成功经验。经验证明:五、七言句最适于汉语单音节、双音节的词灵活组合,也最适于体现一句之中平(扬)仄(抑)音节相间的抑扬律。而且,五、七言句既不局促,又不冗长,因字数有限而迫使作者炼字、炼句、炼意,力求做到"以少总多","词约意丰"。绝句定型为四句,是由于四句诗恰恰可以体现章法上的起承转合,六朝以来的四句小诗已开先河。律、绝的平仄律不外三个要点:一、本句之中平仄音节相间;二、两句(一联)之间平仄音节相对;三、两联之间平仄音节相粘。而由四句两联构成的绝句,恰恰体现了这三条规律,从而组合成完整的声律单位。律诗每首八句,从声律上说,是两首绝句的衔接,前首末句与后首起句"相粘",从而粘合为一个完整单位;从章法上说,每首四联,也适于体现起承转合、抑扬顿挫的变化;首尾两联对偶与否不限,中间两联对偶,体现了骈散结合的优势,视觉上的对仗工丽与听觉上的平仄调谐强化了审美因素;偶句一般押平声韵(绝句有押仄韵的),首句可押可不押。总之,五、七言律、绝充分体现了汉语独有的许多优点,兼备多种审美因素,是最精美的诗体。初唐以来的杰出诗人运用这一套诗体创作了无数声情并茂的佳作,由于篇幅简短,篇有定句,句有定字,字有定声以及对偶、粘对的规范,一读便能记诵,因而流传最广,影响深远。

近体诗定型,人们都那么作,清代以前,未见有平仄谱之类的书流传。清初王渔洋著有《律诗定体》①,分"五言仄起不入韵"、"五言仄起入韵"、"五言平起不入韵"、"五言平起入韵"、"七言平起不入韵"、"七言平起入韵"、"七言仄起不入韵"、"七言仄起入韵"八式,每式选一首最标准的诗,旁边用平、仄、可平可仄几种符号标明,略有文字解说。我童年学诗,家父就是选出平起、仄起、首句入韵、首句不入韵等式最标准的唐诗让我背诵以代平仄谱的。近十多年来,讲诗词格律的小册子很多,大都列出最标准的平仄谱,个别可平可仄的则用符号圈出。关于律绝,也有讲到"拗救"的,但讲得极简略,远远未能概括唐人近体诗的实际情况。由于主张舍平水韵而按普通话读音押新韵的人越来越多,所以许多诗刊、诗报的主编便不约而同地提出:"押韵可以放宽,平仄必须从严。"理由是:律诗、绝句是严格的格律诗,格律(主要是平仄)必须严守。因此,品评一首律诗或绝句,不看意境如何,首先从平仄上挑毛病。某句拗一字,便说此句不合律;上句拗,下句救,就说两句都不合律。这种现状,是很不利于律绝创作健康发展的。

"文成法立",律、绝的所谓"正体"或"定体",是根据部分有代表性的作品概括出来的,不一定完全符合所有作品。在诗人们有了共识之后,也往往会突破这种"正体"。突破"正体"的原因不一而足,就其重要者而言,首先是为了更好地表现内容。形式是为表现内容服务的,当特定的形式不适于表现特定内容的时候,就必须突破形式,这是人所共知的规律。平仄"正体"属于形式范畴,为更好地抒情达意而突破平仄"正体",就出现了所谓"拗"。其次,老按"正体"作诗,时间既久,就给人以"圆熟"之感,有胆识的诗人往往有意用"拗字"、作"拗句",创造一种生新峭拔的音调,有助于表现特定的情思。宋人范晞

---

① 收入《清诗话》上册,上海古籍出版社1963年版。

文注意到这一点,他在《对床夜语》中曾以杜甫的诗句为例,中肯地指出:"五言律诗固要贴妥,然贴妥太过,必流于衰。苟时能出奇,于第三字下一拗字,则贴妥中隐然有峻直之风。"①其实,唐人为了避免"贴妥太过而流于衰",往往不止"下一拗字",而是一首之中拗数字、数句乃至失对失粘的情况都屡见不鲜。求变求新,也是诗歌创作的规律。杜甫曾说"遣词必中律"②,"文律早周旋"③,"诗律群公问"④,可见他是最懂"律"的。又说他"晚节渐于诗律细"⑤,其晚年所作七律组诗《诸将五首》、《咏怀古迹五首》、特别是《秋兴八首》,格高调谐,垂范百代,的确达到了"诗律细"的极致。但他同时又突破格律,七言拗律的创作层见叠出,千变万化,至《白帝城最高楼》而攀上了艺术创新的高峰。由此可以推想,杜甫所说的"诗律",兼包诗歌创作的艺术规律和我们所说的"格律",律、绝的"格律"从属于诗歌创作的艺术规律,而不是相反,应是硬道理。

所谓"拗救",是后人根据唐诗的某些具体诗句概括出来的。王力先生在《汉语诗律学·序》中说:"在没有看见董文涣的《声调四谱图说》以前,我自己就不知道律诗中有所谓拗救(更正确地说,我从前只知有'拗'而不知有'救')。"⑥其实,早在董文涣之前约二百年,王渔洋在《律诗定体》中于"好风天上至"句下说:"如'上'字拗用平,则第三字必用仄救之。"⑦赵执信《声调谱》⑧和翟翚《声调谱拾遗》⑨都主要谈古体诗声调,但也各举五律、七律、七绝的例子讲了"拗救"。董文涣的《声调四谱图说》⑩五言古诗五卷,七言古诗五卷,五言律诗一卷,七言律诗一卷,仍以论古体诗声调为主;但五律、七律毕竟各占一卷,选诗较多,讲"拗救"也较详。王力先生在《汉语诗律学》中用二十二节论近体诗,讲"拗救"占了一节。他博取前人成果,益以自己的研究心得,

---

① 《历代诗话续编》上册,中华书局1983年版,第418页。
② 《桥陵诗三十韵因呈县内诸官》,见《杜诗详注》,中华书局1979年版,第235页。
③ 《哭韦大夫之晋》,同上第1993页。
④ 《承沈八丈东美除膳部员外郎阻雨未遂驰贺奉寄此诗》,同上第211页。
⑤ 《遣闷戏呈路十九曹长》,同上第1602页。
⑥ 《汉语诗律学》,上海教育出版社1983年版,第4页。
⑦ 见《清诗话》上册,第113页。
⑧ 见《清诗话》上册。
⑨ 见《清诗话》上册。
⑩ 同治三年洪洞董氏刻本。

对"拗救"举例既多,论述之详也超越前人。

如果说律绝的"正体"是近体诗格律的"正",那么平仄方面的"拗"对于近体诗的平仄律来说,就是突破,就是"变"。"拗救"的提出和研究成果无疑是一种贡献,但"拗"而不"救"的情况在《全唐诗》中又随处可见,不胜枚举。"拗"而不"救",当然是"变";"拗"而相"救",也同样是"变"。

如果从包罗近五万首诗的《全唐诗》中选取几十个例子说明"拗",读者会认为那只是个别现象,不能说明问题。因此,我主要将取例的范围限于沈德潜《唐诗别裁集》中的近体诗。沈德潜是格调派的首领,如果以重格调为选诗标准之一的《唐诗别裁集》尚不能排除大量突破平仄"正体"的佳作,那就足以说明近体诗格律的"变"是一种值得注意的普遍趋向。

先谈"平平仄平仄"和"仄仄平平仄平仄"。

近体诗的句式两音为一节,句末一音为一节,双音节的第二音为节奏点,决定音节的平仄。按定式,音节的平仄是相间的,例如五言的"平平仄仄平"、七言的"仄仄平平仄仄平"。既如此,那么"平平仄平仄",前两节都成了平节;"仄仄平平仄平仄",二、三两节都成了平节,这当然不合律,但这种句式唐人却运用得十分广泛。1987年新疆青少年出版社出版了《丝绸之路诗词选集》,收了我的几首诗,其中一首七律的尾联本来是"莫谓西陲固贫瘠,要将人巧破天悭",上句用了"仄仄平平仄平仄"这种句式,"固"与"天悭"照应,两句诗表达了人定胜天的企冀,而编者认为不合律,改得不成样子。知正而不知变,此即一例。

《唐诗别裁集》选五律四百多首,含"平平仄平仄"句式的诗就有百余首;有许多首,一首中出现两次。而且,出现这种句式的,几乎都是名篇。例如王勃《送杜少府之任蜀川》中的"无为在歧路",杨炯《从军行》中的"宁为百夫长",骆宾王《在狱咏蝉》中的"无人信高洁",沈佺期《杂诗》中的"谁能将(去声)旗鼓",宋之问《登禅定寺阁》中的"开襟坐霄汉",张说《深渡驿》中的"他乡对摇落",张九龄《望月怀远》中的"情人怨遥夜",王维《辋川闲居赠裴秀才迪》中的"寒山转苍翠"、《过香积寺》中的"泉声咽危石"、《送平淡然判官》中的"黄云断春色"、《送杨长史赴果州》中的"褒斜不容幰"、《汉江临泛》中的"襄阳好风日"、《登裴迪秀才小台作》中的"遥知远林际"、《观猎》中的"回看射雕处",孟浩然《寻天台山》中的"高高翠微里"、《过故人庄》中的"开轩面场圃"、《宿桐庐江寄广陵旧游》中的"还将两行泪",李白《赠孟浩然》中的"红颜弃轩冕"、《渡荆门送别》中的"仍怜故乡水"、《太原早秋》中的"思归若汾水",杜甫《房兵曹胡马》中的"骁腾有如此"、《画鹰》中的"何当击凡鸟"、《春宿左省》中的"明朝有封事"、《天末怀李白》中的"凉风起天末"、《不见》中的"匡山读书处"、《登岳阳楼》中的"昔闻洞庭水",刘长卿《逢郴州使因赠郑协律》中的"相思楚天外",钱起《送僧归日本》中的"惟怜一灯影",韦应物《淮上喜会梁州故人》中的"何因不归去",郎士元《送李将军赴邓州》中的"双旌汉飞将",白居易《河亭晴望》中的"明朝是重九",温庭筠《商山早行》中的"因思杜陵梦",马戴《落日怅望》中的"孤云与归鸟"、《楚江怀古》中的"猿啼洞庭树",郑谷《乱后忆张乔》中的"伤心绕村路",杜荀鹤《春宫怨》中的"年年越溪女"等,从初唐至晚唐,不胜列举。

"平平平仄仄"这种句式每首五律中只有两句,而《唐诗别裁集》入选五律两句俱拗为"平平仄平仄"者不下十首,也多是名篇。如岑参《陕州月城楼送辛判官入奏》第三句为"尊前遇风雨",第七句为"相思灞陵月";李白《过崔八丈水亭》第三句为"檐飞宛溪水",第七句为"闲随白鸥去";杜甫《春日忆李白》第三句为"清新庾开府",第七句为"何时一尊酒";《月夜》第三句为"遥怜小儿女",第七句为"何时倚虚晃"等等。

《唐诗别裁集》入选的七律、七绝,也多有"仄仄平平仄平仄"这种句式。七律如杜甫《秋兴八首》中的"西望瑶池降王母"、《咏怀古迹五首》中的"庾信平生最萧瑟"、《诸将五首》中的"多少材官守泾渭",七绝如王维《送沈子福之江东》中的"唯有相思似春色",王之涣《凉州词》中的"羌笛何须怨杨柳",李白《越中怀古》中的"宫女如花满春殿"等,略举数例,以见一斑。

对于"拗救",王力先生《汉语诗律学》的阐释是:"诗人对于拗句,往往用'救'。拗而能'救',就不为'病'。所谓'拗救',就是上面该用平的地方用了仄声,所以在下面该仄的地方用平声,以为抵偿;如果上面该仄的地方用了平声,下面该平的地方也用仄声以为抵偿。拗救大约可以分为两类:1.本句自救,例如在同一个句子里,第一字该平而用仄,则第三字该仄而用平;2.对句相救,例如出句第三字该平而用仄,则对句第三字该仄而用平。"①"抵偿"的说法极通达,但上"拗"下"救"、出句某字"拗"对句同位置的字"救",则不能概括所有的情况。例如前面所讲的"平平仄平仄"、"仄仄平平仄平仄"这种句式,按

---

① 《汉语诗律学》第91页。

王渔洋、董文涣等人的解释，就是"仄平仄"原该是"平仄仄"，倒数第二字该仄而用平，便将上一个该平的字改为仄以救之，这就成了下拗上救。其他如王维《晚春》首句"二月湖水清"、孟浩然《临洞庭上张丞相》首句"八月湖水平"这样的句式，本该作"仄仄仄平平"，按董天涣的解释，第四字该平而仄，拗了，于是将第三字本该用仄者改用平声，也是下拗上救。至于对句拗救不一定都在相同位置的情况，下文将有所涉及。

　　五律的基本句式是：仄仄平平仄，平平仄仄平，平平平仄仄，仄仄仄平平。七律只须在上面加一个平仄相反的音节（例如在仄仄前加平平），下五字是相同的。从音律上说，律诗是两首绝句的衔接。这四种句式的后三字是："平平仄"、"仄仄平"、"平仄仄"、"仄平平"。唐人作古体诗为了避免近体诗的音调，特别注意在句尾用"平平平"、"仄仄仄"、"仄平仄"、"平仄平"。因此，一般认为律、绝句尾出现"平平平"、"仄仄仄"、"仄平仄"、"平仄平"，就是严重的失律。其实，这四种"三字尾"，仅在《唐诗别裁集》中就不少见。

　　句尾为"仄平仄"的例子，前面已谈过不少。现在看看"仄平仄"、"平仄平"在一联诗中同时出现的情况。先谈五律，后谈七律。

　　王维《终南别业》中的"行到水穷处，坐看云起时"，可谓脍炙人口，但因为是名家名句，一般人就忽略了它是否合律。出句的平仄定式是"仄仄平平仄"，第一字当然可用平，但第三字该用平而用了仄声的"水"，就是"拗"；对句的平仄定式是"平平仄仄平"，现在为了"救"出句的"拗"，便把该用仄声字的第三字改用平声的"云"。于是出句句尾便为"仄平仄"，对句句尾便为"平仄平"。在"拗救"说出现以前，读者自然认为这两句都不合律。然而仅在《唐诗别裁集》入选的五律中，例子就很多，这里只举若干名句以概其余：如王维《登裴迪秀才小台作》"落日鸟边下，郊原人外闲"，孟浩然《早寒有怀》"木落雁南渡，北风江上寒"，岑参《送杜佐下第归陆浑别业》"夫子且归去，明时方爱才"，李白《金陵》"地即帝王宅，山为龙虎盘"，杜甫《天末怀李白》"鸿雁几时到，江湖秋水多"，戴叔伦《汝南逢董校书》"对酒惜余景，问程愁乱山"，张籍《夜到渔家》"行客欲投宿，主人犹未归"，温庭筠《商山早行》"槲叶落山路，枳花明驿墙"，许浑《送客归湘楚》"秋色换归鬓，曙光生别心"，赵嘏《东归道中》"风雨落花夜，山川驱马人"，杜荀鹤《春宫怨》"风暖鸟声碎，日高花影重"，韦庄《延兴门外作》"马足倦游客，鸟声欢酒家"，张蠙《登单于台》"白日地中出，黄河天上来"等。在这些拗救联中，有些对句第一字用了仄声字，如不将应为仄声的第三字改用平声字,则此句犯"孤平"。因此,对句第三字仄易平,既是句内"救",又救了出句第三字的"拗"。

在一联诗中兼有"仄平仄"脚和"平仄平"脚的七律,《唐诗别裁集》选了晚唐诗人许浑的《咸阳城东楼》。其中的颔联"溪云初起日沉阁,山雨欲来风满楼",就用的是这种句式。他的《登故洛阳城》颔联"水声东去市朝变,山势北来宫殿高",《隋宫怨》尾联"草生宫阙国无主,玉树后庭花为谁",也由于善用这种奇峭的句式表现独特的情景而引人注目,被张为收入《诗人主客图》①。与许浑同时的赵嘏,也以善用这种句式而出名。他的七律《长安秋望》的颔联"残星几点雁横塞,长笛一声人倚楼"曾受到杜牧的激赏,"吟味不已,因目嘏为'赵倚楼'"②。

由于许浑、赵嘏的这几联诗很出名,一般认为这种句式是他们创始的,其实盛唐时代的王维已有"雨中草色绿堪染,水上桃花红欲燃"的名句。杜甫运用这种句式尤其频繁,例如《至后》颔联"青袍白马有何意,金谷铜驼非故乡",《所思》颈联"可怜怀抱向人尽,欲问平安无使来",《九日》颔联"苦遭白发不相放,羞见黄花无数新",《将赴成都草堂途中作先寄严郑公五首》之五颈联"侧身天地更怀古,回首风尘甘息机",《十二月一日三首》之二颔联"负盐出井此溪女,打鼓发船何郡郎",《寄常征君》颔联"楚妃堂上色殊众,海鹤阶前鸣向人",《赤甲》颈联"荆州郑薛寄诗近,蜀客郗岑非我邻",《江雨有怀郑典设》颈联"宠光蕙叶与多碧,点注桃花舒小红",《滟滪》颔联"江天漠漠鸟双去,风雨时时龙一吟",《七月一日题终明府水楼二首》之二颈联"可怜宾客尽倾盖,何处老翁来赋诗",《简吴郎司法》颔联"古堂本买藉疏豁,借汝迁居停宴游",《覃山人隐居》颔联"征君已去独松菊,哀壑无光留户庭"等,都见于晚年作品,也许正是"诗律细"的一种体现。

在"拗救"说出现以前,这一种句式的佳联都被认为"拗",也就是不合律。请看宋人胡仔《苕溪渔隐丛话前集》中的一段:

《禁脔》云:"鲁直换字对句法,如'只今满坐且尊酒,后夜此堂空月明','清谈落笔一万字,白眼举觞三百杯','田中谁问不纳履,坐上适来

---

① 《历代诗话续编》上册,第100—101页。
② 王仲镛《唐诗纪事校笺》,巴蜀书社1992年版,第1538页。

何处蝇','秋千门巷火新改,桑柘田园春向分','忽乘舟去值花雨,寄得书来应麦秋',其法于当下平字处以仄字易之,欲其气挺然不群。前此未有人作此体,独鲁直变之。"苕溪渔隐曰:"此体本出于老杜,如'宠光蕙叶与多碧,点注桃花舒小红','一双白鱼不受钓,三寸黄柑犹自青','外江三峡且相接,斗酒新诗终日疏','负盐出井此溪女,打鼓发船何郡郎','沙上草阁柳新暗,城边野池莲欲红',似此体甚多,聊举此数联,非鲁直变之也。余尝效此体作一联云:'天连风色共高远,秋与物华俱老成。'今俗谓之拗句者是也。"①

《禁脔》所举黄鲁直(山谷)五联,一、四、五联皆是这种句式,二、三两联对句合,出句不合。胡仔所举杜甫五联,一、三、四、五联皆合,第二联对句合,出句不合。他自己作的一联全合,但他明确地说:"今俗谓之拗句者是也。"

江西诗派奉杜甫为"一祖",胡仔认为山谷"此体本出于老杜",确切无疑。山谷不仅学老杜的这种"拗句",而且更多地学老杜的拗律。据统计,老杜七律一百五十九首,拗体二十八首;山谷七律三百十一首,拗体多达一百五十三首,竟占总数之半。他这样用力于拗句拗体,是有独特的艺术理念的,那就是:在格调上力避圆熟,追求峭拔脱俗的独特风格。

五律、五绝"平平平仄仄,仄仄仄平平"和七律、七绝"仄仄平平平仄仄,平平仄仄仄平平"这种定式,如果五言出句第三字、七言出句第五字"拗",就出现了三仄脚"仄仄仄";如果对句同位置的字"救",就出现了三平脚"平平平"。拗而不救,即句尾为"仄仄仄"的情况极普遍,现从《唐诗别裁集》部分名篇中举一小部分例句。五律如李隆基《送贺知章》中的"寰中得秘要",王绩《野望》中的"东皋薄暮望",苏味道《正月十五夜》中的"金吾不禁夜",杜审言《和晋陵陆丞早春游望》中的"云霞出海曙",沈佺期《送金城公主适西番应制》中的"银河属紫阁",崔湜《折杨柳》中的"年华妾自惜",张说《和魏仆射还乡》中的"秋风树不静",张九龄《湖口望庐山瀑布水》中的"奔流下杂树",崔颢《送单于裴都护赴西河》中的"单于莫近塞",王维《送梓州李使君》中的"山中一夜雨"、《送丘为落第归江东》中的"怜君不得意"、《初出济州》中的"微官易得罪"、《使至塞上》中的"征蓬出汉塞",孟浩然《晚春》中的"林花扫更落"、《宿桐庐

---

① 《古典文学研究资料汇编·杜甫卷》,中华书局1964年版,第585页。

江寄广陵旧游》中的"风鸣两岸叶",常建《破山寺后禅院》中的"清晨入古寺",贾至《南州有赠》中的"停杯试北望",岑参《虢州送天平何丞入京市马》中的"知君市骏马",王湾《次北固山下》中的"潮平两岸失",李白《太原早秋》中的"霜威出塞早"、《送鞠十少府》中的"碧云敛海色",杜甫《春宿左省》中的"星临万户动"、《捣衣》中的"亦知戍不返"、《送远》中的"亲朋尽一哭"、《野望》中的"清秋望不极"、《泊岳阳城下》中的"图南未可料",刘长卿《余干旅舍》中的"孤城向水闭"、《碧涧别墅喜皇甫侍御相访》中的"荒村带晚照"、《送侯侍御赴黔中充判官》中的"猿啼万里客",钱起《送征雁》中的"秋空万里静",韦应物《淮上喜会梁州故人》中的"浮云一别后",李商隐《落花》中的"断肠未忍扫",杜荀鹤《春宫怨》中的"承恩不在貌"等。五绝如卢照邻《曲池荷》中的"浮香绕曲岸",崔曙《长干曲》中的"停舟暂借问",王维《息夫人》中的"看花满眼泪",李白《独坐敬亭山》中的"相看两不厌",杜甫《归雁》中的"春来万里客"、《八阵图》中的"江流石不转"等。七律如沈佺期《古意》中的"谁为含愁独不见",王维《和贾至舍人早朝大明宫之作》中的"朝罢须裁五色诏",杜甫《送韩十四江东觐省》中的"此别应须各努力"、《咏怀古迹》中的"怅望千秋一洒泪",元稹《遣悲怀》中的"今日俸钱过十万"等。七绝如张说《送梁六至洞庭山》中的"闻道神仙不可接",张籍《秋思》中的"复恐匆匆说不尽"等。

　　比较而言,由"仄仄平平平仄仄"这种定式拗第五字而形成的三仄脚,出现的频率较小;而由"平平平仄仄"拗第三字而出现的三仄脚,则出现的频率极高,似乎唐人根本不以为病,所以一般也不"救"。这种三仄脚如果"救",对句就出现了三平脚。出句句尾仄仄仄,对句句尾平平平,给人的感觉不是"救"好了,而是显得更"拗"了。因此,有时在一联诗中不得已用了三平脚,而出句则仍用正式。例如李白《越中怀古》中的"宫女如花满春殿,只今唯有鹧鸪飞",杜甫《崔氏东山草堂》"爱汝玉山草堂静,高秋爽气相鲜新"等。当然,出句句尾仄仄仄、对句句尾平平平的例子还是有的,如王维《酌酒与裴迪》中的"草色全经细雨湿,花枝欲动春风寒",李白《听蜀僧濬弹琴》中的"蜀僧抱绿绮,西下峨眉峰",杜甫《北风》中的"十年杀气尽,六合人烟稀"、《秦州杂诗二十首》之十一中的"萧萧古塞冷,漠漠秋云低"、《题省中壁》中的"落花游丝白日静,鸣鸠乳燕青春深"、《暮归》中的"客子入门月皎皎,谁家捣练风凄凄",韦应物《简卢陟》中的"可怜白雪曲,未遇知音人",韩愈《城南联句》中的"琉璃剪木叶,翡翠开园英","遥岑出寸碧,远目增双明"等,比较罕见。

"仄仄平平仄,平平仄仄平"这种定式的变化颇多,前面讲出句句尾为"仄平仄"、对句句尾为"平仄平"时已经举例说明了一种情况,现在再谈其他变化。

出句如果拗第四字,变成"仄仄平仄仄",对句并不在第四字救,而在第三字救,变成"平平平仄平"(句首的平当然可用仄),仍从《唐诗别裁集》中举例,如白居易《赋得古原草送别》中的"野火烧不尽,春风吹又生",曾受到顾况的激赏,历代传诵,至今脍炙人口。其他如王维《归嵩山作》中的"流水如有意,暮禽相与还";孟浩然《裴司士见寻》中的"落日池上酌,清风松下来";岑参《送杜佐下第归陆浑别业》中的"正月今欲半,陆浑花未开",《陕州月城楼送辛判官入奏》中的"送客飞鸟外,城头楼最高";柳宗元《入黄溪闻猿》中的"溪路千里曲,哀猿何处鸣";王贞白的《秋日旅怀寄右省郑拾遗》中的"永夕愁不寐,草虫喧客庭";齐己《秋夜听业上人弹琴》中的"万物都寂寂,堪闻弹正声"等。以上诸例中有对句第一字用仄声字的,其第三字仄易平,不仅"救"出句第四字,而且本句自"救",否则便犯"孤平"。出句拗第四字,也有对句不救而仍用正式的,如李白《过崔八丈水亭》中的"高阁横秀气,清幽并在君"等。

五律"仄(可平)仄平平仄"这种句式中的两个平如果全拗为仄,则对句"平平仄仄平"一般要保留"仄平"脚,只改第一个仄为平以救之,与"仄仄平仄仄"的救法同。仍以见于《唐诗别裁集》者为限举部分例子,如孟浩然《与诸子登岘山》"人事有代谢,往来成古今";岑参《初授官题高冠草堂》"三十始一命,宦情多欲阑";杜甫《蕃剑》"致此自僻远,又非珠玉妆",《孤雁》"孤雁不饮啄,飞鸣声念群",《送远》"草木岁月晚,关河霜雪清";李商隐《落花》"高阁客竟去,小园花乱飞",《登乐游原》"向晚意不适,驱车登古原";马戴《落日怅望》"临水不敢照,恐惊平昔颜";于武陵《东门路》"白日若不落,红尘应更深";周朴《董岭水》"禹力不到处,河声流向西";许棠《野步》"闲赏步易远,野吟声自高";崔涂《除夜有感》"渐与骨肉远,转于童仆亲"等。也有对句不救,仍用定式的,如王维《寻天台山》"吾爱太乙子,餐霞卧赤城",齐己《早梅》"万木冻欲折,孤根暖独回"等。

由这种五仄句(第一字可平可仄,仅第一字用平声,全句仍为三仄节)构成的一联诗,不仅本身具有波峭的音调和情致,而且往往在全首诗中发挥强化艺术表现力的作用。在贾岛的五律中,我最喜欢《忆江上吴处士》一首。可惜《唐诗别裁集》未选,录如下:

> 闽国扬帆去,蟾蜍缺复圆。
> 秋风吹渭水,落叶满长安。
> 此地际会夕,当时雷雨寒。
> 兰桡殊未返,消息海云端。

首联写吴处士扬帆去闽已久,次联写眼前情景,乃传诵名句。三联五仄句如奇峰突起,音响凄异,恰切地表现了饯别之夕雷雨交加,寒意袭人的情景,而"此地"回应"长安","际会"反跌尾联的"兰桡未返",极具艺术魅力。

这一联句式,也有对句五字全平的,如白居易《题玉泉寺》首联"湛湛玉泉色,悠悠浮云身"。王维《终南别业》首联"中岁颇好道,晚家南山陲",对句第一字虽仄,但此处本来可平可仄,全句仍等于五平。

最近读到一篇短文,斥责杜牧竟然写出"南朝四百八十寺"这样不合格律的句子,令人啼笑皆非。唐人五律,五仄句不少见,杜牧这个引出"多少楼台烟雨中"的名句,不就是在五仄句前加了一个平节吗?而且,对句第五字易仄为平,不正是"救"了出句的"拗",与五仄句的"救"法相同吗?杜牧的这种句式及其"拗救"法,宋代诗人仍在运用,如黄山谷《寄黄几复》中的"持家但有四立壁,治病不蕲三折肱",楼钥《顷游龙井》中的"水真绿净不可唾,鱼若空行无所依",梅尧臣《东溪》中的"情虽不厌住不得,薄暮归来车马疲",陈师道《绝句》中的"书当快意读易尽,客有可人期不来",方岳《梦寻梅》中的"马蹄践雪六七里,山觜有梅三四花"等。

在七律中,还有出句除韵脚外六字全仄,对句七字全平的,见于崔橹《长安即事》的首联。这首诗写寒食(一百五日)将届时的物候旅情,颇别致,录如下:

> 一百五日又欲来,梨花梅花参差开。
> 行人自笑不归去,瘦马独吟真可哀。
> 杏酪渐香邻舍粥,榆烟将变旧炉灰。
> 画楼春暖清歌夜,肯信愁肠日九回?

近体诗前一联对句和后一联出句的第二字平仄相同,叫作"粘",即把两联诗粘合起来,这是"正";与此相反,第二字平仄相异,这是"变",今人认为这是严重的失律,称为"失粘"。其实,唐代诗人并不认为这是什么"失",前后两联不相粘的情况较普遍,而且多见于历代传诵的名篇。仍以《唐诗别裁集》为限,举部分例子。五律如卢照邻《春晚山庄率题》前二联"田家无四邻,独坐一园春。莺啼非远树,鱼戏不惊纶"(。代平,·代仄);陈子昂《晚次乐乡县》前二联"故乡杳无际,日暮且孤征。川原迷旧国,道路入边城";张九龄《折杨柳》前二联"纤纤折杨柳,持此寄情人。一枝何足贵,怜是故园春";王维《使至塞上》前二联"单车欲问边,属国过居延。征蓬出汉塞,归雁入胡天"等。五绝如虞世南《咏蝉》"垂绥饮清露,流响出疏桐。居高声自远,非是借秋风";崔国辅《魏宫词》"朝日点红妆,拟上铜雀台。画眉犹未了,魏帝使人催";崔颢《长干曲》"君家住何处,妾住在横塘。停舟暂借问,或恐是同乡";王维《临高台送黎拾遗》"相送临高台,川原杳无极。日暮飞鸟还,行人去不息",《鹿柴》"空山不见人,但闻人语响。返景入深林,复照青苔上",《辛夷坞》"木末芙蓉花,山中发红萼。涧户寂无人,纷纷开且落",《杂咏》"君自故乡来,应知故乡事。来日绮窗前,寒梅着花未";李白《静夜思》"床前明月光,疑是地上霜。举头望明月,低头思故乡";韦应物《秋夜寄丘员外》"怀君属秋夜,散步咏凉天。山空松子落,幽人应未眠";柳宗元《江雪》"千山鸟飞绝,万径人踪灭。孤舟蓑笠翁,独钓寒江雪";贾岛《寻隐者不遇》"松下问童子,言师采药去。只在此山中,云深不知处";王建《新嫁娘》"三日入厨下,洗手作羹汤。未谙姑食性,先遣小姑尝"等。七律如宋之问《嵩山石淙侍宴应制》前两联"离宫秘苑胜瀛洲,别有仙人洞壑幽。岩边树色含风冷,石上泉声带雨收";王维《和太常韦主簿五郎温泉寓目》二、三联"青山尽是朱旗绕,碧涧翻从玉殿来。新丰树里行人度,小苑城边猎骑回",《和贾至舍人早朝大明宫之作》后两联"日色才临仙掌动,香烟欲傍衮龙浮,朝罢须裁五色诏,珮声归到凤池头",《积雨辋川庄作》前两联"积雨空林烟火迟,蒸藜炊黍饷东菑。漠漠水田飞白鹭,阴阴夏木啭黄鹂",《送方尊师归嵩山》二、三联"山压天中半天上,洞穿江底出江南。瀑布杉松常带雨,夕阳彩翠忽成岚";高适《送前卫县李寀少府》前两联"黄鸟翩翩杨柳垂,春风送客使人悲。怨别自惊千里外,论交却忆十年时",《夜别韦司士》二、三联"只言啼鸟堪求侣,无那春风欲送行。黄河曲里沙为岸,白马津边柳向城";岑参《奉和杜相公发益州》二、三联"朝登剑阁云随马,夜度巴江雨洗兵。山花万朵迎征盖,川柳千条拂去旌",《九日使君席钱卫中丞赴长水》前两联"节使横行西出师,鸣弓还家羽林儿。台上霜风凌草木,军中杀气傍旌旗";李白《登金陵凤凰台》前两联"凤凰台上凤凰游,凤去台空江自流。吴宫花草埋幽径,晋代衣冠成古丘"，《别中都明府兄》前两联"吾兄诗酒继陶君，试宰中都天下闻。东楼喜奉连枝会，南陌愁为落叶分"；杜甫《城西陂泛舟》前两联"青蛾皓齿在楼船，横笛短箫悲远天。春风自信牙樯动，迟日徐看锦缆牵"，《宾至》二、三联"岂有文章惊海内，漫劳车马驻江干。竟日淹留佳客坐，百年粗粝腐儒餐"，《咏怀古迹五首》之二前两联"摇落深知宋玉悲，风流儒雅亦吾师。怅望千秋一洒泪，萧条异代不同时"；钱起《赠阙下裴舍人》前两联"二月黄鹂飞上林，春城紫禁晓阴阴。长乐钟声花外尽，龙池柳色雨中深"；韦应物《自巩洛舟行入黄河即事寄府县僚友》前两联"夹水苍山路向东，东南山豁大河通。寒树依微远天外，夕阳明灭乱流中"；皇甫曾《秋夕寄怀契上人》二、三联"真仙出世心无事，静夜名香手自焚。窗临绝涧闻流水，客至孤峰扫白云"；卢纶《夜投丰德寺谒海上人》三、四联"野鹤巢边松最老，毒龙潜处水偏清。愿得远公知姓字，焚香洗钵过浮生"；司空曙《长安晓望寄程补阙》三、四联"天净笙歌临路发，日高车马隔尘行。独有浅才甘未达，多惭名在鲁诸生"；刘禹锡《荆州道怀古》二、三联"马嘶古道行人歇，麦秀空城野雉飞。风吹落叶填空井，火入荒陵化宝衣"；罗隐《曲江春感》二、三联"高阳酒徒半凋落，终南山色空崔嵬。圣代也知无弃物，侯门未必用非才"等。七绝如张敬忠《边词》"五原春色旧来迟，二月垂杨未挂丝。即今河畔冰开日，正是长安花落时"；王维《送元二使安西》"渭城朝雨浥轻尘，客舍青青柳色新。劝君更尽一杯酒，西出阳关无故人"，《送沈子福之江东》"杨柳渡头行客稀，罟师荡桨向临圻。唯有相思似春色，江南江北送君归"；岑参《碛中作》"走马西来欲到天，辞家见月两回圆。今夜不知何处宿，平沙万里绝人烟"；贾至《西亭春望》"日长风暖柳青青，北雁归飞入窅冥。岳阳楼上闻吹笛，能使春心满洞庭"，《巴陵与李十二裴九泛洞庭》"枫岸纷纷落叶多，洞庭秋水晚来波。乘兴轻舟无近远，白云明月吊湘娥"；贺知章《回乡偶书》"离别家乡岁月多，近来人事半销磨。唯有门前镜湖水，春风不改旧时波"；李白《上皇西巡南京歌》之一"莫道君王行路难，六龙西幸万人欢。地转锦江成渭水，天回玉垒作长安"，之二"剑阁重关蜀北门，上皇归马若云屯。少帝长安开紫极，双悬日月照乾坤"；韦应物《滁州西涧》"独怜幽草涧边生，上有黄鹂深树鸣。春潮带雨晚来急，野渡无人舟自横"；皇甫冉《答张继》"怅望南徐登北固，迢遥西塞阻东关。落日临川问音信，寒潮唯带夕阳还"；李益《春夜闻笛》"寒山吹笛唤春归，迁客相逢泪满衣。洞庭一夜无穷雁，不待天明向北飞"；柳宗元《柳州二月》"宦情羁思共凄凄，春半如秋意转迷。山城过雨百花尽，榕叶满庭莺乱啼"等。

在五律、七律中,还有一首诗中两处失粘的。五律如陈子昂《送别崔著作东征》:

    金天方肃杀,白露始专征。
    王师非乐战,之子慎佳兵。
    海气侵南郡,边风扫北平。
    莫卖卢龙塞,归邀麟阁名。

一、二联失粘,三、四联也失粘。七律如杜审言《春日京中有怀》:

    今年游寓独游秦,愁思(去声)看春不当春。
    上林苑里花徒发,细柳营前叶漫新。
    公子南桥应尽兴,将军西第几留宾。
    寄语洛城风日道,明年春色倍还人。

一、二联与三、四联俱失粘。又如王维《春日与裴迪过新昌里访吕逸人不遇》:

    桃源一向绝风尘,柳市南头访隐沦。
    到门不敢题凡鸟,看竹何须问主人。
    城上青山如屋里,东家流水入西邻。
    闭户著书多岁月,种松皆作老龙鳞。

一、二联失粘,三、四联失粘。又如王维《出塞》:

    居延城外猎天骄,白草连天野火烧。
    暮云空碛时驱马,秋日平原好射雕。
    护羌校尉朝乘障,破房将军夜度辽。
    玉靶角弓珠勒马,汉家新赐霍嫖姚。

第一联与第二联失粘,第二联与第三联失粘。又如李白《别中都明府兄》:

> 吾兄诗酒继陶君，试宰中都天下闻。
> 东楼喜奉连枝会，南陌愁为落叶分。
> 城隅渌水明秋日，海上青山隔暮云。
> 取醉不辞留夜月，雁行中断惜离群。

第一联与二联失粘，第二联与第三联失粘。

以上仅是《唐诗别裁集》近体诗中部分失粘的例子，就有这么多，而且其中多是名家的名篇，自唐代至今，多获好评，从无"失律"的讥议。当代诗坛以"失粘"为不合格律，绝不准在作品中出现，究竟有何根据呢？

在近体诗的一联中，出句和对句的第二字平仄不是相对而是相同，叫"失对"，在唐人近体诗中，"失对"的情况也时有所见，失对之处，往往又是佳句所在。仍以《唐诗别裁集》为限，举例说明。绝句如崔颢的名作《长干曲二首》之二结尾的"同是长干人，生小不相识"失对，而这是回答前一首"停舟暂借问，或恐是同乡"的，全诗精彩，全由此出。李白的名作《静夜思》"举头望明月，低头思故乡"失对，然而望月思乡的无限深情，正是从"举头"、"低头"的神态中表现出来的，不失对，就不可能有这样千秋万代打动亿万游子心灵的佳句。杜秋娘的《金缕词》以"劝君莫惜金缕衣，劝君惜取少年时"引出"有花堪折直须折，莫待无花空折枝"的深情叮嘱，没有重复出现的"劝君"，怎能有如此浓郁的艺术效果？其他如崔国辅《魏宫词》前两句"朝日点红妆，拟上铜雀台"失对，王维《山中》后两句"山路元无雨，空翠湿人衣"失对，王建《新嫁娘》前两句"三日入厨下，洗手作羹汤"失对，王维《少年行》前两句"新丰美酒斗十千，咸阳游侠多少年"失对，李白《送孟浩然之广陵》前两句"故人西辞黄鹤楼，烟花三下月扬州"失对，《横江词》前两句"横江馆前津吏迎，向余东指海云生"失对，然而都与另两句完美结合而成独具魅力的杰作，至今传诵不衰。

"拗律"不能作为"失对"的依据。唐人正律中"失对"者甚少。《唐诗别裁集》入选的正律，找不到失对的例子，但读唐人全集，正律失对也偶有所见。仅从杜甫全集看，如《忆弟二首》之二首联"且喜河南定，不问邺城围"，《寄赠王十将军承俊》首联"将军胆气雄，臂悬两角弓"，《人日二首》之一首联"春日春盘细生菜，忽忆两京全盛时"，《愁》首联"江草日日唤愁生，春峡泠泠非世情"，《见萤火》首联"巫山秋夜萤火飞，疏帘巧入坐人衣"，《十二月一日》首联"今朝腊月春意动，云安县前江可怜'，《白帝》首联"白帝城中云出门，白帝城下雨翻盆"等,皆失对。

"平平仄仄平"的第一字和"仄仄平平仄仄平"的第三字如果"拗"为仄,则全句除了韵脚,就只剩一个平,因而谓之"孤平"。王力先生在《汉语诗律学》中说:"孤平是诗家之大忌,我们曾在一部《全唐诗》里寻觅犯孤平的诗句,结果只找到了两个例子:醉多适不愁(高适《淇上送韦司仓》),百岁老翁不种田(李颀《野老曝背》)。即使我们有所遗漏,但是,犯孤平的句子,少到几乎找不着的程度,已经足以证明它是诗人们极力避忌的一种形式。"①《全唐诗》中近体诗犯孤平的远远不止两句,但在总数中既占比例极小,说明唐人的确忌犯孤平。"孤平",既不可犯,就得有变通的办法,那就是"拗救"。"平平仄仄平"的第一字如果不得已拗用仄,则将第三字改平以救之;"仄仄平平仄仄平"如果第三字不得已拗为仄,则将第五字改用平以救之。这样,全句除韵脚外还有两个平,就不算"犯孤平"了。读《全唐诗》中的近体诗,不难看出:完全符合"平平仄仄平"、"仄仄平平仄仄平"这种定式的诗句,其实只是一小部分,大部分则是"拗救"的变式。"平平仄仄平"的"拗救"句式是"仄平平仄平",这是句内自救。"平平仄仄平"的出句"仄仄平平仄"如果第三字拗为仄,则须将下句第三字改为平,这样,下句就变为"平平平仄平"。如李白《秋思》"海上碧云断,单于秋色来",杜甫《送远》"带甲满天地,胡为君远行"等,其例甚多。既如此,"平平仄仄平"这种正式就有"仄平平仄平"和"平平平仄平"两种变式,不犯孤平也没有什么困难。王力先生说他们只从《全唐诗》中找到两个"犯孤平"的句子,当然是把"拗救"的两种句式都视为不犯孤平的。

前面大致谈论了近体诗平仄律的正与变,下面再就近体诗对偶律的正变略作说明。

读《全唐诗》中的五律、七律,可以看出中间两联讲对仗的占大多数;后人据此作出"五七言律诗中间两联必须对偶"的结论,当然是不错的。但应该注意:这也是有正有变的,必要的时候可以适当灵活,不必死守。

一种变式是:首联对仗,次联散行。五律如李隆基《送贺知章》"遗荣期入道,辞老竟抽簪。岂不惜贤达?其如高尚心";王勃《送杜少府之任蜀川》"城阙辅三秦,风烟望五津。与君离别意,同是宦游人";卢照邻《关山月》"塞垣通碣石,虏幛逐祁连。相思在万里,明月正孤悬";宋之问《晚泊湘江》"五岭栖迟

---

① 《汉语诗律学》第99—100页。

地，三湘憔悴颜。况复秋雨霁，表里见衡山"；张说《和魏仆射还乡》"富贵还乡国，光华满旧林。秋风树不静，君子叹何深"；孟浩然《寻梅道士》"彭泽先生柳，山阴道士鹅。我来从所好，停策夏阴多"；李白《口号赠征君卢鸿》"陶令辞彭泽，梁鸿入会稽。我寻《高士传》，君与古人齐"，《送友人》"青山横北郭，白水绕东城。此地一为别，孤蓬万里征"；杜甫《一百五日夜对月》"无家对寒食，有泪如金波。斫却月中桂，清光应更多"；高适《独孤判官部送兵》"饯君嗟远别，为客念周旋，征路今如此，前军犹渺然"；郎士元《送钱大》"暮蝉不可听（去声），落叶岂堪闻。共是悲秋客，那知此路分"；王贞白《题严陵钓台》"山色四时碧，溪光七里清。严陵爱此景，下视汉公卿"；白居易《寄题余杭郡楼兼呈裴使君》"官历二十政，宦游三十秋。江山与风月，最忆是杭州"，《别州民》"耆老遮归路，壶浆满别筵。甘棠无一树，那得泪潸然"；杜牧《长安月》"寒光垂静夜，皓彩满重城。万国尽分照，谁家无此明"等。仇兆鳌《杜诗详注》卷四于杜甫《一百五日夜对月》诗后引《梦溪笔谈》云："此诗次联不拘对偶，疑非律体；然起二句明系对举，谓之'偷春格'，如梅花偷春色而先开也。"仇氏又说："此诗一、二对起，三、四散承，用'偷春格'也，初唐人常有之。"①其实初唐常有，盛唐亦多，大历以后，仍有继者。由于首联对起，次联散承，三联又对偶，易生文情跌宕之致，故用此格者多佳什。

又一种变式是隔句对，又叫扇对或扇面对，即第一句与第三句对仗、第二句与第四句对仗。早在《诗经·小雅·采薇》中已经出现的"昔我往矣，杨柳依依；今我来思，雨雪霏霏"这种隔句对，唐宋人律诗也偶然运用。如杜甫《哭台州郑司户苏少监》中的"得罪台州去，时危弃硕儒；移官蓬阁后，谷贵没潜夫"，白居易《夜闻筝中弹潇湘送神曲感旧》"缥缈巫山女，归来七八年；殷勤湘水曲，留在十三弦"，郑谷《寄裴晤员外》"昔年共照松溪影，松折碑荒僧已无；今日重思锦城事，雪消花谢梦何殊"，苏轼《用前韵再和许朝奉》"邂逅陪车马，寻芳谢朓州；凄凉望乡国，得句仲宣楼"等。这种扇对用于四联律诗，必是第一、第二两联；用于长篇排律，也可能在中间出现。

第三种变式是一首律诗对仗多于两联。前三联俱讲对仗的五律、七律极常见，不必举例。四联俱讲对仗者较少，五律、七律各举一例。五律如杜审言

---

① 《杜诗详注》，中华书局1979年版，第325页。按杜甫此诗用"偷春格"之说，亦见宋人惠洪《天厨禁脔》卷上。

《除夜有怀》:"故节当歌守,新年把烛迎。冬氛恋虬箭,春色候鸡鸣。兴尽闻壶覆,宵阑见斗横。还将万亿寿,更谒九重城。"七律如杜甫《登高》:"风急天高猿啸哀,渚清沙白鸟飞回。无边落木萧萧下,不尽长江滚滚来。万里悲秋常作客,百年多病独登台。艰难苦恨繁霜鬓,潦倒新停浊酒杯。"

第四种变式是一首律诗中对仗少于两联,即只有颈联对仗,首联、颔联、尾联皆不对。这种变式,唐诗中数量颇多,仅杜甫秦州诗中就有《送人从军》、《秋日阮隐居致薤三十束》、《从人觅小胡孙许寄》、《雨晴》、《归雁》、《秋笛》、《蕃剑》、《天末怀李白》、《即事》、《废畦》等只有一联对仗的五律多达十余首。下面仅举各种唐诗选本都不能不选的几首佳作,以见运用这种变式的诗能够达到多么高的艺术水平。

宋之问《题大庾岭北驿》:"阳月雁南飞,传闻至此回。我行殊未已,何日复归来?江静潮初落,林昏瘴不开。明朝望乡处,应见岭头梅。"

张九龄《望月怀远》:"海上生明月,天涯共此时。情人怨遥夜,竟夕起相思。灭烛怜光满,披衣觉露滋。不堪盈手赠,还寝梦佳期。"

李白《塞下曲》:"五月天山雪,无花只有寒。笛中闻折柳,春色未曾看。晓战随金鼓,宵眠抱玉鞍。愿将腰下箭,直为斩楼兰。"

杜甫《月夜》:"今夜鄜州月,闺中只独看。遥怜小儿女,未解忆长安。香雾云鬟湿,清辉玉臂寒。何时倚虚幌,双照泪痕干。"

杜甫《天末怀李白》:"凉风起天末,君子意如何?鸿雁几时到?江湖秋水多!文章憎命达,魑魅喜人过。应共冤魂语,投诗赠汨罗。"

岑参《送杜位下第归陆浑别业》:"正月今欲半,陆浑花未开。出关见青草,春色正东来。夫子且归去,明时方爱才。还须及秋赋,莫即隐蒿莱。"

崔颢《黄鹤楼》:"昔人已乘黄鹤去,此地空余黄鹤楼。黄鹤一去不复返,白云千载空悠悠。晴川历历汉阳树,芳草萋萋鹦鹉洲。日暮乡关何处是?烟波江上使人愁。"

杜甫《和裴迪登蜀州东亭送客逢早梅相忆见寄》:"东阁官梅动诗兴,还如何逊在扬州。此时对雪遥相忆,送客逢春可自由?幸不折来伤岁暮,若为看去乱乡愁。江边一树垂垂发,朝夕催人自白头。"

第五种变式是全首律诗无一联对仗,通体散行。严羽《沧浪诗话·诗体》

谓"有律诗彻首尾不对者,盛唐诸公有此体"①,其实盛唐以后也有。先看盛唐三首。

孟浩然《洛中送奚三还扬州》:"水国无边际,舟行共使风。羡君从此去,朝夕见乡中。予亦离家久,南归恨不同。音书若有问,江上会相逢。"

孟浩然《晚泊浔阳望庐山》:"挂席几千里,名山都未逢。泊舟浔阳郭,始见香炉峰。尝读《远公传》,永怀尘外踪。东林精舍近,日暮但闻钟。"

李白《夜泊牛渚怀古》:"牛渚西江夜,青天无片云。登舟望秋月,空忆谢将军。余亦能高咏,斯人不可闻。明朝挂帆去,枫叶落纷纷。"

孟浩然以"挂席几千里"开头的一首和李白以"牛渚西江夜"开头的一首,各种分体唐诗选本皆选入五律,诸家评论,备极推崇,历代传诵。下面再看一首中唐作品:

皎然《寻陆鸿渐不遇》:"移家虽带郭,野径入桑麻。近种篱边菊,秋来未著花。扣门无犬吠,欲去问西家。报道山中去,归时每日斜。"

这四首诗虽然"彻首尾不对",但平仄都基本合律,所以被称为"散体律诗"。现在不妨举杜甫《白帝城最高楼》为例,看看"拗律":"城尖径仄旌旆愁,独立缥缈之飞楼。峡坼云霾龙虎卧,江清日抱鼋鼍游。扶桑西枝对断石,弱水东影随长流。杖藜叹世者谁子? 泣血迸空回白头!"

董文涣《声调四谱图说》卷十二录杜甫拗体七律二十七首(另有七言拗体排律一首)。仔细分析,这二十七首诗平仄俱拗,却每首中间两联讲对仗,甚工整,与散体律诗平仄合律而全无对仗者正好相反。

叶嘉莹教授认为杜甫"去蜀入夔"以后的拗律"由尝试而真正达到了一种成熟的境地,以拗折之笔,写拗涩之情,戛然有独往之致,造成了杜甫在七律一体的另一成就,而《白帝城最高楼》一首,就正可以为杜甫成熟之拗律的代表作品"。接下去,她对《白帝城最高楼》作了细致而精辟的分析,然后概括说:"像这样的诗,其所把握的,乃是形式与内容相结合的一种原理原则,虽然不遵守格律的拘板的形式,却掌握了格律的精神与重点。"②这是很通达的评论,值得参考。

---

① 《沧浪诗话校释》(郭绍虞校释本),人民文学出版社,1961年版,第68页。
② 叶嘉莹《杜甫秋兴八首集说》,河北教育出版社1997年版,第41—43页。

以上从平仄、对偶两方面简略地考查了近体诗格律在唐人创作中的正与变,试图为当代诗坛的近体诗创作提供借鉴。近体诗在唐人,特别是在以王、孟、高、岑、李、杜为代表的"盛唐诸公"的创作中取得了辉煌成就,这是举世公认的。这成就的辉煌,当然主要不表现在格律方面;然而格律毕竟是近体诗的特征,脱离格律,可能写出绝妙好诗,但不是近体诗。因此,严守格律,完全按"正体"创作的好诗,五律如杜甫的《春望》、《春夜喜雨》等篇,七律如杜甫的《秋兴八首》等篇,乃是"正"中之"正"的典范,为后贤所效法。大体上说,自以"正体"为准绳的《律诗定体》一类的书广泛传播,近体的格律始严。我的老师们和我青年时代接触过的前辈们,都是按"正体"作律诗、绝句的,我向他们学习,也是按"正体"作律诗、绝句的。当代吟坛要求"平仄必须从严",也还是这个传统的继承。按"正体"写"正"中之"正"的近体诗,如果学养深厚,技法纯熟,有感而发,当然可以写出形式精美而意境高远的作品来。所以严格地按"正体"创作,仍应受到高度重视。这是我的第一点意见。

唐人绝句本来有古绝、律绝、拗绝三体,较有弹性。五律、七律的"律",后人认为兼有"格律"、"法律"的意义,只能严守,不能违反。然而仔细审视唐人的五律、七律,特别是其中的名篇,完全符合后人"正体"的作品,所占比例实在并不大。前面谈近体诗格律的"变",是从各个角度分别举名篇中的例子说明的,如果合起来看,"变"的程度就更大。仅从谈对仗时录出全篇的几首诗看:宋之问《题大庾岭北驿》只有一联对仗,"明朝望乡处"一句拗;杜甫《月夜》只有一联对仗,"遥怜小儿女"、"何时倚虚幌"两句拗;杜甫《天末怀李白》只有一联对仗,"凉风起天末"一句拗。再举李白《过崔八丈水亭》为例:"高阁横秀气,清幽并在君。檐飞宛溪水,窗落敬亭云。猿啸风中断,渔歌月里闻。闲随白鸥去,沙上自为群。""高阁横秀气"句"秀"字拗,下句未救,救了也是"变";"檐飞宛溪水"句"水"前两个平节,拗;"闲随白鸥去"句句尾"仄平仄",亦拗。

因此,就当代诗坛的近体诗创作来说,除了学养深厚,技法纯熟,有感而发,自觉自愿地严守格律而能写出好诗者外,与其受格律束缚而窘态毕露,何如适当地放宽格律而力求完美的艺术表现。其实,像唐诗大家那样扣紧脚镣固然可以跳舞,而且跳得很精彩,但为了跳得更美、更活泼、更妙曼轻盈或更威武雄壮,不是也时常放松脚镣吗?这是我的第二点意见。

"入门须正"。初学作近体诗,必须经过严格的格律训练,等到能够熟练地驾驭格律,再根据创作的实际需要,为了更好地表现内容而适当地突破格律。

所谓适当地突破，是指一首诗尽管有拗字、拗句、失粘等等，但应基本合律，必须像杜甫的《月夜》等名篇那样，即使有较大程度的突破，读起来仍然不失近体诗的格调和韵味。初学者如果一上来就放宽格律，便一辈子也入不了近体诗的门。这是我的第三点意见。

至于像杜甫《白帝城最高楼》那样的拗律，并不是随便写出来的。杜甫早年就开始了拗律的尝试，有《郑附马宅宴洞中》等七律为证。但直到"晚节渐于诗律细"之后，才在夔州创作了包括《白帝城最高楼》在内的若干成熟的拗体七律。对于这些拗律，董文涣《声调四谱图说》卷十二有图有说，虽不一定符合作者的原意，但足以说明通篇的"拗"是确有讲究的。读起来仍有律诗的韵调，再加上工整的对偶，仍不失为七律。因此，我认为今人不必随意拼凑八句完全违反"正体"的诗而自称"拗律"，因为虽然经过赵执信、董文涣等人的努力探索，至今还弄不清"拗律"的"律"究竟是怎么回事。今人作诗，很喜欢自己标明七律、绝句之类的诗体，唐人并非如此。如果不标明自己所作的是"拗律"，自由抒写以求完美地表情达意，而不管作出的是什么诗体，那当然是可以的。在熟练地掌握格律的基础上借鉴唐人的种种"变"，从而适当地放宽格律，有利于当前近体诗创作质量的提高；在熟练地掌握格律的基础上借鉴唐人拗体律诗和散体律诗，力求创造完美的意境而不管写出的是什么诗体，经过长时期的探索、总结而逐渐形成一种新的诗体，也不无可能。这是我的第四点意见。

（原载《文学遗产》2003年第1期）

论中华诗歌传统的继承和创新

中华诗歌,从《诗经》、《楚辞》以来,都是押韵的,属于韵文范围。

我国韵文源远流长,流域极广。就其主要品种而言,通常提到的是诗、词、曲、赋。最近成立了中华诗词学会,从名称上看,似乎于诗、词、曲、赋中排除曲、赋而只取诗、词。其实,从文艺学的角度看,韵文中的诗、词、曲和一部分赋,都属于诗歌范畴;韵文中的其他品种,诸如时调小曲、民间歌谣、鼓词、弹词、牌子曲、快板、快书等等,只要是写得好的,也都不应该排除在诗歌之外。我曾经写过一篇文章,题目是《提倡题材、形式、风格的多样化是我国古代诗论的优良传统》(载《古代文学理论研究》第二辑,上海古籍出版社 1980 年 7 月版)。我国的诗歌形式(样式、体裁、品种),的确是百花齐放的。正由于品种繁多,因而适于表现各种各样的题材,抒发各种各样的情志,能够满足不同层次的读者们的审美需要。

韵文中的诗,是最早的和最基本的文学形式,也是最早的和最基本的韵文形式。司马迁在《史记·孔子世家》里说:"古者诗三千馀篇。"这里的"古者"究竟"古"到什么时候,无法确定。然而《尚书·尧典》中关于"诗言志"的诗歌理论,已经相当精辟,表明赖以产生这种理论的诗歌创作已发展到了不应低估的艺术水平。

我国第一部诗歌总集《诗三百》(后来称为《诗经》)和以屈原的《离骚》为代表的楚辞,是我国古典诗歌的两大源头,合称"诗骚"、"风骚"或"骚雅"。比起《诗经》来,楚辞带有明显的散文化倾向,但从来都不否认那是诗。至于继《诗》、《骚》出现的赋,应不应该纳入诗歌的范围,则还是一个需要讨论的问题。

《汉书·艺文志》"序诗赋为第五种",一开头便列"屈原赋二十五篇"、"唐勒赋四篇"、"宋玉赋十六篇",这都是后来称为楚辞的作品。而班固却把它们与"司马相如赋"、"扬雄赋"等典型的汉赋并列,其后又列"高祖歌诗"等诗歌作品。可以看出他是把楚辞、汉赋和"歌诗"合在一起，看作是同一个"种"的。当然，他也讲了赋的特点："传曰：'不歌而诵谓之赋'。""歌诗"是歌唱的；赋，则是朗诵的。到了刘勰的《文心雕龙》，则区分比较细密。既有《辨骚》篇，又有《明诗》篇，既有《乐府》篇，又有《诠赋》篇和《颂赞》篇等等。仔细地辨析各种文体的源流和特点，这当然是必要的，而且是一种进步。但不同的小类是属于不同的大类的。《骚》和《乐府》虽然各有特点，但都属于诗歌的范围，这是今人的一致看法。《颂赞》篇里讲的"颂"，就包括了《诗经》中的《颂》，当然也是诗。至于赋，刘勰首先从起源上指出它本来是《诗经》的"六义"之一，并同意班固的观点，说它是"古诗之流也"；接着又从发展上指出它"受命于诗人，拓宇于楚辞"。从宋玉的《风赋》开始，便"与诗划境"，由"六义附庸"终于"蔚成大国"，成了一种独立的文体。这些论述都是相当精辟的。他对于"立赋之大体"也讲得很精彩："原夫登高之旨，盖睹物兴情。情以物兴，故义必明雅；物以情观，故词必巧丽。丽辞雅义，符采相胜，如组织之品朱紫，画绘之著玄黄，文虽新而有质，色虽糅而有本。"在我们看来，这里讲的"情以物兴"、"物以情观"和"丽辞雅义，符采相胜"等等，都符合诗的特质。因而就体裁而言，尽管"与诗划境"，但汉赋里被称为"骚赋"、"抒情赋"的那许多作品，如贾谊的《鵩鸟赋》、《吊屈原赋》，董仲舒的《士不遇赋》，刘歆的《遂初赋》，扬雄的《逐贫赋》，司马相如的《长门赋》，班婕妤的《自悼赋》，张衡的《归田赋》，赵壹的《刺世疾邪赋》，蔡邕的《述行赋》等等，都与楚辞一脉相承，是一种带有散文化倾向的诗。而从王粲的《登楼赋》到庾信的《哀江南赋》、《对烛赋》和《春赋》，则又向当时已经繁荣起来的五七言诗靠拢。像《春赋》里的"宜春苑中春已归，披香殿里作春衣，新年鸟声千种啭，二月杨花满路飞"，已经和七言诗没有什么区别了。

　　汉魏以来形成、发展的五七言诗（包括杂言诗，也包括古体和近体），在唐宋两代取得了辉煌的成就，元明清直到当代，也不断有佳作出现。这就是通常与词合称"诗词"的诗，当然是我国诗歌的主流。再加上唐宋以来的词，也仍然只能说是我们诗歌的主流，不能看作诗歌的全部。这里首先应该考虑的是，在文人的诗歌创作之外，同时存在着民间歌谣、时调小曲以及各种形式的曲艺作品。《诗经》中的《国风》里，有不少周代民歌，这是大家公认的。汉乐府民歌和南北朝乐府民歌，也历来受到重视。可是从唐代以后，人们心目中的诗歌，似乎就只是文人们创作的五七言诗和又称为长短句的词，顶多在论述词的起源时谈谈民间词而已。其他各种民间诗歌样式，即使有人谈论，也并不把它们纳入诗歌范围,自然也不被看作诗歌传统。这一点,我认为是应该改变的。

先说曲艺。我国幅员辽阔,在不同方言基础上发展起来的具有地方特点的曲艺形式,多种多样,名目繁多。据不完全统计,全国约有三百多个曲种(少数民族地区的曲艺尚未计算在内)。应该说,这是一批珍贵的诗歌遗产。

我国曲艺的历史,可以上溯到唐代的"变文"。变文的特点是韵散夹杂,说唱并用(有个别例外)。用来唱的韵文部分,以七言句为主,杂以三言、五言、六言等句式,活泼流畅,如《降魔变文》、《伍子胥变文》、《孟姜女变文》、《张义潮变文》、《张淮深变文》等等。而收入《敦煌变文集》的《季布骂阵变文》,则是一篇一韵到底的七言叙事诗,长达三百二十韵,四千四百多字,比我国著名长诗《孔雀东南飞》(一千七百多字)的篇幅长得多。

这种有说有唱、韵散结合的形式,在宋代及其以后,有陶真、涯词、诸宫调、弹词、鼓词等多种样式。金人董解元的《西厢记诸宫调》长达五万多字,用多种宫调的曲子联套组成,共有套曲一百九十三套,每套曲子前面只有几句说白。虽然仍属于韵散结合的形式,但散文所占的字数还不到十分之一,而且删去它,并不妨碍叙事的连贯性。全书布局宏伟,结构谨严,曲文清新优美,实为一部抒情性极其浓烈的长篇叙事诗杰作。

弹词和鼓词,多是鸿篇巨制,其中不乏佳作。例如女作家陈端生所著《再生缘》弹词前十七卷,陈寅恪先生评价极高。评其思想,则说:"端生心中于吾国当日奉为金科玉律之君、父、夫三纲,皆欲借此等描写以摧破之也。端生此等自由及自尊即独立之思想,在当日及其后百馀年间,俱足惊世嫉俗,自为一般人所非议。"评结构,则说:"不枝蔓,有系统,在吾国作品中,如为短篇,其作者精力尚能顾及,文字剪裁,亦可整齐。若是长篇巨制,文字逾数十百万言,如弹词之体者,求一叙述有重点中心、结构无夹杂骈枝等病之作,以寅恪所知,要以《再生缘》为弹词中第一部书也。"更值得注意的是,陈寅恪先生反复强调《再生缘》弹词实质上"乃一叙事言情七言排律之长篇巨制",可与印度、希腊及西洋史诗相提并论。他不胜感慨地说:"世人往往震矜于天竺希腊及西洋史诗之名,而不知吾国亦有此体。……弹词之书,其文辞之卑劣者,固不足论。若其佳者,如《再生缘》之文,则在吾国自是长篇七言排律之佳诗;在外国,亦与诸长篇史诗至少同一文本。"(以上所引,俱见上海古籍出版社《寒柳堂集·论〈再生缘〉》)

如果说曲艺类作品中有不少值得重视的长篇叙事诗,那么在时调小曲中则有不少值得重视的短篇抒情诗。就明代而言,沈德符《顾曲杂言·时尚小令》里详述了《锁南枝》、《傍妆台》、《山坡羊》、《泥捏人》、《打枣竿》、《醉太平》、《闹五更》、《罗江怨》、《耍孩儿》、《驻云飞》等许多小曲"举世传诵,沁人心腑"的情况。卓人月则说:"我明诗让唐,词让宋,庶几《吴歌》、《挂枝儿》、《罗江怨》、《打枣竿》、《银绞丝》之类,为我明一绝。"(陈宏绪《寒夜录》引)连复古派领袖李梦阳、何景明都赞不绝口,认为"情词婉曲",其"真"的特点尤其值得"诗人墨客"们认真学习(见李开元《词谑·论时调》)。

通常与诗、词并举的曲,包括散曲和戏曲。散曲当然属于诗歌范围。隋树森所编《全元散曲》,包括作者二百馀人,小令三千八百多首,套曲四百多套。这是一笔珍贵的诗歌遗产。明清以来的散曲还没有人辑录汇编,但也有不少佳作。明代如王磐、冯惟敏等人的散曲都写得好。直到现当代,用散曲形式创作而取得出色成就的作家也并不少。至于戏曲,元人杂剧所达到的艺术高度早已引起全世界的重视。明、清传奇(也有杂剧)和各种地方戏,也有不少优秀作品。戏曲,当然是一种综合艺术,但我国戏曲作品的主要组成部分是曲(唱词),因而像王实甫的《西厢记》、汤显祖的《牡丹亭》、李玉的《清忠谱》、洪昇的《长生殿》、孔尚任的《桃花扇》等等,就其曲文而言,也可说是情韵悠扬,波澜壮阔的长篇剧诗。

长时期以来,研究中国文学的人认为中国没有史诗。后来,把《诗经》中的《生民》、《公刘》、《绵》、《皇矣》、《大明》等篇称为周民族的史诗,但如和"世界四大史诗"相比,当然相形见绌。不过我们向来所讲的中国诗歌,实际上只限于中国的汉族诗歌(只有《敕勒歌》等少数例外)。我国是一个多民族国家。如果开阔视野,看看少数民族的诗歌,就立刻会被广阔的天地所吸引。仅就长篇叙事诗和史诗而言,就有撒尼族的《阿诗玛》、傣族的《娥并与桑洛》、蒙古族的《嘎达梅林》、傈僳族的《逃婚调》和藏族的《格萨尔王传》等等。《格萨尔王传》这部史诗从11世纪以来在藏族、蒙古族、土族等地区流传说唱。国内有藏文本及汉、蒙等文译本;国外有俄、德、英、法等文节译本,已产生了世界影响。世界四大史诗中的《伊利亚特》一万八千行,《奥得赛》一万二千行,《罗摩衍那》二万四千行,《摩诃婆罗达》最长,共二十馀万行。而《格萨尔王传》这部藏族史诗,则长达一百五十万行,约一千二百多万字,其体制之宏大,文词之瑰丽,都令人惊叹不已。

在我们实现四化,振兴中华,建设具有中国特色的社会主义的新时代,中华诗歌也需要振兴,需要发展,需要创新。然而这种发展,这种创新,又必须在批判地继承中华诗歌传统的基础上进行。

讲继承中华诗歌传统,首先得弄清我们究竟有那些传统。在前面,我从广义上粗略地论述了中华诗歌拥有的许多品种,意在说明形式、风格的多样性和丰富性,是我国诗歌的优良传统之一。

这一传统之所以优良,是由于它包含着许多可贵的东西。

第一,中华诗歌形式的多种多样,是随着社会、文化的发展,随着表现新内容的需要,在继承传统的基础上不断吸取新营养,从而不断创新的结果。距今三千年左右的《诗经》,以四言体为主,但又杂以三言、五言、六言、七言乃至九言的各种句式;有通篇四言的齐言诗,也有一篇之中长短句夹杂的杂言诗。这既表明《诗经》的形式并不单一,又清楚地可以看出,这里已孕育着此后产生多样诗体的萌芽。楚辞从内容到形式,是特定历史条件下楚地文化与中原文化交融的产儿。《诗》《骚》而后,各种新诗体不断出现,由汉魏而六朝,五言诗已十分成熟,七言诗也已形成;而在乐府民歌中,则既有五言、七言的齐言体,又有许多句式多变的杂言体。在唐朝的"今体诗"(也叫近体诗)定型之后,便把这些在格律方面相对自由的诗体称为古体诗和乐府诗,而把从南齐永明年间逐渐流行的杂有律句向"今体诗"过渡的作品,称为"永明体"或"齐梁体"。

在唐朝逐渐定型的"今体诗",形式也是多样的。就律诗说,有五言律诗、七言律诗,五言排律、七言排律;还有不很常见的五言小律、七言小律和六言律诗。就绝句说,有五言绝句、七言绝句和不很常见的六言绝句。而律诗和绝句,都既可以独立成篇,又可以连缀多篇而成"连章诗",如杜甫的《秋兴八首》,以第一首起兴,以下各首互相照应,形成有机的整体。"今体诗"的这么多形式再加上各种古体和乐府,就给诗人们以极大的选择馀地,选择最适合的形式表现特定的情景。因此,前人论唐诗的繁荣,就往往从形式风格的多样化方面着眼。胡应麟在《诗薮》外编卷三里便说:"甚矣,诗之盛于唐也!其体,则三、四、五言,六、七、杂言,乐府、歌行、近体、绝句,靡弗备矣。"

第二,每一种新诗体的出现,只给诗歌的百花园里增光添彩,而不取代任何尚有生命力的原有诗体。相反,原有的其他诗体,也在适应反映新的社会生活、抒发新的思想感情、体现新的时代精神的要求,不断地发展和创新。在唐代,"今体诗"的各种形式开出灿烂艺术之花,争奇斗丽,而古体和乐府诗的创作,也盛况空前。例如《春江花月夜》,原是乐府旧题,但和《乐府诗集》所录隋炀帝的那两首相比,唐人张若虚的一首则分明是新的创造。李白用乐府旧题创作的许多杰作,其独创性尤其突出。至于白居易等人的《新乐府》,更是在继承前人的基础上自觉的创新。五、七古的情况亦复如此,这只要把高、岑、王、孟、李、杜、元、白、韩、柳等人的名篇和汉魏六朝古诗相比,便一目了然了。

"今体诗",特别是其中的律诗,篇有定句,句有定字,平仄、押韵、对仗,都有严格的规定,似乎一经定型,就像一个固定的模子,铸出的东西都是同一个模样,束缚作者的思想,无法发挥创造性。其实不然,首先,不同的诗人运用五律或七律这种相同的形式做诗,由于题材不同,各人的美感体验不同以及所采取的角度、手法等等都不同,因而创作出来的作品也各有特色。同一诗人在不同情境下做诗,也完全有可能自觉地避免前后雷同。其次,一首诗虽然只有五言八句或七言八句,平仄、对仗、押韵又都有严格的要求,但句法的变化和章法的变化,则是无穷无尽的。而且,字句的限制,格律的约束,促使诗人强化了创造意识,不得不在法度中求自由,在有限中求无限,而汉语的特点,正有利于实现这种目的。仅就语法而言,汉语同英语或其他印欧语相比,就灵活得多。既无定冠词和不定冠词的负担,也不讲时态、人称及单复数的变化,连必要的虚词甚至实词都可以省略。如果说在古体诗中由于字数的或多或少并无严格限制而较多运用表现语法关系的主语、动词和虚词等等,那么在"今体诗"中,这一切都可尽量删减,以至只留下表现意象的名词和名词性词组。其结果,更有利于获得"以少总多"、"词约意丰"、"言外见意"的艺术效果。正因为这样,即使像律诗这样格律极严的诗体,在历代杰出诗人的手里也不妨碍各自的独创性。就七律说,王维意象超远,词语华妙;杜甫纵横变化、涵盖宇宙;白居易纡徐坦易、妙合自然。其他如刘禹锡、柳宗元、杜牧、李商隐以及宋代的苏轼、黄庭坚、陆游,金代的元好问直到现代的柳亚子,都各辟蹊径,各有创新,说明这种诗体具有无穷生命力。律诗如此,其他各种相对自由的诗体至今仍有生命力,更不必怀疑了。

第三,诗是语言艺术,各民族的语言各有特点,因而不同民族语言的诗,内容可以互译,形式一经翻译,其民族特点便丧失殆尽。所以对诗歌来说,思想方面,表现手法方面,都可以接受外来影响,吸取必要的营养,而形式方面,则只能借鉴而不能"移植"。中华诗歌在发展中不断创新,不断增加新诗体,而任何一种新诗体的产生,都是在特定的历史条件下广泛吸取祖国文学传统中的精华而加以新的创造的结果,即使有外来影响起作用,那也是间接的。楚辞就整体而言,是荆楚文化与中原文化交流融会的产物。就形式而言,则以楚地民歌为基础而吸收、发展了《诗经》的句式和比兴手法,又从先秦散文中摄取营养,从而形成了像《离骚》那样优美、那样宏伟的长篇杂言新体诗。

  在唐代,南北文化交流和中外文化交流对于诗歌的空前繁荣无疑有极大的积极作用,但这也是就唐诗的整体而言的,就唐代的各种诗体说,仍然主要是广泛继承祖国的文学艺术传统而推陈出新的结果。李白的《蜀道难》、《梁甫吟》、《将进酒》、《梦游天姥吟留别》等等,显然源于乐府民歌中的杂言体,但又吸取鲍照乐府杂言诗的优点,杂用楚辞和古文句法,从而形成一种比乐府民歌更自由、更解放的新诗体。杜甫五古中的鸿篇巨制,如《自京赴奉先县咏怀五百字》、《北征》、《述怀》、《壮游》以及组诗《八哀》等等,显然源于乐府民歌中的五言体,但又吸取了汉魏六朝以来文人们五言诗创作的丰富经验、乃至《史记》等散文创作的优点,熔叙事、写景、抒情、议论于一炉,甚至用诗的形式写人物传记,开有诗以来未有之奇观。至于在"永明体"的基础上经过由初唐到盛唐杰出诗人的创造而建立起来、完备起来的那一套"今体诗",其对仗、音律,也来自对于传统经验的总结和提高。单音节的汉字,每个字都有形有音有义。就字义说,"高"与"下"、"天"与"地"、"多"与"少",以此类推,每个字都可以找到一个乃至好几个字同它对偶。因此,对偶的句子,早在《易经》、《诗经》里就屡见不鲜,到了汉赋和六朝的骈体文,则讲究对偶乃是它们的主要特点之一,为律诗的对仗提供了丰富的经验。就字音说,各时代、各地区互有不同,有些地区的方音,平上去入四声各分阴阳,甚至可以多到九声、十声,这在宋词、元曲里是需要讲究的,而在律诗里,只分平仄就可以了。四声中的平声是"平",其他三声合称"仄",而字音的平仄相对,又很容易和字义的对仗合拍,比如"天"是平声,"地"是仄声,"高"是平声,"下"是仄声。因此,平仄协调的句子,也早在古代诗文中就出现了。沈约等人研究四声,可能受了东汉以来佛经翻译与梵音输入的"刺激"①,但这只是"刺激"他们有意地研究汉语所固有的四声运用规律,并不曾"移植"来汉语所没有的新东西。从根本上说,律诗的平仄律和对偶律,都是从汉语固有的特点出发,总结了前人的经验,在长期的创作实践中逐渐明确起来的。而由此产生的听觉上的平仄协调和视觉上的对仗工丽,都给律诗增添了可贵的审美因素。

----

  ① 见朱光潜《诗论》。

刘勰早在《文心雕龙》的《时序》篇里就已经指出,"歌谣文理,与世推移","文变染乎世情,兴废系乎时序"。时代变了,诗歌也自然得变。一部中华诗歌史,是变的历史,不断创新的历史,这也是我们的优良传统之一。"五四"运动时期出现新诗,这是符合历史发展的规律的。新诗创作有七十年的历史,已经形成了自己的传统。

世界诗歌史本来是以格律诗为主流的。自由诗的抬头乃是近代的事。在近代,以写自由诗出名的是《草叶集》的作者、美国民主诗人惠特曼(1819—1892),他的诗反对压迫奴役,歌颂自由民主,热情奔放,确立了不受传统格律束缚的自由诗的地位。"五四"时期的狂飙突进精神,使郭沫若"火山爆发式的内发感情"从惠特曼的自由诗中找到喷火口,写出了气势磅礴的自由诗《女神》,被认为是一部开一代诗风的杰作,在当时发生过巨大的影响,自然有其不可动摇的历史地位。然而新诗运动在其草创时期便彻底否定民族传统,用"死文学"骂倒一切,而醉心于全盘西化,这当然是错误的。闻一多在《女神之地方色彩》一文中就对《女神》从形式到精神的"十分欧化"提出批评,指出应当"恢复我们对于旧文学底信仰","在旧的基础上建设新房屋"。到了1956年,郭沫若自己也声明"以前我们犯了错误,低估了优良传统"①。自由诗由于脱离民族诗歌传统而无法赢得广大读者的喜爱,于是不少诗人朝着民族化、群众化的方向努力,向民间歌谣学习,在创作实践中逐渐形成了歌谣体。李季的《王贵与李香香》,就是歌谣体的代表作。这种歌谣体的新诗自然是和中华诗歌的传统衔接的,属于格律诗的范围。但在自由体和歌谣体之间,还有新格律诗。以《女神》为代表的自由诗不受任何格律限制,可以尽情抒发作者的感受,但毕竟不如传统诗歌那样精练、那样情韵悠扬、那样耐人寻味、那样音调和美、易读易记,因而不少人试图建立新的格律诗。首先作出贡献的是闻一多,他认为诗应该包含"音乐的美(音节)","绘画的美(辞藻)"和"建筑的美(节的匀称和句的均齐)"。"属于视觉方面的格律有节的匀称,有句的均齐。属于听觉方面的有格式,有音尺,有平仄,有韵脚"。他的第一本诗集《红烛》基本上是自由诗,到了第二本诗集《死水》(1928年),已基本上是格律诗。和闻一多同属于"新月派"的朱湘和徐志摩,以及此后的卞之琳、冯至、臧克家等等,都在探索新格律诗方面作出了贡献。建国以后新格律诗在理论和实践方面都有很大进步,

---

① 《沫若文集》第17卷《谈诗歌问题》。

而何其芳对其特点的概括,则最简明扼要:

> 我们说的现代格律诗就只有这样一个要求:按照现代的口语写得每行的顿数有规律,每顿所占时间大致相等,而且有规律地押韵。(《关于现代格律诗》)

"五四"以来提倡新格律诗的不少人既懂得传统格律诗,更熟悉英国格律诗,乃至翻译过不少英国格律诗,他们的新的格律诗,并不像唐宋以来的律诗那样格律谨严。讲究顿数的整齐和有规律的押韵,这和传统诗歌,特别是戏曲、弹词等等有联系,而分行分节的多样化和各种表现手法,则借鉴英国格律诗。

"五四"以来的新诗,包括自由诗、歌谣体和格律诗,都创作出不少有价值的作品,因而也产生了广泛影响,得到国内外的承认。但由自由诗转向格律诗的探索和歌谣体的创作,说明民族形式的问题仍有待于继续解决。而本来写新诗的人,越来越多地转向"旧体"诗的创作,更说明如何在继承传统的前提下创新的问题亟待解决。例如闻一多在几经探索之后毅然宣布:"索性纯粹中国式。"并且赋诗言志:"六载观摩傍九夷,吟成缺舌总猜疑。唐贤读破三千卷,勒马回缰作旧诗。"(《闻一多旧诗拾遗》)这是慨乎言之的。郭沫若的旧体诗词创作实践和他对以前低估优良传统的反省,与闻一多的切身体验也极相似。这些年来,有人公然鄙弃一切文化传统,当然也鄙弃三千年来的中华诗歌传统,宣扬纵的"断裂"而热衷于横的"移植",硬搬西方现代派的东西,美其名曰"新诗潮",实际上又回到了新诗运动初期"全盘西化"的老路。这些人如果在几十年之后也作出像闻一多、郭沫若那样的反省,岂不白白浪费了宝贵时间和精力。

"五四"时期的许多诗人都能直接阅读外国诗,因而能够如数家珍般了解外国诗的特点,这和仅仅凭借别人的翻译而"移植"外国诗的人就不大相同。鲁迅在《扁》(见《三闲集》)里说过:

> 中国文艺界上可怕的现象,是在尽先输入名词,而并不介绍这名词的涵义。
>
> 于是各各以意为之。看见作品上多讲自己,便称之为表现主义;多讲

别人,是写实主义;见女郎小腿作诗,是浪漫主义;见女郎小腿不准作诗,是古典主义;天上掉下一颗头,头上站着一头牛,爱呀,海中央的青霹雳呀……是未来主义等等。

还要由此生出议论来。这个主义好,那个主义坏……等等。

这种过去发生过的"可怕现象"如果换一幅新面目重现于我们面前,那仍然是可怕的。

"五四"以来,新诗已形成自己的传统,不承认不行,彻底否定更不行。但反过来,认为新诗已占领整个诗坛,是唯一的"正统",而做"旧体诗",只不过是"遗老"、"遗少"们在那里"迷恋骸骨",这也是不对的。郭沫若在《论写旧诗词》时说:

单从形式上来谈诗的新旧,……是有点问题的。主要还须得看内容。(《文艺报》1950年第4期)

茅盾在1980年为《柳亚子诗选》写的序中也说:

一九二二年或二三年……,亚子先生正组织新南社,号召青年写白话诗。人家以为柳先生提倡白话诗而自己仍是旧体,未免自相矛盾,其实不然。柳先生此时的旧体诗已有新的革命内容;所谓旧瓶装新酒,更见芳烈。而彼时以善写白话诗自诩者,其内容则仍陈旧,封建思想,买办意识,随时流露。

诗的新或旧主要决定于内容,这是毋庸争辩的。不看内容,只从形式上分新旧而又不管是否为人民群众喜闻乐见,便一味地排斥"旧体诗"(已有的几种现代文学史讲到诗歌的时候都压根儿不提"旧体诗"),这是不符合"五四"以来的诗歌创作实际的。如果从实际出发看问题,则七十年来传统诗歌仍在发展和创新。近些年来,诗社、诗刊更有如雨后春笋,无数革命干部、专家学者、部分青年,乃至不少原来写新诗的人都加入了传统诗歌的写作行列,这是有目共睹的。

在表现新内容的前提下,新诗和传统诗歌的创作应该百花齐放。而这,也正是我们的优良传统之一,前面已经谈过了。

讲到内容,便涉及诗人的主观条件问题。清人叶燮在《原诗》里提出诗人必须具有高尚、开阔的"胸襟"和卓越的"才、识、胆、力",然后"因遇得题,因题达情,因情敷句",才能写出好诗。这一点,更是中华诗歌的优良传统。屈原、李白、杜甫、陆游等无数优秀诗人都对国家、人民、时代具有强烈的责任感,其诗篇里洋溢着爱国爱民、忧国忧民的激情,至今仍足以震撼读者的心灵,令人感发兴起。目前,我们的方向是为人民服务,为社会主义服务,我们的诗歌归根结底要有益于人民,有益于社会主义。在这个根本问题上,诗人们必须有强烈的责任感。当然,诗歌为人民服务,为社会主义服务,并不是直接的,而是通过认识作用、教育作用和审美作用,潜移默化,陶冶人们的性情,美化人们的道德品质,提高人们的精神境界,从而培养社会主义新人。如果在这个统一的方向下各种诗体的创作互相竞赛,互相影响,那么传统诗歌的创新问题和新诗的民族化、群众化问题就都会逐渐得到解决。

从目前的情况看,在传统各种诗歌的样式中,一般人最喜欢写律诗和词。而各种古体诗以及曲、曲艺等等,则极少有人问津。律诗在唐代已经定型,格律极严。词,有固定词牌、词谱,句子虽长短不齐,但都是固定的,节拍、平仄都不能随意更改,其中的声调还得讲四声,甚至要分阴阳清浊。因此,做律诗和词,"合律"是起码条件。既合律而又能不为格律所缚,抒发性情,模写物象,纵横开阖,腾挪变化,"从心所欲不逾矩",这是需要狠下功夫的。不肯下功夫,还未入门,随便写些不合律的东西,却冠以"七律"、"莺啼序"之类的题目,自以为有所"突破"和"创新",必然会败坏这些传统诗体的声誉。中华传统诗歌的各种诗体,都可以说是格律诗;但如果同"今体诗"和词相比,则各种古体诗和乐府诗,特别是其中的杂言诗,还是相对自由的。曲尽管也有曲牌曲谱,与词类似,但可以大量加衬字,比较有弹性。至于包括弹词、鼓词等等在内的各种曲艺,篇幅长短不受限制,也容易驾驭。在前面,我之所以从广义上谈了传统诗歌的多种样式,还谈了少数民族的史诗、长篇叙事诗和"五四"以来新诗中的自由诗、格律诗、歌谣体等等,其目的正在于开拓当前诗歌创作的广阔领域,从而多方面地反映新的社会生活,抒发新的思想感情,表现新的时代精神,以满足多层次的读者们的精神需要和艺术享受。而在多种诗体的创作争妍斗丽的过程中交流融会,挚乳繁衍,逐渐形成一整套吸引广大读者的新体诗歌,也完全是符合事物发展的规律的。

最后谈两点意见：

一、历史发展不容割断，文化传统，诗歌传统，也很难人为地"断裂"。因此，做新诗和研究新诗的人应该研究传统诗歌，批判地继承传统诗歌，写"旧体诗"和研究古代诗歌的人也应该研究"五四"以来的新诗，特别要关心诗歌创作的现状。

二、诗歌创作和诗歌研究当然有分工，但也不应该各自独立，分疆而治。搞创作的人搞点研究，便有利于提高创作水平；搞研究的人搞点创作，也有利于提高研究质量。而研究诗歌的专家们似乎特别应该明确研究的目的，目的之一，无疑是促进诗歌创作的繁荣和发展。既然如此，那么把诗歌研究和诗歌创作结合起来，从自己的研究心得和创作体验中总结出带规律性的东西，就有助于开一代新诗风。

（本文是1987年夏在常德举办的中华诗词讲学会上的讲稿，曾以《研究韵文，开创一代新诗风》为题，载于1987年《中国韵文学刊》创刊号，后收入《诗国沉思》，中国文联出版公司1990年版）

论中华诗词的艺术魅力和现实意义

中华诗歌,更早的且不去说,只从《诗经》算起,至今已有三千多年的光辉历史。在这三千多年的历史长河中,论诗人,名家辈出,灿若群星;论诗作,名篇纷呈,争奇斗丽。其中的无数优秀篇章,具有广泛而永恒的艺术魅力,历久弥新,至今脍炙人口,成为全世界人民的精神财富。

那么,中华诗歌为什么会有广泛而永恒的艺术魅力呢?

要回答这个问题,首先得探讨中华诗歌的艺术特质。早在《尚书·尧典》中,就对远古时期中华诗歌的艺术特质作出理论概括:

> 帝曰:"夔!命汝典乐,教胄子。直而温,宽而栗,刚而无虐,简而无傲。诗言志,歌永言,声依永,律和声。八音克谐,无相夺伦。神人以和。"

这段话包含了许多可贵的东西。第一,"诗言志"既抓住了诗歌的本质,又涉及文艺起源问题,当人类发展到有情志需要抒发的时候,就发而为诗。而主观的情志,总是感物而动的。《公羊·宣十五年传》:"男女有所怨恨,相从而歌,饥者歌其食,劳者歌其事。"《乐记》:"人心之动,物使之然也。感于物而动,故形于声。"《诗·大序》进一步说:"诗者,志之所之也。在心为志,发言为诗。情动于中而形于言,言之不足,故嗟叹之;嗟叹之不足,故永歌之;永歌之不足,不知手之舞之,足之蹈之也。"此后如钟嵘《诗品·序》所说的"气之动物,物之感人,故摇荡性情,形诸舞咏",《文心雕龙·物色》所说的"春秋代序,阴阳惨舒,物色之动,心亦摇焉"等等,都是对"诗言志"的继承和发展。

第二,从"歌永言"到"八音克谐,无相夺伦",讲了诗歌的声调韵律问题。"言志"而能"声依永,律和声,八音克谐",便有更高的艺术感染力。我国古代的诗歌是合乐的,《尧典》中的这一段话,从声调韵律方面强调了诗歌的音乐性,对后代的影响极其深远。

第三，这几句话，是舜命夔典乐，用"言志"的、与音乐结合的诗歌"教胄子"时说的。关于诗、乐所抒发的"志"，特用"直而温，宽而栗，刚而无虐，简而无傲"作了规范，其本质意义是要求"诗"所"言"的"志"应该是崇高的、优美的、善良的。用今天的话说，那"志"体现了人们的"心灵美"。

朱自清在《诗言志辨序》里曾说《尧典》中的这段话是我国历代诗歌理论和诗歌创作的"开山纲领"，说得很中肯。这里要强调指出的是：在这个"开山纲领"里，已经把中华诗歌之所以具有永恒魅力的主要艺术特质揭示出来了。

首先，中华诗歌之所以具有永恒的艺术魅力，在于早在遥远的古代就明确提出"诗言志"，而且强调所言的"志"应体现心灵美。有些理论家把我国古代的诗论区分为"言志"、"缘情"两派，自有根据；但《尧典》中的"诗言志"与"歌永言"对偶成句，并无排斥"情"的意思。"情"与"志"，本来是二而一的东西，血肉相连，很难分割。所以班固解释说："《书》曰：'诗言志，歌永言。'故哀乐之心感而歌咏之声发。"①所谓"哀乐之心感而歌咏之声发"，不正指出了诗歌的抒情特质吗？《诗·大序》先说"诗者志之所之也，在心为志，发言为诗"，紧接着即说"情动于中而形于言"，显然也是把"志"与"情"作为二而一的东西看待的。初唐时的孔颖达综合各家之说作过更完善的解释：

> 诗者，人志之所以适也。虽有所适，犹未发口，蕴藏在心，谓之为志。发见于言，乃名为诗。言作诗者所以舒心志愤懑，而卒成于歌咏。故《虞书》谓之"诗言志"也。包管万虑，其名曰心；感物而动，乃呼为志。志之所适，外物感焉。言豫悦之志，则和乐兴而颂声作；（言）忧愁之志，则哀伤起而怨刺生。《艺文志》云："哀乐之情感，歌咏之声发。"此之谓也。②

"诗言志"是给"诗"下的定义。"感物而动，乃呼为志"是给"志"下的定义。从"志之所适"以下几句话看，他所说的"志"也就是"豫悦"、"忧愁"之类的"情"，而他所说的"外物"，则是激发"豫悦"、"忧愁"之类"情"的自然景物和社会生活。既然如此，"诗言志"的"志"就不是纯主观的东西，而是"情"与"物"的结合，主观与客观的结合。诗人被令人"豫悦"的"外物"所"感"，就以

---

① 《汉书·艺文志》。

② 《毛诗正义》。

"豫悦"的激情描绘、歌"颂"那令人"豫悦"的"外物";诗人被使人"忧愁"的"外物"所"感",就以"忧愁"的激情展现那使人"忧愁"的"外物"。这就不仅中肯地解释了"作诗所由",而且把诗歌的真实性、形象性、倾向性以及通过歌颂和怨刺改造现实的社会作用,都阐发得相当清楚了。

其次,中华诗歌之所以具有永恒的艺术魅力,在于早在遥远的古代就明确提出了"声依永,律和声"的要求,强调了诗歌的音乐性,并且日益精密地体现于创作实践。《诗经》隔句用韵,有通篇四言的"齐言诗",也有以四言句为主,杂以二言、三言、五言、六言、七言、八言、九言等各种句式的"杂言诗",节奏鲜明,错落有致,兼有整齐美与参差美。如《秦风·蒹葭》第一章:"蒹葭苍苍,白露为霜。所谓伊人,在水一方。溯洄从之,道阻且长。溯游从之,宛在水中央。"通过舒缓的节奏和悠扬的韵律,传达了无限企慕的深情,令人心驰神往。又如《王风·黍离》第一章:"彼黍离离,彼稷之苗。行迈靡靡,中心摇摇。知我者谓我心忧,不知我者谓我何求。悠悠苍天,此何人哉!"以悲凉凄怆的音韵传达了不可明言的大悲深忧,言外有无穷之感,引人深思。章节的复叠也增强了诗歌的节奏感与音韵美,于反复吟唱中强化了诗的情韵。如《周南·芣苢》,是妇女们采集野菜时唱的歌,全篇三章十二句,中间只换了六个动词,却表现了采集量逐渐增多的喜悦。如方玉润所指出:"读者试平心静气涵咏此诗,恍听田家妇女三三五五,于平原旷野、风和日丽中群歌互答,余音袅袅,若远若近,忽断忽续,不知情之何以移而神之何以旷!"①马克思曾说希腊神话"仍然能够给我们以艺术享受,而且就某方面说还是一种规范和高不可及的范本"②。《诗经》中的优秀篇章,也是这样的。如果认为那些作品距我们太遥远,已经失去魅力,那就错了。

《楚辞》除《橘颂》、《天问》诸篇仍然以四言为基本句式而外,其他各篇,特别是屈原的长篇抒情杰作《离骚》和宋玉的"悲秋"名篇《九辩》,都在《诗经》中"杂言诗"的基础上吸收先秦散文的句法,于句型长短多变中杂以偶句,单句末尾用"兮"字表现曼声,偶句用韵,形成了错落中见整齐的节奏感和韵律美,曲尽缠绵婉转之情。如《离骚》中的这几句:

---

① 《诗经原始》。

② 《政治经济学批判导言》。

> 汨余若将不及兮,恐年岁之不吾与。朝搴阰之木兰兮,夕揽洲之宿莽。日月忽其不淹兮,春与秋其代序。惟草木之零落兮,恐美人之迟暮。不抚壮而弃秽兮,何不改乎此度? 乘骐骥以驰骋兮,来吾道夫先路!

如《九辩》中的这几句:

> 悲哉,秋之为气也!萧瑟兮,草木摇落而变衰。憭栗兮,若在远行,登山临水兮,送将归。("衰"、"归"押韵)

与《诗经》中的作品相比,一眼看出这是一种新体诗,然而同样具有永恒的艺术魅力。其魅力之所在,主要在于以情动人,而适应表达特定情志的节奏、韵律,又强化了以情动人的力度。前人评诗,习惯用"情韵"、"声情"之类的概念和标尺,表明美好而浓郁的情志与其相适应的声韵正是诗歌艺术魅力之所在。白居易对这个问题作过极精彩的阐发。

> 人之文,六经首之。就六经言,《诗》又首之。何者?圣人感人心而天下和平。感人心者,莫先乎情,莫始乎言,莫切乎声,莫深乎义。诗者,根情、苗言、华声、实义。上自圣贤,下至愚骏,微及豚鱼,幽及鬼神,群分而气同,形异而情一,未有声入而不应,情交而不感者。圣人知其然,因其言,经之以"六义";缘其声,纬之以"五音"。音有韵,义有类。韵协则言顺,言顺则声易入;类举则情见,情见则感易交。于是乎孕大含深,贯微洞密,上下通而一气泰,忧乐合而百志熙。……①

白居易在这里特别强调的是"声"、"情"。这从"上自圣贤,下至愚骏,……未有声入而不应,情交而不感者"的表述中看得很清楚。但他又补入了"言"和"义",给诗歌下了更严密的界说:"诗者,根情、苗言、华声、实义。"诗歌是语言艺术,而诗歌的语言必须具有声调音韵之美,"言"与"声"是统一的。诗歌的本质,是抒情的,"情"是诗的"根"本。而"情"中必有"义","情"与"义"也是统一的。有人认为论诗只强调抒情便是忽视思想,这其实是一种误

---

① 《与元九书》。

解,在优秀的诗篇中,情感愈炽烈,思想也愈丰满、愈深刻。例如杜荀鹤的《再经胡城县》:"去岁曾经此县城,县民无口不冤声。今来县宰加朱绂,便是生灵血染成!"通篇是抒情的,但思想又何等饱满,何等深警! 我们说"诗言志"的"志"包含了"情",也可由此得到解释。

《文心雕龙·时序》云:"歌谣文理,与世推移。"南齐萧子显《自序》云:"若无新变,不能代雄。"时代变了,诗歌也自然得变。一部中华诗歌发展史,是不断新变的历史。《诗经》中的"齐言诗"和"杂言诗"已孕育着此后产生多种诗体的萌芽。《楚辞》是特定历史条件下楚地文化与中原文化交融的产儿,是一种突出的新变。《诗经》、《楚辞》以后,各种新诗体不断涌现,由汉魏而六朝,五言诗已相当成熟,七言诗也已形成,而在乐府民歌中,则既有通篇五言、通篇七言的"齐言体",也有不少句式多变、错落有致的"杂言体"。唐朝是诗体大备的时代:包括五、七言律、绝、排律在内的近体诗百花齐放,五古、七古、歌行、乐府诗的创作也盛况空前,不断创新;而在宋代发展到高峰的词,在中、晚唐时期也已开出灿烂的花朵。宋词、元曲与唐诗并称,但在宋、元时代,经由唐人运用、开拓的各种诗体,仍然有佳作出现。特别是宋诗,因宋代诗人在唐诗的基础上求新求变而自具特色,堪与唐诗比美。总起来说,《诗经》、《楚辞》以来随着社会的发展不断求变创新、孳乳繁衍而形成的各种诗体乃至词、曲,只要是"情韵不匮"、"声情并茂"的佳作,都具有永恒的艺术魅力。读这些作品,仍可以获得艺术享受。

当然,中华诗歌之所以具有永恒的艺术魅力,与"声情并茂"并存的还有许多因素,诸如语言的精练、生动和富有个性,赋、比、兴和象征、拟人、烘托、暗示等手法的运用,炼字、炼句与炼意的统一,章法结构的严谨与变化,景情交融的意境创造等等,都有其重要作用,不可忽视。这里要特别强调指出的一点是:中华诗歌之所以具有永恒的艺术魅力和艺术生命力,在于历代杰出诗人在继承传统、踵事增华、追求声情之美的前提下不断创新,生生不已。

"写诗",这应该是作者本人的一种谦虚说法,正规地说,便是"作诗"、"吟诗"、"敲诗",或从事诗歌"创作"。要完成一首诗,实际上是一种艺术创造。既是创造,其作品应是全新的,既不与前人的任何作品雷同,又不与今人的任何作品雷同。姑以唐诗为例。唐人继承汉魏六朝乐府诗的传统,创作了大量乐府诗名篇。比如张若虚的《春江花月夜》,用的是乐府《清商曲辞·吴声歌曲》旧题。郭茂倩《乐府诗集》录隋炀帝二首,诸葛颖一首,皆格局狭小,情韵之美不足。而张若虚的同题作品,却大放异彩,声情并茂,被闻一多称为"诗中的诗,顶峰上的顶峰",因"孤篇横绝"而"竟为大家"。今天很少有人知道早在张若虚之前就出现过《春江花月夜》诗,更不考虑这原是乐府旧题,只赞叹这是张若虚的伟大创造。又如李白的《蜀道难》,也是乐府诗旧题。《乐府诗集》卷四十《相和歌辞·琴调曲》所录梁简文帝《蜀道难》,简短单薄,缺乏艺术魅力。而李白的这一首,却在乐府杂言诗的基础上杂用《楚辞》和古文句法,又频频换韵,以参差错落、穷极变化的节奏感和韵律美抒写瑰奇的想象和浪漫主义激情。如殷璠所评:"奇之又奇,自骚人以还,鲜有此体调"。① 更确切地说,这是源于乐府杂言诗而又比乐府杂言诗更自由、更解放的新体诗。李白的《梁甫吟》、《将进酒》、《梦游天姥吟留别》等也可作如是观。唐人沿用乐府旧题而不为前人所囿,为我们创作出许多具有永恒魅力的新篇章。至于杜甫"即事名篇"的《兵车行》、《三吏》、《三别》等名篇和白居易等人的"新乐府",更是在继承前贤的基础上自觉地创新,至今脍炙人口,传诵不衰。五古、七古的情况亦复如此,这只要把高、岑、王、孟、李、杜、元、白、韩、柳等人的名篇和汉魏六朝古诗相比,便一目了然。比如把杜甫的《北征》、《咏怀五百字》和汉魏六朝五古相比,那完全是新诗,把白居易的《长恨歌》、《琵琶行》和前人的七古相比,也完全是新诗。

"四声"虽是南齐永明时期沈约等人提出来的,但一字一音而音有平仄,却是方块汉字固有的特点。因此,早在三千多年前的《诗经》中,不仅押韵的方式多姿多彩,而且追求声调的和谐,出现大量平仄相间的"律句"。就第一篇《关雎》看,如"参差荇菜,左右流之。窈窕淑女,寤寐求之"。如果把"窕"读为平声,则四句诗完全合律。《楚辞》也是如此,如《离骚》开头的"帝高阳之苗裔兮,朕皇考曰伯庸",除去领字"帝"、"朕",衬字"之"、"曰"和尾字"兮"所剩的"高阳"、"苗裔"和"皇考"、"伯庸",恰是平仄相间的四个节,也完全合律。到了汉魏五言诗,更往往出现律句,如曹植"从军度函谷,驱马过西京",王粲"南登灞陵岸,回首望长安"。王赞"朔风动秋草,边马有归心",其上句基本合律,下句完全合律。仄声(上、去、入)是抑调,平声是扬调,平仄律也就是抑扬律。汉字音分平仄的这一特点极有利于创造语言的音乐美。不用说诗,就是名家的散文名篇,也追求声调的抑扬变化,一般情况是抑扬相间,而抒发抑郁悲愤

---

① 《河岳英灵集》。

的心情,则多用抑调,表现昂扬欢快的心情,则多用扬调。古代诗人利用汉语音有平仄的特点创造声情之美,在其诗篇中出现后人所谓的"律句",原是十分自然的。当然,篇中虽有律句,但就全篇说,并无固定的声律要求,不存在"定型"的问题。所谓"定型",是就近体诗说的。

律绝定型于初唐,故唐人把这一套诗体叫"近体"或"今体",而把旧有各体叫"古体"。从"永明体"肇始,经过无数诗人的创造而建立起来、完备起来的"近体诗",是汉语优点的充分发扬,也是诗歌传统经验的总结和提高。单音节的汉字每一个字都有形有音有义。就字音说,音分平仄,从《诗经》开始,就注意调平仄以创造抑扬抗坠的音乐美。就字义说,"天"与"地"、"高"与"下"、"多"与"少",以此类推,每一个字都可以找到一个乃到几个字同它对偶,更妙的是其平仄也往往是相对的。因此,对偶句早在《易经》、《诗经》里就屡见不鲜,到了汉赋和六朝骈文,讲究对偶乃是它们的特点之一。当然,世界各种语言都可创造对偶句,但一般只能获得对称美;而合对称美、整齐美、节奏美为一,只有方块汉字才能办到。利用汉语的独特优点并吸取前人积累的丰富经验总结出平仄律和对偶律,便为近体诗的定型奠定了基础。

近体诗包括五绝、七绝、五律、七律和五、七言排律。之所以独用五言、七言,是因为五、七言诗的创作已有悠久历史,取得了丰富的成功经验。经验证明,五、七言句最适于汉语单音节、双音节的词灵活组合,也最适于体现一句之中平仄音节相间的抑扬律。而且,五、七言句既不局促,又不冗长,因字数有限而迫使作者炼字、炼句、炼意,力求做到"以少总多","词约意丰"。绝句定型为四句,是由于四句诗恰恰可以体现章法上的起承转合,六朝以来的四言小诗已经提供了范例。近体诗的平仄律不外三点:一、本句之中平仄音节相间,二、两句之间平仄音节相对,三、两联之间平仄音节相粘。而由四句两联组成的绝句,恰恰体现了这三条规律,从而构成了完整的声律单位。律诗每首八句,从声律上说,是两首绝句的叠合;从章法上说,每首四联,也适于体现起承转合、抑扬顿挫的变化;首尾两联对偶与否不限,中间两联必须对偶,体现了单行与对称的统一,听觉上的平仄协调与视觉上的对仗工丽强化了审美因素。排律又称长律,就声律说,乃是绝句的反复叠合。沈佺期、宋之问、李白、王维的排律,都不过十韵(两句一韵)。杜甫多排律长篇,《秋日夔府咏怀奉寄郑监李宾客》长达一百韵。白居易有百韵排律多篇;北宋王禹偁的《谪居感事》长达一百六十韵,是排律中规模最大的。由于除首尾两联可以不对偶而外,中间各联都必须对偶,还须讲究用典,所以写作难度既大,阅读也颇费力。即如杜甫排律长篇被誉为"雄伟神奇,阖辟驰骤如飞龙行云"(胡应麟《诗薮·内篇》卷四)者,也很少有人认真吟诵。故诗人们倘遇八句律诗难于表现的题材,一般采用古体而很少运用排律。我们今天讲近体诗,通常也指五、七言律、绝而不包括排律。

五、七言律、绝充分体现了汉语独有的优势,兼备多种审美因素,是最精美的诗体。初唐以来的杰出诗人运用这一套诗体创作了无数情韵俱美的佳什。由于篇幅简短,而且篇有定句、句有定字、字有定声及对偶、粘、对的规范,一读便能记诵,因而传播最广,影响极大。

阅读中华诗歌,有极大的现实意义。我国有"诗教"的传统,"诗"可以"教"人,是由诗的特质及其社会作用决定的。《诗·大序》说:"正得失,动天地,感鬼神,莫近于诗。"孔颖达在《毛诗正义》里指出这是讲"诗之功德"的。把诗的功用称为"功德",表现了对"诗教"的高度重视。

孔子教人,主张"兴于诗"①。包咸解释说:"兴,起也,言修身当先学诗。"②孔子又对他的弟子说:"小子何莫学夫诗!诗,可以兴,可以观,可以群,可以怨。迩之事父,远之事君;多识于鸟兽草木之名。"③这是早在二千五百多年以前对诗歌功用所作的相当全面的概括。

"可以观",即可以从诗歌中"观风俗之盛衰"(郑玄注),"考见得失"(朱熹注),这指的是诗歌的认识作用。《汉书·艺文志》说:"自孝武(汉武帝)立乐府而采歌谣,于是有代、赵之讴,秦、楚之风,皆感于哀乐,缘事而发,亦可以观风俗、知厚薄云。"又强调了诗歌的认识作用。白居易在《策林六十九·采诗以补察时政》里举了许多诗歌能起认识作用的实例:

闻《蓼萧》之诗,则知泽及四海也;闻《华黍》之咏,则知时和岁丰也;闻《北风》之言,则知威虐及人也;闻《硕鼠》之刺,则知重敛于下也;闻"广袖高髻"之谣,则知风俗奢荡也;闻"谁其获者妇与姑"之言,则知征役之废

---

① 《论语·泰伯》。
② 何晏《论语集解》引。
③ 《论语·阳货》。

业也。故国风之盛衰,由斯而见也;王政之得失,由斯而闻也;人情之哀乐,由斯而知也。

《诗经》以来的优秀诗篇一般都"感于哀乐,缘事而发",以其浓烈的诗情和鲜明的画景反映了政教得失、人民哀乐和时代的风云变化。三千多年的中华诗歌,是三千多年的"诗史",是中华民族的社会史、文化史和心灵史。较有系统地研读三千多年来的诗歌珍品,有助于认识中华历史,认识中华文化,认识中华民族精神,从而真正了解我们的"国情",从事继往开来的伟大事业。

"可以兴",指诗歌可以使读者受到启发,产生联想,从而"感发兴起",是讲诗歌的教育作用。《诗经》以来的优秀诗篇以其情景交融、言近旨远、一唱三叹的艺术境界扣人心弦,其教育作用之强烈,尽人皆知。白居易在《读张籍古乐府》诗中列举张籍的不同诗篇所起的不同教育作用:"读君《学仙诗》,可讽放佚君;读君《董公诗》,可诲贪暴臣;读君《商女诗》,可感悍妇仁;读君《勤齐诗》,可劝薄夫淳。上可裨教化,舒之济万民;下可理情性,卷之善一身"。又在《和答诗十首序》中说他赠元稹的二十章诗可以"销忧憨","张直气而扶壮心"。

中华诗歌以反映社会生活广阔,题材、风格多种多样著称。不同的诗歌有不同的教育作用。举例来说,从《诗经》中的《硕鼠》开始,历朝累代都有抨击贪官污吏,同情黎民疾苦的好诗。即如南宋时期,不仅有像陆游《农家叹》和范成大《催租行》、《后催租行》那样正面抒写的佳作,而且在咏物诗、禽言诗里,也有曲折的反映。如洪咨夔的《促织》二首:

一点光分草际萤,缲车未了纬车鸣。
催科知要先期办,风露饥肠织到明。

水碧衫裙透骨鲜,飘摇机杼夜凉边。
隔林恐有人闻得,报县来拘土产钱。

这样咏促织,不单纯是角度新颖的问题,更使人感动的,还在于作者不能已于言的忧民忧国的激情。读这一类诗,不仅会在加强廉政建设、减轻农民负担方面起直接作用,而且可以培养忧国忧民、爱国爱民的美好情操,提高对于国家前途、民族命运的责任感。

从屈原的伟大诗篇《离骚》开始,直到19世纪以来反帝反封建的佳作,先后出现了无数爱国诗人及其爱国诗词。陆游、文天祥等人的许多爱国诗,辛弃疾、张孝祥等人的许多爱国词,至今万口传诵,在进行爱国主义教育方面有其不可低估的重要作用。

诗歌的认识作用、教育作用必须通过审美作用才能充分实现。中华诗歌中的优秀篇章具有诸多审美因素,情景交融,声情并茂,感染力极强,能够给人以强烈的美感享受。沈德潜认为"诗之为道,可以理性情,善伦物",乃由于诗不是抽象说教,而是"比兴互陈,反复唱叹,而中藏之欢愉惨戚,隐跃欲传"①,使人于美感享受中潜移默化。黄道周论曲的美感作用,也相当中肯:"论曲之妙无他,不过三字尽之,曰'能感人'而已。感人者,喜则欲歌欲舞,悲则欲泣欲诉,怒则欲杀欲割,生趣勃勃,生气凛凛之谓也。"②他虽然讲的是中华诗歌中的曲,但也适用于诗、词。正因为中华诗歌具有如此强烈的感染力,足以感人肺腑,移人性情,使读者于不知不觉中受到影响和教育,所以才能发挥巨大的社会作用。

我国杰出的诗人都有崇高的审美理想,概括地说,他们的优美诗歌表现了中华民族所追求的生活本身的美以及为争取美在生活中的胜利而作的英勇斗争,也表现了中华民族所反对的一切丑恶事物以及为根除这些丑恶事物而作的英勇斗争。中华诗歌具有悠久的"美"、"刺"传统,"美"就是宏扬美好的事物,"刺"就是抨击丑恶事物,这二者是辩证统一的,同出于崇高的审美理想。敏锐而深刻的爱美感,是和对丑恶现象的强烈厌恶分不开的。诗歌中歌颂美好事物,固然是为了宏扬美,并且唤起读者的心灵美,诗歌中抨击丑恶现象,其目的也是使读者在厌恶丑恶事物的同时激起对于美好事物的热爱,以培养其爱美感和在生活实践中为扶美除丑而斗争的坚强意志。

继承中华诗歌传统,对于繁荣和发展当前的诗歌创作有重大意义。中华诗史,是在继承中不断创新,不断孳乳繁衍的历史。到了唐宋时期,五古、七古、歌行、乐府、五绝、七绝、五律、七律及五、七言排律等各体齐言诗、杂言诗异彩纷呈;六言绝句尽管作者不多,但王维的《田园乐》七首、王安石的《题西太一

---

① 《说诗晬语》卷上。

② 《制曲枝语》。

宫》二首,却写得十分精彩,表明这种诗体也不容忽视。除诗体大备而外,又增加了拥有几百个词调的词。到了元代,又增加了包括小令、套数的散曲。值得特别重视的是:每一种新诗体的出现,只给诗歌的百花园里增光添彩,而不取代任何仍有生命力的原有诗体。相反,原有的各种诗体,也在适应反映新的社会生活,抒发新的思想感情,体现新的时代精神的要求,不断发展创新。

试读唐宋诸家的诗集,凡有成就的作者都是诸体并用、甚至各体兼擅的。就杜甫说,当时所有的诗体他都充分运用,各有杰作,并对七律、五古、排律等多种诗体的发展、提高作出了贡献,又开"新乐府"先河。就苏轼说,不仅各体诗兼擅,各有名篇,而且是大词人,其词"一洗绮罗香泽之态,摆脱绸缪宛转之度",为词的创作开拓新领域。杰出诗人之所以兼用各体,是因为他们明确地认识到各种诗歌体裁各有特长,也各有局限。显而易见,《北征》《述怀》《咏怀五百字》《兵车行》《丽人行》《哀江头》《洗兵马》《丹青引》《茅屋为秋风所破歌》以及《三吏》《三别》等诗所表现的题材,不论用五绝、七绝还是用五律、七律去表现,都是无法胜任的。杜甫如果不擅长五古、七古、歌行、乐府诸体而只做近体诗,中华诗史上就不能出现那许多旷世杰作。反之亦然,《月夜》《春望》《春夜喜雨》《闻官军收河南河北》《登楼》《诸将五首》《秋兴八首》《八阵图》《江南逢李龟年》等诗所抒发的思想感情如果用各种古体去表现,也很难创造出如此完美的意境,为中华诗史增添灿烂夺目的新篇章。更细微一点,适于五绝的题材最好不用七绝去表现,馀可类推。

题材的广阔性、多样性要求诗歌体裁的丰富性、多样性。唐宋时期诗歌体裁的丰富、多样,是诗歌创作高度繁荣的重要标志之一。

我们今天的现实生活千汇万状,人们的精神世界丰富多彩,都非唐宋时期所能比拟,因而只有"五四"以来的新诗是不行的,仅用近体诗和词也是不够的。

我在前面之所以用较多篇幅谈论近体诗以外的多种诗体,是因为这许多诗体为我们提供了无数具有永恒魅力的杰作,吟诵那些杰作,探究那些诗体适应社会的发展不断创新,在"声情并茂"这个最根本的艺术特质上日臻完美的轨迹,便有助于我们在此基础上继续创新以体现新的时代精神,为中华诗歌开创一代新风。

有些论述"中华诗歌的继承与革新"的文章有这样的提法:"中华诗词(包括曲)作为定型或基本定型的诗歌体裁形式,有着一整套严格的声韵格律规范。""诗词运用古汉语,有固定的格式、句数和严谨的格律,反映现代生活不能不具有严重的局限性。"类似的提法颇多,这显然把近体诗和词、曲以外的各体齐言诗、杂言诗排除在"中华诗词"之外了。有了这种提法,跟踵而至的便是"镣铐"、"束缚思想"、"不能容纳多音节词"、"不便反映现代生活"等等。其实,近体诗以外的各种诗体如五古、七古、乐府、歌行,从来就不存在"定型"问题,自然也没有"固定的格式"。不论是"齐言"或"杂言",每篇句数不限;既可一韵到底,也可频频换韵,平韵、仄韵交错。如李白的《蜀道难》开头:"噫吁嚱,危乎高哉!蜀道之难难于上青天。蚕丛及鱼凫,开国何茫然。尔来四万八千岁,不与秦塞通人烟。"三言、四言、五言、七言、九言句式杂用。杜甫《茅屋为秋风所破歌》结尾:"安得广厦千万间,大庇天下寒士俱欢颜,风雨不动安如山!呜乎!何时眼前突兀见此屋,吾庐独破受冻死亦足!"不但突破七言句型,而且一反偶句押韵的常规,有力地抒发了崇高理想和渴望理想实现的激情。黄遵宪《八月十五夜太平洋舟中望月作歌》中的"汪洋东海不知几万里,今夕之夕惟我与尔对饮成三人",用九字句和十三字句。于右任作于辛亥革命十年前的《从军乐》多用长句,大气盘旋,热情喷涌。结尾"吾人当自造前程,依赖朝廷时难俟。何况列强帝国主义相逼来,风潮汹涌廿世纪。大呼四亿六千万同胞伐鼓拟金齐奋起!"末两句十一字和十六字,把"帝国主义"、"四亿六千万同胞"这样的多音节词都纳入诗句而不嫌生硬。仅举以上数例,已可看出古风中的"杂言体"弹性极大。古风中的"齐言体"如五古、七古,虽然句有定字,但字无定声,篇无定句,既可押平韵,也可押仄韵,换韵自由,韵部也比较宽,与近体诗相比,弹性也大得多。

充分发挥了汉语独特优势、集中了众多审美因素的近体诗,尽管有固定的"型",但至今仍有强大的生命力,可以充分发挥作者的创造性。试以律诗为例略作说明:第一,不同的诗人运用五律或七律这种"定型"的诗体做诗,由于选材不同,各人的美感体验不同,以及所采用的角度、手法等等都不同,因而创作出来的作品也各有特点。同一诗人在不同情境中做律诗,也完全能够自觉地避免雷同。第二,律诗尽管在格律方面"定型",但句法、章法的变化却是无穷无尽的。第三,格律的约束促使诗人强化了创造意识,不得不在法度中求自由,在有限中求无限,而汉语的特点,正有利于实现这种目的。仅就语法而言,汉语同英语或其他印欧语相比,就灵活得多。既无定冠词和不定冠词的负担,也不讲时态、人称及单复数等的变化,连必要的虚词甚至实词都可省略。如果说在古体诗中由于字、句的或多或少并无限制而较多地运用表现语法关系的主语、动词和虚词等等,那么在近体诗中这一切都可尽量删减,以至只留下表现意象的名词和名词性词组。其结果,更有利于获得"以少总多"、"言外见意"的艺术效果。五律对句如温庭筠的"鸡声茅店月,人迹板桥霜",七律对句如黄庭坚的"桃李春风一杯酒,江湖夜雨十年灯"和陆游的"楼船夜雪瓜洲渡,铁马秋风大散关",都是这方面的名句。因此,就像七律这样格律极严的诗体,在历代杰出诗人的手里都能充分发挥其独创性:王维意象超远,词语华妙;杜甫纵横变化,涵盖宇宙;白居易纡徐坦易,妙合自然。其他如刘禹锡、柳宗元、杜牧、李商隐以及宋代的苏轼、黄庭坚、陆游、金代的元好问等,都各辟蹊径,各有独创。

内容决定形式,形式反作用于内容,形式与内容是统一的。任何一首有独创性的七律,其形式都是内容的具体化,内容是新的,形式也是新的。尽管它具备了七律格律的一切要素,但那格律并不是它的形式。有人把诗体称为"形式",如说"七律这种形式"之类,与此相联系,把用传统格律诗体反映现代生活说成"旧瓶装新酒"。既然约定俗成,不妨仍可这么说,但不应因此妨碍对于"传统格律诗的继承和创新"的正确理解。像《长征》那样体现了创新精神的七律,从哪一方面看,都应该说是继承了优秀传统的新诗。酒是新的,瓶子也是新的。

归结起来说,中华诗歌传统中的诗体丰富多样,至今都有生命力。古风中的"杂言体"本无固定的"型","齐言体"与散曲也有较大弹性;五绝、七绝、五律、七律与词,才是严格意义上的格律诗,但那"严谨的格律"并不是死硬的"旧瓶",而是根据汉语优点和无数杰出诗人的创作经验总结出来的诸多审美因素的集中,既可保证诗作的艺术质量,又可强化诗人的创造意识,创作出声情并茂的新诗。只要我们宏扬历代诗人忧国忧民、爱国爱民的优秀传统,以高度的使命感和责任感直面现实,直面人生,从"诗教"的高度和"美"、"刺"的目的出发,充分吸取各体传统诗歌的创作经验,把握其声情并茂的艺术特质,根据不同诗体的不同性能表现相适应的生活侧面和生活激情,便可促进诗歌创作的繁荣与发展。诗歌园地里百花盛开、飘香吐艳的前景,是不难预期的。

(原刊《中华诗词》1994年第1期、第2期)

古典文学与素质教育

我们的这次盛会叫中国古代文学研讨会,题目虽不新颖,却涵盖面很广,不论谈古代文学研究,古代文学教学,还是谈古代文学阅读和鉴赏,古代文学教师和研究者的素质等等,都是题中应有之义。近年关于古代文学的许多会议虽然名目繁多,但一般都集中探讨有关研究方面的问题,较少涉及其他方面。的确,和极"左"时期相比,改革开放以来思想解放,学术自由,中外文化交流频繁,资料检索方便,信息灵通,因而中国古代文学的研究空前活跃,研究成果也不断涌现;研究中出现的问题,也就需要召集这样那样的会议进行研讨。我们的这次会议,无疑也不例外。当然,在探讨古代文学研究问题的同时谈谈与古代文学有关的其他问题,交融互补,也是十分必要的。

我国古代文学成就辉煌。自先秦以迄明清,诗歌、散文、辞赋、骈文、戏曲、小说诸体咸备,斗丽争妍,其中的无数精品,乃是无与伦比的精神财富。然而,这无与伦比的精神财富对于正在实现中华民族伟大复兴的中国人民究竟有什么意义呢?十分明显:杰出的文学作品之所以可贵,在于它有极高的审美价值和社会作用,但这一切都不过是一种"潜能",不可能"自动地"实现。要实现,必须通过读者的熟读深思和玩味,从而沉浸于审美的享受之中,才能陶冶性情,开阔视野,提高精神境界。我国历朝累代的杰出诗人、杰出作家都是民族精英,都以经邦济世、富民强国为己任。表现于不同作品的不同主题,诸如忧民忧国,匡时淑世,针砭时弊,关怀民瘼,抨击暴虐,抵御外侮,力除腐败,崇尚廉明,反对守旧,要求变革,追求富强康乐,向往和平幸福,力戒因循苟安,坚持自强不息,乃至热爱真理,赞扬正直善良的品德,歌颂祖国的名山胜水,抒发纯真的乡情亲情友情,以及公而忘私,国而忘家,捐躯报国,舍生取义等等,无不凝聚着中华民族精神,闪耀着爱国主义光芒。从童年开始长期受古代文学熏陶的人,中华民族精神必然饱和于他的全身血液,即使久居海外,事业有成,仍然心系乡邦,不忘报国。近二十多年来多次回国讲学的不列颠哥伦比亚大学终身教授、加拿大皇家学院院士叶嘉莹先生的一首诗说得好:"构厦多材岂待论,谁知散木有乡根。书生报国成何计?难忘诗骚李杜魂。""诗骚李杜魂",就是中华民族精神的凝聚。叶教授的"乡根"之所以深深地扎入中华大地的沃壤,力图报效祖国。正由于"诗骚李杜魂"与她自己的心灵融合无间。

我们现在所说的"知识分子",过去叫做"读书人"。近代以来我国许多文史哲方面的大师都是真正的"读书人",他们从童年开始到二十岁以前,一般都博览群书、熟读好书,古代文学中的名著名篇都能背诵。伴随博览、熟读、背诵而来的首先是识解的高远和品德、情操方面的潜移默化,其次是对于诗词骈散等各种文体的娴熟和运用。这样一些大师和许多杰出的人文学者乃至自然科学家,其本身在不同程度上就是中华先进文化的载体,中华民族精神的体现。我国古代文学名著名篇在素质教育方而能够发挥多么巨大的作用,于此可见。

我国早在先秦时期就提倡"诗教",即以诗歌为教材来教育人,《诗经》当时叫《诗》或《诗三百》,就是孔子教学生的课本。孔子教人,主张"兴于诗"。何晏《论语集解》引包咸的解释是:"兴,起也,言修身当先学诗。"作为杰出的教育家,孔子十分强调学诗的好处,《论语》中多有论述,最重要的一条是:"小子何莫学夫诗?诗,可以兴,可以观,可以群,可以怨。"这种产生于两千五百年前的"兴观群怨"说,至今还被诗论家引用,认为它对诗歌的社会功能作出了相当全面的概括。"可以观",指可以从诗歌中观察人生、观察社会、观察政教等等。是讲诗歌的智育作用。白居易举例解释说:"闻《蓼萧》之诗,则知泽及四海也;闻《华黍》之歌,则知时和岁丰也;闻《北风》之言,则知威虐及人也;闻《硕鼠》之刺,则知重敛于下也;闻'广袖高髻'之谣,则知风俗奢荡也;闻'谁其获者妇与姑'之言,则知征役之废业也。故国风之盛衰,由斯而见也;王政之得失,由斯而闻也;人情之哀乐,由斯而知也。"的确,《诗经》以来的无数优秀诗篇,都以其浓郁的诗情和鲜明的画景反映了社会生活、政教得失,人民哀乐和时代的风云变化。三千多年的中华诗歌,既是三千多年的"诗史",又是中华民族的社会史、文化史和心灵史。系统地研读三千多年的诗歌精品,有助于认识中华历史,认识中华文化,认识中华民族精神,从而继往开来,建设先进文化,建设社会主义精神文明。"可以兴"、"可以群"、"可以怨",是讲诗歌的美育作用和德育作用。熟读历代诗歌名篇,可以使人感发兴起,昂扬奋进;敬业乐群,团结互助;褒善抑恶,弘扬正气。

应该再一次强调指出,所谓"文学活动系统",是由生活、作家、作品、读者四个互相关联的要素组成的。作家从激动过他的社会生活中吸取素材和灵感，创造出文学作品，为人们提供了精神财富。然而不言而喻，如果无人阅读，那作品不管如何优秀，也毫无意义。从文学表现社会生活并反作用于社会生活的全过程来看，表现生活的过程，是通过作家的艺术创造完成的，反作用于社会生活的过程，是通过读者的阅读、理解、鉴赏从而受其感染获其教益完成的。我国古代文学名著、名篇的确有极高的审美价值和教育功用，但不去认真研读、玩味、领悟，其价值又何从实现！其功用又何从发挥！

关于古代文学教学，我数十年来一直有一些意见，曾在全国各地的许多有关场合多次谈过，每次都唤起听众的同感，却无助于改变现状。这些意见是：学生们课程多，负担重，课外没有多少时间读古典文学作品；高等学校中文系，古代文学的课时不算少，如果教师指导学生自学较好的"文学史"和"作品选注"及其他必读书，辅以简明扼要的讲解，就可节省不少时间让学生多读一些名著名篇。然而约定俗成，每一节课，老师都必须从上课铃响讲到下课铃响，因而往往远离作品本身而肆意发挥，学生则无暇看课文，只忙于记笔记。花同样多的时间精力，究竟是读名著名篇好，还是记笔记、背笔记好，似乎不难做出合理的结论。我谈这个问题时，往往要讲我自己的一段经历：上初中一年级时，一位训导主任给我们讲国文，他不像其他老师那样满堂灌，而是高声朗诵课文，扼要地解释难点、要点，然后便说："真是好文章！我有事，你们用心读，下课前必须读熟，我来抽查"。国文课，都是两节连在一起的，到第二节下课前，一篇佳作都背得滚瓜烂熟，不怕抽查。这位训导主任只兼课一学期，接替他的老师是一位著名的讲演家，每堂课都讲得口若悬河，天花乱坠。两相比较，同学们都说这才是好老师。言外之意，那位硬要学生背书的是瞎老师。可是事隔多年，好老师连续好几学期的讲课内容大家都忘光了；瞎老师让大家熟读的几十篇作品还基本上能够背诵，终身受益无穷。

古代文学研究门类颇多，不宜一概而论。但有研究者急于出成果，即使写作家作品研究、风格流派研究一类的论文，也忙于翻检资料，无暇精读重要作品，更谈不上熟读全集。我多年前主编《历代绝句精华鉴赏辞典》，曾约请一位唐诗研究专家撰稿，他寄来的鉴赏文章真可谓旁征博引，文采斐然，但对于他鉴赏的绝句来说，不仅隔靴搔痒，而且南辕北辙，不难看出，他对那首绝句的言外之意、弦外之音，根本未曾弄懂。正如《文心雕龙·知音》篇所说："操千曲而后晓声，观千剑而后识器。"研究唐诗而只找材料，不研读大量作品，即使出版了专著,号称专家,却连一首言浅意深的绝句也吃不透。

前面谈到,那些博览群书、熟读大量名著名篇的大师都能运用诗词骈散各体进行创作,这也值得我们重视。比如教师讲授唐诗宋词,学者研究唐诗宋词,如果自己有诗词创作实践的深切体验,其效果就和没有这种体验的人大不相同。学术研究与文学创作是相辅相成、相得益彰的。我上南京中央大学中文系时,胡小石、汪辟疆诸名师都强调品学兼优,知能并重,对同学们的期望是:"既入《儒林传》,又入《文苑传》。"这当然是很难完全达到的高标准,但不少同学还是朝这个方向努力,力求不负老师们的谆谆教诲。

在当今激烈的国际竞争中,一个国家,一个民族,如果没有高科技,一打就垮,如果没有坚不可摧的民族精神和牢不可破的民族凝聚力,不打自垮。可见在综合国力中,国民素质起决定作用。素质教育需要从多方面进行,而作为中华文化精华部分的古典文学,其名著名篇凝聚着中华民族精神,闪耀着爱国主义光芒,通过研读古典文学名著名篇以提高国民素质,实在是一个不容忽视的重要方面。在这一方面,中央领导为我们做出了表率,江泽民主席日理万机,但不仅自己挤时间阅读诗词,创作诗词,而且多次讲话,大力提倡。1995年6月下旬在吉林视察时,欣然与《吉林日报》记者谈诗,他说:"唐代是诗歌创作的高峰;到中晚唐,词开始兴起,宋代达到鼎盛时期。所以,我们习惯说'唐诗宋词'。我每次外出,总要带几本诗词,夜间临睡前读上几首。"1996年12月16日,江主席在第六次全国文代会、第五次全国作协全国代表大会上的讲话中指出:"文艺是民族精神的火炬,是人民奋进的号角。中华民族,是以《诗经》、《楚辞》、唐诗、宋词、元曲和明清小说为人类文明画廊增加辉煌的民族,是产生了屈原、李白、杜甫、关汉卿、曹雪芹这些世界文化名人的民族。"1999年2月20日晚,江主席亲临北京音乐厅,同首都一千多名受众一起欣赏了"中国唐宋名篇音乐朗诵会"的演出,在会见演创人员时指出:"中国的古典诗文博大精深,有很多传世佳作,它们内涵深刻,意存高远,也包含很多哲理。学一点古典诗文,有利于陶冶情操,加强修养,增强民族自信心和自豪感。"十分明显,江主席是从提高文化素质、思想道德素质和增强民族自信心、自豪感的高度提倡阅读古典诗文的。

在实现中华民族伟大复兴的光辉实践中,最大限度地发挥中国古代文学的"潜能",提高国民素质,弘扬民族精神,光大爱国主义传统,促进社会主义文化建设和社会主义精神文明建设,应该是中国古代文学教学和研究肩负的光荣任务。如果这种提法能够获得同行专家的认同,那么为了出色地完成这项光荣任务,如何改进我们的教学和研究,便是值得我们认真探讨的重要问题。

（本文原载于《陕西师大学报（哲学社会科学版）》2003年第1期,系作者在由中国社会科学院《文学评论》编辑部、《文学遗产》编辑部、文学研究所古代文学研究室与陕西师范大学文学院于2002年10月联合举办的"中国古代文学学术研讨会"上的发言）

论素质教育与中华诗词进校园

众所周知,世界上有不少文明古国衰落了,灭亡了,而中国这个文明古国却抗击了无数次外来侵略,至今仍巍然屹立于世界民族之林,并且焕发青春,犹如旭日东升,光芒四射。最根本的原因,就是中华民族有其坚不可摧的民族凝聚力。而这种坚不可摧的民族凝聚力主要来源于中华民族强烈的爱国主义精神。从这一意义上说,爱国主义教育的确是素质教育的灵魂,不容忽视。

进行爱国主义教育有很多渠道,但在从小学到大学到攻读硕士、博士学位的整个教育过程中注意文、理渗透、加强传统文化的学习,熟读历代诗歌精品,并且学会诗词创作,应该是切实可行的重要渠道。

中华民族的强烈的爱国主义精神,是在几千年传统文化的熏陶中培育起来的。而享有世界声誉的中华诗歌,则是中华文化的精华。中华诗歌,更早的且不去说,只从《诗经》算起,至今已有三千多年的光辉历史。在这三千多年的历史长河中,论诗人则名家辈出,灿若群星,屈原、杜甫、关汉卿都被世界和平理事会推举为"世界文化名人",蜚声四海;论诗作则名篇纷呈,争奇斗丽,其中的无数优秀篇章,具有永恒的艺术魅力,至今脍炙人口,成为中国人民乃至全世界人民的精神财富。

我国早在先秦时期就提倡"诗教",即以诗歌为教材来教育人,《诗经》就是孔子教学生的课本。孔子教人,主张"兴于诗"(《论语·泰伯》)。包咸对"兴于诗"的解释是:"兴,起也,言修身当先学诗。"(何晏《论语集解》引)作为杰出的教育家,孔子十分强调学诗的好处,他对学生们说:"何莫学夫诗!诗,可以兴,可以观,可以群,可以怨。"(《论语·阳货》)这种产生于两千五百年以前的"兴观群怨"说,至今还被诗论家所引用,认为它对诗歌的社会功用作出了相当全面的概括。"可以观",指可以从诗歌中观察人生,观察社会,是讲诗歌的智育功用。白居易举例解释说:"闻《蓼萧》之诗,则知泽及四海也;闻《华黍》之咏,则知时和岁丰也;闻《北风》之言,则知威虐及人也;闻《硕鼠》之刺,则知重敛于下也;闻'广袖高髻'之谣,则知风俗奢荡也;闻'谁其获者妇与姑'之言,则知征役之废业也。故国风之盛衰,由斯而见也;王政之得失,由斯而闻也;人情之哀乐,由斯而知也。"(《策林六十九》)的确,《诗经》以来的优秀诗篇都以其浓烈的诗情和鲜明的画景反映了社会生活、政教得失、人民哀乐和时代的风云变化。三千多年的中华诗歌,既是三千多年的"诗史",又是中华民族的社会史、文化史和心灵史。系统地研读三千多年的诗歌精品,有助于认识中华历史,认识中华文化,认识中华民族精神,从而真正了解我们的"国情",从事继往开来的伟大事业。

"可以兴"、"可以群"、"可以怨",指的是诗歌的德育功用。白居易在《读张籍古乐府》中列举张籍的不同诗作所起的不同德育作用:"读君《学仙诗》,可讽放佚君;读君《董公诗》,可诲贪暴臣;读君《商女诗》,可感悍妇仁;读君《齐勤诗》,可劝薄夫淳。上可裨教化,舒之济万民;下可理情性,卷之善一身。"又在《和答诗十首》中说他写赠元稹的诗可以"张正气而扶壮心"。

中国诗论家早就提出了"诗言志"、"诗缘情"的主张。言志,要求表现崇高的志;缘情,要求表达真挚的情。中国的方块汉字,一字一音而音有平仄,通过协调平仄可以使诗的语言具有音乐性。用具有音乐性的语言抒发崇高真挚的情志,就能创作出"声情并茂"的华章。"声情并茂",这是中华诗歌最根本的审美因素。再加上其他许多审美因素,诸如语言的精炼、生动、形象,赋、比、兴和象征、拟人、烘托、暗示、跳跃等手法的运用,炼字、炼句与炼意的统一,对偶与散行的综错,章法结构的谨严与变化,以及情景交融的意境创造等等,就使得中华诗歌具有浓烈的艺术感染力,既有智育、德育功用,又有美育功能。而中华诗歌的智育、德育功用正由于与美育功用相结合,所以才能充分发挥,使读者于审美享受中潜移默化,陶冶性情,提高认识水平和精神境界。

屈原以来的历代杰出诗人,都是民族精英。经邦济世,富民强国,乃是他们的共同之志。表现于不同诗篇的不同主题,诸如忧民忧国、匡时救世、针砭时弊、关怀民瘼、抨击强暴、抵御外侮、力除腐恶、崇尚廉明、反对守旧、要求变革、追求富强康乐、向往和平幸福、乃至热爱真理、赞美正直善良的品德、歌颂祖国的名山胜水、抒发纯真的乡情亲情友情、以及公而忘私、国而忘家、捐躯报国、舍生取义等等,无不凝聚着中华民族精神,闪耀着爱国主义光芒。应该特别注意,并不是只有直接表现爱国主题的诗才能培养爱国情感。例如李白的《静夜思》"床前明月光,疑是地上霜。举头望明月,低头思故乡",所表现的是思念故乡的深情,但当你久居异国之时读这首诗,就会立刻唤起对祖国的忆念和眷恋。又如孟郊《游子吟》:"慈母手中线,游子身上衣。临行密密缝,意恐迟迟归。谁言寸草心,报得三春晖!"赞颂了春晖般普博温暖的母爱,寄托了子女们欲报亲恩于万一的心愿,感人肺腑。读这首诗,首先可以培养热爱父母的情感;而爱亲正是爱国的基础,古代"求忠臣于孝子之门",就是这个道理。相反,一个连抚育他的父母都不爱、不养的人,怎能指望他爱国、报国?至于直接表现忧国、报国、坚持民族气节、反抗外敌侵略、恢复失地、还我河山激情的爱国诗歌,如"岂曰无衣?与子同袍。王于兴师,修我戈矛"(《诗经·春风·无衣》),"带长剑兮挟秦弓,首身离兮心不惩。诚既勇兮又以武,终刚强兮不可凌"(屈原《国殇》),"名编壮士籍,不得中顾私。捐躯赴国难,视死忽如归"(曹植《白马篇》),"时危见臣节,世乱识忠良。捐躯报明主,身死为国殇"(鲍照《代出自蓟北门行》),"忘身辞凤阙,报国取龙庭"(王维《赴赵郡督代州得青字》),"报国行赴难,古来皆共然"(崔颢《赠王威古》),"骏马似风飙,鸣鞭出渭桥。弯弓辞汉月,插羽破天骄"(李白《塞下曲》),"相看白刃血纷纷,死节从来岂顾勋"(高适《燕歌行》),"裹疮犹出阵,饮血更登陴。忠信应难敌,坚贞谅不移"(张巡《守睢阳作》),"天地日流血,朝廷谁请缨?济时敢爱死,寂寞壮心惊"(杜甫《岁暮》),"报国心皎洁,念时涕汍澜"(韩愈《龊龊》),"昔贤多使气,忧国不谋身"(刘禹锡《效阮公体》),"伏波惟愿裹尸还,定远何须生入关。莫遣只轮归海窟,仍留一箭射天山"(李益《塞下曲》),"弓背霞明剑照霜,秋风走马入咸阳。未收天子河湟地,不拟回头望故乡"(令狐楚《少年行》),"愿将此身长报国,何须生入玉门关"(戴叔伦《塞上曲》),"霜髭拥领对穷秋,着白貂裘独上楼。向北望星提剑立,一生长为国家忧"(张为《渔阳将军》)等等,可以看出从先秦到晚唐,爱国诗歌异彩纷呈,催人奋进。

北宋开国,不断遭受西夏、辽、金侵略,失地赔款,直至汴京沦陷,宋室南渡,北中国落入金人统治。南宋小朝廷以妥协投降换取苟安,终为元军所灭。因此,激昂悲壮的爱国诗歌,始终是宋代,特别是南宋诗歌的主旋律。如"神兵十万忽乘秋,西碛妖氛一夕秋。……莫道无能能报国,红旗行去取凉州"(王珪《闻种谔米脂川大捷》),"会挽雕弓如满月,西北望,射天狼"(苏轼《江城子·密州出猎》),"生当作人杰,死亦为鬼雄。至今思项羽,不肯过江东"(李清照《夏日绝句》),"积忧全少睡,经劫抱长饥。欲逐范仔辈,同盟起义师"(吕本中《兵乱后杂诗》),"群盗纵横,逆胡猖獗。欲挽天河,一洗中原膏血"(张元幹

《石州慢·己酉秋吴兴舟中》),"尧之都,舜之壤,禹之封。于中应有,一个半个耻臣戎"(陈亮《水调歌头·送章德茂大卿使虏》)等等,都表现了收复失地,恢复统一的渴望。至于岳飞、陆游、辛弃疾、文天祥,则都横戈跃马,亲身参与了卫国、救国的战斗,爱国激情憎爱分明,饱和在他们的整个生命里,喷薄而出,洋溢于全部诗词。如"叹江山如故,千村寥落。何日请缨提锐旅,一鞭直指清河洛"(岳飞《满江红·登黄鹤楼有感》),"待从头收拾旧山河,朝天阙"(岳飞《满江红·写怀》),"呜呼楚虽三户能亡秦,岂有堂堂中国空无人"(陆游《金错刀行》),"平生铁石心,忘家思报国"(陆游《太息》),"死去原知万事空,但悲不见九州同。王师北定中原日,家祭无忘告乃翁"(陆游《示儿》),"道男儿到死心如铁,看试手,补天裂"(辛弃疾《贺新郎·同父见和,再用韵答之》),"马作的卢飞快,弓如霹雳弦惊。了却君王天下事,赢得生前身后名"(辛弃疾《破阵子·为陈同甫赋壮词以寄》),"人生自古谁无死,留取丹心照汗青"(文天祥《过零丁洋》),"英雄未肯死前休,风起云飞不自由。杀我混同江外去,岂无曹翰守幽州"(文天祥《纪事》)等,这些广为流传的爱国诗词,在19世纪以来反帝国主义列强侵略的伟大斗争中发挥了鼓舞士气的巨大作用。

鸦片战争以来,帝国主义列强不断侵略,使独立的中国沦为半封建半殖民地的中国,不甘屈服于帝国主义及其走狗的中国人民进行了一系列可歌可泣的反帝反封建的革命斗争。龚自珍、魏源、林则徐、张维屏、张际亮、朱琦、贝青乔、金和、黄遵宪、康有为、梁启超、谭嗣同、严复、林纾、蒋智由、丘逢甲、秋瑾等无数诗人的诗歌,抨击侵略者,痛斥投降派,讴歌抗敌英烈,呼吁救亡图存,都是进行爱国主义教育的好教材。读黄遵宪的《台湾行》、丘逢甲的"四百万人同一哭,去年今日割台湾"(《春愁》)及秋瑾的"拚将十万头颅血,须把乾坤力挽回",犹令人感奋不已!

从童年开始长期受中华诗词熏陶的人,中华民族精神必然饱和于他的全身血液,即使久居海外,仍然心系祖国。近二十年来多次回国讲学的不列颠哥伦比亚大学终身教授、加拿大皇家学院院士叶嘉莹先生的一首诗说得好:"构厦多材岂待论,谁知散木有乡根。书生报国成何计?难忘诗骚李杜魂。""诗"指《诗经》,"骚"指包括《离骚》在内的"楚辞","李"指李白,"杜"指杜甫。"诗骚李杜魂",就是中华民族精神的凝聚。叶教授的"乡根"之所以深深地扎入中华大地的沃壤,时时不忘"报国",正由于"诗骚李杜魂"与她自己的心灵融合无间。由此可见,让中华诗词在素质教育中充分发挥作用,是应该提上议事日程,并付诸实践的时候了。

这一点中央领导为我们作出了表率。江泽民同志日理万机,但不仅自己挤时间阅读诗词,创作诗词,而且多次讲话,大力提倡。1995年6月下旬在吉林视察时,欣然与《吉林日报》记者谈诗。他说:"唐代是诗歌创作的高峰;到晚唐,词开始兴起,宋代达到鼎盛时期。所以,我们习惯说'唐诗宋词'。我每次外出,总要带几本诗词,夜间临睡前读上几首。"(《中华诗词》总第22期《喜读江泽民总书记为〈长白山诗词选〉所作七绝二首》),1996年12月16日,江泽民同志在第六次全国文代会、第五次作协全国代表大会上的讲话中指出:"文艺是民族精神的火炬,是人民奋进的号角。中华民族,是以诗经、楚辞、唐诗、宋词、元曲和明清小说为人类文明画廊增加辉煌的民族,是产生了屈原、李白、关汉卿、曹雪芹这些世界文化名人的民族……"1999年2月20日晚,江泽民同志亲临北京音乐厅,同首都一千多名观众一起欣赏了"中国唐宋名篇音乐朗诵会"的演出,在会见演创人员时指出:"中国的古典诗词博大精深,有很多传世佳作,它们内涵深刻,意存高远。也包含很多哲理。学一点古典诗文,有利于陶冶情操,加强修养,丰富思想,……增加民族自信心和自豪感。"(《光明日报》1999年2月21日第一版)十分清楚,总书记是从提高文化素质、思想道德素质的高度提倡阅读诗词、创作诗词的。

唐代"以诗取士",此后的科举考试,命题作诗是重要内容之一。那时候,老师在启蒙教育后不久就教学生作诗。废科举以后,教学生作诗的传统并没有立刻终止。就是说,在漫长的历史时期,诗词是从学校走向社会的。至于学校里只讲课本上选入的一些诗词作品,却不教学生如何作,考试时也没有关于诗词的命题,因而学生们连讲过的那些诗词也不认真读,这只是近几十年来的情况。有鉴于此,有识之士乘全面实施素质教育的东风,提出了"诗词进校园"的口号,应当说,这反映了一种远见卓识。

"诗词进校园",一是读,二是作。不作光读,收效不大。作,当然应该循序渐进。在小学低年级,应先对对子,比如老师出"绿野"(仄仄),学生们可对"蓝天"(平平)、"白云"(仄平)、"碧空"(仄平)、"彤云"(平平)、"红霞"(平平)等等,然后由老师讲评,很容易提起学生的兴趣。由简单到复杂,由对一两个词到对一两个句子,到了初中、高中阶段,就可以轻易地学会作绝句、作律诗、作词、作各种古体诗了。到了大学,特别是大学文科,就可搞诗词研究、诗词朗诵、诗词创作竞赛等等,既丰富课外文化生活,又寓德育、智育、美育,从多方面收到素质教育的效果。"五四"新文化运动以前,我国历代知识分子以富民强国为本职,而以诗文为"馀事",所以并无专业诗人。"五四"以后逐渐有了专业诗人,但最杰出的诗人如毛泽东、叶剑英、陈毅、闻一多、郭沫若等等,则并不以作诗为专业。"诗词进校园"以后各种专业的学生都学会作诗,将来在富民强国的各种工作岗位上触景抒情、感物言志,就会创作出情景交融、反映时代、体现民族精神的好诗,非脱离现实、无病呻吟的"诗人"所能望其项背。

(原载《东南大学学报(社科版)》2000年第3期)

纪念"五四"运动　振兴中华诗词

我们从振兴中华诗词的角度纪念"五四"运动80周年,有特殊意义。

"五四"运动提倡新文学,功绩是有目共睹的,近年出版的多种现代文学史记述了这些功绩,这里不需重复。

"五四运动"笼统地反对"旧文学",说坏就一切皆坏,全盘否定,却是形而上学的。"五四"以来,新诗占正统地位,而旧体诗却受到岐视,得不到应有的发展,这不能不说是一种损失。

改革开放以来,传统诗词的创作蓬勃开展,形势喜人,但在条件、待遇等许多方面,仍不能与新诗相提并论。这,是我们应该积极争取的。

纪念"五四",我们也应该从积极方面总结经验,吸取营养,这有助于振兴中华诗词,繁荣诗歌创作。

先谈吸取营养。

"五四"运动反帝反封建的精神,提倡科学与民主的精神,我们应该吸取;"五四"运动"文学改良"、"文学革命"的某些提法,也应该引起当前"旧体诗"作者的注意。例如胡适在《文学改良刍议》中提出的"须言之有物","不模仿古人","不作无病之呻吟","务去滥调套语"(《新青年》2卷5号),难道不值得我们注意吗?又如陈独秀《文学革命论》中提出的"推倒雕琢的阿谀的贵族文学,建设平易的抒情的国民文学;推倒陈腐的铺张的古典文学,建设新鲜的立诚的写实文学;推倒迂晦的艰涩的山林文学,建设明了的通俗的社会文学",(《新青年》2卷6号)难道不值得我们注意吗?

"五四"运动那一年,鲁迅38岁,郭沫若27岁,叶圣陶25岁,沈雁冰(茅盾)和郁达夫23岁,朱自清和田汉21岁,闻一多20岁。他们早年受传统教育,有深厚的古典文学修养,都能作"旧体诗"。值得注意的是,他们分别以小说、戏剧、散文、新诗的创作蜚声文坛,是新文学的泰斗;而作为新文学的泰斗来写"旧体诗","体"虽"旧"而"诗"则"新"。这几位新文学泰斗为什么能用

"旧体"写出高水平的"新诗",是值得研究的。事实上,"五四"以后写"旧体诗"的人很少不受"五四"新文化运动的积极影响,先写新诗后写"旧体诗",或既写新诗,也写旧体的人屡见不鲜。我自己,中学时代也写过新诗。因此,"五四"以后"旧体诗"虽然受到压抑,未能长足发展,但"五四"以后的"旧体诗"就主要倾向而言,是力求创新的,是体现了"五四"新文化运动的精神的。华钟彦教授主编了一册《五四以来诗词选》,共选四百多人的一千一百多首诗,对"五四"以来重大的历史事件、社会真实和人民愿望,都有真切、生动的反映,堪称"诗史"。杨金亭同志主编的《中国抗战诗词精选》所选入的五百多首诗词,从各个方面反映了抗日战争的历史,讴歌了民族气节,洋溢着爱国激情,是一部进行爱国主义教育的好教材。

我建议把"五四"至新中国成立以前三十年间的旧体诗和新中国成立到现在五十年间的旧体诗尽可能完备地搜集起来,按各个历时期编成两套大型丛书,在此基础上研究总结,撰写《中国现代诗词发展史》和《中国当代诗词发展史》,这既可弥补已经出版的各种新文学史不论述诗词创作的缺失,也可供诗词作者从中吸取经验、教训,提高创作质量。

再谈总结经验。

我国古代的杰出诗人和诗论家都认识到"诗文随世运,无日不趋新"的道理,有关论述举不胜举。"五四"运动反旧倡新,其积极意义自不待言。但所谓"新",应该主要表现在内容方面、意境方面,而在创作实践中往往并不如此。1923年,即"五四"运动后的第四年,早期共产党人邓中夏在《中国青年》上发表了《新诗人的棒喝》和《贡献于新诗人之前》两篇文章,一针见血地指出:

> 坐在草地做新诗的,便是混沌的欣赏自然;厮混在男女交际场中做新诗的,便是肉麻的讴歌恋爱;饱食终日坐在暖阁安乐椅上做新诗的,便是想入非非的赞美虚无。他们什么学问都不研究,唯其如此,所以他们几乎都是薄识寡学;唯其如此,所以他们的作品即使行子写得如何整齐,辞藻造得如何华美,句调造得如何铿锵,结果是,以之遗毒社会则有馀,造福社会则不足。

因此,他要求"新诗人须多做描写社会实际生活的作品","须多做表现民族伟大精神的作品"。而要做出这样的诗,他认为必须"投身实际活动"。他举

出他"三年前"所做的《过洞庭二首》,第一首是:

> 莽莽洞庭湖,五日两飞渡。
> 雪浪拍长空,阴森疑鬼怒。
> 问今为何世,豺狼满道路。
> 禽狝歼除之,我行适我素。

他说明之所以能写出这样的"新诗",是由于"我当时投身实际活动"。还值得一提的是,从形式上看,这分明是一首五言古诗,而他却视为真正的"新诗","贡献于新诗人之前"。

到了1962年,曾经以包括54篇诗作的《女神》为"五四"新诗显示了创作实绩,后来又写出上千首"旧体诗"的郭沫若在《谈诗》一文中说:

> 如果从形式上去分新旧,说毛主席的诗词是旧诗,而徐志摩、胡适的诗反而算是新诗,那只有天晓得。说戴望舒的诗是新诗,或者把十四行诗说成是新诗,也不通。因此,不能单从形式上来分新旧,而且不必分新旧,而要看它写得好不好。至于好不好,则要看是否说今天的话,内容和形式是否结合得好。有些人一写旧诗,就满纸陈腔滥调,离不开旧的思想,旧的感情。我对这些诗真看不下去。(载1962年3月15日《羊城晚报》)

"不能单从形式上分新旧",这见解很中肯,我想大家都能接受。那么,"不必分新旧,而要看它写得好不好"的提法大家能不能接受呢?如果说"五四"时期以"新诗"与"旧诗"相区别有其必要性的话,那么现在距"五四"运动已有八十年,当代人写的小说、戏剧都不叫"新小说"、"新戏剧",在"诗"前还有什么必要冠以"新"字呢?"求变求新",是文学艺术创作的规律。叶燮在《原诗》里说:"自有天地以来,古今世运气数,递变迁以相神,……宁独诗之一道,胶固而不变乎?"赵翼《论诗绝句》说:"满眼生机转化钧,天工人巧日争新。预支五百年新意,到了千年又觉陈。""新诗"和"旧体诗"既然都应求变求新,那么去掉"新"、"旧"二字,统统叫做"诗"或者"诗歌"、"中华诗歌",动用从古到今的各种有生命力的诗歌形式反映新时代,创作出各种形式、风格的"好诗",岂不更有利于精神文明建设吗?

还有些经验或者教训值得总结。

"五四"新诗,就主要倾向而言,忽视纵向传承而偏重横向移植,缺乏为中国老百姓所喜闻乐见的中国作风和中国气派。许多新诗人后来都不同程度地意识到这一点,所以先后开展过多次关于"民族形式问题"的讨论;在创作实践上,在"自由体"之外出现的"格律体和"歌谣体",都表现了为解决新诗"民族化"、"群众化"而作的努力。八十年来的新诗创作很有成绩,也已经形成了一个传统,积累了许多新颖的表现方法和艺术技巧,值得作"旧体诗"的人学习。当然,脱离传统而偏重于横向移植所带来的缺点,"旧体诗"中却不会出现,就这一方面而言,新、旧诗可以互补。但是,当前作"旧体诗"的人并不是都在学习传统、继承传统方面做得很好了。同时,横向移植是不对的,但广泛地吸取外国优秀诗歌的创作经验和艺术技巧,对于任何诗人都是需要的,作"旧体诗"的人也不例外。"诗圣"杜甫"转益多师是汝师"的名言,至今仍然不可忽视。

在中华诗歌发展史上出现过好多个辉煌时期。我们欣逢中华巨龙腾飞的新时代,国运兴,诗运隆,只要我们团结起来,深入现实,走向大众,转益多师,以新观念、新感情、新语言反映新现实,就能创作出无愧于新时代的佳作,再创辉煌。

(原载《中华诗词》1999 年第 3 期)

形象思维第一流
——读毛主席词《贺新郎·读史》

由于曾经主张形象思维的缘故，十多年不能动笔了！在深切悼念毛主席逝世两周年的时候，读到了他老人家用"形象思维方法"写成的又一篇杰作，而且能从形象思维的角度谈一点学习心得，真使我激动得热泪盈眶。

我国古典诗人写过无数"读史"、"咏史"的诗歌，多数是感慨兴亡、借古讽今的，也有一些对个别历史人物、历史事件作了评价。这一切，都是以史书、特别是"正史"为根据的。据我的记忆，只有王安石的一首七律对整个历史记载表示怀疑，认为或"黮闇承误"，或"纷纭乱真"，"糟粕所传非粹美，丹青难写是精神"；所以，死守着"千秋纸上尘"，是弄不清历史真相的。这可算"铁中铮铮"，然而他并不是有什么新的历史观点，只不过担心他自己"变法"的"精神"、"粹美"不能被史学家如实地写出来，还可能遭到歪曲罢了。

还有，多数"读史"、"咏史"的诗歌，大抵犯了"资书以为诗"，"以议论为诗"的毛病，没有用形象思维方法，所以味同嚼蜡。平心而论，要在词或七律那样短小的篇幅里评论历史，"如散文那样直说"是比较容易的，要用形象思维的方法，就实在难得很。

毛主席的这首《贺新郎·读史》，可真是前无古人！寥寥百把字，竟用形象思维的方法反映了全部人类发展史，通过生动、鲜明的艺术形象，批判了英雄史观，阐扬了历史唯物主义，歌颂了中国人民的胜利，为全世界革命人民指明了奔向光辉前景的必由之路。对于我们拨乱反正，肃清林彪、"四人帮"的流毒，胜利地进行新长征，也具有巨大的现实意义。

词的上片共有"别"、"节"、"得"、"热"、"月"、"血"六个韵，六个停顿。一开头，用"人猿相揖别"的形象，概括了从猿到人的漫长历史。一个"揖"字，充满想象，也充满激情，"别"得不容易啊！这是亿万年劳动的成果啊！"只几个石头磨过,小儿时节",这是说人类与猿告别,在磨石头作工具,进行生产斗争中度过了自己的童年。十来个字写完了旧石器时代、新石器时代,又写得多么形象,多么亲切!接着,浮想联翩,眼前出现了"铜铁炉中翻火焰"的奇景,继之以"为问何时猜得"。诗人仿佛亲临炉火翻腾的现场,以惊问的语气,对我们的祖先通过长期的生产斗争和科学实验,终于掌握了炼铜、炼铁的技术而表现了无限的喜悦和由衷的赞颂。在这里,只用两个句子,就概括了铜器时代、铁器时代。举重若轻,何等笔力!

生产工具属于生产力,而生产力的变更又决定着生产关系的变更。原始人一旦掌握了冶炼铜铁的技术,就丢掉石制工具,使用金属工具,迅速地提高了劳动生产率,从而促进了生产关系的变更,从原始社会进入了比较高级的奴隶社会。万恶的"四人帮"疯狂攻击四个现代化,无所不用其极地摧残科学技术事业,打击迫害科学技术人员,就是要我们倒退到原始社会里去磨石头。毛主席的这几句词,不正是揭批"四人帮"的尖锐武器吗?

"不过几千寒热"一句,收上冒下。是说人类从进入奴隶社会到现在,不过几千年而已。下面便用"人世难逢开口笑,上疆场彼此弯弓月。流遍了,郊原血"几句,形象地概括了这几千年的巨大的历史内容,告诉我们,在几千年的阶级社会里,没有什么阶级友爱,有的只是阶级矛盾、阶级斗争;没有什么阶级合作,有的只是劳动人民反剥削压迫的武装起义和剥削阶级的血腥镇压。在章法上,既为下片歌颂奴隶起义、农民起义作引线,又为全词结尾高唱"东方白"作反衬。"人世难逢开口笑","流遍了,郊原血"的社会当然是痛苦的、黑暗的,中国人民,正是为了推翻这种痛苦的、黑暗的社会进行了前仆后继的斗争,才迎来了"东方白"。在"东方白"——建立了新中国,消灭了剥削制度和剥削阶级之后,那种"人世难逢开口笑","流遍了,郊原血"的局面,不就应该永远结束了吗?

词的下片共有"雪"、"迹"、"客"、"物"、"钺"、"白"六个韵脚,六个停顿。先用"反承"上片的方法开头。上片已概括了从猿变人以来的全部历史,而人民群众,就是历史的创造者。那磨石头的,炼铜铁的,不断改进生产工具、提高劳动生产率的,不都是人民群众吗?那弯弓如月,反抗剥削压迫,推动历史前进的,不也是人民群众吗?然而在旧史书上,却把"三皇五帝"及其以后的帝王将相写得"乃圣乃神",说什么不是人民群众、而是这些非凡人物创造了历史。"一篇读罢头飞雪,但记得斑斑点点,几行陈迹。五帝三皇神圣事,骗了无涯过客"几句,就是对这种用英雄史观写成的旧史书所作的深刻批判,更是对那些被"五帝三皇神圣事"陶醉得晕头转向的"读史"者所作的辛辣讽刺和严肃警告。词以"读史"命题,到这里才点题,点得多么有力,多么发人深省!

英雄史观是剥削阶级的历史观。剥削阶级出身的史学家在所写的史书中宣扬了英雄史观,这是并不奇怪的。对于我们来说,问题只在于如何"读史"。毛主席不是一贯要求我们用马列主义的立场观点批判地继承文化遗产,剔除其封建性的糟粕,吸收其民主性的精华吗?这一系列教导,林彪、"四人帮"当然是知道的。然而这些头戴红帽子,口喊"高举"、"紧跟"的家伙,其实是剥削阶级的代表人物,不可能接受毛主席的警告。林彪"一篇读罢头飞雪",只记得"政变经"。江青"一篇读罢头飞雪",只看上吕后、武则天。林彪不敢赤裸裸地宣扬英雄史观,一面羞人答答地说什么"应是英雄和奴隶们共同创造历史",表示还需要奴隶们为他效劳;一面放肆地鼓吹"天才论",自称"天马",一心想"指挥一切,调动一切",建立林家王朝。"四人帮"也不敢赤裸裸地宣扬英雄史观,变了个戏法,把一部阶级斗争史歪曲成儒法斗争史,说什么法家路线推动了历史发展,而他们自己,就是当代大法家。他们杀气腾腾,一方面恨不得把广大群众、干部、广大知识分子一巴掌"打翻在地,再踏上千万只脚",一方面则在电影中、在现实生活中用"三突出"的办法神化他们自己,梦想踏着人民群众的尸体爬上"女皇"、"总理"、"委员长"的宝座,在腥风血雨中建立"新天朝"。然而一部人类发展史,雄辩地证明了只有人民群众才是创造世界历史的动力,执意与人民为敌,必遭灭顶之灾。林彪、"四人帮"作帝王梦,不过是"一枕黄粱"。社会帝国主义妄图在全世界称王称霸,也不会有好下场。

"有多少风流人物"一句,承上启下。"天涯过客"受了"五帝三皇神圣事"的骗,其实,"风流人物"不在"五帝三皇"一类人里面,而在人民群众中间。接下去,便用"盗跖庄跻流誉后,更陈王奋起挥黄钺"两句,歌颂了奴隶起义和农民起义,歌颂了历史发展的真正动力,歌颂了真正的风流人物,从而批判了英雄史观,阐扬了历史唯物主义。中国共产党就是在辩证唯物主义和历史唯物主义指导下坚持革命斗争,高唱革命战歌推翻了三座大山,建立了新中国的。"歌未竟,东方白"两句,以比兴并用、正隅双关的手法,表现了中国人民的巨大胜利,揭示了所得胜利的根本原因,为人类历史揭开了新篇章。一首"读史"词,就这样结束了。那么,究竟应该怎样"读史"呢?应该从全部人类发展史中总结出哪些带规律性的东西,以指导当前的斗争呢?真是言有尽而意无穷,耐人寻味,引人深思!

　　毛主席在给陈毅同志谈诗的信里指出:"诗要用形象思维,不能如散文那样直说。"这首《贺新郎·读史》,就是用形象思维方法写诗的典范。

　　毛主席曾经指出:"人民,只有人民,才是创造世界历史的动力。"这首《贺新郎·读史》,正体现了这种思想。然而前者是论文,后者是诗歌。其区别在于后者不是像前者那样"直说",而是用了形象思维方法。诗人以历史唯物主义为指导,以丰富的生活经验和历史知识为基础,"寂然凝虑,思接千载,悄焉动容,视通万里","观古今于须臾,抚四海于一瞬",浮想联翩,激情洋溢,于是,一幅幅鲜明、生动的历史画面接踵而来,构成了完美的艺术形象。而每一幅画面,都既有高度的概括性,又有明确的思想倾向性和浓烈的感情色彩。让我们看看这些画面吧!

　　如果只说"猿变成了人",这就是散文的语言,既没有形象性,也不带感情色彩。而"人猿相揖别",就构成了一幅情景交融的画面,概括了丰富的历史内容,对人类终于摆脱了猿的状态而开始创造自己的历史表现了无限喜悦的心情,具有很强的感染力。

　　"几个石头磨过"的画面和"铜铁炉中翻火焰"的画面,则用"赋"的手法,收到了"体物浏亮"、"情貌无隐"的效果。"为问何时猜得"一句,用一"问"字而情景毕现。"嗬!你们是啥时候猜到(炼铜、炼铁的奥妙)的?"赞叹之情,溢于言表,而问话人又惊又喜的神态也就表现得活灵活现。而且,由于这一问,"铜铁炉中翻火焰"的现场也就变活了。你读到这里,难道想象不到金花飞溅、笑语喧哗、热火朝天的大炼铜铁的情景吗?这就是形象思维的妙用。用形象思维方法创造的艺术形象,也是需要用形象思维方法去理解的。

　　写阶级社会的那几句也是一样。诗人没有像写论文那样直说在奴隶社会、封建社会、资本主义社会里人与人的关系如何冷酷,两大对抗阶级之间的矛盾斗争如何激烈,却用"难逢开口笑"、"彼此弯弓月"、"流遍了,郊原血"的形象,"以少总多",表现了阶级社会的本质,自然也就歌颂了无产阶级为建立没有阶级剥削、阶级压迫的美好社会而奋斗的崇高理想。

　　其他如"头飞雪"、"挥黄钺"、"东方白"等等,也都体现了形象思维的特点。"诗人感物,联类不穷",因而常用"比"的手法来表现丰富的联想和想象。"头飞雪"也就是"人已老",而"人已老"是没有形象性的。人老头白,"头白"就有了形象性,但还不够具体。由头白联想到雪白,再反转来用雪白比喻头白,就形象突出了。诗人不说"头如雪",而说"头飞雪",变明喻为隐喻,一个表现动态的"飞"字,有力地加强了形象性和感情色彩。"一篇读罢",头已飞雪,而记得的只是"几行陈迹",还受了那"陈迹"的骗!诗人对旧史、特别是对迷信旧史的人持什么态度,不是表现得力透纸背吗?不说"陈胜起义",而说"更陈王奋起挥黄钺",同样表现了形象思维的特点。那么,"盗跖庄蹻流誉后",岂不成了散文的语言了吗?完全不是这回事。在这里,又必须懂得诗的句法。这两句其实是一句,如果翻译过来,就是:在盗跖庄蹻奋起挥黄钺赢得了劳动人民的赞扬之后,陈胜又"奋起挥黄钺",赢得了劳动人民的赞扬。"挥黄钺"又是用典。用典其实也就是用"比",用典贴切,就可以收到使语言形象、准确、富有联想性的效果。周武王是"挥黄钺"指挥"牧野之战",打垮了殷纣王的武装的。毛主席曾把这场战争称为"武王领导的当时的人民解放战争",给予了崇高的评价。用这个典,以彼"比"此,就给读者打开了驰骋联想和想象的广阔天地,从而极大地提高了语言的表现力。

"形象思维第一流"。毛主席不仅从理论上肯定了形象思维,发展了马克思主义美学,而且从实践上为我们树立了"用形象思维方法"进行文艺创作的光辉典范。我们必须进一步肃清"四人帮"否定形象思维、炮制阴谋文艺的流毒,充分掌握艺术创作的规律,为繁荣社会主义文艺做出更大的贡献。

(原载 1978 年 9 月 13 日《西安日报》)

附记:

这篇文章发表不久,报社的编辑同志告诉我:"有一位读者来信说:'一篇读罢头飞雪,……'几句,是毛主席讲他自己读史,不是批判别人读史。"还有一位从事文学教学和文学研究工作多年的朋友碰上我,也发表了类似的意见。我感到很奇怪。"一篇读罢头飞雪,只记得斑斑点点,几行陈迹。五帝三皇神圣事,骗了无涯过客。"——其批判读史者的意思十分明显,怎么能说是毛主席在讲他自己呢?后来借到一本《诗刊》,看了其中有一位老诗人、老专家写的文章,才恍然大悟。这篇文章,把"只记得"的"记"解释成史书"记载"历史事实的"记",从而把这几句诗,讲成毛主席在写他自己"读史"了。我认为这是一种误解。从语法上看,"只记得"的主语只能是"一篇读罢头飞雪"的人,而不能是"读"的宾语"一篇"。既然如此，那么"只记得"的"记"，就只能理解为"记忆"的"记"，不能理解为"记载"的"记"。看看毛主席的手稿，这个"记"字，不是一度改为"忆"字吗？最后定为"记"，那是因为"记得"比"忆得"顺口的缘故，其意思是一样的。此其一。第二，"骗了无涯过客"，这总不能说是作者在讲自己吧！而"骗了无涯过客"的"五帝三皇神圣事"，不就是前面的"斑斑点点，几行陈迹"吗？从"一篇"到"过客"，几句诗一气贯注，不容分割，必须联系起来加以理解。第三，更重要的是：这里还涉及一个如何看待我国浩如烟海的旧史书的问题。众所周知，毛主席向来是很重视这笔巨大的文化遗产的。他不仅自己经常阅读包括《资治通鉴》在内的许多史籍，从中总结历史的经验教训，而且多次向有关同志推荐其中的许多篇章，又怎么能把这批珍贵遗产概括为"只记"载了"几行陈迹"的废纸，一笔抹杀呢？当然，对于旧史书，毛主席是要我们批判地对待的，但那是要我们剔除其糟粕、吸收其精华，从来没有把它们统统斥为糟粕，一股脑儿抛进历史的垃圾堆。

　　基于上述理由，我还是坚持原来的看法，并在西安电视台组织的一次讲座上，就这一点作了较多的发挥。如有不当，还请同志们指正。

缅怀先烈促四化
——喜读叶副主席新作

半个多世纪以来,伟大领袖毛主席和敬爱的周总理、朱委员长、叶副主席以及其他老一辈无产阶级革命家领导全国人民,在推翻三座大山、建设新中国的伟大斗争中谱写了一组空前壮丽的革命史诗。震惊中外的西安事变及其和平解决,就是这组史诗中光芒四射的一页。

把现实生活中的革命史诗变成文艺作品中的革命史诗,而又无愧于前者,不仅需要卓越的艺术才能,而且需要光辉的革命实践。毛主席、周总理、朱委员长、叶副主席、陈毅元帅以及其他老一辈无产阶级革命家最具备这些条件,因而才能在无产阶级革命文艺史上写下许多光照千古的诗篇。

当毛主席、周总理、朱委员长、陈毅元帅相继离开我们之后,叶副主席继续为我们写出了一首又一首革命史诗,这是弥足珍贵的。让我们来读这首新作:

西安捉蒋翻危局,内战吟成抗日诗。
楼屋依然人半逝,小窗风雪立多时。

这首七绝,是叶剑英同志于今年四月十二日重到当年的八路军西安办事处时,当场挥笔写出的,写得多么好!多么扣人心弦!

毛主席在给陈毅同志谈诗的一封信中曾说:"剑英善七律。"律诗,一要讲平仄,二要讲对仗,三要押特定的平声韵,格律极严;要"带着脚镣跳舞",从必然王国跨进自由王国,是十分困难的。比起律诗来,绝句只须讲平仄,而且只有四句,第一句还可以不押韵,当然比较容易作。但正由于只有四句,就特别需要高度的概括力,需要情韵悠扬,耐人寻味。所以对于绝句,很早以来,就有"易作而难工"的说法。"善七律"的叶剑英同志同时也善七绝,能够以生动的艺术形象高度概括地反映西安事变及其以后数十年的革命历史,诗情洋溢,诗味无穷。这固然决定于他的卓越的诗才和精湛的艺术修养,但更重要的原因,则是他本身就是西安事变这一革命史诗的谱写者之一,是整个中国革命史诗的谱写者之一。

西安事变及其和平解决的全部历史和伟大意义,如果在历史家手里,是需要鸿篇巨制才能写出的。但在这一革命史诗的谱写者之一的叶剑英同志笔下,却只用了两句诗,就概括无遗。当然,这里丝毫没有贬低历史著作的意思,而只是说明伟大诗篇的艺术特点。这种高度的诗的概括,不同于历史著作的详尽叙述,它是充满着激情的、为读者打开驰骋想象的广阔天地的形象概括。

"西安捉蒋翻危局,内战吟成抗日诗。"这是精当的叙事,也是科学的论断和感人肺腑的抒情;而这一切,又都体现于生动的艺术形象之中。"捉"、"翻"和"吟成",这三个动词及其宾语,以雄浑、劲健的线条,勾勒出在民族危亡的严重关头代表民意、力挽狂澜的英雄群像。1946年,周恩来同志在延安各界举行的"双十二"十周年纪念大会上的讲话中,深刻地论述过西安事变的意义和张学良、杨虎城两将军的历史功绩,指出:"西安事变是蒋介石自己逼成的;蒋介石抗战,是张、杨两将军顺从人民公意逼成的。"西安事变二十周年时,周恩来同志再次高度评价了张、杨两将军的爱国主义思想和自我牺牲精神,赞扬他们是"千古功臣"。"西安捉蒋翻危局"一句,即包含了对张、杨两将军历史功绩的热情肯定。熟悉西安事变历史的人读了这句诗,张、杨两将军的爱国形象就会立刻浮现在眼前,而"捉蒋"的行动及其前因后果,也就以无数具体的细节构成鲜明的历史画卷,像放电影似的展现出来。

在这历史画卷的展现中,浮现在读者眼前的,当然不仅是张、杨的形象;还有许许多多爱国将领、爱国人士的形象,更为重要的,则是党的形象,毛主席的形象,周恩来同志的形象,以及一切在和平解决西安事变中作出贡献的革命家的形象。张、杨"捉蒋",是同全国人民抗日要求的影响分不开的,更是同党对东北军、西北军所作的一系列争取工作分不开的。同时,张、杨"捉蒋",其目的在于"翻危局",但他们在"捉蒋"之后,对于如何实现"逼蒋抗日"的目的,却没有明确的方针和统一的认识。而国民党内部,以何应钦为首的亲日派却乘机对西安发动战争,企图搞掉蒋介石,取而代之,全面投降日本帝国主义。在西安,不仅托派分子打着"左"的旗号高喊"打出潼关去!""杀掉蒋介石!",阴谋破坏西安事变的和平解决;在张、杨部队的军官和广大爱国人民之中,也有不少人激于义愤,强烈要求"公审蒋介石""枪毙蒋介石"。至于南京方面派遣、涌入西安的大批特务、汉奸,更是造谣挑拨,进行所谓策反活动,使张、杨部队中的一部分人发生动摇,乃至公开叛变。……总之,西安事变一发生,风云突变,险象环生,情势危急,大规模的内战迫在眉睫。历史事实雄辩地说明:转危为安,化险为夷,使"西安捉蒋"终于达到了"翻危局"的目的,这要归功于党中央、毛主席和平解决西安事变的英明决策和周恩来同志为首的中共代表团坚决贯彻这一英明决策的艰苦卓绝的斗争。因此,"西安捉蒋翻危局"这句诗,更包含了对党中央、毛主席和周总理的历史功勋的热情歌颂。

"内战吟成抗日诗"一句,紧承"翻危局"而来。"诗"字下得好,"吟"字下得更其精彩。把"内战"的悲剧"吟成"一篇宏伟的"抗日"史诗,这当然不是那些"二句三年得,一吟双泪流""吟安一个字,捻断数茎须"的"苦吟"诗人所能办到的,只有像毛主席和周恩来、叶剑英等同志这样的无产阶级革命家才能胜任愉快。周恩来同志在党中央、毛主席的领导和叶剑英等同志的协助下,在和平解决西安事变过程中显示了无产阶级革命家具有的坚定的阶级立场、英勇的革命胆略、灵活的斗争艺术、卓越的组织才能,从而结束了十年内战,形成和发展了抗日民族统一战线,掀起了全国抗日的高潮,并为最后打倒日本帝国主义和推翻蒋介石的反动统治铺平了道路。西安事变的和平解决,是我国现代历史的伟大转折点;而"内战吟成抗日诗",正是对西安事变的和平解决者的高度赞扬。如果不把"内战吟成抗日诗",如果在我国现代史上没有这个伟大的转折点,那就连新中国的出现都不可能,又哪里能谈得上今天的四化呢?

这首诗写于"八路军西安办事处(简称'八办')",就艺术构思看,是作者来到"八办",触景生情,从而缅怀战友、缅怀中国革命的战斗历程的作品。把"内战吟成抗日诗"的战友们,在抗日战争、解放战争以及建设社会主义新中国的伟大斗争中,又建立了什么样的功勋、得到了什么样的结果呢?于是,由前两句自然而然地过渡到后两句。

"楼屋依然人半逝"中的"楼屋",当然是"八办"的"楼屋","人"呢?则是在"八办"战斗过的战友。

"八办"所在地——西安七贤庄一号,原是一位名叫温奇的德国同志用来掩护我地下党活动的牙科诊所。西安事变后期,周恩来同志就经常在这里处理重要工作和接待各界人士。西安事变和平解决不久,党在这里成立了红军联络处,由叶剑英同志任红军常驻西安的代表,周恩来同志便正式搬到这里来办公。在那九平方米的小房间，他与叶剑英同志夜以继日地工作，力争把一切积极因素统统调动起来，投入抗日救国的洪流。1937年"七七"事变之后，党派周恩来等同志到庐山同蒋介石谈判。蒋介石迫于形势，于8月22日将中国工农红军正式改编为国民革命军第八路军，任朱德同志为八路军总司令，叶剑英同志为参谋长。从此，红军联络处就成为有名的八路军西安办事处，朱德同志、叶剑英同志等许多无产阶级革命家，都曾经在这里进行过艰苦的战斗，为中国革命立下了不朽的功勋。

几十年过去了，中国革命，走过了许多曲折的道路，揭过了许多光辉的篇页。在粉碎了万恶的"四人帮"，扭转了历史大倒退之后，我们敬爱的叶副主席以八十多岁的高龄，又一次来到"八办"，来到他和周总理、朱委员长等许多战友艰苦战斗过的地方，睹物怀人，无数往事怎能不涌向他的心头！西安的四月天，繁花似锦，春意盎然，却偏偏在叶副主席来到"八办"，睹物怀人之际，卷起了漫天大风雪，莫非是大自然也为他怀念战友的无限深情所感动吗？

"楼屋依然人半逝，小窗风雪立多时。"这真是含不尽之情见于言外！当作者望着窗外的风雪，深情地注视着依然如故的"楼屋"，长时间悄然伫立的时候，围绕着"人半逝"，不用说想得很多很多、很远很远。他能不回想起在西安事变发生的第三天，冒着同样的大风雪跟周恩来同志一起从保安奔赴延安机场，乘飞机飞来西安的情景吗？能不回想起在"八办"与周恩来、朱德等同志并肩战斗的日日夜夜吗？能不回想起"内战吟成抗日诗"之后的所有战斗历程吗？然而，"楼屋依然"，人却已经"半逝"了！而那许多"逝"去的人，又是为什么和怎么样"逝"去的呢？后死者应该从这里总结出哪些有益的历史经验和历史教训，从而更好地继承他们的遗志，为把我国建设成无数先烈为之奋斗、为之流血、为之献出生命的四个现代化的伟大的社会主义强国而贡献力量呢？……

把我国建设成四个现代化的伟大的社会主义强国，这是亿万人民的心愿。为了实现这一心愿而奋斗终生、最后还惨遭"四人帮"迫害的许多老一辈无产阶级革命家，以及一切为了实现这一心愿而英勇牺牲的先烈们，不仅永远活在他们的战友们的心中，而且永远活在亿万人民及其子孙后代的心中。叶副主席缅怀革命先烈历史功勋的这首既明白如话，又含义深远的七绝，对于亿万人民继承先烈遗志，具有巨大的鼓舞力量。让我们在党中央的正确领导下，迅速地医治好"四人帮"造成的一切创伤，排除掉"四人帮"设置的一切障碍，以排山倒海之势,向四个现代化的宏伟目标胜利进军吧!完成先烈们的未竟之业,就是对先烈们最好的纪念。

(原载 1979 年 4 月 26 日《西安日报》)

论于右任诗的创新精神

于右任先生的成就是多方面的。清末创办《神州报》、《民呼报》和《民立报》,宣传革命思想,反对清朝专制,是我国新闻事业的先驱者之一。他又主持震旦大学、复旦大学和中国公学,在发展我国教育事业方面做出了贡献。他是长期享有世界声誉的书法家,中年以后,书名日高,几乎掩盖了他的诗名。其实,他的诗歌和他的书法可以说是"双峰并峙"。在书法史和诗歌史上,他都奠定了牢固的地位。

1930年春,《右任诗存》刊行的时候,柳亚子题了八首七绝,对这六卷诗及其作者作了充满热情的赞扬。诗如下:

落落乾坤大布衣,伤麟叹凤欲安归?
卅年家国兴亡恨,付与先生一卷诗。

茅店霜鸡剑影寒,几回亡命度函关!
书生已办忧天下,莫作山东剧孟看。

义师惜未下咸阳,百战无功吊国殇。
寒角悲笳穷塞主,可怜我马已玄黄。

贝加湖水碧潺湲,去国申胥往复还。
已换赤明龙汉劫,那堪回首列宁山。

虎踞龙蟠旧石城,当年失计误迁京。
不须更怨袁公路,南朝而今有战争。

苍黄阳夏筹兵日,辛苦钟山仰望时。
终遣拂衣归海上,高风峻节耐人思。

泰玄墓畔桂千丛,尚父湖边夕照红。
稍惜江南哀怨地,小戎驷铁换秦风。

廿载盟心结客场,使君风谊镇难忘。
怜余亦有穷途感,才尽江淹鬓未霜。

这本《右任诗存》,收1930年以前约三十年的作品,由王陆一笺注。柳亚子以"卅年家国兴亡恨,付与先生一卷诗"两句论定了它的时代内容和"诗史"价值。1930年至1964年的作品,由刘延涛笺注,台湾出版,大陆尚少流传。我个人认为,于先生的诗歌创作,可分为四个时期。辛亥革命(1911年)以前十来年为第一期,辛亥革命以后至1927年为第二期,1927年至抗日战争胜利为第三期,抗战胜利至他1964年逝世为第四期。而最有价值、最能体现于先生创新精神的诗,则主要在第一、二期。于先生中年以后,诗名逐渐被书名所掩,也不是偶然的。

辛亥革命以前十来年,戊戌变法失败(1898),八国联军侵入北京(1900),一系列历史事变证明了清王朝的腐朽和资产阶级改良主义的破产。因而在人民群众反帝反封建的革命要求不断高涨的基础上,形成了资产阶级和小资产阶级革命派所领导的革命运动,其目的是推翻清王朝的封建统治,建立民主共和国。于先生乃是这一革命运动的先行者、倡导者之一。而他的诗歌创作,正是从这一革命运动中吸取力量,又反转来为它服务的。且看《杂感》的第一首和第三首:

柳下爱祖国,仲连耻帝秦。子房抱国难,椎秦气无伦。报仇侠儿志,报国烈士身。寰宇独立史,读之泪盈巾。逝者如斯夫,哀此亡国民!

伟哉汤至武,革命协天人。夷齐两饿鬼,名理认不真。只怨干戈起,不思涂炭臻。心中有商纣,目中无商民。叩马复絮絮,非孝亦非仁。纵云暴易暴,厥暴实不伦。仗义讨民贼,何愤尔力伸!吁嗟莽男子,命尽歌无因。耗矣首阳草,硕山惨不春。

第一首抒发了反对帝国主义侵略、争取祖国独立的豪情壮志,把"耻帝秦"、"抱国难"、挽救危亡、争取独立作为"爱祖国"的主要内容,给传统的爱国思想带来了新的特点。而洋溢着具有新的特点的爱国主义激情,是于先生的诗歌,特别是第一、第二两期诗歌的鲜明特点。

第一首反帝,第三首反封建。伯夷、叔齐反对武王伐纣,不食周粟,饿死于首阳山,历来受到称赞,韩愈就写过《伯夷颂》。于先生对伯夷、叔齐却不但没有颂,而且指斥他们"心中有商纣,目中无商民"。把清朝统治者斥为商纣,大声疾呼,要求伐纣救民,这是难能可贵的。在此后的诗作中,还不时出现"不为汤武非人子,付与河山是泪痕"(《出关》),"乘时我欲为汤武,一扫千年霸者风"之类的句子,表现了献身革命、威武不屈的英雄气概。

新的内容突破了旧的形式。于先生第一期的诗,在内容和形式上都富于创新精神。请看《从军乐》:

中华之魂死不死,中华之危竟至此!同胞同胞为奴何如为国殇,碧血斓斑照青史。从军乐兮从军乐,生不当兵非男子。男子堕地志四方,破坏何妨再整理。君不见白人经营中国策愈奇,前畏黄人为祸今俯视。侮国实系侮我民,忄卒忄卒忄见忄见胡为尔?吾人当自造前程,依赖朝廷时难俟。何况列强帝国主义相逼来,风潮汹恶廿世纪。大呼四亿六千万同胞,伐鼓拟金齐奋起!

篇无定句,句无定字,形式比较自由。全篇多用七字以上的长句,大气盘旋,热情喷涌,而以"大呼"结尾,尤足以发聋振聩。

这些诗,原收入《半哭半笑楼诗集》中,是"民国纪元十年前"即1902年以前的作品。这时候,资产阶级改良派"熔铸新理想以入旧风格"的"诗界革命"(实际是诗歌改良)已成过去,形式拟古、内容空虚的"同光派"诗泛滥诗坛。于先生这些诗篇的出现,具有划时代的意义。《半哭半笑楼诗集》刚在三原刊印,就不胫而走,到处传诵,引起了清朝统治者的恐惧。1903年,于先生正在开封应试,却遭到缇骑缉捕,变姓名逃脱,始免于难。这一事实,也足以说明于先生第一期的爱国诗章在反帝反封建的革命斗争中发挥了多么巨大的威力。

有些同志说于先生是"南社"诗人。这当然不算错。因为于先生与柳亚子等南社诗人交好,参加过南社的创作活动。但应该弄清,"南社"成立于1909年,而于先生第一期的诗,却创作于1902年以前。南社是辛亥革命时期的进步诗社,对鼓吹资产阶级民主革命,反对清朝专制统治,起过积极作用。而于先生第一期的诗歌创作,实开"南社"之先河。

于先生第二期的诗歌数量较多,内容、风格都具有多样性。最富创新精神的,则是1926年往返苏联时期的作品。于先生把这些诗编在一起,题为《变风集》,其意正在于突出其创新精神。且看《舟入黄海作歌》:

黄流打枕终日吼,起向柁楼看星斗。一发中原乱如何,再造可能得八九?神京陷后余亦迁,奔驰不用卖文钱。革命军中一战士,苍髯如戟似少年。呜呼!苍髯如戟一战士,何日完成革命史!大呼万岁定中华,全世界被压迫之人民同日起!

再看《东朝鲜湾歌》:

晨兴久读《资本论》,掩卷心神俱委顿。忽报舟入朝鲜湾,太白压海如衔恨。山难移兮海难填,行人过此哀朝鲜。遗民莫话安重根,伊藤铜像更巍然。吾闻今岁前皇死,人民野哭数十里。又闻往岁独立军,徒手奋斗存血史。世界劳民十万万,阶级相联参义战。何日推翻金纺锤,一时俱脱铁锁链?噫吁嘻!太白之上云飞扬,太白之下人凄怆,太白以北弱小民族矜解放,太白以南以东以西被压迫者如怨如慕如泣如诉复如狂。山苍苍兮海茫茫,盟山誓海兮强复强。歌声海浪相酬答,天地为之久低昂。舟人惊怪胡为此,此声歌声犹不止。万里转折赴疆场,我本国民革命军中一战士。

"诗言志,歌永言。"从这两首长歌所表现的"志"看,于先生的社会理想这时候出现了新的飞跃。作为"战士",他因急于实现这种理想而热血沸腾,不能自已。溢而为诗,就像大江暴涨,一往无前,浑灏流转,气象万千。真有"大声吹地转,高浪蹴天浮"的气概。

传统诗歌中的"歌行"这种体裁,本来比较自由,适于表现奔放的情感和复

杂的事态。于先生这时期的诗歌创作,最善于发挥歌行体的特长,并在此基础上创新。让我们来读《克里木宫歌》:

> 君何事来翻吊古,克里木宫矜一睹。置身赤色莫斯科,结习不忘真腐腐。世人莫误悲铜驼,请述怪异作哀歌。宫内教堂即坟墓,历代皇室铜棺多。沙皇铸钟巨无仿,更制巨炮长盈丈。炮无人放钟不鸣,两都红旗已飘荡。故宅既作苏维埃,遗民复袒共产党。无产阶级革命竟成功,新旧世界由此划为两。吾闻革命之时经剧战,宫内宫外两阵线。列宁下令用炮轰,门内白军方自变。又闻宫门旧有断头台,台前血渗野花开。台上杀人城上笑,百年骈戮真堪哀。自今门外号红场,功成之后葬国殇。列宁以下殉义者,一一分瘗傍宫墙。宫墙兮墓道,墓道兮多少!上悬革命之红旗,下种伤心之碧草。悠悠苍天我何人,万里西征头白了!

再读《红场歌》:

> 中山已逝列宁死,莫斯科城我来矣!遗骸东西并保存,紫禁红场更相似。每日排队朝复暮,争看列宁人无数。我亦蹩躠诣红场,为全人类有所诉。一片红场红复红,照耀世界日方中;列宁诸烈何曾死,犹呼口号促进攻。噫吁嘻!东方羁束难自解,吾党改组君犹待。君之主张东方之民久已闻,君之策略东方之事莫能改。何况共同奋斗救中国,中山遗命赫然在。转悔当年起义早,方法不完得不保。如今愁苦呼声遍亚东,大乱方生人将老。头白伶仃莫斯科,惭感交并责未了。未了之责谁余助?至此翻思进一步。为全人类自由而进征兮?解放东方之大任先无误。吊中山之良友兮,知取则之不远。信吾党之必兴兮,夫孰荷此而无忝?惆怅兮将别,歌声兮哽咽。酬君兮全世界奴隶之泪,奠君兮全世界豪强之血。献君兮全世界劳民之铁链,奏君兮全世界历史之灰屑。君之灵兮绕世界而一视,时不久兮全设。红场歌兮声悲切!

与此同时,于先生还作有《布利亚特共和国立国五年纪念歌》,以"全世界无产阶级与被压迫民族联合起来,此乃马克思以及列宁革命之口号"开头,历叙布利亚特人民受压迫的历史及十月革命成功以后的幸福生活。然后描写了

他所参加的各种盛大的庆祝场面和"露天大宴"。结尾由"响彻云衢国际歌,天将明矣唱未央"转向主观抒情:

嗟余转折二万里,七日乌城发白矣!苍隼护巢曷不归,神龙失水犹思起。乌城西安一直线,昨梦入关督义战。尽烹走狗定中华,一行解放四万万。碧云寺上告成功,山海关前开祝宴。老来有志死疆场,竟把他乡当故乡。夜半梦回忽下泪,马角乌头困大荒。天怜辛苦天应晓,促我整顿乾坤了。赐我布蒙国内小山庄,万松深处容一老。

这些诗的创新精神首先表现在思想新、感情新。忧心四亿劳民的苦难,高呼全世界无产阶级与被压迫民族联合,追求全人类的自由解放,歌颂十月革命成功所开辟的新世界。如此光辉的新思想,如此炽烈的新感情,充溢于字里行间,怎能不令人耳目一新! 其次是选材新、取境新。异域之山川云海,外国之历史风俗,红场上瞻仰列宁遗容的人流,克里姆林宫的巨钟巨炮和迎风飘荡的红旗,这一切与前述的新思想、新感情融铸而成瑰奇宏丽的新意境,令人目眩神摇,精神振奋。第三是语言新、形式新。许多新名词、新术语、新口号络绎笔端,五彩缤纷。而多音节的名词、术语和口号的大量运用,冲破了五、七言句的老框框。例如《布利亚特共和国立国五年纪念歌》的中间数句:"忽然天开地辟日月光,十月革命成功兮,实现苏维埃社会主义之联邦。民无异国兮地无四方,布蒙民族从此得解放。"作者把"十月革命"、"苏维埃社会主义"等多音节的词汇都驱遣于笔下,自然就出现了许多长句。有些长句,又吸收了散文的造句方法,使诗句更有弹性,更富表现力。"太白以北弱小民族矜解放,太白以南以东以西被压迫者如怨如慕如泣如诉复如狂"两句,就是一个例子。当然,诗毕竟是诗,足以提高艺术表现力的散文化是需要的;有损于诗的意境美、音韵美的散文化则应该避免。比较而言,《布利亚特共和国立国五年纪念歌》的前半篇,是有过分散文化的缺点的。

我们说于先生的歌行富于创新精神,并不意味着他的近体诗毫无突破。近体诗,包括律诗和绝句,早在盛唐时代就已经定型。格律极严,必须恪守;不合格律,就不能算近体诗。因此,写近体诗而要体现创新精神,就十分困难。标榜"诗界革命"的维新派诗人是"捋扯新名词"以显示诗作之新的。但如果只着眼于语言新,那还不足以体现创新精神。创新,既要语言新,更要题材新、思想感情新。结合起来,要意境新,要唱出时代的新声。于先生的不少近体诗,特别是第一、第二时期的近体诗,是有新的意境的,是唱出了时代的新声的。

1903年,于先生被清廷追捕,奔赴上海。经南京时作《孝陵》七绝云:"虎口馀生亦自矜,天留铁汉卜将兴。短衣散发三千里,亡命南来哭孝陵。"其意境之阔大,风格之豪迈,都跨越前人。而最重要的,还在于有新意。有为振兴中华而献身革命的新思想、新感情。

赴苏联途中作《舟入大彼得湾》七绝云:

二百馀年霸业零,天风吹尽浪花腥。
掬来十亿劳民泪,彼得湾中吊列宁。

第一句,用一个"零"字,将彼得大帝建立的"二百馀年霸业"一扫而空。第二句以"浪花"紧扣"大彼得湾",而以"腥"字概括"二百馀年霸业",深刻、新警,令人叹服。当然,"天风"和"腥",都是诗的语言。不是大彼得湾的浪花真的飘满血腥,也不是真的有什么"天风"把那"浪花腥"吹尽;而是说:那"二百馀年霸业"被十月革命推翻,血腥的统治已一去不返。这层意思,不是我们猜出来的,而是作者从三、四两句中表现出来的。"彼得湾"以彼得大帝得名。彼得大帝与列宁,各代表着不同的阶级、制度和历史时代。作者构思的新颖之处,在于他把极端相反的两个人物摆在一起,创造了"彼得湾中吊列宁"的警句,于强烈对比中引导读者回顾霸权统治的历史和无产阶级革命的历史,而以"零"字"腥"字,表现对前者的态度,以劳民之泪"吊列宁"表现对后者的感情,内涵深广,耐人寻味;爱憎分明,发人深省。

于先生擅长七律。仅就靖国军时期的作品看,沉雄悲壮,感慨苍凉,反映了时局的危殆、人民的苦难和作者的忧愤,具有"诗史"价值。而技巧之精湛,风格之老健,炼字、锤句、谋篇之完美,也令人倾倒。总的说来,这些七律的新,表现在作者以目击者、参与者和领导者的深切感受和炽烈情感,艺术地表现了那一个时代的政治风云、军事斗争、人民命运、国家前途。分别而言,又各有新颖之处。例如,《民治学校园纪事诗》二十首,用植物名六十馀,以植物学之论据,写校园中之景物,而以景寓情,因物托事,靖国军之艰难处境和作者力挽危局的苦衷,历历如见。香草美人,托物寄兴,这是《离骚》以来常用的手法;于先生的这二十首七律，则为传统的比兴手法的运用打开了新的天地。

"五四"以来的"新诗"创作有很大成绩，但还有民族化、群众化等许多问题有待解决。我国被誉为诗的国度。我国传统诗歌的民族形式，既不应该一下子全盘抛弃而代之以外来形式，也不应墨守成规，固步自封，写那种与古人的作品没有两样的"旧体诗"。要繁荣社会主义诗歌，"新诗"作者应学习传统，使自己的作品更具有中国作风、中国气派，不应割断传统，强调从外国移植。除此之外，也还可以运用传统诗歌的各种形式来反映两个文明建设，反映新的时代、新的人物，不断推陈出新。近几年，做"旧体诗"的人多了，诗社、诗刊，也不断出现。"新诗"人颇以"旧体诗泛滥"为忧。有些人压根儿不懂近体诗的格律，却把自己的作品叫"律诗"；另一些人勉强讲平仄和对仗，但为格律所束缚，写出的东西毫无诗意。这样的东西泛滥，的确不大好。但是第一，凡事总有个学习过程；第二，从晚清以讫现在，能驾驭传统诗歌的各种形式，写出优美诗篇的人，始终是有的，不应忽视这支力量，更不应予以歧视。值得一提的是：有不少修养很深的老诗人，写起"旧体诗"来，力求典雅、古奥，不敢创新，连新词汇都不用，也不同意别人用。针对这种现状来读于先生的诗，注意一下他在内容和形式方面的创新精神，是很有意义的。

于先生做诗力求创新，是自觉的，有理论的，早在1902年前所作的《和朱佛光先生步施州狂客原韵》一诗里说："愿力推开老亚洲，梦中歌哭未曾休。……太平思想何由见，革命才能不自囚。"一个发愿以革命手段推开"老亚洲"而迎接"新亚洲"的人，做诗也自然主张创新。他称赞杜甫，则着眼于"大哉诗圣，为时代开生命"[①]；评价李白，则突出其"三杯拔剑舞龙泉，诗家血色开生面"[②]。关于陈子昂在初唐诗歌发展中的历史功绩，他更讲得中肯、透辟：

徐庾而还至射洪，划开时代变诗风。
不为四杰承馀缛，自是初唐一大宗。

——《陈含光先生七九大庆》

这是说，陈子昂（射洪）改变了徐陵、庾信以来繁缛靡丽的诗风，具有划时

---

① 《双调殿前欢》曲。

② 《双调殿前欢》曲。

代的意义,因而超越四杰(王、杨、卢、骆)而成初唐诗坛的大宗。《诗变》一篇,更通篇论诗,强调"变":

> 诗体岂有常?诗变数无方。何以明其然,时代自堂堂。……

这是说,诗体没有永远不变的框框。时代在不断地发展变化,诗,也自然跟着发展变化。不变,就脱离了时代,落后于时代。1955年诗人节,他在台南诗人的集会上说:

> ……执新诗以批评旧诗,或执旧诗以批评新诗,此皆不知诗者也。旧诗体格之博大,在世界诗中,实无逊色。但今日诗人之责任,则与时代而俱大。谨以拙见分陈如下:一、发扬时代的精神,二、便利大众的欣赏。盖违乎时代者必被时代摒弃,远乎大众者必被大众冷落。再进一步言之,此时代应为创造之时代。伟大的创造,必在伟大的时代产生;而伟大的时代,亦需要众多的作家以支配之,救济之,并宣扬之,所谓江山需要伟人扶也。此时之诗,非少数者悠闲之文艺,而应为大众立心立命之文艺。不管大众之需要而闭门为之,此诗便无真生命,便成废话,其结果便与大众脱离。此乃旧诗之真正厄运。
>
> ……一方面,诗人的喉舌,是时代的呼声;一方面,诗人的思想,是时代的前驱。以呼声来反映时代的要求,以思想来促使时代的前进。而诗人自己,更应当是实现此一呼声与思想的斗士。

"旧体诗"要"发扬时代精神","违乎时代者必被时代摒弃";"旧体诗"要"便利大众的欣赏","远乎大众者必被大众冷落"。这些话,应该说是讲得相当精辟的。而"旧体诗"要"发扬时代精神",就有创新的问题;"旧体诗"要"便利大众的欣赏",也有创新的问题。歌行之类的古风,形式比较自由,创新较易着手,而已经定型了十几个世纪的近体诗,究竟该怎么办?我去年参加过岳麓诗社和南岳诗社的讨论,大家对这个问题,都提不出什么切实可行的解决办法。不妨让我们看看于先生的意见:

> 我的意思,……诗应化难为易,接近大众。这个意见,朋友中间赞成

的固然很多,但是持疑难态度的亦复不少。这个原因,一是结习的积重难返,一是没有具体办法。习惯是慢慢积成的,也只有慢慢地改变。我今天特向大会提出两点意见……

一、平仄——近体诗的平仄格律,完全是为了声调美。但是,现在平仄变了,如入声字,国语多数读平声了,我们还把它当仄声用。这样,我们的诗,便成目诵的声调,而不是口诵的声调了!所谓声调美。也只成为目诵的美,而不是口诵的美了。

二、韵——诗有韵,为的是读起来谐口。但是后来韵变了,古时在同韵的,读起来反而不谐;异韵的,反而相谐。如同韵的"元"、"门",异韵的"东"、"冬"。而我们今日做诗,还要强不谐以为谐,强同以为异,这样合理吗?但是这种改变,并不自今日始。词的兴起,是一种革命,它把诗韵分的分,合的合,来了一次大的调整。元曲又是一种革命,那些作者认为词韵的调整还不够,所以《中原音韵》,连入声都没有了。……古人用自己的口语来作诗,我们用古人的口语来作诗,其难易自见。我们想要把诗化难为易接近大众,第一先要改用国语的平仄与韵,这是我蓄之于心的多年愿望。我过去,话实在说得太多了。但是,我总觉得国家今日固然不可无瑰丽的宾馆,但更需要多兴平民的住宅!国如斯,诗亦如斯!

于先生是一位博览群书,拥有六十多年诗歌创作经验的老诗人,他探求诗歌发展的历史轨迹,总结自己的创作实践,从诗歌与时代、诗歌与大众的血肉联系中,阐述了诗歌必须创新的理论,并为旧体诗形式方面的革新提出了具体的设想,很值得我们参考。

在台湾,于先生是经常思念大陆、思念故乡的。1957年《题林家绰写牧羊儿自述》云:

夜深重读《牧儿记》,梦绕神州泪两行。

《四十七年重九北投侨园》云:

海上无风又无雨,高吟容易见神州。

1958 年《书钟槐村先生酬恩诗后》云：

> 垂垂白发悲游子，隐隐青山见故乡。

1961 年《有梦》云：

> 夜夜梦中原，白首泪频滴。

最值得玩味的是 1962 年所作《梦中有作起而记之》七绝：

> 剪断云霾天欲晓，划开时代气方新。
> 昨宵梦入中原路，马首祥云照庶民。

于先生未能活到现在，回到大陆，目睹"划开时代气方新"，"马首祥云照庶民"的美好现实，他自己是十分遗憾的，我们也深感遗憾。今天，于先生的诗集和墨迹，又在大陆出版，广泛流传，于先生家乡的诗人、学者们，在这里集会，研究于先生的诗歌。于先生地下有知，也会感到欣慰吧！

（原载《人文杂志》1984 年第 5 期）

附记：

此文撰于 1983 年秋，当时找不到好的于右任诗全集（现在也找不到）。我有一册王陆一编注的《右任诗存》，只收 1930 年以前作品，优点却很突出。王陆一（1897—1943），陕西三原人，少年考入西北大学，家贫不能卒业，于陕西图书馆任职。于右任先生讨伐袁世凯，在陕西组织靖国军，选拔王陆一任秘书。1922 年，又送他赴苏联留学。回国后曾任西北大学、安徽大学文学院长。1933 年以后，任国民政府监察院秘书长（于先生任院长）。1941 年特派为山西陕西监察使，卒于任所。诗词、书法、成就俱高，有《长无相忘诗词集》、《王陆一先生遗墨》。事迹见于右任撰书《王陆一墓志铭》。《右任诗存》中的不少诗、特别是靖国军时期的诗，王陆一皆有长笺，极具历史价值。尤可贵者，于先生 1926

年往返苏联期间所作的许多诗。尽管不敢作为正文,却于笺注中一一全文引出。要不然,这一批我认为的"解放诗",就永远失传了。

  我撰此文时,碰巧有一位朋友弄到一部于先生去世以后由他的亲密助手刘延涛编注的诗集,我借来通读。于先生往返苏联期间的诗,当然都未编入,注文中也只字未提。优点是:于先生作于台湾的诗,有若干首详注背景,甚至包括于先生的讲演。我在论文中引了于先生在台南诗人集会上所讲的两段话,实在太精辟了!但多年来接触到的台湾诗人,包括2006年12月在福建龙岩召开的海峡诗会上的许多台湾诗人,无一不谨守平水韵,于先生的苦口婆心在诗人们的创作实践中并未产生影响。近年来于先生的侄孙女于媛先编印《于右任书联集锦》,我写了序,接着她又编《于右任诗词曲全集》,仍要我写序,我便把1984年《人文杂志》发表、后来又收入《唐音阁论文集》的这篇《论于右任诗的创新精神》交给她。这部《全集》收录较"全",但编印欠精,又未加注,于先生在台南发表的讲演看不到了。接受我的建议,从王陆一笺注的《右任诗存》中收入了于先生往返苏联时期的诗,却是值得重视的。《右任诗存》出版于上世纪30年代前期,印数不多,现在已很难见到。

2009 年 3 月 11 日

"新声韵组诗《金婚谢妻》"附注
及与《中华诗词》主编的通信

新声韵组诗《金婚谢妻》附注：

　　我四十年代上大学时，《中华新韵》已颁布，故作诗偶用新韵，读《唐音阁吟稿》可见。近十多年来提倡用新韵者日众，我作诗按《诗韵新编》押韵也多于往年。当然，海内外老诗人和许多有成就的中青年诗人（如《海岳风华集》诸作者）仍用平水韵，不能强求一律，我自己也并非经常用新韵。问题在于：倘押平水韵，则句中旧读入声的字自然一律按仄声处理；而既按普通话押新韵，则句中旧读入声的字便得一一按普通话读音区别对待，不能新旧夹杂。比如毛泽东诗用平水韵。所以《和柳亚子先生》七律第三句"三十一年还旧国"的平仄仄是协调的。假如用新韵而用普通话读音衡量此句平仄，便只有一个"旧"字是仄声，连单句的末一个字也成了平声了。因此，我体会到押新韵该用新声。只提倡用新韵显然是不够的。这组诗用"新声新韵"只是想搞一点试验，得失如何，希望听到各方面的意见。

霍松林、杨金亭关于新声新韵的通信

金亭先生如晤：

　　赐诗极佳，谢谢。奉上近作七首，通过庆金婚追溯数十年苦难历程，而国家之巨变，人民之遭遇，亦约略可见，与假、大、空及口号式颂歌有异。就艺术表现而言，亦有意转变诗风：(1)用今语写今事，适当吸收尚有生命力的古人语词乃至典故，互相融合，形成一种明畅而不俚俗的语言风格，与快板、顺口溜、数来宝之类相区别。在今春纪念"五四"的座谈会上屠岸先生曾说"传统诗是文言诗"，一点不假。用今语而不丧失"文言"的韵味，是相当困难的，但仍应设法克服这个困难。(2)试图既押新韵,又用新声。我手头有《诗韵新编》,即按此《新编》押韵;而旧读入声的字,则查《新华字典》以区分平仄。您多年来积极提倡新韵,对普通话的韵部、平仄很熟悉,请审阅我自称"新声新韵"的这几首诗有无摘错的地方。作传统诗,平水韵还不能硬性禁止。贵州的《爱晚诗词》最近一期发表文章,把我们十几个评委评出的《世纪颂》状元之作斥为不押韵,极嘲讽挖苦之能事,正暴露了作者的浅薄、偏激。那首七律只能说押平水韵,怎能说不押韵?然而作传统诗用新声新韵,肯定是正确的方向。当然,这是方向,还不是现实。要变成现实,必须做较长时期的试验、推广。我的这几首诗,就是搞试验的。您是诗词家,看看这试验如何。如果认为有成功之处,值得发表,就请写一篇短文作一点评论,以示提倡。如无必要,就算了。

现代诗词进校园的可能性很大。一旦进校园,我想老师学生都会讲普通话,干脆用新声新韵,就简单易行。但对中文系学生来说,恐怕还得懂平水韵,懂旧声旧韵,对任何想有较高成就的人来说,也是如此。要不然,就不但不能很好地读唐诗、宋词,连毛泽东的诗,也会像一些人那样读不出韵来,甚至可以说不合平仄。乞回信,顺颂千禧。

霍松林　99 年 12 月 18 日

尊敬的霍老诗翁:

您好!请允许我代表编辑部同仁祝贺您和胡主佑教授的金婚之禧!

蒙赐大作《七律·金婚谢妻七首》(新声新韵)并来示,拜读再三,喜出望外。首先,大作来得恰逢其时。正在着手编辑中的千禧之年的开卷第一期《中华诗词》,能够得到您这位当代诗词大家的一组力作,以光篇幅,当然是编者的一大快事。何况,刊物得到的的确是一组难得的好诗。这个组诗写的虽是夫妻之间的爱情亲情,却从这个贯串古今诗歌的永恒主题中,开掘出了富于时代感的新意。诗人以"三杯何幸庆金婚"的规定情景为诗的切入点,面对患难扶持、共同度过了半个世纪风雨人生的爱妻,往事萦回,奔涌而来的诗思,沿着抒情主人公夫妻生命之舟所经历的几个漩流险滩,依次展开。诗笔到处,抒情寄慨,通过数十年悲欢历程的回溯,揭示出了老一辈革命知识分子历经劫难,但爱国主义、社会主义信念坚不可摧的人格力量,尤其可贵的是组诗中表现出的这种与时代同步的家国忧患之思，历史沧桑之感，所构成的思想倾向，不是议论说教式的直接倾泻，而是通过赋、比、兴化而用之营造出的意象意境中，自然而然地渗透给读者的，所谓"含不尽之意于言外，使人思而得之"，这正是大家手笔的特征所在。

尤其难得的是：这个组诗是《中华诗词》"新声新韵"一栏的奠基之作。当代诗词界呼唤了十多年的诗词声韵改革，目前，还是停留在《平水韵》、《词林正韵》的某几个韵部合并调整后，力求韵脚与普通话韵部趋同的阶段。至于平仄声律的运用，依然以古汉语平、上、去、入旧四声为审音用韵标准。所谓严格以现代汉语阴、阳、上、去新四声为审音用韵标准的创作，还多是纸上谈兵。偶尔收到几首这方面的习作，仍多见古今声韵夹杂的现象。即使有的声韵都合格了，又往往苦于诗的意境未能过关。这样的作品发出去，只能给那些反对诗韵改革者以攻击的口实。因此，本刊拟议设立的"新声新韵"一栏，久久未能推出。目前，在编辑部讨论明年刊物栏目的出新问题时，孙轶青会长鼓励我们加大诗韵改革力度：2000年一定要把《新声新韵》栏目推出。您的这组即将在明年第一期和读者见面的新作，作到了全新的生活题材，严格的律诗格式与现代汉语新声新韵完美和谐的统一，和用旧声韵写出的作品相比，今人读起来更流畅自如、琅琅上口，从而也就更平添了几分诗歌艺术的音乐美。这样，您的这组新声韵力作的发表，将有力地打破所谓"平水韵"是动不得的"祖宗成法"的神话，可以给改革者以鼓舞，给初学者以垂范。相信今后将有更多的新声新韵佳作问世。这对促进新声新韵的推行，对诗教传统的发扬光大，进而推动当代诗词事业的发展，功莫大焉！

衷心感谢您对《中华诗词》杂志的支持。

谢谢！

杨金亭
1999年12月26日

（原载《中华诗词》2000年第1期）

试作新声新韵律绝的体验和感想

《中华诗词》2003年第10期辟"新声新韵"专栏发表了我的28首律绝。这批稿子是张结主编处理的,他来函指出了两处不合新声的失误,又要我写篇谈体会的稿子。我即改正失误,写信感谢,并答应写稿。年老而事冗,诗已刊出,文稿还未着笔。

今午收到中华诗词社转来的一封信,是陈明致先生用"中国工程院院士用笺"写给杨金亭、张结两位主编的。开头说:"拜读《中华诗词》今年第10期霍松林老前辈的新声新韵诗二十余首,很觉兴奋。老先生作新声新韵诗有示范和带头作用,值得后辈追随。"接下去,陈先生提出:"二十余首律诗中有几首,敝人读后尚有疑点请教。这都是出在入声字改读新声后产生的。……"

陈先生太客气,他要"请教"的"疑点"都是毫无疑义的失误。他指出的并不止一点两点,而是好几点。陈先生作为中国工程院院士而热爱中华诗词,赞许新声新韵,并不惜耗费宝贵的时间、精力,一一指出拙作的失误以便及早改正,真使我既由衷感激,又欢欣鼓舞,而谈点体会的激情也油然而生,对张结吟长的承诺也可以兑现了。

我早年喜作长篇古风,尤喜作一韵到底的长篇五古。从平水韵的任何一部韵中选用好几十个字作韵脚,难免受局限。杜甫毕竟是"诗圣",他的长篇五古杰作《北征》和《自京赴奉先县咏怀五百字》,竟然突破局限,邻韵通押,横贯七八个入声韵部。关于这一点,后人或未注意,或注意到而不敢步趋。我当时年轻气盛,偶然效法。在南京上大学时,业师卢前(冀野)先生主编《中央日报》文学副刊《泱泱》,常发表我的诗词和学术论文。他发表我的五古《丁亥九日于右任先生简召登紫金山天文台得六十韵》时看出了邻韵通押,便建议"干脆用《中华新韵》",并送我一册。我原来不知有《中华新韵》,经卢先生介绍并看序言,始知早在1934年便出版过《佩文新韵》,黎锦熙撰序。1940年7月,当时的教育部国语推行委员会开第二届全体委员会,卢先生提议修订《佩文新韵》，名《中华新韵》。决议通过，"推请黎锦熙、魏建功、卢前三委员负责修订，呈部核定颁行"。修订、核定后的《中华新韵》于1941年出版。平水韵共106韵，而《中华新韵》只有18韵，韵宽字多，便于选择。因而从有了卢先生送我的《中华新韵》开始，作长篇古风便用新韵。至于作律绝也基本上用新韵，则是上世纪70年代末期的事。"文革"风暴一到西安，我第一个被抄家。由于毫无精神准备，书籍、文物、书画等所有一切都被车载而去，真成了"家徒四壁"。"四人帮"垮台，吟兴勃发而无韵书，凭记忆怕出错，于是写信请上海友人购买。谁知那时的上海书店连《诗韵集成》之类都不好找，只寄来一册在《中华新韵》基础上修订出版的《诗韵新编》。改革开放以后虽然又买了《诗韵合璧》和《佩文韵府》，但只备查考，作诗时由于喜欢韵宽，更看到了全民讲普通话的前景，所以除了特殊情况，都用新韵了。

　　用新韵既久，逐渐意识到仅用新韵而不用新声的矛盾。声、韵本是一致的。比如毛泽东的《和柳亚子先生》与柳亚子的原唱都用平水韵，诗中所有入声字自然都读仄声，因而毛诗"三十一年还旧国，落花时节读华章"和柳诗"无车弹铗怨冯驩"、"安得南征驰捷报"等句，都平仄谐调，无懈可击。如果按普通话读音押新韵而诗中出现这样的句子，用普通话来读，毛诗的平仄便成了"平平平平平仄平，仄平平平平平平"，柳诗的平仄便成了"平平平平仄平平"、"平平平平平平仄"，就不合格律，自然也失掉应有的音乐美。因此，我从上世纪90年代以来，便在用新韵的同时注意用新声。1999年冬，我用新声新韵写成《金婚谢妻》七律七首及《附记》，写信寄《中华诗词》杨金亭主编请教，他回信热情支持，并将拙诗及往返通信发表于《中华诗词》2000年第1期。此后作律绝，便有意识地用新声韵。

　　我几十年用惯了平水韵，又讲不好普通话，用新韵很便当，用新声却难度很大。题后括号中标明"新声新韵"的《金婚谢妻》七律七首及《八十述怀》七律二十首，发表后都收到吟友们指出新声失误的信，我都一一修改，回信致谢。其实，写成初稿后对其中的多数入声字都查了《新华字典》，有些入声字自以为有把握，没有查，便往往出了问题。因入声字用错而修改，相当费事，往往不仅改一字，而要改一句、一联甚至牵动全局。有时反复改，仍较原作逊色；但改作不亚原作或稍胜原作的情况还是比较多。比如这次发表的28首诗，其中的《西安日报、晚报建社创刊五十二周年》的第三联，原作"回黄转绿秦山秀，激浊扬清渭水妍"，张结主编指出"浊"字今读平声，用错了。"泾浊渭清"与"激浊扬清"都是成语,而泾河在西安以西的高陵即汇入渭河,所以用"激浊扬清渭水妍"表现西安日报和晚报所发挥的积极作用是贴切的。如今要改掉"浊"字而不失原意,真不好办。再三推敲,最后将全联改为"芳林护养秦山秀,浊浪澄清渭水妍",写秦山渭水的美化而语意双关,体现报纸的作用似乎更有力。当然,读者的审美趣味各不相同。"回黄转绿"与"激浊扬清"各有出处,偏爱典雅风格的读者可能左袒原作,主张自铸新词的读者也许看好改作。1998年秋在新疆作的九首律绝都用新声韵,作《石河子诗会》五律时刚看过"军垦第一犁"塑像,深受感动,因而在写出首句"地老天荒久"之后便想把"第一犁"用于次句。但一查《新华字典》,"一"字今读平声,只好另辟思路,吟成"官兵竞挽犁",自觉更恰切,也更有动感和力度。接下去,由石河子市区大厦林立和市外绿畴弥望而想到这里原是野兽出没的大沙漠,写出"绿畴吞大漠,巨厦逐群麋"一联。一查"逐",却今读平声,便改用"撵",似乎比"逐"新颖些,也较生动,当然也可能有人嫌太"俗"。后四句"闹市花盈圃,平湖柳漾堤。民康风雅盛,吟帜拂虹霓"是一气呵成的,却发愁"拂"这个入声字是否今读平。一查果然,便代以"舞",也似胜原作。

用新声韵作律绝,也有天然凑泊之乐。参加合肥诗会时游览包公祠、墓,见修缮一新,拜谒者甚众,而龙头、虎头铡刀则闲置一侧,因而口占四句:

> 重修祠墓万方棠,凛凛铡头虎问龙:
> "官是公仆民是主,伸冤何故拜包公?",

入声"仆"很关键,万一今读仄,全诗就得作废,却凑巧今读平!"铡"也今读平,很凑趣。

儋州诗会后归途谒海瑞墓,导游描述"文革"中毁祠掘墓情景,也口占四句:

> 逆鳞批处血斑斑,海瑞当年只罢官。
> 掘墓毁祠犹切齿,"文革"不愧"史无前"!

入声"革"今读平,"血"今读仄;"切"则平、仄两读,而"切齿"之"切"正好读仄声,也凑趣。

从"极左",特别是"文革"时期活到今天的知识分子,对于"改革开放"、"科教兴国"所发挥的旋乾转坤的伟大作用,无不感受至深。而用平水韵作律诗,却不得不将"改革"改为"革新",将"兴国"改为"兴邦"。我觉得像这样一字千金、永垂青史的提法不宜擅改,便将原用旧声的《悼念小平同志》七律八首用新声改作。"改革"、"开放",分别置于二联诗上、下句的开头,"科教兴国",则纳入一句诗中,始觉心安理得。类似的情况还不少。例如"开发西部"的"发",即旧入今平。我因生长于贫穷落后的甘肃而往往受到轻视,所以"开发西部"在我心目中也是一字千金,很想完整地取以入诗。《兰州龙园落成》七律,便以"西部开发战鼓喧,金城关上建龙园"发端。仅举数例,便可看出用新声韵作律绝,也是有许多便利之处的。

胡适在《文学改良刍议》中鼓吹"废骈废律",我则既喜骈文,更爱律诗。我在《中华诗词》创刊号(1994年第1期)发表的《论中华诗词的艺术魅力和现实意义》一文中曾说:"兼备听觉上的平仄协调、视觉上的对仗工丽"等"诸多审美因素"的律诗"是最精美的诗体"。在《文学遗产》2003年第1期发表、《中华诗词》转载的《简论近体诗格律的正与变》一文的结尾也提出:"杜甫的律诗名篇《春望》、《春夜喜雨》、《秋兴八首》等在格律方面是'正'中之'正'的典范,为后贤所效法……所以严格地按'正体'创作,仍应受到重视"。此文既谈"正",也谈"变",在结尾部分提出从表现内容的需要考虑,也可以借鉴唐人的"变"而"适当地放宽格律",但也必须基本合律,"读起来仍然不失近体诗的格调和韵味"。

诗,特别是律诗绝句,既是看的,更是吟的、唱的、诉诸听觉的。律绝的一整套平仄体系保证了声调轻重急徐、抑扬顿挫的音乐美。因此,作律绝不能忽视平仄格律。然而作诗还必须考虑读者——当前的读者和将来的读者。在讲普通话的人已经很多、而且越来越多的情况下仍用旧声韵,即使作出的是严格的"正体",完全符合平仄格式,而用普通话的读音吟诵,很可能在很大程度上不合格式,也就丢掉了律绝固有的音乐美。值得注意的是:当前见于诗刊的用旧声作出的律绝,大抵如此。比如《中华诗词》今年第8期《艺边堂诗话》第11则赞为"境阔情酣,如云雷奋发"的《西部开发赞歌》,如用普通话吟诵,次联"锅庄邀舞如花蝶,哈达相迎似白云"则为"平平平仄平平平,仄平平平仄平平";第七句"天高地迥凭开发"末三字则为"平平平"。平扬仄抑,第四句全是平节,第二、第四两联四句诗末字皆平,失去抑扬相间的变化,其音乐美自然削弱了。

　　我之所以试用新声新韵作律绝,也正是力争用普通话吟诵而不失律绝固有的音乐美。陈明致先生指出的因某些入声字弄错而导致失误的那几首诗,其音乐美无疑大受伤害。我必以此为戒,写作时一遇入声字便查《新华字典》,把用新声韵作律诗绝句的尝试坚持到底。

(原载《中华诗词》2004 年第 1 期)

关于"自作新词"的浅见

江主席在最近召开的文联、作协代表大会上的讲话中号召文艺工作者"努力推进我国文艺的创新和繁荣",使我们深受鼓舞。

那么,传统诗歌中的词,从内容到形式,该如何创新呢?

内容上的创新,主要在要求词的题材新、思想新、感情新,营造新意境。词作者遵循先进文化的前进方向,自觉投身改革开放和现代化建设的伟大实践,通过词的崭新意境体现时代前进的步伐,弘扬爱国爱民、自强不息、与时俱进的民族精神。

形式上的创新,应结合词的艺术特点进行探索。唐宋音乐发达,乐曲繁多。乐曲是用乐器演奏的,"有声无辞"。最早的词,是文人"逐弦管之音",或根据乐师、伶工用音乐符号标记的音谱创作出来的。词的起源问题比较复杂,但这一点最重要,从而形成了词的若干特点:一,句子或长或短,错落有致;二,韵位灵活多变,或句句押韵,或隔句押韵,或隔若干句押韵;三,用字审音,严分平上去入,阴阳清浊;四、句法复杂,三字句有上二下一和上一下二之别,四字句有一领三和上二下二之别,五字句有上二下三和上三下二之别,六字句有上三下三,上二下四和上四下二之别……还有一字领数句者;五,中长调分段,从两段多至四段;六、适当运用对偶,有骈散结合的优点。这一切,都与"倚声"相关,唐宋词,在当时是可以歌唱的,音乐性当然很强。和同是格律诗的近体诗相比,词的出现无疑是一种进步,一种创新。

宋代以后音谱失传,明清人"取唐宋旧词,以词名相同者互校,以求其句法、字数;取句法、字数相同者互校,以求其平仄;其句法字数有异同者,则据而注为'又一体';其平仄有异同者,则据而注为'可平可仄'"(《四库全书总目提要·钦定词谱》),这就出现了各种各样的《词谱》。明清以来,人们是按照词谱填词的。

按谱填词,其"束缚思想"不容讳言,但词这种诗体有它的优势,高明的作者正可以"因难见巧"。从明清到现当代,佳作不断出现,就足以证明词这种诗体至今仍充满活力,可以继续发展,大胆创新,用无愧于伟大时代的新作来弘扬伟大的民族精神。

按谱填词,在形式方面能不能创新?我认为用新声新韵,即按普通话读音押韵调平仄,就是一种创新。还能有什么创新,需要大家在创作实践中探索。

更大幅度的创新,我认为是摆脱词谱,自作新词。这样说,大家会惊为奇谈怪论,期期以为不可。其实,这是有先例可循的。

汉魏乐府诗,本来是入乐的,唐人李白等只继承其"感于哀乐,缘事而发"的创作精神,借用乐府旧题以写时事,抒感慨。到了杜甫,连乐府旧题也不要了,如《兵车行》、《石壕吏》等,都是"即事名篇,无复依傍"。白居易、元稹等在此基础上倡导新乐府运动,形成了针砭时弊、反映现实、鼓吹革新的创作流派,影响深远。

更直接的先例是:两宋杰出词人大都精通音乐,他们一方面按已有的词谱作词,另一方面自己作词,自己度曲,这就是所谓"创调"。据统计,唐五代词调不过 180 左右,而清康熙时王弈清等著《钦定词谱》,收入者竟多达 826 调。两宋"创调"之多,于此可见。既是"创调",自然要起个调名。有意思的是宋代词人也师法杜甫、白居易写新乐府诗"即事名篇"的办法,为他们的创调"即事名调"。史达祖咏燕的创调名为《双双燕》,姜夔写扬州的创调名为《扬州慢》,咏梅的两个创调则分别取名《暗香》、《疏影》。

由于乐谱失传,唐宋词长久以来不能歌唱。清乾隆初重现于世的姜夔十七谱和上世纪初发现的敦煌《琵琶谱》,虽经专家潜心研究,在解读方面大有进展,但尚未完满解决,所涉及的词调还不能歌唱、演奏。

两宋词人自己作词、自己度曲的那么多"创调",虽然长久不能歌唱,但作为文学性的新体诗,却历代传诵,脍炙人口。既然如此,我们当然可以吸取前面谈到的那许多词的特点,自己作词;如果懂音乐,也可自己谱曲。

如前所说,我们仍然可以"按谱填词",但与自由作词相比,那种句有定字,篇有定句,韵位、句法、平仄都不能变动的填词毕竟是有局限性的。我选了好几个词调写北京申奥成功,都不能畅所欲言,最后效法宋人"创调"的办法自我"创"作,结果就强一些。词如下:

声声欢·贺北京申奥成功

今夜华人不寐,家家目注荧屏。群雄申奥争逐鹿,神州问鼎敢交锋。聚焦莫斯科,投票判谁赢。 万众侧耳,万籁息声。萨马兰奇忽宣布,春雷震四瀛。喜煞炎黄儿女,个个扬眉吐气,江海涌激情。舞狮子,玩龙灯。锣鼓惊霹雳,歌舞起旋风。烟花焰火照天地,狂欢到五更。 鳌头独占非易,永难忘积贫积弱受欺凌。赖百年拼搏,三代开拓,雾散日东升。振国威,建文明。敦邦交,促和平。得道由来多助,况兼悉尼夺锦,奥旗含笑选北京。 鹏抟凤翥,虎跃龙腾。奋战六年迎圣火,水更绿,山更青,巨厦摩云花满城。看我健儿显身手;五环联友谊,百技跨高峰。

元人陆友《砚北杂志》有这样的记载:姜夔访范成大于石湖,范征新声,姜作词谱曲,完成了《暗香》《疏影》。范使家妓小红学唱,音节清婉。姜辞别归吴兴,范以小红赠之。大雪中过垂虹桥。赋绝句云:"自作新词韵最娇,小红低唱我吹箫。曲终过尽松陵路,回首烟波十四桥。"诗中的"自作新词",相对于"按谱填词"而言,"韵最娇",是说自己为自作词谱的曲调很美妙。这使我想到:我们如果不按谱填词而自己作词,就称之为"自作词",似乎也说得通。

弄清了宋人"创调"的创作实践,便知我们"自作新词",不过是回归传统。在前面,我把这叫"创新",只是针对"按谱填词"说的,用不着大惊小怪。

(原载《中华诗词》2000年第1期,略有增改)

唐诗讨论会开幕词

各位代表,各位朋友!

让我们以热烈的掌声,宣布唐诗讨论会胜利开幕。

自从我们去年十月上旬发出召开唐诗讨论会的邀请书以来,有关单位的领导和名流、学者,给我们以极其热情的支持。东至黄海、东海之滨,西至新疆、青海,南至海南岛,北至齐齐哈尔,全国各省、市、自治区的各大专院校,各研究机关,各报刊、电台和出版单位的一百七十多名代表和许多列席人员,携带各有独到见解的学术论文,如期应邀赴会。在一百七十多名代表中,有许多是年逾古稀或年近古稀的著名教授,有许多是著述宏富、硕果累累的唐诗研究专家,有许多是科研、新闻、出版单位的负责同志。长安三月,百花盛开,当各位久负盛名的教授、专家、唐诗研究工作者和编辑、出版工作者不远千里而来的时候,喜雨绵绵,瑞雪纷纷,特意为贵宾们洗尘。我们陕西师大尽管限于物质条件,住宿、伙食及其他生活照顾都与各位教授、专家在国内外享有的崇高的学术威望极不相称,但我校党政领导和广大师生欢迎贵宾们的心意是十分殷切的,让我们以热烈的掌声,欢迎各位贵宾光临我校,出席、指导我们的会议。今天,雨晴雪霁,云散风和,让我们为唐诗讨论会在春阳照耀下胜利开幕而又一次热烈鼓掌。

"诗言志,歌咏言。"中华民族的"志"是崇高的,蓬勃向上的,追求光明的,百折不挠的。既然"诗言志",那么有其志就有其诗。我们的伟大祖国,向来被人们赞誉为诗的国度。早在先秦时代,《诗经》和《楚辞》就为我国的诗歌发展奠定了优良传统。这一传统,正像滚滚长江,萦回曲折,吐纳百川,积蓄了无穷无尽的力量,终于以不可阻挡的气势,穿三峡,出夔门,到了唐代,江阔月涌,浩瀚汪洋,形成了云横九派,浪下三吴的壮观。论诗人,则名家辈出,灿若群星;论作品,则百花齐放,争奇斗丽。这一历史时期的诗歌,由于意境雄阔,情韵悠扬,具有独特的时代风貌和艺术风格,因而被称为"唐诗"或者"唐音",不仅传诵国内,历久不衰,而且早已超越国界,成为世界文化宝库中的珍品。用马列主义的立场观点批判地继承这份珍贵的文化遗产,对于提高我们的民族自信心和民族自豪感,对于我们建设社会主义精神文明,对于我们繁荣和发展社会主义的文艺创作、特别是诗词创作,都具有不容低估的积极意义。

我们陕西师大中文系之所以召开这次唐诗讨论会,主要出于两种考虑。

第一,我们的所在地,曾经是周秦汉唐等十三个朝代建都的历史文化名城。在唐代,就是丝绸之路的起点,就是驰名世界的唐都长安。唐朝是我国封建社会经济文化繁荣的高峰,而作为京城的长安,又是经济文化的中心。唐代的著名诗人,几乎都在长安度过了一生中最重要的时期,在长安一带写下了他们的代表作。长安一带的民情风俗、山山水水、文物古迹,都是唐代无数诗人从不同角度反映过的,描写过的,吟咏过的。即如我们一出门就可以望见的大雁塔,那就是杜甫、高适、岑参等杰出诗人攀登过的慈恩寺塔,他们登塔后所写的名篇,至今脍炙人口。唐代诗人即使在离开长安以后,他们的创作也往往和在长安的政治遭遇密不可分,和对长安生活的回忆密不可分。因此,就地理条件有利这一点来说,我们陕西师大中文系理应在唐诗的教学和研究方面作出一些成绩。然而由于我们的力量不足,水平有限,主观努力不够,也由于大家都知道的一些客观原因,我们并没有作出什么成绩。今天,党的十一届三中全会的精神像春天的阳光一样照耀着我们前进的力量。我们之所以召开这次唐诗讨论会,就是为了邀请在唐诗的教学、研究方面成绩卓著的专家们做我们的老师,给我们传经送宝,从而促进我们的教学和研究工作,使我们也能够赶上奔腾前进的时代步伐,做出应有的贡献。

第二,解放以来,特别是粉碎"四人帮"以来,唐诗的研究是很有成绩的,但还没有召开过全国性的学术会议。我们陕西师大中文系之所以召开这次会议,就是为了在唐都长安为全国的唐诗研究工作者和与此有关的编辑、出版工作者提供一个进行学术交流、学术讨论的场所。现在,专家云集,群贤毕至,欢聚一堂。让我们在坚持四项基本原则的前提下各抒己见,百家争鸣,互相切磋,取长补短,既交流研究成果、总结研究经验,又讨论在唐诗发展规律和作家、作品、流派、风格等方面有争论的问题,并着重就如何扩大唐诗研究领域和如何提高唐诗研究水平问题交换意见,互相启发,以期在唐诗研究的广度和深度上都能有新的突破。还有一点,唐诗是海峡两岸的中华儿女所共有的精神财富,也是全世界进步人类所共有的精神财富。如何通过唐诗研究促进台湾归回祖国和加强国际性的学术交流,也是一个迫切的现实问题,需要讨论。

第三,促进唐诗教学和研究,首先在于提高"诗教"的质量,有助于全面地培养民族素质。这一点,大家早有共识。还有一点,目前尚未引起普遍关注,却值得大声疾呼,那就是研究唐诗、讲授唐诗,都应着眼于当代诗歌创作的状况,力求在继承唐诗传统的基础上创作出无愧于新时代的新篇章。"五四"运动以来,脱离唐诗传统的"新诗"占主导地位,而继承传统的五、七言诗则被斥为"旧体"而受到压抑,这是很不正常的,我们应该趁着改革开放的春风振兴传统诗歌,让所谓的"旧体"大放异彩。出席我们会议的许多代表都是修养有素的卓越诗人,希望就如何振兴传统诗歌发表意见,也希望在会议期间和游览长安名胜古迹的过程中朗吟高咏,竞谱新声。

代表们!朋友们!我们的这次全国性的唐诗讨论会,解放以来是第一次,唐代以来也是第一次,因而可以毫不夸张地说,这是关于唐诗研究的空前盛会。林默涵、贺敬之等中央领导同志给我们的盛会发来了贺电,陕西省、西安市的党政领导和我们陕西师大的党政领导都给我们的盛会以极大的关怀和支持。有党的正确领导,有代表们的共同努力,我们的大会一定能够取得丰硕的成果。

正如李白的《阳春歌》所说:"长安白日照春空,绿杨结烟垂袅风。"我们眼前的春光是美好的。祝愿各位代表在美好的春光中精神愉快,预祝我们的大会圆满成功!

1982 年 3 月 24 日

(原载霍松林主编《全国唐诗讨论会论文选》,
陕西人民出版社 1982 年出版)

中国杜甫研究会首届学术研讨会开幕词

各位领导、各位代表、各位朋友：

中国杜甫研究会在杜甫故里河南省巩义市成立，并召开首届学术研讨会，谨表示热烈的祝贺。

杜甫于唐玄宗先天元年（712）生于河南巩县，是诞育于中原大地的伟大诗人。他成长于"奉儒守官"的家庭，"读书破万卷"，从优秀的传统文化中吸取精神营养，树立了治国泽民的宏图大愿，渴望"致君尧舜上，再使风俗淳"。当他在长安考试、求官一再碰壁之后，逐渐认识到了朝政的黑暗。而自己饥寒交迫甚至饿死孩子的困苦生活，又使他从思想感情上逐渐靠近人民。安史之乱以后，他"陷贼"，逃难，辗转陇右，漂泊西南，深入社会生活，与广大人民群众一同受难。其兼济苍生、治国平天下的夙愿与苦难现实相碰撞，发为忧国忧民的浩歌。对中华优秀文化传统的继承，对《诗歌》、《楚辞》以来丰厚的诗歌遗产的广泛吸取，对国家危亡的无限忧虑，对人民苦难的深厚同情，使得杜甫的诗歌创作开辟了前所未有的广阔天地，达到了前所未有的高峰。正因为这样，杜甫赢得了"诗圣"、"情圣"的崇高称号。就承前说，如中唐诗人元稹所称赞："上薄风骚，下该沈宋，言夺苏李，气吞曹刘，掩颜谢之孤高，杂徐庾之流丽，尽得古今之体势，而兼文人之所独专。"就启后说，从中唐直到当代，凡有成就的诗人都在不同程度上从杜甫的诗歌创作中得到教益。杜甫的影响还不限于国内。就全世界范围说，杜甫也是举世公认的伟大诗人。1962年，在杜甫诞生一千二百五十周年之际，世界和平理事会在斯德哥尔摩会上将杜甫列为世界文化名人，并决定在世界各国的首都举行纪念活动。

杜甫关心国计民生，对社会现实有深刻了解，其创作题材非常广阔。杜甫兼擅各种诗歌体裁，善于运用不同体裁的优势反映相适应的题材。从现存的一千四百多首诗歌看，题材广阔，体裁多样。每一种体裁，不论是五古、七古、乐府、歌行、五律、七律、五绝、七绝，乃至长篇排律，都有不少脍炙人口的杰作。

在杜甫手里,每一种原有诗体都在表现新题材的过程中得到新的发展,新的开拓。例如他的《自京赴奉先县咏怀五百字》,是用传统的五言古诗的体裁写成的。五言古诗,是汉魏六朝以来盛行的早已成熟的诗体,在杜甫之前,已经产生了无数佳作。仅就"咏怀"之作而言,如阮籍的《咏怀》、左思的《咏史》、庾信的《咏怀》、陈子昂的《感遇》、张九龄的《感遇》之类的组诗都各有特色,万口传诵,"转益多师"的杜甫当然从汉魏六朝以来五言古诗的创作经验中吸取了营养。但把《自京赴奉先县咏怀五百字》和所有前人的五言古诗相比较,就立刻发现在体制的宏伟、章法的奇变、反映现实的广阔深刻和艺术力量的惊心动魄等许多方面,都开辟了新天地,把五言古诗的创作提高到新的水平。对于其他各体(特别是七律)的完善和拓展,亦复如此。

　　杜甫的诗,内容和形式是多种多样的,很难一概而论。但其万丈光芒,都迸发于爱国爱民的火一样的热情。"民为邦本,本固邦宁",一个真正的爱国者自然真诚地爱民。杜甫"穷年忧黎元,叹息肠内热",不仅同情人民疾苦,而且往往把人民的苦难置于自己的苦难之上。当他从长安赶到奉先县看望家小的时候,"入门闻号咷,幼子饿已卒",邻居们都为之呜咽,他当然很痛苦。然而又"默念失业徒,因思远戍卒",想到那些比他处境更惨的"平人",便"忧端齐终南,澒洞不可掇"。当他从梓州回到成都草堂的时候,自己的生活略有好转,而他却想到穷人无以为生,写出了"敢为故林主,黎庶犹未康"的诗句。大家都熟悉他那首传诵不衰的《茅屋为秋风所破歌》,自己屋上的茅草为狂风卷走,"床头屋漏无干处,雨脚如麻未断绝",结尾却说:"安得广厦千万间,大庇天下寒士俱欢颜,风雨不动安如山。呜呼!何时眼前突兀见此屋,吾庐独破受冻死亦足!"正因为热爱人民,所以对一切危害人民的社会现象都不能容忍。他把一切残民以自肥的贪官污吏斥为"蟊贼",尖锐地提出:"必若救疮痍,先应去蟊贼。"对于剥削、压迫人民的虐政,他揭露不遗余力,写出了"庶官务割剥"、"索钱多门户"、"一物官尽取"、"朱门酒肉臭,路有冻死骨"、"高马达官厌酒肉,此辈杼柚茅茨空"、"乱世诛求急,黎民糠籺窄"、"况闻处处鬻男女,割慈忍爱还租庸"、"征伐诛求寡妇哭"、"哀哀寡妇诛求尽,恸哭秋原何处村"等无数惊心动魄的诗,而渴望"谁能叩君门,下令减征赋",主张"众僚宜洁白,万役但平均","君臣节俭足,朝野欢呼同"。

　　杜甫爱国爱民,决定了他对战争的态度。杜甫诗集中以战争为题材的诗占很大比重。天宝年间,唐王朝穷兵黩武,多次向吐蕃、南诏用兵,给人民造成沉重负担,杜甫因而警告统治者:"君已富土境,开边一何多!""苟能制侵陵,岂在多杀伤!"在《兵车行》里,更对开边战争给人民带来的种种苦难作了集中而生动的反映。对安史之乱引起的内战,则既从爱民的角度写出了"积尸草木腥,流血川原丹"的惨象和统治者的昏庸、残暴,又从爱国的角度渴望平定叛乱,维护国家的统一。组诗《三吏》、《三别》及《春望》、《闻官军收河南河北》等名篇,是这方面的代表作。他不仅写诗,还渴望以实际行动平息叛乱。他不怕千难万险,从沦陷于叛军之手的长安奔赴唐肃宗的"行在"凤翔。"麻鞋见天子,衣袖露两肘",企图为光复祖国效力。他时常为战乱未息而忧心如焚,"不眠忧战伐,无力正乾坤","向来忧国泪,寂寞洒衣巾","时危思报主,衰谢不能休","天地日流血,朝廷谁请缨!济时敢爱死,寂寞壮心惊",乃至愿"剖血"以饲养作为"王者瑞"的凤雏,"再光中兴业,一洗苍生忧",其爱国爱民的丹忱,感人肺腑。

杜甫爱国爱民、忧国忧民的激情不仅被国家大事所激发,而且被自然风光和日常生活所唤起,如《春望》的"国破山河在,城春草木深。感时花溅泪,恨别鸟惊心。……"《登楼》的"花近高楼伤客心,万方多难此登临。……北极朝廷终不改,西山寇盗莫相侵……"等等,其例举不胜举。毫不夸张地说,杜甫为祖国、为人民忧虑了一生,歌唱了一生。直到临终留给后人的最后一首诗,还为"战血流依旧,军声动至今",自己却无力挽回危局而叹息不已。

杜甫是不朽的,杜甫的诗是不朽的。一部杜诗,可作为我们振兴中华诗词的借鉴,又可作为我们进行爱国主义教育的教材。

研究杜诗,已有悠久历史。到了宋代,已出现"千家注杜"的盛况,南宋刘辰翁曾整理、评点出《千家注杜诗全集》(成都杜甫草堂藏有明万历九年重刊本)。到了金代,元好问首倡"杜诗学",明人李东阳简称"杜学"。明清以来,注释、评论杜诗的著作更多。解放以来,关于杜甫的研究可分为三个阶段。

一、全国解放至"文革"前夕

50年代初专家们试图以马克思主义观点研究杜甫,出版了《杜甫传》(冯至)、《杜甫研究》(萧涤非)、《杜甫诗论》(傅庚生)及苏仲翔、冯至和黄肃秋等的几种杜诗选注本,发表了一批论文,如刘大杰的《杜甫的道路》等等。由于自50年代后期开展了所谓对资产阶级学术思想的批判,因而总的说来,50年代关于杜甫研究的论著不多。60年代初,由于贯彻八字方针,杜甫研究的状况略有好转。到了1962年,杜甫被世界和平理事会列为世界文化名人,决定在各国首都举行纪念活动,因而在全国掀起了杜甫研究的高潮。仅1962年这一年,全国各报刊发表的有关杜甫的各类文章,达三百多篇,涉及杜甫及其诗歌的许多方面,不乏学术水平较高的论文。特别是这年4月12日在北京举行的纪念杜甫诞生一千二百五十周年的大会上,冯至所作的题为《纪念伟大诗人杜甫》的主题报告,对杜甫及其诗歌作了精当的评价。郭沫若在开幕词中也赞扬杜甫"接近了人民",认为"朱门酒肉臭,路有冻死骨"是"响彻千古的名句",并说"李白和杜甫是像亲兄弟一样的好朋友,他们在中国文学史上的地位,就跟天上的双子星座一样,永远并列着发出不灭的光辉"。这和他1953年为成都杜甫草堂撰书的楹联"世上疮痍,诗中圣哲;民间疾苦,笔底波澜"的精神是一致的。

二、"文革"时期

"文革"期间,文化界一片沉寂,关于杜甫的评论却多少有点例外。一是1972年出版了郭沫若的《李白与杜甫》,以"扬李抑杜"为宗,"以阶级斗争为纲",与前面提到的作者在50年代初和60年代初的论点形成强烈的对照。一家独鸣,无人敢提异议。二是1975年"四人帮"大搞"评法批儒",其御用文人把杜甫定为"法家诗人",抛出了署名梁效的《杜甫的再评论》,因而引出了一批文章,或说杜甫是法家,或说杜甫是儒家,都谈不上什么学术价值。

三、1977年至今

粉碎"四人帮"之后的前几年,多数文章批驳了"文革"中对杜甫其人其诗的种种歪曲,又由于毛泽东《给陈毅同志谈诗的一封信》发表,不少专家从形象思维的角度探讨杜诗的艺术成就。这几年,可算杜甫研究"拨乱反正"时期。紧接着,便随改革开放的春风,杜甫研究蓬勃开展。从1982年以后,关于每年杜甫研究的概况,在我主编的《唐代文学研究年鉴》中的《杜甫研究》专栏里都有比较详细的综述,可供参考。概括地说,从1977年至今,是"杜诗学"的复兴和繁荣时期,百家争鸣,百花齐放,盛况空前。其主要特点是:

(一)研究领域不断扩大。对杜甫的生地、生活、游踪、交游、逝地、墓地等作了考证、考察和研究;对杜诗的承前启后、思想深度、艺术成就以及杜甫的"诗圣"地位作了深入探讨;对杜甫的各体诗包括七绝、五律、七律、排律以及写不同题材的诗如咏物诗、咏史诗、山水风景诗等作了分别论述;对杜甫的许多名篇,有今译,有鉴赏;对杜诗中的某些词语和有关的名物、制度等作了考辨;对杜甫的两川诗、夔州诗、湖湘诗分别召开会议,进行研讨。

(二)研究方法不断更新。除以杜注杜、以史证诗、诗史互证、实地考察以外,还注意到了港、台及国外研究信息,将摄影录像、现代统计概率手段及模糊论、比较研究等方法引入杜诗研究领域。

总而言之,改革开放以来的十几年,杜甫研究取得了很大成绩,论著数量极大,质量较高,研究资料日益丰富,研究领域和研究方法不断拓新,研究队伍也不断壮大,形势喜人,前景光辉灿烂。

现在,在杜甫的出生地成立中国杜甫研究会,这是杜甫研究历程的新的里程碑。我们学会的优越条件是许多学会不能比拟的。因此,我认为我们学会可以开展许多工作:

(一)成立杜甫研究基金会。

(二)广泛搜集古今中外关于杜甫诗文的各种版本、注本、译本和各种研究专著、论文以及有关杜甫的诗词、散文、书画、文物等等,建立杜甫研究资料中心。

(三)前人注杜、研杜的著作较有价值而尚未重版者,应依次整理出版,以广流传。国内和国外研究杜甫的论文数量极大,散见各处,应尽量搜集,汇编出版,并在汇编的基础上出版论文选集。

(四)开展有关杜甫的诗书画创作,精选前人和今人有关杜甫的诗书画佳作,建立杜甫碑林。

(五)出版雅俗共赏的高水平的杜甫传记、杜诗选注、杜诗鉴赏、杜诗今译等等,并运用影视手段,开展普及工作,提高广大群众的文学素养、审美能力和爱国爱民的精神境界。

(六)各有侧重地举办各种杜甫研讨会,如长安诗研讨会、秦州诗研讨会等,继续拓展杜甫研究领域和研究方法,多层次、多角度、全方位地研究杜甫其人其诗,把杜甫研究从广度、深度上推向更高水平。

(七)创办刊物,发表杜甫研究文章和有关的诗书画作品。

最后,祝愿各位领导、各位代表身体健康、精神愉快!预祝中国杜甫研究会兴旺发展,在研究杜甫、宏扬中华文化、振兴中华、振兴中华诗词方面作出日益突出的贡献!

谢谢大家。

(原载《杜甫研究论集》第一辑,河南人民出版社 1996 年出版)

高举邓小平理论伟大旗帜,开创吟坛新局面
——在全国第十四届中华诗词研讨会开幕式上的主题发言

全国中华诗词研讨会已开过九届,每届都对中华诗词振兴起了促进作用。现在,我们在全国人民学习十五大精神的时候举行第十届研讨会,意义尤其重大。为此,谨代表中华诗词学会,为筹办这次盛会而作出卓越贡献的云南省老干部诗词协会、昆明市老干部诗词协会及组委会的全体同志致以崇高的敬意,对来自全国各地及海外的诗友们表示热烈的欢迎!

党的十五大是一次具有划时代意义的大会。大会的主题是:"高举邓小平理论伟大旗帜,把建设有中国特色社会主义事业全面推向二十一世纪。"我们这次研讨会的主题,也应该是:高举邓小平理论伟大旗帜,开创吟坛新局面。

这次研讨会的原定议题是:"当代中华诗词如何高扬主旋律,体现时代精神,以推动诗词的继承与革新。"这个议题,是和十五大精神一致的。江泽民同志在十五大报告中对"建设有中国特色社会主义的文化"有许多精辟论述,无疑是我们这次研讨会的指导思想。在谈到文学艺术工作时,江泽民同志更提出明确要求:

> 坚持为人民服务、为社会主义服务的方向,贯彻百花齐放、百家争鸣的方针,弘扬主旋律,提倡多样化,创作出更多思想性和艺术性统一的优秀作品。

这就是说:弘扬主旋律有一个前提,那就是坚持"二为"方向,贯彻"双百"方针。至于与"弘扬主旋律"并提的"提倡多样化"该如何理解,希望诗友们各抒己见。我个人的初步考虑是:既有"主",便有"次"。在大力弘扬主旋律的

前提下也需要弘扬从属于、服务于主旋律的其他各种旋律,这就有了多样化。这是一个方面。还有一个重要方面,那就是:光写一两种题材,光用一两种文艺体裁,光有一两种艺术风格,便不可能充分而有效地弘扬主旋律。要充分而有效地弘扬主旋律,就要提倡题材、体裁、风格的多样化。

关于弘扬主旋律,我们已经讲了好几年。但什么是我们这个时代的主旋律,却没有具体的解释过,顶多在"主旋律"之前加"爱国主义"而已。在这次研讨会上,我们能不能把这个问题谈得具体些。我想,党的十五大为我们实现中华民族的伟大振兴指明了方向,规划了蓝图,吹响了号角。从现在起,五千八百万共产党员和十二亿各族人民高举邓小平理论伟大旗帜,为实现中华民族的伟大振兴而艰苦奋斗,不屈不挠。这,是不是我们要弘扬的主旋律?

如何弘扬主旋律,这是开展吟坛新局面的关键问题。概念化的作品,内容空洞、陈旧的作品,或者思想内容虽好但缺乏艺术性的作品,都不足以承担弘扬主旋律的任务,所以江泽民同志要求"创作出更多思想性和艺术性统一的优秀作品"。那么,如何才能"创作出更多思想性和艺术性统一的优秀作品"呢?这就需要我们集思广益,从各方面展开深入的研讨。我想谈一些极不成熟的看法,希望能起到抛砖引玉的作用。

一、关于继承

诗歌是文化的重要组成部分。江泽民同志在十五大报告中指出:"有中国特色社会主义的文化,……它渊源于中华民族五千年文明史。"又在第六次全国文代会、第六次作代会的讲话中指出:"中华民族,是以诗经、楚辞、唐诗、宋词、元曲和明清小说为人类文明画廊增加辉煌的民族。……无比丰厚的精神遗产,与先驱们的英名连在一起的民族文化的优秀传统,特别是革命文艺传统,是中国社会主义文艺的巨大宝藏。"这些话,值得我们认真领会。我们不能从零开始开创吟坛新局面。继承无比丰富的精神遗产,继承优秀的中华诗歌传统,是个不容忽视的重要问题。我们需要讨论的,是继承什么,如何继承。

二、关于创新

学习前人的作品如果肯下功夫,那么要学得很像,并非十分困难,但要大幅度地突破前人,创作出有时代特点的好诗,却困难百倍。也就是说,继承是为了更好的创新,而要能真正的创新,则需要从多方面解决问题。

（一）深入生活问题　　江泽民同志指出"有中国特色社会主义的文化，……渊源于中华民族五千年文明史，又植根于有中国特色社会主义的实践，具有鲜明的时代特点"。当代诗词，作为"有中国特色社会主义的文化"的重要组成部分，也必须"植根于有中国特色社会主义的实践"，才能创新，才能"具有鲜明的时代特点"。社会生活无限广阔，诗人们不论从哪个角度、哪个层面接触生活，有所感受，有所理解，都比闭门造车要好得多。但是，用十五大精神来衡量，当代诗人的深入生活，应该有更高要求，那就是深入到亿万人民建设有中国特色社会主义事业的伟大实践中去，与建设者同呼吸，了解其建设业绩，体察其思想感情和精神风貌，感受强烈，激情洋溢，才能创作出生动而真切地表现其建设业绩和精神风貌的好诗。

投身于火热生活的建设者，当然不存在深入生活的问题。我们应该想办法把中华诗词普及到建设者中去，从亿万建设者中涌现出无数优秀诗人。但对于我们诗词队伍中的许多人来说，则确实很需要深入生活，而深入生活又有这样那样的实际困难。在这次研讨会上，是否可就如何深入生活的问题发表意见。甘肃的引大工程曾多次邀请全国著名诗人到现场采风，湖南诗词团体则组织诗人到工厂去采风，诗刊社不久前组织诗人采风团到河南济源小浪底深入生活，进行创作，都是可行的好办法。除此之外，还有什么办法，想到的都可以提。

（二）题材问题　　题材来自社会生活。社会生活多种多样，诗人们的社会实践多种多样，人民群众的艺术爱好也多种多样，因而诗歌的题材也必然而且应该多种多样。题材多样是文艺繁荣的标志之一，题材单一则不利于文艺创作。迎接香港回归的时候，有许多写历史题材的诗词不是也很有艺术质量吗？但题材多样不等于题材无差别，当代诗人在深入当代生活的同时多写多种多样的新题材、特别是新的重大题材，就更有利于创新，更有利于开创吟坛新局面。

（三）思想感情问题　　诗是人作的，诗人是创作主体。题材虽重要，但决定创作成败的主要因素，还是诗人的主观条件，包括生活体验、文化素养、道德品质、思想感情、精神境界、创作功力、艺术才华等等。这里只谈思想感情。这几年，不少关心中华诗词振兴的诗友都指出当前诗词创作中的不少作品思想感情陈旧，这是事实。中华诗词要创新，要弘扬主旋律，必须认真解决这个问题。

小平同志提出的"二为"方向,指文艺为人民服务,为社会主义服务。而按照文艺的特殊规律,它的服务不是直接的,而是间接的。具体地说,人是改造现实、推进历史发展的动力,有中国特色社会主义需要人来建设,而思想性和艺术性统一的优秀作品能够使读者通过审美体验而潜移默化,起到德育、智育、美育作用,从而提高人的素质。也就是说,当代诗词是通过教育人来为人民服务,为社会主义服务的。作品的思想感情陈旧,又怎能培育社会主义新人?

江泽民同志在十五大报告中提出:"有中国特色社会主义的文化,是凝聚和激励全国各族人民的重要力量,是综合国力的重要标志。"对文化的作用作如此崇高的评估,对我们是极大的鼓舞。当代诗词弘扬主旋律,就应在"凝聚和激励全国各族人民"方面发挥作用。

江泽民同志在论述"有中国特色社会主义的文化建设"时,反复强调了对于干部和群众的教育问题,下面引用几段:

> 我国现代化建设的进程,在很大程度上取决于国民素质的提高和人才资源的开发。
>
> 建设有中国特色社会主义,必须着力提高全民族的思想道德素质和科学文化素质,为经济发展和社会全面进步提供强大的精神动力和智力支持,培育适应社会主义现代化要求的一代又一代有理想、有道德、有文化、有纪律的公民。
>
> 要始终不渝地用邓小平理论教育干部和群众。深入持久地开展以为人民服务为核心、集体主义为原则的社会主义道德教育,加强民主法制教育和纪律教育,引导人们树立正确的世界观、人生观、价值观。大力弘扬爱国主义、集体主义、社会主义和艰苦创业精神。要提倡共产主义思想道德,同时把先进性要求和广泛性要求结合起来,鼓励一切有利于国家统一、民族团结、经济发展、社会进步的思想道德。发扬社会主义的人道精神。

这一系列论述,对于当代诗词如何弘扬主旋律,如何提高作品的思想性,无疑有极大的指导意义。当然,诗歌有其特殊的艺术规律,思想性和艺术性完美统一,才能有强烈的艺术感染力以发挥智育、德育、美育作用,对培育社会主义新人有所贡献。

（四）语言问题　　诗歌是语言艺术,中华诗词要创新,语言是个大问题。不少诗友针对当代诗词中某些语言陈旧、古奥的倾向提倡用现代语言、通俗语言。这当然是正确的。但在具体实践上却有许多困难,需要深入研讨,不断探索。关于这个问题,我在全国第九届中华诗词研讨会的闭幕式上结合毛泽东同志在《反对党八股》中关于学习语言的论述谈过一些意见,这里不再重复。只把我感到的一些困难提出来向诗友们请教。从《诗经》时代到鸦片战争以前,汉语的词汇基本上是单音节和双音节的,所以构成五字句、七字句很方便。现代汉语中的新词汇,一般都是好多个音节,只有作歌行体诗,才能任意驱遣,作曲也可勉强运用,至于作五、七言律、绝或词,就无法照搬。这就有个锤炼语言的问题。事实上,唐宋诗人虽然不存在多音节词难于入诗的问题,但他们也为了炼意而炼字、炼句,甚至千锤百炼。外国诗人也一样,马雅可夫斯基就说过他"常常从几亿吨的语言矿藏中提炼几个词"。从汉语词汇多音节化以来,杰出诗人怎样写五、七言律、绝,是值得借鉴的。举例说:1927年前后,湖南农民在马克思列宁主义的影响和中国共产党的领导下开展了轰轰烈烈的武装革命,毛泽东在《七律·到韶山》中只用一句诗来表现,马克思列宁主义、中国共产党、农民运动、武装革命以及打土豪、分田地、推翻封建势力等现成的词都没有用,而是炼字炼句,锤炼出这么一句:"红旗卷起农奴戟"。形象鲜明,蕴涵丰富。还有,如果都得用现代词,那就不该用"戟",而要换成"枪"、"炮"之类。但懂诗的人都会看出这个"戟"字用得好。

语言要新,这是我们的努力方向。但这个"新",要在创造新意境的前提下提炼语言,才能解决。晚清的"诗界革命"是值得赞扬的,但也出现过不创造新意境、只点缀几个新名词便以为写出了新诗的倾向,当时就受到批评。

除了多音节词难于入诗的困难以外,当然还有其他困难,较突出的是新意象太少。提炼得很精彩的一个词,往往就是一个意象。汉语经过历代杰出诗人的提炼,形成了许多意象系列,因而作诗比较容易。范仲淹写陕北的《渔家傲》是边塞词中的名篇,其中的"千嶂里,长烟落日孤城闭",真是写荒凉景象如在目前。但"长烟"、"落日"、"孤城",这都是前人积累的荒凉意象系列中原有的,作者只是把它们筛选出来,经过恰当的搭配,再添上一个"闭"字就行了。"闭"字当然也炼得好。我们要表现的,是前人没有见过、没有写过的新时代、新社会、新事业、新人物。像前面提到的"红旗"之类的新意象,实在太少。解决的办法,主要是通过大家努力提炼新语言,不断积累新意象。同时根据表现新内容的需要,从前人积累的意象系列中精心筛选而赋予新意。"春风"、"杨柳"、"神州"、"尧舜",都是古已有之的。而毛泽东的"春风杨柳万千条,六亿神州尽舜尧",却仍然很新颖,和全篇结合起来看,就更新颖。因为个别的词,个别的意象,只是全篇所创造的意境的组成部分。意境新,完成新意境的个别词虽然古已有之,也就有了新意。

当代诗词应该普及到群众中去。因而语言应该晓畅易懂,为群众所理解。但是,在语言晓畅易懂的前提下,也应该提倡语言风格的多样化。语言风格是艺术风格的重要组成部分。杰出的作家、诗人,其语言既有全民性,也有突出的个性。李白语言风格不同于杜甫的语言风格,鲁迅的语言风格不同于茅盾的语言风格,这是显而易见的。如果写了上千首诗,但还没有形成个人风格,那恐怕还算不得好诗人。等到中华诗坛出现为数众多的各有独特风格的杰出诗人,甚至出现争奇斗丽的多种流派,那时候,中华诗词也就真的振兴了。

(五)用今韵问题　　直到现在,仍有不少诗友坚持诗用平水韵、词用词林正韵,但主张用今韵的则越来越多。我们应该提倡用今韵,但不强求一律。传统韵与今韵并存一个时期,然后自然而然地趋于统一、都用今韵,这是符合发展规律的。现在的问题是还没有一部今韵韵书大量印行,供大家使用。中华诗词学会曾委托我编一本,我进行了一个时期,后来又放弃了。解放前出过一部《中华新韵》,那是音韵专家搞的,很不错。1965年中华书局上海编辑所编印的《诗韵新编》,基本上依照《中华新韵》,我用今韵作诗,便根据《诗韵新编》。广州已经搞到资金,准备编一部像《佩文韵府》那样规模宏大的今韵书,各个字下列许多词汇,希望能早日问世。

(六)突破格律及另创新体问题　　诗的体裁应该多样化。中华诗歌体裁繁多,在发展过程中众体纷呈,百花齐放。就诗说,古体中的五古、七古、歌行、乐府等等,并无严格的格律限制,是相对自由的;绝句分古体、拗体、律体三种,古体可押平韵,可押仄韵,无固定的平仄要求,很自由,拗体也相对自由。唐人的五绝名篇,多半是古体,其次是拗体。唐人七绝名篇,则多半是律体,拗体、古体也有,但不多。因此,根据不同题材选用五古、七古、歌行及绝句中的古体进行创作,便可自由驰骋,写出题材、语言、思想感情俱新的新诗。在几次全国性的诗词大赛中越来越显示出各种古体、特别是歌行体的优势,便能说明很多问题。严格意义上的格律诗,不包括以上各体,而是近体诗和词;曲可用衬字,比较有弹性,但也属于格律诗。近体诗包括五、七言律诗(中间扩大,便是排律)和绝句中的律体、拗体,词有小令、中调、长调,共有上千个词牌,有的词牌还有好几体。就体式而言,真可谓丰富多彩。近体诗和词这些严格意义上的格律诗,唐宋以来产生过无数精品,至今还有强大的艺术生命力,毛泽东诗词便是有力的证明。我们坚持百花齐放的方针,已经熟练地驾驭诗词格律的诗友,仍可以作严格意义上的格律诗,突破与否,完全自愿。如果要放宽一点,那么用今韵,允许"失粘",为了不以词害意,可以有"拗句","拗"了"救"一下更好,不"救"也无妨。律诗、绝句中本来就有"拗体",杜甫晚年七律中的拗体尤著名。古人可以"拗",今人更可以"拗",关键是要写出好诗。问题是:一面呼吁突破格律,一面又指责某些好诗不合格律。《金榜集》第二名是一首失粘的七绝,我在点评中说"这是阳关体(即拗体),唐人多有",但仍颇受非议。

至于改造格律,另创新体,当然也应该大胆探索,勇于实践。在这方面,还可借鉴外国诗歌。比如在中日文化交流活动中,由赵朴初先生首倡,参照日本俳句五、七、五句式,创作了汉俳,为中华诗词增添了一种新体。还应该借鉴"五四"以来的新诗。新诗中的歌谣体和格律体,都在新诗民族化、群众化方面作出了努力,积累了经验。

关于如何创建新体诗,毛泽东提出过设想和意见。他说:"将来的趋势,很可能从民歌中吸引养料和形式,发展为一套吸引广大读者的新体诗歌。"又说:"中国诗的出路,第一条民歌,第二条古典,在这个基础上产生出新诗来。"又说:新体诗要"精炼、大体整齐、押韵"。这对于新诗和传统诗词如何创建新诗体,都有参考价值。

三、关于开展诗词评论

"文革"十年及其以前的一段时间,所谓文学评论并不是为了促进文学创作,而是搞阶级斗争,动不动上纲上线,揪辫子、扣帽子、打棍子,置之死地而后快。人们厌弃这种评论,是理所当然的。十一届三中全会以来,和文学创作相比,评论相对沉寂,也与此有关。然而善意的、高水平的评论,是提高创作水平的必要条件,这是被文学发展史反复证明了的。就中华诗史看,从孔夫子到王国维,我国的诗歌理论和诗歌批评著作浩如烟海,蕴涵着许多真知灼见。它们是从诗歌创作中孕育出来的,又反转来促进了诗歌的发展。因此,我们为了开创吟坛新局面,应该积极开展善意的诗歌评论。广州搞了一次全国性的"李杜杯"诗词大赛,获奖作品先在报刊发表,后来又结集出版,这当然是可以评论、也应该评论的。评论终于开展了,但不大健康。发难者统计了获奖作品歌颂与讽刺的比例,便斥责大赛违反了"时代精神的主旋律","使缪斯女神、李杜诗魂遭到亵渎",反驳者也以其人之道还治其人之身,闹得很不愉快。对于这样一个涉及主旋律的大问题,如果一方善意地提出,另一方以温和的态度解释,就会从理论和实践上解决关乎诗词发展的大问题。毛泽东同志曾响亮地提出:"一切危害人民群众的黑暗势力必须暴露之,一切人民群众的革命斗争必须歌颂之,这就是革命文艺家的基本任务。"江泽民同志在十五大报告中大声疾呼:"反对腐败是关系党和国家生死存亡的严重斗争!"把反腐败的获奖作品不看成弘扬主旋律的佳作,而诬蔑为给社会主义抹黑的毒草,这对于中华诗词的健康发展是有害的。关于这个问题,杨金亭同志在《中华诗词》1997年第4期上发表了一篇充分说理的文章,已经明辨是非,我就不再重复。

我们开展善意的评论,形式可以多种多样,生动活泼。大而可以评论创作中的某种倾向,探讨涉及创作的某些理论问题;小而可以分析一部诗集成败得失的原因,探讨一位诗人的创作道路和艺术风格。可以"奇文共欣赏",点评某篇佳作以供诗友们借鉴;也可以"疑义相与析",提出某些疑难问题共同商榷。对于某一篇大致不错,但有缺点的作品,对于某一个相当生动,但有语病的句子,甚至对某一个用得不很恰当,以致影响全篇的字,都可指出问题的症结所在,提出修改意见。语言力求精炼,篇幅力求短小。可写论文,也可写随笔、诗话、词话、曲话等等。这样的评论如果形成风气,那就不仅有利于提高诗词创作的整体水平,也会使诗友之间的关系通过切磋诗艺而日益密切,成为名符其实的"诗友"、"文字交"。

四、关于加强团结

江泽民同志在十五大报告中强调指出:"我们这次大会的任务,就是动员全党和全国各族人民团结奋斗,全面推进建设有中国特色社会主义的伟大事业。团结就是大局,团结就是力量。"中华诗坛,多年来都比较团结。当然,搞串联,散传单,造谣中伤,甚至进行人身攻击的"文革"遗风,也还没有完全绝迹。好在诗人们都是有道德素养和识别能力的人,又恨透了"文革"中的那一套,所以都能自觉抵制,以维护安定团结的大局。想暗害别人的人却自我暴露,首先搞臭了自己。

关于加强诗坛团结,我想到两点。一是加强老中青诗人之间的团结。这当然不是说老中青之间有什么隔阂,而是说应该密切交往,优势互补。一般地说:老诗人创作经验丰富,艺术功力深厚,但在创新方面也许保守些,要深入生活也有困难;中青年诗人勇于创新,有条件深入生活,但创作经验和艺术功力,也许比老诗人差。因此,老中青交朋友,便可取长补短,提高创作水平。二是加强与新诗界的团结。"五四"以来,新诗是主流,传统诗词受到排斥。自十一届三中全会以来,由于"双百"方针的认真贯彻,新诗界与中华诗词界已日益友好,相互交流。在十五大精神鼓舞下,更应该加强团结,共创辉煌。"五四"以来的新诗已经形成了自己的传统,有其独特优势。我们应该拓宽路子,研究古典诗歌、研究民歌、研究"五四"以来的新诗,借鉴外国诗歌,总结出带规律性的东西,以探索新体诗的创建,以促进有中国特色社会主义诗歌在题材、体裁、风格、流派方面的百花齐放,从而更好地弘扬主旋律,承担起培育社会主义新人的光荣任务。

(原载《中华诗词》1997 年第 6 期,
此据岭南诗社编印《当代诗词论文选集》)

全国第十一届中华诗词研讨会开幕词

全国第十一届中华诗词研讨会于金秋时节在新疆的新兴城市石河子隆重开幕,谨表示衷心的祝贺!各位诗友从全国各地、乃至海外赶来参加这次盛会,谨表示热烈的欢迎!

这次会议的第一议题是关于如何继承和发展边塞诗的问题。

顾名思义,边塞诗指以边塞风光、边塞生活为题材的诗歌。祖国的东南西北都有边塞,也都有边塞诗。然而中华民族发祥于祖国的大西北,自周秦汉唐以来,西北边患频仍,因而从《诗经》中的《出车》、《六月》等篇开始,以表现边防战争为主要内容的边塞佳作,多取材于西北。一提到边塞诗,人们首先想到的便是盛唐诗人的名篇,而这些名篇,绝大多数是歌咏西北边塞的。诗友们来到新疆,大概会联想到盛唐杰出的诗人岑参。岑参曾在属于今新疆地区的轮台、北庭等地生活过六年时间,创作了《白雪歌送武判官归京》、《天山雪歌送萧治归京》、《火山云歌送别》、《热海行送崔侍御还京》、《玉门关盖将军歌》、《走马川行奉送封大夫出师西征》、《轮台歌奉送封大夫出师西征》等一系列边塞杰作,雄奇壮丽,气势磅礴,至今读之,仍令人豪情喷涌,意气风发。有人曾说:"边塞诗是大西北的歌,是大西北的骄傲。"这当然不够确切,但就其主要方面而言,还是持之有故的。新中国成立以来,反映西北边疆的诗数量多而质量高。就新诗而言,影响较大的有闻捷的《天山牧歌》、贺敬之的《西去列车的窗口》、张志民的《西行剪影》、郭小川的《西出阳关》、田间的《天山诗抄》、李季的《向昆仑》及《石油诗抄》等等;就传统诗词而言,从毛泽东、朱德、董必武、叶剑英、陈毅等革命领袖到郭沫若、常任侠等许许多多著名诗人,都有歌唱大西北的佳作。因此,改革开放以来,对边塞诗的理论探讨和作品选编,也集中于西北地区。1982年,新疆师范大学中文系召开学术会议,就新边塞诗问题展开讨论。1984年,在兰州召开的中国唐代文学学会第二届年会以唐代边塞诗为议题,来自海内外的两百多位专家参加讨论,会后出版了《唐代边塞诗论文选粹》

和《唐代边塞诗选注》。1995年,全国第八届中华诗词研讨会在银川召开,主要研究如何继承和发展边塞诗的优良传统问题,会后出版了论文集《重振边塞诗风》和《中华当代边塞诗词精选》。这一时期,西北各地先后出版的《丝绸之路诗词选集》、《陇上吟》、《塞上龙吟》、《夏风》、《丝路清韵》、《当代诗人咏宁夏》、《现代名人咏三秦》、《现代西域诗抄》、《绿洲魂》、《昆仑诗词》、《水龙吟》、《大通吟》等等,也都是当代边塞诗词选集。更值得重视的是:1949年中国人民解放军进军新疆之后,十万官兵奉命集体转业,改编为新疆生产建设兵团,肩负起"保卫边疆,建设边疆"的光荣使命,改天换地,业绩辉煌,并从建设者中涌现出无数诗人,成立了兵团诗词楹联家协会。1997年,兵团诗词楹联家协会编辑出版了《军垦颂》,入选的优秀作品,讴歌创业精神,反映边疆新貌,堪称"新边塞诗"。

正因为这样,我们在新疆举行的这次诗会上讨论边塞诗的继承和创新问题,就有许多优越条件。第一,在西北地区,多次举行了边塞诗研讨以及编辑出版的几种论文集,提出了许多问题,也解决了一些问题,为我们这次的进一步研讨提供了参照系。第二,前面提到的各种古、今边塞诗选本,为我们探讨古、今边塞诗的创作经验和艺术规律提供了方便,有助于从创作实践的总结上升到创作理论的概括,反转来指导创作实践。第三,诗友们在进入新疆之前,很可能是从岑参到林则徐等前代诗人的边塞诗中了解新疆的。到了新疆,才知道新疆已经发生了惊人的巨大变化。陈毅元帅在《访新疆》诗中说:"戈壁惊开新世界。"新疆如此,其他边疆省区也无不如此。新的时代,新的边疆,呼唤与之相适应的新边塞诗。我相信,通过这一次研讨,必将掀起新边塞诗的创作高潮。

这次会议的第二个议题是当代诗词的大众化问题。

在中国现代文学史上曾开展过多次文艺大众化的讨论。1930年春,在左翼作家主编的《大众文艺》、《拓荒者》、《艺术》等刊物上展开文艺大众化的第一次讨论,参加者有鲁迅、郭沫若、冯雪峰、冯乃超、夏衍、阳翰笙、蒋光慈、钱杏邨、田汉、沈西苓、洪灵菲等等。1931年冬、1934年春夏,又展开第二、第三次讨论,瞿秋白、茅盾、鲁迅、周扬、陶行知、郑振铎、郑伯奇等许多人都发表了文章。鲁迅在《文艺的大众化》一文中说"应该多有为大众设想的作家",又在《门外文谈》一文中从文学的产生、发展过程,考察了文学与人民群众的关系。论证了文艺大众化的必然趋势和重要意义。

文艺的大众问题,实质上是文艺为什么人的原则问题。1942 年,毛泽东《在延安文艺座谈会上的讲话》中解决了文艺为什么人以及如何为等重大原则问题,从而阐明了文艺大众化的基本理论,指出了实现文艺大众化的途径。这是大家都熟悉的。

在现代文学史上,文艺大众化是针对文艺创作脱离人民大众的倾向提出来的。古代诗人不可能明确地提出"大众化"口号,但古代的不少杰出诗人,一般都同情民间疾苦,关心人生密切相关的国家大事,以诗歌创作体现人民大众的呼声,为民请命。在艺术表现上,则务求言浅意深。雅俗共赏。当前中华诗词创作百花齐放,形势喜人,但如何进一步贴近现实,走向大众,体现时代精神,仍须不断努力。在这次研讨会上,诗友们在总结当代诗词创作实践的基础上吸收 30 年代以来多次文艺大众化讨论的成果,借鉴古代杰出诗人贴近大众的创作经验,必能从内容和形式两方面解决当代诗词的大众化问题,创作出有时代感,有艺术魅力,为人民群众喜闻乐见的佳作,为建设精神文明做出贡献。

祝愿大会圆满成功!祝愿各位诗友精神愉快,创作丰收!

(原载全国第十一届中华诗词研讨会论文集《春风早度玉关外》)

全国第十二届中华诗词研讨会闭幕词

各位领导,各位诗友!

这次以"让中华诗词大步走进大学校园"为主题的研讨会开得十分成功,现在即将闭幕了。在致闭幕词的时候,我首先想到的是:这次以诗词进校园为主题的研讨会来之不易!近二十年来,随着改革开放的春风吹拂,"诗词热"席卷神州大地,波及世界各国,中华诗词振兴有望,形势喜人。但是,每当我们在有关会议上分析诗词创作队伍的年龄结构的时候,都深深地感到后继无人的危机,因而大声疾呼,要求在各类学校里、至少在高等院校的文科各系里教会学生作诗、填词。前几年,以中华诗词学会会长孙轶青先生为首的六位全国政协委员又联合提案,要求在各类学校里加强诗词教育,提案全文曾在《中华诗词》和其他刊物发表。然而这一切,都反响不大,令人失望。感谢杨叔子教授,他以中国科学院院士的崇高地位和杰出科学家的远见卓识,撰写、发表了兼综文理、淹贯中西的高质量论文,登高一呼,响应者风起云涌,我们才能在江汉之滨、黄鹤楼畔,举行这次由中华诗词学会和北大、清华、华中理工大学等许多名牌大学发起、并有教育部领导出席的盛会。会议的主题"让中华诗词大步走进大学校园",也就是杨叔子院士的论文题目。我提议:让我们以热烈的掌声,向杨院士表示崇高的敬意和诚挚的谢意!

在这次会议上,围绕"诗词进校园"的主题,孙轶青会长致了综览全局的开幕词,杨叔子院士作了博大精深、新意迭出的学术报告,李锐老作了精辟、深刻的讲话,各位诗友,在小组会和大会上作了各有独到见解的发言,从而对许多问题达成了共识。就比较重要者而言:大家是从提高民族凝聚力、从而加强综合国力的高度讨论诗词进校园问题的,认为诗词进校园,是加强综合国力所必需;大家是从进行爱国主义教育、振奋民族精神的高度讨论诗词进校园问题,认为诗词进校园,是全面实施素质教育,培养高素质的建设人才所必需;大家又是从驰誉五洲、绵延数千年之久的中华诗词不致中断的高度讨论诗词进校园问题的,认为诗词进校园,是振兴中华诗词、高扬民族精神的火炬所必需。在这样一些重要问题上达成共识,充分说明我们的这次研讨会,正如孙老在开幕词中所祝愿的那样:开得很圆满,很成功!

为了使我们达成的共识能够迅速而全面的落实在实践上,刚才又宣读了一份切实可行的《倡议书》,大家以热烈的掌声表示一致通过。

尤其使我们欢欣鼓舞的是:我们的这次会议,一开始就有教育部文科处负责同志参加;在今天的闭幕式上,教育部周副部长又于百忙中赶来作了热情洋溢的报告,对我们的研讨会给予充分肯定,对我们刚才宣读的关于诗词进校园的倡议表示大力支持,使得全神贯注、倾听报告的全场代表心花怒放,不约而同地报以多次的、经久不息的掌声。我提议:让我们以又一次热烈的掌声表达对周副部长的真诚谢意,表达我们对诗词进校园的长期渴望即将变为现实的喜悦之情。

我们的伟大祖国一向被誉为"诗国"。作为"诗国",自有学校便强调"诗教"。两千五百年前的孔夫子创办大学,分设德行、言语、政事、文学四科,不同学科当然有不同的课程设置;但不论哪一科,都是"学诗",其通用教材,就是《诗三百》(后来被尊为《诗经》)。孔子关于"兴于诗"、"小子何莫学夫诗"、"不学诗,无以言"之类的教诲,至今在读《论语》时还能引起教育家的思考。尤其值得重视的是:孔子培养人才,主张"兴于诗,立于礼,成于乐"(《论语·泰伯》)。包咸对"兴于诗"的解释是:"兴,起也,言修身当先学诗。"(何晏《论语集解》引)大家知道:古代"大学"的"八目",就是"格物、致知、诚意、正心、修身、齐家、治国、平天下"。这"八目",杨叔子院士在他为我们所作的学术报告里讲到过。我要说的是:在"大学"的"八目"中,"修身"处于中间环节,起关键作用:"身修而后家齐,家齐而后国治,国治而后天下平"。古代所谓"修身",相当于我们今天所说的"素质培养"。孔子主张"修身当先学诗",对我们全面实施素质教育,有不可低估的借鉴意义。我国历史上的杰出诗人、伟大诗人,都在"修身"上下过功夫,自然从幼年起就"学诗"。"学诗"是"修身"的必要条件,而"修身"的目的,则是"治国平天下",不是作专业诗人。正因为这样,所以当他们进入仕途或争取进入仕途以实现"治国平天下"的大志宏愿而屡受挫折的时候,就能关心民瘼,洞察时弊,如鲠在喉,不得不吐,而他们又早已学会了作诗,所以便能写出震撼人心的优秀篇章,万口传诵,历久弥新。这些诗人做地方官,一般都有善政,都是好官;在朝廷里,一般都是改革派。当然,贪官、奸臣一类的败类也往往会作诗，但没有一个是杰出诗人、伟大诗人。由此可见，"诗教"的确是我们的优秀传统。正因为有这样的传统，我国才成为"诗国"，中华诗词才成为中华民族精神的火炬，照亮海内外亿万中华儿女的心灵。

校园里教诗、学诗的传统绵延了几千年。直到我在南京中央大学学习的时候，"五四"新文学运动虽然已经过去了二十多年，但我们中文系仍有三门关于诗歌创作的必修课。一门是"诗选及习作"，选讲历代诗，讲了各类古体诗，便习作各类古体诗，讲了各类近体诗，便习作各类近体诗。一门是"词选及习作"，选讲历代词，讲了小令中调，便习作小令、中调，讲了长调，便习作长调。一门是"曲选及习作"，选讲历代散曲，讲了小令便习作小令，讲了套曲便习作套曲。这三门必修课共十学分，学不好当然不能毕业。中央大学是院系较全的综合大学，其他各系爱好文学的同学可以在中文系选课、听课，所以即使理工农医各系的同学，也有不少人会作诗。这几天我碰见了好几位在华中理工大学任教的老同学，都是学理工的老诗人，都参加这次研讨会。大学毕业生一般不会作诗，这是近几十年的事情。这里应该强调指出：近几十年来，小学、中学也讲诗词，大学中文系讲得更多。如果认为校园里根本没有诗词，现在才要"进"，那是不合事实的。问题在于：老师只分析诗词作品的思想性和艺术性，不讲诗词格律，不教学生作诗。也就是说：只有诗词选讲，而无诗词习作。学生不从自己习作的角度认真听讲以借鉴前人的名作，老师讲得再多再好，也起不了很大作用。

尽管我们的研讨会开得很成功，但我对高等院校能不能把教会学生作诗落到实处，仍抱怀疑态度。前天中午，杨院士到了我的房间，我便向他请教："目前学生的学习任务很重，不得学分，谁愿意花费时间学习作诗？"杨院士说："增开新课的权，教育部已经下放。我们华中理工大学就开设了诗词习作必修课，不得学分不能毕业。"我又提出："职称与工资、住房挂钩，而提升职称的条件是教学工作量和学术论著，诗词作得再好，也与提升职称无关。何况，目前高校教师一般不会作诗，不会作当然可以学，但与其花时间学作诗，又何如多写几篇论文？"杨院士说："这好办，我们已经把会作诗作为提升职称的条件。"我在由衷地赞佩杨院士的卓识和魄力的同时，想到了陆放翁《梅花绝句》的后两句："何方可化身千亿，一树梅花一放翁。"又有什么方法能使杨院士"化身千亿"，"一所高校一叔子"呢？急中生智，我忽然想起一个方法：把我们的这次研讨会搞一份《纪要》，加上周副部长在闭幕式上的《讲话》、杨院士的论文和我们的《倡议书》,再请华中理工大学搞一份开设诗词习作必修课的《经验总结》,一同上报教育部,申请批发给全国各高等院校,要求认真落实。如果我们真的上报,教育部真的批发,那么,在不太遥远的将来,不仅"一所高校一叔子",很可能"一所高校几叔子",中华诗词进校园的问题也就彻底解决了。

在中华诗歌发展史上曾经涌现过多次高潮。《诗经》是一个高潮;《楚辞》是一个高潮;建安时期是五言诗创作的高潮;唐代名家辈出,流派纷呈,各类古体诗和各类近体诗百花齐放,争奇斗丽,是更加辉煌的、至今令人神往的高潮;宋诗是可与唐诗比美的高潮;两宋时期,又是词的高潮;元代则是曲的高潮……我们处于真正"天涯若比邻"的信息时代,视野空前开阔;改革开放和四化建设为我们提供了千汇万状、汪洋浩瀚的题材;党的跨世纪蓝图激发了我们对壮丽前景的向往和诗化世界的热情;诗词重返校园以后既建设祖国、又讴歌祖国的新秀源源不断地为诗词创作队伍增添新生力量。可以预期,伴随中华民族的伟大复兴,必将涌现又一次诗词创作的高潮,再创辉煌!

具有里程碑意义的本世纪最后一次诗坛盛会,即将胜利闭幕。祝愿各位代表身体健康,精神愉快,一路顺风,家庭幸福。谢谢!(根据讲话录音整理,略有删节)

(原载《中华诗词学会通讯》1999年12月总第34期,
此据《中华诗词十五年年鉴》)

全国第十三届中华诗词研讨会闭幕词

在深圳南山区西丽湖举行的以"让中华诗词走进中小学校园"为主题的全国第十三届中华诗词研讨会即将圆满闭幕,让我们以热烈的掌声向为筹办这次会议付出辛勤劳动的东道主致以崇高的敬意和诚挚的谢意。

这次研讨会有海内外专家、诗人、中小学教师近三百人参加,是继去年武汉研讨会之后的又一次盛会。中华诗词学会会长孙轶青致开幕词,中科院院士杨叔子、《中华诗词》主编刘征分别作了《力施诗教于未冠》、《试谈中小学的诗教》的主题报告,加拿大皇家学院院士叶嘉莹以生动的语言介绍了她教小孩子读诗作诗的宝贵经验。代表们在大会、小会上争先发言、气氛热烈。

开幕词、主题报告和数十位代表的发言以及汇编出版的一百七十多篇论文,对大会主题作了多角度、全方位的论述,卓见迭出,精彩纷呈。概括起来,对以下几个重要问题讨论充分,基本上达成共识。

一、领导重视问题

诗词进校园,关键问题是领导重视。刘征先生追溯了"建国以来中小学文学教育大起大落的风雨历程",引起了代表们的情感共鸣。拨乱反正、改革开放以来,诗词进校园之所以能够逐渐实现,是和领导重视分不开的,是和"科教兴国"的战略分不开的,也是和中华诗词植根于亿万中华儿女的心灵深处,具有强大的艺术生命力和智育、德育、美育功能分不开的。因此,随着改革开放的春风吹拂,诗词之芽便如雨后春笋,处处破土而出;诗词之花便在整个神州大地上吐艳飘香。十多年来,经过中华诗词学会和全国所有诗词组织的努力,经过海内外学者、诗人的呼吁,特别是江主席的号召和有关部门领导的支持,诗词进校园的主要条件逐渐具备,问题只在于如何实施。

二、诗词的教育功能问题

诗词是否需要进校园,取决于诗词有无教育功能。有人对诗词的教育功能持否定态度。代表们针锋相对,就中华诗词可能在素质教育方面发挥的强大作用发表了许多真知灼见;有不少,是就首倡诗教的孔子的论述发挥的。诗人刘征指出:"孔子把诗教的功能概括为兴、观、群、怨,还有一个字,是言。这五个字讲得很好,只是适应新时代的要求,应予以新的诠释。"他作了新的诠释,很精当。不过,孔子以"小子何莫学夫诗"一句领起,在讲了"诗,可以兴,可以观,可以群,可以怨"之后,还讲了三句话:"迩之事父,远之事君,多识于鸟兽草木之名。"历来的诗论家只讲"兴观群怨",对后三句视而不见;但这三句其实也很重要。如果给予新的诠释,那么,"事父"、"事君",讲的是诗的伦理道德教育功能,而伦理道德教育,应该是素质教育的核心;"多识于鸟兽草木之名",讲的是诗的认识价值和智育功能,仅就孔子进行诗教的教材《诗三百》(后来尊为《诗经》)看,就涉及动物学、植物学,而且涉及天文学、地理学、历史学、民俗学等许多学科领域的知识,可以扩大读者的知识领域。

不少发言和论文阐述了诗词的美育功能。优秀的诗词作品以醉人的文采美、音乐美、意境美体现作者的审美理想和爱美激情,具有强烈的艺术感染力,从而在不知不觉中美化读者的心灵,提高读者的审美能力。诗词的智育功能和德育功能,必须通过美育功能才能充分发挥。一切公式化、概念化作品和艺术上不很成熟的作品,由于缺乏艺术感染力,不能给读者以美感,所以即使有智育德育方面的说教,也谈不到智育德育功能。

学习诗词也可以培养学生的创造能力和创新精神。

首先,诗词创作本身就是一种创造、一种创新。我上大学时曾对汪辟疆老师说:"我写了几首诗,请老师批改。"汪老师批评说:"诗不是写出来的,而是作出来的。随便写,怎能有好诗?"从此我不再说"写诗",而说"作诗"。诗贵创新,试读杜甫的诗,不仅不与古人雷同,而且不与自己雷同。就是说:每一首诗都有独创性,都是新的创造。其他诗词大家也是这样。因此,认真学诗、作诗,可以培养创新精神。

其次,抒情和想象,是诗词的主要特质。这二者,又是互相促进的,一方面,诗人的情感鼓舞着他的想象,比如,当他被日益高涨的四化建设热潮激起喜悦之感的时候,他的想象就会鼓翼而飞,构想出伟大祖国的壮丽前景;另一方面,诗人的想象又强化他的情感,比如当他想象出四化建设的壮丽前景的时候,就会感到更大的喜悦,以百倍热情投身于四化建设。没有炽热的情感和丰富的想象,就不可能成为伟大诗人。李白"梦游天姥"的情景全出于想象,杜甫"大庇天下寒士"的"广厦千万间"也出于想象。诗人在创作中驰骋想象,有时可以窥见宇宙奥秘。南宋词人辛弃疾"中秋饮酒将旦,用《天问》体作《木兰花慢》以送月",开头有这样几句:"可怜今夕月,向何处,去悠悠?是别有人间,那边才见,光景东头。"王国维在《人间词话》里评论说:"词人想象,直悟月轮绕地之理,与科学家密合。"科学家哥白尼发明"月轮绕地之理",初见于他在1530年完成的《天体之运行》一书,而辛弃疾则卒于1207年。这首《木兰花慢》词是他晚年所作,比哥白尼完成《天体之运行》早三个多世纪。活跃于诗词创作中的想象,心理学上称为"创造性的想象"。这种想象虽然如高尔基所说,"它特别是凭借形象的思维,是'艺术的'思维",但"科学的"、即逻辑的思维,也需要它的帮助。列宁在着重地说想象甚至在数学这种最抽象的科学中的必要性时指出:"如果没有想象的话,那么科学上的伟大发明是不可能的。"由此可见,学诗、作诗,可以提高学生的想象力,从而提高其创造能力和创新精神。

三、师资问题

诗词走进中小学校园,有效地进行素质教育,需要解决教材问题,更需要解决师资问题。对于解决师资问题,代表们提出了许多设想,诸如办培训班、讲习会等等。叶嘉莹院士在给江主席的信中提出:"今年回国以后,我很愿意为幼儿园及中小学的教师做一系列的古诗教学的示范。因为我认为除了安排课程和课本以外,师资也是一项重大的问题,教学方式的得法不得法,会对教学的效果造成重大的影响。"把叶先生的示范教学录像录音,让全国幼儿园老师、中小学语文老师反复观摩,必能在解决师资问题方面发挥重大作用。

四、教学方法问题

中小学课程多,负担重,不可能也不应该为了实施诗教而增加语文课时。因此,就需要改变老师讲学生听的教学方法。叶嘉莹先生说:"也许有人会以为学习古诗,是要透过讲说的,使孩子们理解了古诗的内容意义,然后才教他们诵读的。可是,幼小的孩子们怎么能完全理解古代那些人们的思想和感情呢?……有时候,孩子们是不需要理解就能学习的。"老师不讲而让学生诵读,当今国内的中小学教师、甚至大多数大学语文系教师,都会诧为奇谈怪论,但这确是我们几千年来行之有效的传统教学方法。《论文汇编》中所收的好几篇回忆童年学诗的文章,就是很好的例证。我上小学以前,家父抓住小孩子记忆力强的特点,在只认字、不讲解的情况下背诵了《四书》、《诗经》、《唐诗三百首》和几十篇古文,当时不懂或不大懂,后来跟着水平的提高就逐渐懂了,终生受用无穷。小时候读《诗经》、特别是读《唐诗三百首》,尽管不大懂,却往往被诗的意象美和音乐美所陶醉,引发许多联想和想象,自己也学着作。古人有"诗无达诂"的说法,事实上,有些诗,专家们也难于确解。例如李商隐的《锦瑟》诗,历来众说纷纭,至今莫衷一是。梁启超就说这首诗他不大懂,但越读越感到美。这说明读好诗即使不大懂,也能获得美感,起到美育作用。

从小学一年级到高中毕业,语文课时加起来相当多,如果老师的讲解提纲挈领、指点、启发,尽可能少占课时,留出大量课时让学生熟读课文和课本以外的名篇,辅之以指导写作,是完全可以把文章写好的。可是由于老师的讲解占用了所有课时,学生们无暇熟读名篇和练习写作,文学作品的教育功能既无从发挥,写作能力也很难提高。如果中小学的诗词教学少讲、多读、多作的原则能够得到普遍认同,那么对整个中小学、乃至大学的语文教学改革,也会起到促进作用。

从小学一年级到高中三年级,诗词的教学方法当然应该相应改变。小学以教孩子们诵读和吟咏为主,必要时略作指点、讲解;到了初中,特别是高中,可在少讲、多读、多作的同时对某些重点作品作比较精细的讲解、分析,既可收举一反三之效,也能提高学生的鉴赏水平。课堂教学之外,代表们还提出建立第二课堂、校园诗社,组织诗赛,设立选修课、提高班,组织课外阅读等许多办法,这都是可以试行的。而最根本的问题,则是教师善于启发、诱导,通过优秀作品的吟诵和适当指点,引起学生的兴趣。学生对学诗词有了浓厚兴趣,那就"乐此不疲","欲罢不能",一切有关活动都会自愿、主动地去搞;相反,如果引不起学生的兴趣,那么,一切由教师组织的诗词活动,就都成了学生的沉重负担。

五、是否教学生作诗的问题

中小学的诗词教学,主要是通过诵读、吟咏发挥诗词的教育功能,从而培养素质,这是代表们的共识。而在诵读、吟咏的基础上教学生作诗,也是许多代表的主张。孙轶青会长在开幕词中明确提出"应在小学高年级和中学生中指导习作",并且热情洋溢地展望未来:"到了21世纪中叶,代代青少年中会涌现出亿万个诗词爱好者,会拥有数以千万计的具有较高水平的诗人、词家。"孙老的展望并非空想,宣奉华代表就以丰富的例证说明"自古诗才出少年"。青少年最真诚、最敏感、最热情,最有雄心壮志,因而最适于作诗,唐宋诗词名家,大都是在青少年时代就有佳作问世。因此,教中小学生作诗,起步宜早不宜晚。先学五绝,不必严守平仄。五绝中本来就有"古绝"一种,可押平韵,也可押仄韵,不大讲平仄。唐人五绝名篇,多是古体。教孩子们做这种相对自由的四句 20 字小诗,不会造成畏难情绪。进一步,可作短篇古风,五古、七古、歌行,也是相对自由的。等到有一定基础,再教他们掌握格律,作近体诗。现在的中小学生都讲普通话,如果不要求用平水韵,不死记入声字,干脆按普通话的读音押韵、调平仄,那么近体诗的格律也不难掌握。

  我们的这次研讨会开得十分圆满,十分成功。有领导的重视,有各方面的支持,有我们大家的集思广益、众志成城,我们有理由相信:诗词进校园,必能在全面实施素质教育方面起到积极作用,培养出一代又一代高素质人才,把我们的祖国建设得更加富强、更加文明、更加美好,而中华诗词后继无人的问题,也必将得到彻底解决,孙轶青会长热情洋溢的展望,必将在不太遥远的将来变成活生生的现实。

  祝愿各位代表和各位不远千里万里飘洋过海赶来参加会议的朋友一路顺风,家庭幸福,万事如意!

(载《中华诗词十五年年鉴》)

全国第十四届中华诗词研讨会闭幕词(摘要)

在合肥举行的这次研讨会,开得十分成功!概括起来,有三大特点:

第一,这次会议有一个很有意义的主题,就是研讨"五四"以来的名家诗词。大家知道,五四以来,我们的国家经历了抗日战争、解放战争、全国解放、"文化大革命"、粉碎"四人帮"、改革开放、四化建设、港澳回归等一系列历史巨变和重大事件,风雷激荡,震撼人心。而这些震撼人心的历史巨变和重大事件,都在诗词创作中得到了充分、深刻、生动的艺术表现。实事求是地说:"五四"以来,中华诗词传统不但没有中断,而且继往开来,推陈出新,涌现了不少光芒四射、前无古人的杰作。可是,"五四"以来的诗词却被认为是已经被打倒了的"旧体"而不被重视。从王瑶 50 年代出版的新文学史,到近年来出版的这样那样的现代文学史、当代文学史,其中根本没有论及"五四"以来诗词的只言片语。十多年来,中华诗词学会和各地方诗词组织都在为振兴中华诗词、提高创作质量而努力,但"五四"以来的诗词创作如果一直不被社会特别是文艺界、学术界所承认,那我们的努力又从何着手呢?从这种实际情况看,这次研讨会的主题是有重大的现实意义的。

在开幕式上,中华诗词学会孙轶青会长的开幕词,对这次会议主题的意义作了扼要、透辟的论述;李锐老的讲话,对现当代一位重要诗人聂绀弩的诗,作出了崇高的评价;杨叔子院士《让中华诗词大步走向千家万户》的报告,可说是对中华诗词学会《21 世纪初期中华诗词发展纲要》的一个很有力的配合和发挥。

第二,这次会议陆续收到论文近二百篇。经过筛选,会前已作为《中华诗词》增刊散发到代表们手中的《论文集》,共收论文 63 篇,大都有见解,有深度,学术质量颇高。"五四"以来的诗词,一向被轻视、被否定,而我们却一次性推出颇有学术质量的论文 63 篇,这不是很大的收获吗?全部论文,可以区分为两大类,第一类属于宏观研究,对"五四"以来的诗词发展历程及其受新文化运动影响和所体现的爱国精神等等作了系统论述,大致上勾勒出"五四"以来诗词发展的轮廓。第二类是作家作品研究,四十多篇论文对三十多位诗人的创作作了多角度的论述。"五四"以来的名家数以百计,这里涉及的只是其中的一小部分,却已经看出了"五四"以来的诗词创作取得了辉煌成就,是一个无法否认的巨大、有力的客观存在。毛泽东诗词当然早有定评;其他如唐玉虬、钱仲联等名家的大量抗战诗,激昂慷慨,气壮山河,是历史上任何抗击外来侵略的名篇佳作(包括陆游的代表作)都是无法比拟的;又如聂绀弩等人的"文革"诗,也和所反映的"文革"一样"史无前例"。诗如此,词亦如此。试把夏承焘、沈祖棻的代表作与宋词名家的代表作相比较,便不难作出公允的结论。仅仅看看这几十篇论文所展示的"五四"以来的诗词创作实绩,此前种种否定性的论调便不攻自破。

这次盛会的第三个特点,是真正贯彻了"双百"方针。不论从论文看,还是从发言看,都各抒己见,畅所欲言,互相争论,心平气和。比如对聂绀弩的诗,袁第锐先生的论文认为那是"当今之离骚,诗家之楷模","具有温柔敦厚,哀而不伤的传统风格",不是"异端",不是"变体",更不是什么"打油诗";李锐老在开幕式上的讲话中表示赞同。而钱理群先生的论文则认为:聂绀弩的诗正是"打油诗",并且作了颇具理论色彩的解释:

> 在那"史无前例"的黑暗而荒谬的年代,人的痛苦到了极致,看透了一切,就会反过来发现人世与自我的可笑,产生一种超越苦难的讽世与自嘲。这类"通达、洒脱其外,愤激、沉重其内"的情怀,是最适于用"打油诗"的形式来表达的。聂绀弩与同时代诗人(这又是一个相当长的名单:杨宪益、李锐、黄苗子、邵燕祥……)的试验证明,"打油诗"的形式,既自由、随便,为个人的创造留下了比较大的空间;又便于表达相互矛盾、纠缠的复杂情感、心绪,具有相当大的心理与感情的容量。

接下去,钱先生还作了进一步的发挥:"在我们这个充满了矛盾的、处于历史转型期的时代里,打油诗体是可能具有更大的发展前景的。"可以看出:钱理群所说的"打油诗"是褒义而非贬义。对于聂绀弩的"文革诗",他是十分赞许的。而徐晋如的论文,则独发惊人之论,对聂绀弩的"文革诗"从思想、人格的角度给予否定。他说:

今天为众人所推崇的聂绀弩,其实犹未脱奴性,只不过是扭曲时代所产生的怪胎。

我揣想,晋如所指的"奴性",也许正就是袁第锐先生所说的"温柔敦厚"吧!

改革开放以来,在学术问题和文艺问题的研讨中扣帽子、抓辫子、打棍子的恶劣现象没有了,这当然是求之不得的大好事;但不同意见的认真争论也很少见,并不利于学术和文艺的健康发展。而我们的这次研讨会,包括论文和发言,都有不少不同意见的交锋,这是值得肯定和发扬的。

下面提几点建议:

一、这次会议的主题是研讨"五四"以来的名家诗词,如果连名家都还没有研究,遑论其他。先从研究名家入手,这是当务之急;但从长远看,我们还应从"非名家"中挖掘出名家来。有许多诗人,特别是边远、偏僻地方的一些诗人成就很高,但其知名度只限于狭小范围。比如安徽歙县的许承尧,写了许多好诗,造诣极高,受到大师们的称赞,却由于他主要在甘肃一带做"小官",晚年回到老家大约就退隐了,因此不为人注意。时至今日,诗坛知道他的姓名的,恐怕人数也极有限,仅此一例,可概其余。最好动员各省、市、自治区的诗词组织做一些调查工作,列出名单,逐一研究。

二、这次研讨会的论文集中,有研究晚年流寓台湾的于右任的论文两篇,论述香港饶宗颐诗词的序文一篇,有研究香港诗人刘伯端的论文两篇。这是很好的,表明我们的视野开阔。我由此想到,港澳台及海外华人中的杰出诗人,也应纳入我们的研究范围。

三、这次研讨会的论文和发言,集中在诗和词而无暇顾及曲。事实上,"五四"以来的散曲创作也是值得注意的。卒于抗战期间的吴梅是公认的曲学大师,他不仅自己作曲,而且在著名学府讲授曲学数十年,门弟子甚众。因此,从事散曲创作者薪尽火传,大有人在。吴梅的高足之一孙雨亭,在抗战时期创作的散曲《巴山樵唱》曾轰动一时,确实写得好,可以说超过了元人散曲的水平。因此,我们还应该重视"五四"以来散曲的研究。

四、研究"五四"以来的诗、词、曲,是一个浩大工程。我们这次研讨会,只是一个良好的开端,还应继续研讨下去。我们能不能拟订一个长远计划,每次研讨会,只研讨一个阶段或一个群体,比如抗战诗、"文革"诗、"南社"诗,等等。

　　五、为了让人们了解"五四"以来诗词曲创作的辉煌成就,更为了我们继承传统、提高创作水平,应该组织专家,编选一套少而精的诗选、词选、曲选。入选的必须是精品,每本书不超过五百首,肯定会像《唐诗三百首》那样受到欢迎。至于现、当代诗词曲史那样的书,当然可以马上写,而且已经有人写,写出来便有开创意义。但等到我们分期分段研究,有了大量高水平论文之后,再组织人力编写,就容易得多,而且更能保证质量。还有,如果我们每年一次研讨会除了还有其他重要主题而外,一般都以研讨五四以来的诗词为主题。每次编一本收入近百篇论文的论文集,十年后,成绩就相当可观了。

（原载《中华诗词》2001 年第 4 期）

全国第十五届中华诗词研讨会闭幕词

全国第十五届中华诗词研讨会经过四天的大会发言、小组讨论和参观游览,现在即将圆满闭幕。让我们以热烈的掌声,向为筹办这次盛会做出卓越奉献的儋州市领导同志和所有工作人员致以诚挚的谢意!

这次研讨会开得圆满成功,表现在以下几个方面:

(一)在开幕式上,孙轶青会长致开幕词,对这次会议的主题作了明确的界定和充分的阐述,并着重指出了研讨的重点,对开好会议起了重要作用。李锐老为我们作了生动、精辟的讲话,新见迭出,胜义纷呈,引起阵阵掌声。其中关于反左和拥护"三个代表"的意见,不论对我们开好这次会议还是从事所有工作,都有指导意义。梁东副会长所作的主题发言对田园诗、山水诗、旅游诗以及新田园诗、新山水诗的创作等问题畅抒己见,对大会发言和小组讨论深有启发。儋州市委张书记在致词中向代表们介绍了儋州的悠久历史和大发展中的现状,介绍了号称"诗乡歌海"的儋州近年来的诗歌创作盛况,希望代表们竞挥彩笔,描绘儋州。代表们并没有辜负张书记的希望,这几天都在交流佳作。我建议由儋州的诗友编一册《当代诗人咏儋州》,这对提高儋州的知名度会起到积极作用。

(二)这次盛会,有来自全国各地的一百八十多位代表参加,事前提交论文一百零三篇,经过周笃文、杨金亭、梁东、王澍等诸位诗人、专家评审,精选出五十多篇,已编辑成书。所有论文都是按会议主题撰写的,可分为三大部分:一、田园诗、山水诗评论;二、旅游与诗词文化评论;三、苏东坡海南诗评论。由于绝大多数代表都撰写了论文,所以大会发言和小组讨论都水平颇高。

(三)参加游览与会议主题紧密结合。热带植物园的异树奇花,松涛水库的水光山色,固然有助于山水诗、旅游诗的创作;而东坡书院等处,更引发代表们对苏轼的崇敬之情。

(四)这次会议涉及的问题比较多,经过充分研讨,都在不同程度上开拓思路,提高了认识水平。

　　田园诗是我国诗歌园地里的奇葩。西洋文学中的田园诗(Pastoral)以歌唱宁静悠闲的田园生活为特色,因而人们一谈到悠闲宁静、无忧无虑的生活,就喜欢加上"田园诗般的"形容词。我国的田园诗则自有特点:陶渊明的《归园田居五首》、《癸卯岁始春怀古田舍二首》等篇,着重表现田园生活的淳朴、宁静和闲适,用以对照官场的虚伪、污浊和倾轧,从而抒发"久在樊笼里,复得返自然"的喜悦,这当然与西洋田园诗有相通之处。陶渊明的《庚戌岁九月中于西田获早稻》、《丙辰岁八月中于下潠田舍获》等诗,写"躬耕"、"力作",表现"田家岂不苦"的切身体验,这与西洋田园诗完全相反。陶渊明以后的田园诗,如王维、孟浩然等的若干名篇偏于写"田家乐",白居易、聂夷中、杜荀鹤、梅尧臣、陆游等的若干名篇偏于写"田家苦",范成大的大型组诗《四时田园杂兴》和《腊月村田乐府》,则"田家乐"与"田家苦"并写,包罗万象。因此,阅读我国历代田园诗,在获得艺术享受的同时还能扩大认识农村、体验农村的时空领域,有助于直面现实,开辟未来。

　　改革开放以来,我国农村面貌日新月异,新田园诗的创作也随之蓬勃开展,方兴未艾。通过这些会议的研讨和总结,必能从体现时代精神的高度,把新田园诗的创作推向新的境界、新的高峰。

　　现在所说的"旅游",是与"度假"、"休闲",乃至"高消费"相联系的,这完全是新概念。尽管如此,我们写旅游诗,仍不妨从古人的旅行诗、游览诗以及写名胜古迹、旅行见闻的所有诗(包括山水诗、田园诗、社会诗)中吸取营养,开拓创新;不必急于下定义,更不必被什么定义所束缚。

　　这次会议的主题,本来包括东坡儋州诗研讨。代表们参观东坡遗迹之后,对东坡的怀念景仰之情,益发不能自已。"乌台诗案"之后,东坡不断遭到政敌的打击迫害,一贬再贬,绍圣四年(1907)七月,又由惠州远贬儋州。初抵儋州之时,州守张中留住州衙,还修理驿舍准备让东坡居住。政敌章惇派人察访,逐出东坡;张中则因此贬到雷州,死于贬所。连朝散大夫直秘阁权知广南西路都钤辖程节、户部员外郎谭掞、提点湖南路刑狱梁子美等,也以"不觉察"罪,受到降职处分。东坡被逐出官舍之后,在《新居》诗里说:"旧居无一席,逐客犹遭屏。结茅得兹地,翳翳村巷永。"这大概就是在儋州人帮助下修成的桄榔庵。在流放儋州的三年里,东坡不仅生活艰苦,而且继续遭受政治迫害,真可谓九死一生! 但他以坚强的意志和不屈不挠的精神,坚持把中原的先进文化和先进农业生产技术传授给儋州人民,使得儋州在他离开不久出了历史上第一位进士。此后人文蔚起,英才辈出,成为琼州文化经济最发达的地区。缅怀东坡,我们能不加强社会责任感和历史使命感,为实现中华民族的伟大复兴做出应有的奉献吗?

我们的会议即将闭幕,祝愿各位代表一路平安,家庭幸福!

(原载《中华诗词学会通讯》2002年1月总第41期)

陆游国际学术研讨会开幕词

陆游（1125－1210）是在中华诗歌发展史上占有重要地位的杰出诗人。他生当南宋前期，北中国的广大人民呻吟于女真族统治者的铁蹄之下，腐朽庸懦的南宋王朝不惜压榨民脂民膏，以割地纳款大量输送银、绢的屈辱条件，换取偏安局面。陆游面对深重的民族苦难，热血沸腾，渴望奔赴前线，"上马击狂胡，下马草军书"，为收复中原奉献一切。但由于投降派当政，却不仅长期得不到重用，而且遭受打击。直到48岁的时候，主战派将领王炎任四川宣抚使，驻守南郑，任他为干办公事兼检法官，这才有了一展抱负的机会。南郑是当时西北国防前线，宣抚使是负责前敌工作的最高指挥官，干办公事是衙门的负责人员，检法官是执法者，乾道八年（1172）三月，陆游到达南郑，看到平川沃野，麦陇青青，桑林郁郁，民气复张，爱国豪情与恢复宏愿激荡奔腾，挥笔写出了《山南行》《南郑马上作》等诗。数月之内他频繁地往返于南郑和前线之间，准备收复关中，作为恢复中原的根据地。"会看金鼓从天下，却用关中作本根"，表现了他的战略思想和作战目标。他曾趁大雪之夜跨马冲过渭水，掠过敌人阵地。还曾参加过大散关的遭遇战，然而，到了这年十月，在投降派控制之下，形势逆转，宣抚使王炎被调回临安，陆游亦被迫离开南郑国防前线，于十一月二日自南郑启程，回到成都。

陆游在《感旧》诗注中说他在南郑作诗"百余篇"，乘船时落入水中，幸而还保存三十首，编为《东楼集》。陆游南郑时期的从军生活，虽然未能实现收复关中，恢复中原的理想，然而这仍是他一生中最快意的一段时期。此后数十年经常怀念这一段生活，形诸吟咏。现存南郑时期所作及后来的追忆之作，共计词22首、诗约300首，有不少是陆游爱国诗词中的杰作。值得着重提出的是：南郑军旅生活，使陆游诗风发生了根本性的转变，出现了惊人的飞跃。他在20年后所作的《九月一日夜读诗稿有感走笔作歌》一诗中说"我昔学诗未有得，残余未免从人乞。力孱气馁心自知，妄取虚名有惭色"。就是说，他早年学诗，只

是模仿别人的作品,乞讨别人的残汤剩饭,所以写出的东西"力孱气弱",没有充沛的内容,以此窃取虚名,深感惭愧。接着写道:

> 四十从戎驻南郑,酣宴军中夜连日。
> 打球筑场一千步,阅马列厩三万匹。
> 华灯纵博声满楼,宝钗艳舞光照席。
> 琵琶弦急冰雹乱,羯鼓手匀风雨疾。
> 诗家三昧忽见前,屈贾在眼元历历。
> 天机云锦用在我,剪裁妙处非刀尺。
> 世间才杰固不乏,秋毫未合天地隔。
> 放翁老死何足论,《广陵散》绝还堪惜。

就是说,他直到四十多岁在南郑从军,亲身经历了富有浪漫主义激情的军旅生活,从现实斗争、时代风云中吸取了诗词创作的灵感和素材,才使他真正懂得了"诗家三昧"——作诗的诀窍,并希望把这诀窍传给后人。别像《广陵散》那样失传。在《示子聿》中,他又把在南郑时期领悟到的作诗诀窍告诉儿子:"汝果欲学诗,工夫在诗外"。诗外工夫,包涵甚广,最重要的是,诗人必须具有和人民同呼吸、共命运的历史责任感,投身于时代洪流,获得丰富的社会阅历和生活体验,感而赋诗,自然妙境天成。

由此可见,陆游之所以能成为伟大的爱国诗人,为我们留下许多光辉的诗篇,南郑的军旅生活是起了决定性作用的。我们在南郑举行陆游学术研讨会,探究陆游所领悟到的"诗家三昧",对于振兴中华、振兴中华诗词,具有不可低估的深远意义。

"五四"运动以来,传统诗词被目为"旧体"而受到不应有的排斥。改革开放以来始有转机,诗会、诗社、诗刊,有如雨后春笋;关于如何振兴中华诗词的讨论,也广泛开展。中华诗词学会与汉中地区行政公署、中共南郑县委及县人民政府联合举办陆游国际学术研讨会,其目的在于总结陆游诗词创作的经验,促进当前诗词创作的蓬勃发展。去年,中华诗词学会得到南郑县及其他单位的赞助,举办了规模空前的"南郑杯"诗词大赛。这次大赛所起的轰动效应和编入《金榜集》的获奖作品所达到的艺术水平,也表明了传统诗词仍有深广的群众基础和强大的艺术生命力。"国运兴、诗运隆",诗词创作与改革开放同步,从沸腾的生活源泉中汲取营养,在创造性地继承传统的基础上大胆创新,必将迎来中华诗史上的又一个黄金时期。

(原载《汉中文化报》1993年10月30日第3版)

《金榜集》前言

　　源远流长,光芒四射,近数十年却陷入低谷的中华诗史,由于1992年诗词大赛所取得的辉煌成果而顿现振兴之势,揭开了崭新的一页。

　　这次大赛,是由中华诗词学会与新华社、中央电视台、经济日报、光明日报、中国青年报、陕西南郑县、广东清远市等二十多个单位联合举办的。6月29日,在人民大会堂举行开赛式,同时于各大报刊登出征稿启事,提出:大赛的宗旨是弘扬中华文化,繁荣诗词创作,培养人才,选拔佳作;要求以表现时代风采、河山胜概、爱国精神为主,凡内容健康、符合格律、声情俱美之作,均可参赛,诗词曲不限;不收参赛费,大赛组委、评委及中华诗词学会常务理事概不参赛。由于宗旨正大,要求明确,作风廉洁,又值改革开放的大潮流光溢彩,经济腾飞,形势喜人,因而消息传出,五洲响应,举凡中华文化辐射之处,无不卷起诗潮词浪。在短短两个月内,两万多封函件,十万多篇作品,从四面八方纷至沓来。参赛者遍及国内三十一个省、市、自治区,台、港、澳地区;以及美、日、德、意、新加坡、马来西亚等十六个国家,年龄最小的十三岁,最大的九十七岁,包括教师、学生、干部、工人、农民、将士、科技专家、个体户、企业家、海外华侨、国际友人。国内外许多名家,先后发来贺电、贺信。九五高龄的周谷城会长题辞:"温柔敦厚,古之诗教。举行竞赛,奖励深造。"九三高龄的陈立夫先生两次为大赛赠诗,并说要以中华诗词"促进台峡两岸的统一"。很多海外华侨、华人纷纷投稿参赛,有的热情称赞"中华诗词是联结华夏民族的心桥","是不死的神蛇","是正在腾飞的巨龙","将与华夏河山同其永久"。其反响之强烈,爱国热情之高昂,令人感奋不已。

　　评选分初评、终评两步。初评在北京进行,由在京评委和临时聘请的专家通力合作,历时一个月,筛选出两千多件出线作品,交大赛办公室密封、编号。

　　终评工作,于10月下旬在广东省清远市进行。由组委会常务副主任孙轶青主持,来自全国各地的十七位评委参加。先开全体评委会议,经过充分讨论,统一认识,明确评选标准,然后分四个小组评选,渴望选出无愧于伟大时代的佳作。第一阶段的任务是:每组评阅五百余件诗卷,每位评委打分,选出积分较高的前五十多件作为入选作品,四组共选出二百多件。

第二阶段,由四个组的评委轮流评审二百多件作品,每位评委每阅完一件作品,都在所附签名单上签名,而把分数打在另一张入选作品编号表上。每位评委独立打分,避免彼此参看,互相影响。最后统计总分,排列次序。

对于按总分排入第一、二等的十三篇作品,又在全体评委会上逐篇讨论,前后对比,调整了少数作品的名次。比如《出塞行》与《八声甘州》,前者总分略高。大家认为,既是"诗词大赛",一等三篇中有一篇词比较好,而这篇《八声甘州》从序和词看,真切地表现了爱国华侨渴望中华振兴的拳拳赤子之心,有普遍意义和积极影响,故定为一等,而定《出塞行》为二等之首。对这十三篇作品的讨论异常细致,比如《挽彭德怀元帅》,或提出二、三句失粘,或以"阳关体"辩解,最后达成共识:这种拗体七绝唐代名家多有,不独王维《送元二使安西》为然,不应以不合律苛求。然对"晚节月同孤",则公认欠妥。但又认为此诗主题重大,起句概括性强,三、四句尤深警,故仍按总分排次列入一等。对于所有入选作品,评委们都反复推敲,一丝不苟,提出过不少修改意见。但我们的原则是不改一字,按原作评选。

我国素有诗国之誉,举办诗赛,古已有之。收入《四库全书》的《月泉吟社诗》为我们留下古代诗赛的完备资料。此书首载征稿启事,包括书写要求,交稿时地,诗题解释,评诗原则等等;次列六十人之诗,每首前有评语;次为摘句、赏格、送赏信及诸人复信。这次诗赛由南宋遗民、月泉吟社社长吴渭主持,以《春日田园杂兴》为题,限五七言律体,共收到二千七百三十五份诗卷。聘请方凤、谢翱、吴思齐诸名家评选,张榜公布名次。每人首列化名,其下注明所属诗社、籍贯及姓名字号,如"第一名罗公福",下注"杭清吟社三山连文凤伯号应山"。看来诗卷是密封的,化名相当于我们的编号。王渔洋《池北偶谈》认为入选诗"清新尖刻,别是一家",而次第不当,故又重新排列,如把第一名降为第二十一名,把第十三名升为第二名之类,变动极大。诗评家指出王氏所排名次也并不确当。把数十首、百余首在艺术上都达到完美境界的诗要一一区分高下、列出次第而得到公认,其难度之大,凡是懂诗的人都能理解。吴渭主持的诗赛,参赛者同作一题,同用律体,衡量标尺较易掌握,尚且如此。我们的诗赛题目自选,诗词曲各体不限,尽管诗卷密封,评委们秉持公心,反复衡量,而所列名次未必能得到所有作者、读者的认同，也是意料之中的事。较有把握的是：名次或前或后，一任当代和后代的王渔洋们调整，但选出的确是参赛诗中的佳作，虽然某些篇章不无尚可推敲之处，但从总体看，确有不少突出的优点和特点。

　　阅读这一百数十首入选作品，首先感受到的是改革开放的大潮扑面而来，经济繁荣，全民奋进，新事物层出不穷，给人以巨大的鼓舞力量。

　　1992年初春，邓小平南巡讲话有如时雨沛降，使改革开放的大潮频添万丈波澜。神州大地，勃发无限生机，处处欣欣向荣。这在入选的四首作品中得到了生动的反映。李儒美在赞颂"当代经纶仰北斗，中兴事业寄南巡"之后，讴歌了随之出现的大好形势，"九州生气山河动，十亿宏图日月新。"何泽翰既强调南巡讲话"一言兴邦"、"发聩振聋"的巨大作用，又概括其"事非师古唯求是，法贵随时岂有常"的精神实质，尤有深远意义。侨居美国的李伏波老先生闻讯喜赋七律，以"南巡忽报落狂飙，十八滩头又一篙"发端，以"欲卷诗书归去也，神州今日涌春涛"结尾，心潮澎湃，热情喷涌，表达了爱国华侨的共同感受。王巨农的五律，则借"观北海九龙壁"抒写之。前两联概括了中华巨龙"久蛰"、"思高举"，"鳞爪"曾"露"而"终乏水云"的漫长历史，为第三联蓄势。第三联以"天鼓挝南国，春旗荡邓林"写南巡讲话，奇峰突起，气象万千。尾联以"者番堪破壁，昂首上千寻"展望巨龙腾飞的壮丽前景，兴会淋漓。全诗举重若轻，浑化无迹，取冠多士，当无异议。

　　更多的诗词反映了向现代化迈进的过程中涌现的新人、新事、新观念、新气象。史鹏的《参观塘沽万吨巨轮集装箱码头感赋》，首联因见"钢箱垒若墙"而讴歌"物阜年丰"，继赞集装箱之美，写铁塔舒臂、船船货满、巨轮列队远航。而以"红旗招展去，辉耀太平洋"收束，展现了中华民族走向世界的雄姿。陈永恒的《蝶恋花》写架线工"踏上青峦"，则"脚底朝阳吐"，"杆立山头"，则"恰似擎天柱"，"转动银盘"，则"银线"飞起，"穿云"远去。结尾由神采转向心态："暮入山村回首顾，群星闪烁荧屏舞。"往日穷困荒凉的"山村"，夜幕降临，一片漆黑，如今则家家收看电视，处处电灯辉煌。这一"顾"中出现的神奇画面，怎能不使架线工豪情满怀？吴鼎文《鹧鸪天》所写的是一位"村姑"，但已看不出她有什么"村"气。从她的束装打扮，不难想见今日的农村已日趋城市化。更妙的是通过她"偎女伴，语缠绵"，将读者的视野从农村引向特区："伊人"来信，说他"已把'嘉陵'换'本田'"，原因是"公司"又"分红利"。则公司之兴旺发达,特区之日新月异,都见于言外。魏福平的《计算机》"风骚独领真尤物,软硬兼施的可儿,漫道机心生器械,敢将电脑共思维",属对工巧;谢堂的《八声甘州·赋电子计算机》"献尽囊中智,为我攻关","不用眉头频皱,但灵机一动,便上尖端",构思新奇。这种全新的"咏物"诗词,标志着电子计算机在我国科技、文教、国防、工农业生产等许多领域已得到日益广泛的应用,发挥着日益巨大的作用。其他如杨孔皆的《鸡司令》、黄席群的《兰州绿化赞歌》、陶俊新的《锁阳台·新制玉潭春茶》、高述曾的《沁园春·亚运会颂》、孙临清的《阜新大清沟水库即事》、汪民全的《望海潮·北海深水港遐思》、陈仁德的《八声甘州·一九九一年抗洪》、陈剑恪的《蜡染时装表演》、谢孝宠的《水调歌头·观九二中国常州时装名模表演》、吕树坤的《南乡子·赴延边夜宿朝鲜族农家》、陈绛型的《江城子·金秋农村见闻》、吴占图的《清平乐·同步卫星》、邓志龙的《踏莎行·今日湖乡》、杨叔成的《上海南浦大桥观光》、姜宝林的《农科乐园漫笔》、陈卓华的《沁园春·津市港风光》、楚风的《乡村》、孙仲琦的《踏莎行·参观深圳》、佚名的《喜澳星发射成功》等等,都从不同角度表现了时代风采,令人耳目一新。

写景之作也新意盎然。熊东遨写洞庭湖"广纳细流","水云奔涌",而以"尤喜国门开禁例,五洋通达任行舟"收尾。刘梦芙咏庐山五老峰,历写景随时变,如今则"幽岩绿润瑶池雨,芳林烂漫琪花吐,丽景迎来四海宾,风里飘飘羽衣舞"。顾兆勋的《水调歌头·登金陵饭店旋宫》,则通过"远眺"、"下视"、"微转",展现了南京新貌。读这一类作品,可从描绘的景物中感受到改革开放的春风。

溯历史、忆伤痕、刺时弊的作品也引人注目。陈耀祥的《虎门怀林则徐》缅怀林则徐"禁毒"、"攘夷"的伟烈,以"追思往事情难已,似听当年激战声"结尾,发人深省。王翼奇的《杭州马坡巷龚自珍故居》,则对支持林则徐禁烟、并在诗界和思想界开一代风气的龚自珍的悲凉身世寄予同情,引人深思。金英生的《马江海战一百周年》,追写福建海军中的部分官兵在清廷引狼入室,让外国舰队进入马尾军港击沉中国战舰的情况下进行的一次反侵略战斗。"横眉轻寇敌,喋血壮山河。舰冒兼天焰,雷掀万顷波",写得有声有色。梁自然的《翠亨行》在描绘了孙中山先生故里风光之后抒发了继往开来的壮志:"拓荒怀往哲,踵武赖群英。慷慨奔前路,长歌续远征。"入选诗词中的好几首溯历史、怀往哲之作,都能给人同样的思想启迪和精神鼓舞。

苏仲湘的《华夏行》从"猿人坐啸燕山月"直写到"三中全会举明灯"、"改革开放春潮涌",可算华夏历史画卷的缩影。中间突出地写了列强侵略、神州再造、十年浩劫。张榕的七绝以《游颐和园》命题,却未单纯留连风景,而由湖光山色引发"遐思",发出诘问:"未知黄海沉师日,可是颐园祝寿时?"清廷腐败,列强蚕食鲸吞,给中华民族造成的苦难,使每一位有血气的炎黄子孙难以忘怀。正因为这样,许多参赛者选取与改变这种命运有关的重大题材而加以提炼,吟成各有特色的佳什。童家贤的《贺新郎·南湖船》、吴军的《八声甘州·碾庄战地怀陈总》、吴方的《光辉历程》、杨启宇的《挽彭德怀元帅》等都是这方面的例子。至于从"反右"以来,特别是"文革"中造成的"伤痕",则是改变民族命运过程中付出的一种特殊代价。好了伤疤忘了痛,无助于吸取教训。何况入选的这一类作品,都是以讴歌拨乱反正、改革开放的热诚抚摸伤痕的,周毓峰的《出塞行》、熊鉴的《玉楼春·平反》、张毓昆的《感事》、邵庆春的《南吕一枝花·祭田汉》、雷德荣的《悼念红学家吴世昌先生》,无一例外。至于意境、风格,则各显个性。熊鉴的词以高度凝炼、意在言外见长。邵庆春的套曲酣畅、泼辣,不失元人散曲本色。《出塞行》则继承叙事诗传统,通过男女主人公的悲欢离合反映了四十余年的历史变迁。情节曲折,人物栩栩欲活,作者所写的也许是真人真事,却有高度典型性,同时代的许多知识分子都可从中看到自己的投影。男主人公在治沙造林、忽成"右派"、"发配极边"、"几番濒死"之际,"尚有丹忱一片存"、"等把沙滩变绿洲";在又遭浩劫,林毁妻亡之后,犹"无怨"、"无悔",一遇云收雾散,"政策英明",立刻"奋起牛棚","力挽前功追岁月"。在这种崇高的精神境界里,不也闪耀着同时代知识分子优秀品质的光芒吗?

敢于直面现实,形诸吟咏,体现鲜明的倾向性,这是我国古代诗歌的优良传统。《诗·大序》把这种倾向性概括为"美"(赞美)和"刺"(讥刺)。入选作品中的大多数属于"美"的范畴,"刺"时弊之作极少,却更值得重视。周心培的《朝天子·迎检查》以"检查、视察,官儿小,架势大"开头,然后写四处张罗,竭力款待,供"官儿"大吃大喝,才可能得到好评,弄块"花牌"。这样一"刺",对大刹吃喝风也许有些好处。华钦进的《官家"便饭"》所写的是同类题材,但内容不同。一是档次更高,论吃,则"桌上菜名巧,吃遍海陆空",论喝,则"可乐冲啤酒,汾酒对参茸",吃喝之后,还有鲜果、名烟,女郎伴舞;二是前者只请"官儿",后者"主人沾客福,一客九主东","吃完记笔账,反正吃阿公"。真把"累禁吃喝风"而"下级装耳聋"的原因揭露无遗。周绍麟的《感时》"建功何必到边庭,弦管强如军号声。一曲恋歌钱十万,英雄谁敢比歌星",蕴涵深广,耐人寻味。

祖国统一富强,乃是所有炎黄子孙的共同心愿。出于海峡两岸参赛者之手的许多诗词,如李庆苏的《临江仙·赠群姐》、王玉祥的《赠台湾友人》、钟佑杰的《念奴娇·中秋简留台故旧》、钱植莲的《次台北张白翎韵》、秦贯如的《欢迎延普表弟自台归来》、俞菲的《沁园春·海峡两岸黔人书画联展》等都表达了这种心愿。李庆苏词中的"千里归来寻旧雨,向阳街里人家。一庭柑橘正扬花。端详皆泪眼,执手忆年华",王玉祥诗中的"春深怕读登楼赋,阿里山高不见家",钟佑杰词中的"海峡两岸波轻,乡思难遣,竟把归舟发。骨肉从无难解怨,况是情浓于血",都写得真情流露,感人心脾。

入选作品还写到其他多种题材,不乏隽句佳章,限于篇幅,不一一列举了。

归结起来,有如下几点值得强调:

一、这次大赛具有十分广泛的群众性,参赛者遍及各地,多在基层,抚时感事,情动于中而形于言,故题材百花齐放,而以当代题材为主,有一些还涉及重大题材,因而能够生动地表现新时期的社会风貌。当然,改革开放进程中的重大题材多种多样,倘有更多的作品作更充分的反映,便能在更深更广的程度上体现时代精神。

二、参赛者以振兴中华的高度使命感写诗,因而不论是咏史、怀古、写景、咏物,甚至感慨身世,其情感、观念都是新的,充溢着时代感。大量反映社会生活的作品,更从建设两个文明的高度着眼,"美"其所当"美","刺"其所当"刺",足以感发人心,移风易俗。略显不足的是刺讥时弊之作少了些,涉及面也不够广。

三、参赛者根据题材、主题的特点,选用适于表现的体裁。诗则五七言古风、五七言律绝,词则小令、中调、长调,曲则小令、套数,众体咸备。正因为动用了千百年来形成的各种诗歌体裁,故能得心应手地表现大千世界的千姿百态。比如《迎检查》,如果用律、绝或词来表现,就很难收到泼辣嘲讽的效果,而用散曲《朝天子》,则恰到好处。《祭田汉》也同样发挥了套曲的特长。入选作品中只有几篇散曲,都相当精彩。散曲允许多加衬字,要求本色当行,适于大量运用口语,弹性较大,表现力很强,应提倡多作。

四、入选的诗词曲大都在继承传统的基础上力求创新。题材新、主题新、感情新、语言新。部分作品,构思、属对、谋篇乃至表现手法,也很新颖,这在"点评"中将扼要评析。显而易见的特点是:不用僻典,不用生僻词语,不以艰深文浅易。风格多样,而清新畅达,雅俗共赏,则是共同点。有些篇章,还达到了含蓄、雄浑、超妙的境界。"次韵"律、绝,在互相酬唱的场合也得写,有时还能写出好诗。但入选的《长寿歌》乃长篇歌行,却用白居易《长恨歌》原韵,并不是我们要提倡的。这篇长歌中有些句子套用原句,如"荔枝如面柳如眉,国破如何不泪垂"之类,自然是迁就韵脚所致。不过从整篇看,毕竟是写今事,抒今情,而且大体流畅,显示了作者的功力,故积分较高,名次较前。总之,入选的诗词曲既用传统体裁,符合格律,又都是今人写的今诗、今词、今曲,而不是假古董。

这次大赛是群众性活动,老一辈诗人,知名度较高的诗人,都热情祝贺,大力协助,而参赛者不多。为了比较全面地展示当代诗词创作的实力,特邀名家赐稿,编在入选作品之后。

"五四"以来,传统诗歌被目为"旧体"而受到不应有的排斥,日趋消沉;近数年始有转机,诗会、诗社、诗刊,有如雨后春笋。这次大赛所起的轰动效应和入选作品所达到的艺术水平表明传统诗歌仍有深广的群众基础和强大的生命力。"国运兴,文运隆"。诗歌创作与改革开放同步,从沸腾生活中汲取源泉,在继承传统的基础上大胆创新,必将迎来中华诗史上的又一次高潮。

(原载《金榜集》,学苑出版社 1993 年出版)

《鹿鸣集》前言

由中华诗词学会,中共鹿城区委、区政府,中共温州市委宣传部,温州诗词学会联合举办的"鹿鸣杯"全国诗词大赛得到国内外诗词界的热烈响应,有大陆所有省、市和港、澳、台地区及日、美、法、意、西班牙、新加坡、菲律宾、马来西亚等国的九千一百五十一位作者参赛,共收到三万零一百一十八首诗、词、曲作品,继前两次大赛之后,又一次掀起了群众性诗词曲创作的新高潮。

这次大赛的突出特点是弘扬中华诗词的爱国主义传统。从获奖作品看,题材广阔,体裁、风格多样,主题、意境各具特色,有如百花竞艳、百鸟争鸣。然而每一篇作品,又都震响着海内外炎黄子孙"爱我中华"的心声。

爱我中华,便不能容忍我们的伟大祖国被侵略、被践踏、被奴役,不应忘记鸦片战争以来帝国主义列强的侵华史和无数爱国志士前仆后继、浴血杀敌、直至赢得彻底胜利的伟大斗争。七古《万人坑白骨吟》借白骨的控诉,声讨了日寇虐待、屠杀八万数千名华工的滔天罪行。结尾昭告国人:"世世不可忘国耻,人人不可无国魂!"七绝二首《南京大屠杀五十七周年祭》以"尸骸山积钟山小"概括了大屠杀之惨绝人寰,从而向国人提出警告,"鬼魂卅万声犹厉:'国恨弥天不许忘!'"一借白骨之言,一托鬼魂之语,沉痛、激切,警钟长鸣,足以激发全国人民的爱国壮志,安不忘危,奋发图强。七律《中日马关条约百周年感赋》以"片纸百年民有恨,一人万寿国无疆"的鲜明对比!对清朝政府违反民意签订《马关条约》进行鞭挞。结句"好从青史悟兴亡"引人深思:帝国主义侵略之所以能够得逞,是和清廷的腐败分不开的。中日甲午战争,中国人民和爱国官军曾英勇奋战,终因清廷腐败而惨遭失败,割地赔款。《马关条约》签订的第二年,在赔偿日本军费二万万两白银的同时,澎湖列岛、辽东半岛、台湾全岛及所有附属岛屿,已全部割给日本,神州地图已大变颜色,爱国诗人丘逢甲在《春愁》中痛呼:"四百万人同一哭,去年今日割台湾!"另一位爱国诗人谭嗣同在《有感一章》中悲歌:"四万万人齐下泪,天涯何处是神州!""四百万人",是当时台湾的总人口;"四万万人",是当时中国的总人口。"同一哭"、"齐下泪",既表现了全国人民对丧权辱国的痛心,也表现了收复失地的决心。如今,我们的祖国空前强大,但腐败足以亡国,历史的教训仍应汲取。台湾诗人周冠华的五律《秋瑾女侠》,歌颂了近代史上著名的女革命家秋瑾的爱国丹忱。七律《缅怀东北抗联烈士》,讴歌了杨靖宇等东北抗日联军领袖及其战友们的艰苦抗战和壮烈牺牲。先烈们抛头颅、洒热血,都为的是洗雪国耻,再造神州。《沁园春·抗日战争胜利五十周年感赋》和《念奴娇·纪念抗日战争胜利五十周年》,在追忆中华儿女怒对侵略、奋起抗日、终于赢得胜利的同时展望未来:"今喜明时,难忘痛史,两岸情皆切。子孙万代,金瓯尤望无缺。"

更多的诗篇直面现实,直面人生,从各不相同的角度切入,反映了复杂而广阔的现实生活,不同程度上体现了时代的脉搏、人民的心声。从本质上说,这许多作品同样弘扬了中华诗词的爱国主义传统。

七律《开元颂》热情地赞颂了给中华大地带来蓬勃生机和浓郁春意的改革开放。首句"不用纠缠社与资"破空而来,振聋发聩。这是巨人的声音,真正爱国者的声音。这声音如春雷乍响,随之而来的便是思想解放的春天,万卉争荣的春天,百业兴旺的春天。试把连养鸡下蛋、养猪积肥吃肉都作为"资本主义尾巴"统统割掉时的社会景象与当前的社会景象作对比,便不难理解这句话已经发挥和继续发挥的旋乾转坤的伟大作用。那么,这句诗是否概念化? 回答是否定的。"不用纠缠社与资"——斩钉截铁,闻其声如见其人,怎能说它概念化? 紧接着的"天惊石破发雄词",是作者对"雄词"及"发雄词"者的由衷赞颂,不用说"天惊石破"形象鲜明,连赞颂者诚于中而形于外的神情语调,也跃然纸上。

我国最早的诗歌总集《诗经》分《风》、《雅》、《颂》三类,这说明颂美之诗由来已久。孔子认为"诗可以怨",孔安国解释说:"怨,刺上政也。"这说明怨刺之诗也由来已久。汉儒解释《诗经》便分为"美"、"刺"两类。郑玄《诗谱·序》云:"论功颂德,所以将顺其美;刺过讥失,所以匡救其恶。"这讲得极透辟:颂美丰功、美德和一切美好事物,意在诱导、扶持,使之愈来愈美;怨刺各种过失和一切丑恶的事物,意在匡正、挽救,使之变丑为美,改恶从善。美与刺。出于同一目的,可谓殊途同归。诗人如果对国家的前途有深挚的责任感,那他必然要直面现实,干预生活,美其所当美,刺其所当刺。《开元颂》、《缅怀东北抗联烈士》、《三峡颂》、《武侯吟》、《悼念张鸣岐》、《读彭德怀自述》、《贺新郎·郎姐别来久》、《轮台白雪歌》、《秋瑾女侠》、《彭大将军祭》、《赠农村外甥》、《海礁赞》、《农民技校》、《重读张志新烈士事迹有感》、《铁锄头赞》等,都属于颂美之作。读者不难看出,在获奖作品中,颂美之诗占有绝大部分。这些作品美其所当美,洋溢着爱国主义激情,足以感发读者,扬善扶美,发潜德之幽光,张中华之正气。

相对来说,刺其所当刺的作品为数不多,因而弥足珍贵。散曲《[南吕]一枝花·贫》就当前勃兴起来的暴发户进行艺术概括,创造了颇具典型性的人物形象,其主要特征是:物质上极富有,精神上极贫穷。就文化素养说,"不晓得三江两广","难分清汉晋隋唐","更不知五千年岁月文明状";就人生追求说,"为了钱,伪真善恶,正邪美丑,是非功过,全粘作一锅浆","连有个受苦的娘亲也早忘。"这当然是"刺",而刺的目的,无非是唤醒人们(包括本人)采取措施,使这些人精神上也富有起来。要不然,这种人愈多,国家的前途,民族的命运,将愈不堪设想。七绝《过秦淮河》后两句"凄清惟有河中月,曾是伤心照六朝",在艺术构思方面可能受李白"只今惟有西江月,曾照吴王宫里人"和刘禹锡"淮水东边旧时月,夜深还过女墙来"的启发,作者大概也联想到杜牧的《泊秦淮》。然而这两句是由眼前"吧馆灯红酒客豪,画船舞乱曲声娇"的景象所引发的深沉慨叹,现实感与历史感融合无间,在借古讽今,警世砭俗方面迸发的艺术震撼力远胜前作。七古《潇湘卖花女》将无限同情倾注于失学、流浪、"任人肆意践踏"的祖国"鲜花朵",而对造成这种不合理现象的诸多社会根源,则给予无情的揭露和抨击,呼唤人们"救救孩子"!

"美"和"刺",在爱国诗人的思想上是相互联系的。一首诗即使全篇都在"刺",那也是从正面理想出发,为维护值得"美"的事物而鞭笞应该"刺"的事物,乃为美而刺,并非为刺而刺。在更多的情况下,一首诗往往美、刺并用。五古《啄木鸟赞》赞啄木鸟除害护林,当然是"美诗"。但"株病何其多,虫害何其酷"一段,却令人联想起现实生活中的腐败现象,其意在"刺",当然,从遮天盖地的关系网中抓几个贪污犯,比啄木鸟抓几条小虫难得多。而且,即使现实生活中已经出现了这样可喜的事实,而要探微穷秘,如实反映,其难度也很大。作者说他用寓言诗形式赞啄木鸟,是有意"取巧",没想到竟获一等奖!其言坦率可爱,其意悚惧可悲。七古《彭大将军祭》用大量篇幅赞颂彭大将军的丰功伟绩,而"开国元勋遭践踏"以下,则痛刺"四凶"。《金镂曲·重谒刘少奇同志故居》有美有刺,亦与此相类。七律《悼念张鸣岐》歌颂在抗洪抢险中壮烈牺牲的锦州市委张书记,然而一方面是群众自发设祭,另一方面则是"有人偏举幸灾杯",美刺并用,极大地扩展了反映现实的广度与深度。

现实生活广阔、复杂而千变万化,诗人们的现实感受和心灵世界亦复如此。因此,并非所有的诗作都需要用美、刺两种倾向来区分。七律《席间遇当年红卫兵》当然不能说无美无刺,但不用美、刺的概念来评说,则其意境更浑涵。《金镂曲·胸有千千结》格调高雅,声情激越。冯唐易老,壮志难酬,愤愤不平之意,悯悯不甘之情,洋溢于墨楮,属于"可以怨"的范畴。但要确指它"刺"什么,其意便浅。《鹧鸪天·酒醉缘何酒又醒》缠绵悱恻,犹是唐宋诗词中"闺怨"遗风。哀而不伤,怨而不怒,不好说有什么"刺"。

对于祖国的深厚感情,是从传统文化的熏陶和骨肉之爱、友朋之爱、乡土之爱等等的浸润、延展中培育起来的。自度曲《游子归》抒发了海外游子思念亲人、思念故乡的深情;《鹧鸪天·清明挽爱女王楚楚烈士》表现了一位慈母对年仅九岁而为抢救落水儿童毅然献出宝贵生命的女儿的深挚的爱,字字血泪,感人肺腑。宣扬家人骨肉之爱,在抓纲上线的年代里曾被扣上"鼓吹资产阶级人性论"的帽子大张挞伐,令人啼笑皆非。古人还懂得"求忠臣于孝子之门",一个人如果连骨肉之爱这样崇高的人性都泯灭了,不爱父母,不爱妻子儿女,不爱父母生我育我的家乡,怎能期望他爱国、爱民?《身世歌》是意大利华侨陈玉华女士自述身世的长篇七古。前半篇从"一身妻母两相兼"而难为无米之炊写到远走异国,抒抛夫别子之痛,诉久别思家之苦,恻恻动人。后半篇由骨肉之情扩展到祖国之爱:"节己助人岂自哀,报国恨无不匮财。千金万贯非虚掷,解囊多为育英才。"袒露了一位爱国侨胞的赤子之心。而"闲行细探阴阴巷,多少贫家犹待扶。日日应邀作上宾,满席海味并山珍。饥寒能有几漂母,富贵何多好客人"一段,则以敏锐的目光瞅准现实中的脓疮投以匕首。"刺"之猛,乃由于爱之深。

七古《九马画山》将眼前景、民谣与同游者的指点、辨认结合起来,夹写夹议,杂以想象,辅以虚构,继之以借题发挥,诙诡恣肆,非老手莫办。然而多数评委未给高分,绝非偶然。句句押平韵,一韵到底,始于《柏梁》,然篇幅颇短。韩愈喜效此体,其《陆浑山火》长达六十余句,尽管赵执信在《声调谱》里赞其"古诗平韵句法尽于此矣",但实际上很难有太多变化。就每句后三字说,只能有平平平、平仄平、仄仄平、仄平平四种形式,如果避免律句,就只能有前两种形式。就押韵说,六十多个同韵韵脚读起来有如用同样的力度、以同样的间歇敲击同一块铁板,当当当当,连响六十余声,多么单调、沉闷!《九马画山》句句押平韵,一韵到底,多达五十余句,实堪与《陆浑山火》争奇斗巧,当然可能受到韩派诗人的赏识,却很难赢得大多数人的掌声。

这次大赛评出这么多优秀作品,充分证明中华诗词依然具有强大的艺术生命力,可以反映新现实,体现新观念,抒发新感情,唱出时代的最强音。这次大赛的获奖者多数是中青年,还有一位十五岁的中学生,充分说明中华诗词后继有人,前途远大。《身世歌》的作者原来只有初小文化底子。她在艰辛创业的同时坚持自学,便能写出这样动人的好诗,说明中华诗词并非高不可攀,而是便于写景、叙事、咏物、言志、抒情的好形式。

元稹《乐府古题序》云:"自《风》、《雅》至于乐流,莫非讽兴当时之事,以贻后代之人。"这概括得很准确。既然"讽兴当时之事",那么和前人的作品相比,便是题材新。而"讽兴当时之事"的当时人自有当代意识,与前人相比,其观念新、感情新。新题材,新观念,新感情要求与之相适应的新的语言形式,因而从数千年的中华诗史看,尽管有时出现拟古、复古之风,但求变求新,毕竟是主流。如叶燮在《原诗·内篇》中所说:"盖自有天地以来,古今世运气数,递变迁以相禅。古云:'天道十年而一变。'此理也,亦势也,无事无物不然,宁独诗之一道胶固而不变乎?"以"诗圣"杜甫为例:他继承汉乐府"感于哀乐,缘事而发"的传统,直陈时事,即事名篇,创作了《三吏》、《三别》、《三叹》、《兵车行》、《丽人行》、《哀江头》、《悲陈陶》等前无古人的新诗,连语言也是新的。如元稹所赞美:"怜渠(爱他)直道当时语,不着心源傍古人。"(《酬孝甫见赠》)当然,所谓语言新,绝不应该作片面理解。古汉语中大量尚有生命力的语言应充分吸取,外来语亦可入诗,用典在有助于提高艺术表现力的情况下也不应盲目排斥;然而更多地从现代汉语中提炼诗的语言用以反映新现实,抒发新感情,使广大读者易懂易记,从而万口传诵以发挥其最大的社会效应,却应该是我们的努力方向。

有人认为传统诗词是旧形式(至今仍称为"旧体诗"),作诗填词,只适于用古汉语,如果用现代汉语,必然粗俗无韵味。这次大赛的许多获奖作品反驳了这种论断。略举数例,如"何妨此夜斟鸡尾,忘却当年砸狗头",直取今语,而对仗精工。"砸狗头"当然很粗俗,但与诗题《席间遇当年红卫兵》相联系,史无前例的批斗场面便连续闪现。从"此夜斟鸡尾"忆"当年砸狗头","砸"者与被"砸"者同在"席间",却都经历了两个时代,历史感与现实感交错,各有说不出的况味。又以"何妨"、"忘却"造成回环跌宕的语势,蕴涵深广,韵味无穷。这一联诗,不仅毫不粗俗,简直可以说十分典雅。典,有时不能不用。"砸狗头"乃是用"文革"典,有特殊含义,再过若干年,就需要注释了。其他如《三峡颂》中的"巨轮万吨溯江上,雾城可闻汽笛声",《农民技校》中的"阿娇卖菜归来晚,一嘴馒头进课堂"等,都直用今语而诗意盎然。

这次大赛和前两次大赛一样十分成功,赛出了水平,评出了优秀作品。这些作品的结集、出版,必将为进一步促进中华诗词创作的普及和提高起到积极作用。

温州市和鹿城区的党政领导"物质精神两手抓",在人力、物力两方面为这次大赛的成功提供了保证,其功绩将载入中华诗史。谨以小诗三首结束这篇序言,并向温州的同志们致敬:

灵运而还又四灵,温州从古以诗名。鹿鸣杯举嘉宾集,十万华章起正声。

匡时淑世吐珠玑,爱国深情化彩霓。拔萃端须量玉尺,点头何用看朱衣!

诗家何处着先鞭?时代精神妙语传。致富须求真善美,更挥健笔拓新天。

(原载《鹿鸣集》,中州古籍出版社 1994 年出版)

《回归颂》前言

1987年的端阳节,海内外近五百位诗人词家云集北京,成立了中华诗词学会,这是中华诗史上的空前盛举,与会者无不欢欣鼓舞。我个人,作为这个学会的发起人和筹备委员之一,更狂欢不可名状,接连写了两首贺诗,七律的尾联是:

盛会燕京划时代,中华诗教焕新光。

五古的结尾是:

诗国起雄风,大纛已高揭。祝贺献俚曲,纪程树丰碣。

从十年来诗词创作日益繁荣的走向看,中华诗词学会的成立确有"划时代"、"里程碑"的历史意义。

诗词创作日益繁荣,首先由于改革开放的春风吹拂,但学会所做的许多工作,诸如创办《中华诗词》期刊、举办历届诗词大赛和中华诗词研讨会等,也起了不应低估的推动作用。

我们举办诗词大赛有明确的目的:一,把中华诗词普及到群众中去,扩大创作队伍,提高创作水平,引起全社会对中华诗词的普遍重视;二,评选出一批优秀作品,结集出版,促进社会主义精神文明建设;三,通过评选,体现正确的导向,有助于中华诗词创作的日益繁荣和健康发展。一句话,为了振兴中华诗词。还有,我们不收参赛费,诗卷密封,评委们力求按照"法眼、公心、铁面、热怀"的要求评诗、打分,也是有意识地倡导一种严肃、端正的赛风,抵制歪风邪气。

我在《金榜集·序》中说过:"源远流长,光芒四射,近数十年却陷入低谷的中华诗史,由于1992年诗词大赛所取得的辉煌成果而顿现振兴之势。"这是符合实际的。那次大赛,参赛者遍及国内三十一个省、市、自治区,台、港、澳地区,以及美、日、德、意、新加坡、马来西亚等十六个国家,包括教师、学生、干部、工人、农民、将士、科技专家、个体户、企业家、海外华侨和国际友人,举凡中华文化辐射之处,无不卷起诗潮词浪。其动员之众、波及面之广,都是空前的。此后的几次大赛亦复如此。特别是近期为迎接香港回归而举办的"回归颂"中华诗词大赛,参赛者遍及大陆各省市区和港澳台地区,还有日、美等十七个国家的华裔诗人,共二万四千余名。参赛作品,约等于《全唐诗》的总数。这几次大赛,充分说明曾经被贬为"旧体"而被放逐的中华传统诗词已引起人们的普遍重视,恢复了昔日的光荣,并且大踏步地重返中华艺苑,更创辉煌。

每次大赛,评委们从数万首作品中披沙拣金,力图体现一种正确的导向,那就是坚持"二为"方向和"双百"方针,适应时代,深入生活,走向大众。题材新,观念新,感情新,意境新,格调新,语言新,句法新,为"旧体"注入新鲜血液,使之生机勃勃,在给读者以审美享受的同时陶冶性情,美化心灵,提高文化素质和精神境界,有助于促进社会主义精神文明。

就题材说,我们从社会生活的多样性出发,提倡题材的多样化。历史题材及其他有意义的题材都需要写,但我们考虑到诗歌创作脱离现实的倾向,有针对性地强调贴近现实,提倡现实题材的多样化。试翻阅《金榜集》等历次诗词大赛获奖作品的结集,便会感受到改革开放的大潮扑面而来,经济繁荣,全民奋进,各条战线,各个领域,新事物层出不穷,给人以巨大的鼓舞力量。当然,诗是人作的,一首诗能否作好,决定于作者的精神境界和艺术素养,更直接地决定于作者对他所写的题材有无真情实感和深刻理解。因此,我们并不想重蹈"题材决定论"的覆辙。但题材毕竟是一个重要因素,因而我们也反对"题材无意义论"和"题材无差别论"。总之,从诗坛现状着眼,我们希望多写新题材,希望写重大题材与题材的多样化相结合。

我们提倡题材多样化,也提倡体裁多样化。中华传统诗歌,众体咸备,诗体异常丰富。但在80年代初期中华诗词开始复苏的时候,多数诗人除了写词,便是写律诗、绝句,很少写各体古风和曲。传统诗歌中的古风、近体、词、曲及其各自所包涵的多种体裁,各有独特的艺术性能,适于表现各不相同的题材,不能互相代替。我们如果只动用其中的少数诗体,就难免与题材多样化发生矛盾,不足以充分反映汪洋浩瀚、千汇万状的现实生活。因此,诗体的多样化与题材的多样化同样关系到中华诗歌的繁荣与健康发展。经过一个时期的倡导，到了1992年的大赛，已出现了诗、词、曲各体百花齐放的盛况。当然，各体的数量和艺术质量并不平衡，我们在终评时经过认真讨论，在坚持艺术水准的前提下结合题材、体裁的多样化作了适当的微调。前四名既有律、绝、词，又有长篇古风。曲的名次较后，但小令《迎检查》和套曲《祭田汉》也写得泼辣奔放，发挥了曲的特长。

从几次大赛看，近十年来，诗词创作队伍迅速扩大，多数参赛者来自基层，抚时感事，情动于中而形于言，故题材多样而以当代题材为主，还有不少涉及重大题材，因而能够生动地表现新时期的社会风貌，体现时代精神。诗、词、曲各体的创作水平也不断提高，各体古风由于在格律方面相对自由，弹性强，容量大，可供纵横驰骋，淋漓挥洒，因而在参赛作品中显示了独特的优势。

"回归颂"大赛的参赛者都写香港回归，难免雷同。终评是在首先坚持意境高、格调新的同时还特别注意角度新。入选的作品，特别是一、二等作品，尽管题材相同，而体裁多样、角度各异，各有特色。展现鸦片战争以来的历史画卷，各体古风独擅其长，但律、绝、词、曲也能从新颖的角度切入，发挥辞约义丰、言近旨远的艺术性能。例如七律《喜迎香港回归，有感于统一大业》：

漫说英伦日不西，城头终降百年旗。
前仇到此应全泯，积弱何时可尽医！？
两制风开红紫蕊，一言冰释弟兄疑。
澳台放眼情无限，共插茱萸信有期！

首句突如其来，以"漫说"领起，通过自"日不落"至"日已西"，涵盖广阔时空，展示了殖民主义必归没落的历史趋向。次句紧承首句，点香港回归，而"降"前用"终"、"旗"前用"百年"，既概括百年国耻，又体现了中华民族反侵略斗争之艰苦与香港回归之不易。三句写英旗既降，则前仇应泯。"应"字极活，妙在向英人传递讯息：倘继续与我友好，则我自应不计前仇，面向未来。反是，则前仇固在，咎不在我。四句就势宕起，异样警悚。当年惨遭瓜分豆剖，实由我国积贫积弱所致。今幸珠还耻雪，而积弱犹未尽医，岂可高枕无忧！用"何时"强化反诘、感叹语气，其所体现的致富图强的紧迫感如火燃烧，动人心魄。颈联大笔振起，功归"两制"。"风开红紫蕊"以喻繁荣昌盛。"两制"既能促进繁荣昌盛,则弟兄之疑虑尽释,香港回归之意已包涵其中。尾联展望统一大业,香港回归,澳门踵至,台胞岂能长久观望乎?承"弟兄"反用王维"遍插茱萸少一人"诗意,极浑成,极贴切,而切盼骨肉团聚之深情,感人肺腑。

像香港回归这样有历史意义的重大题材,用寥寥二十个字的五绝表现,能否胜任愉快?回答是肯定的。请看《回归口号》:

九七珠还日,百年耻雪时。老夫今有幸,不写示儿诗!

先用"九七珠还"、"百年耻雪"高度概括,留出后两句抒写此"日"、此"时"的心灵感受。仅用十个字抒写感受,也很难。作者抚今追昔,融历史感与现实感于一炉,好句联翩,妙传心声。爱国诗人陆游一生为收复失地、誓雪国耻而奔走号呼,却因投降派作祟,壮志难酬,临终因"不见九州同"而悲愤填膺,作《示儿》诗嘱其"王师北定中原日,家祭无忘告乃翁",爱国赤忱,千载如见。此诗作者自称"老夫",老年及见"珠还"、"耻雪",故以不需写《示儿》诗为"有幸",其讴歌"两制"、讴歌现实之意溢于言表。以自己"不写示儿诗"为"有幸",则以陆游写《示儿》诗为"不幸"。如果他直至临终仍未盼到"珠还"、"耻雪",那就一如陆游之"不幸",需写《示儿》诗了。其一生盼望收复失地之意,也溢于言表。四句小诗写得风神摇曳,兴会淋漓,弦外有音,言外见意,充分发挥了绝句的特长。评委们把它从无数千百言的洋洋大篇中选拔出来,名列前茅,也应该说是有眼力、有魄力的。

这首五绝出于老手,前一首七律,则出于新秀。新老蝉联,显示了中华诗词的光辉前景。

诗是语言艺术。题材新,观念新,感情新,意境新,便要求语言新。当然,对"语言新"不能作绝对化的理解。语言不属于上层建筑,它不会突变,而是相当缓慢的渐变,主要是随着社会的前进增加新词汇和新句法。先秦时代距我们很遥远了,但读《诗经》和诸子散文、历史散文,就能看出其中的绝大部分词汇和句法,至今仍然在为我们服务,而且很有表现力。毛泽东在《反对党八股》中号召"下苦功"学习语言。一是学习人民的语言,因为"人民的语汇是很丰富的,生动活泼的,表现实际生活的"。二是学习古人的语言,"由于我们没有努力学习语言,古人语言中的许多还有生气的东西我们就没有充分的合理的利用"。"在古人的语言中还有生气的东西是很多的,我们的许多古典现实主义的作家都是善于使用语言的巨匠。我们应该从他们的作品中吸收有生命的语言和运用语言的方法,把一切有用的东西继承下来。"三是学习外国的语言。"我们不是硬搬或滥用外国语言,是要吸收外国语言中的好东西,于我们适用的东西。"我觉得,这些意见,对于我们如何丰富诗的语言来说,是十分重要的。作诗,顾名思义,当然是一种艺术创造,要创造完美的意境。用陈词滥调固然无助于创造意境,照搬新名词、新术语、新口号,也很难获得新意境。关键是要在炼意的前提下炼词、炼句,提炼诗的语言。以《金榜集》中的作品为例,榜首《壬申春日观北海九龙壁有作》的第三联,所有词汇都古已有之,但千锤百炼而成"天鼓挝南国,春旗荡邓林",用以表现小平同志南巡讲话以及由此激发的春风荡漾景象,便令人耳目一新,这可算"语言新"。又如获三等奖的《参观塘沽万吨巨轮集装箱码头感赋》:

物阜年丰象,钢箱垒若墙。输它零化整,便汝卸和装。
铁塔舒猿臂,楼船列雁行。红旗招展去,辉耀太平洋。

这首诗可谓题材、意境、语言俱新。其语言新,当然与运用新词汇有关,但归根结底,还在于炼词、炼句、炼意。例如第二联,词也古已有之,但炼为警句,用以赞美集装箱,何等准确,何等新颖!

从多次诗词大赛看,创作队伍不断扩大,新秀不断涌现,不少人已善于运用多种诗体多方面、多角度地表现现实生活,讴歌真善美,鞭笞假丑恶,体现时代精神和爱国主义主旋律,题材新、观念新、感情新、语言新的作品一次比一次多,一次比一次好。这就是近十年来中华诗词创作的审美走向。国运隆,诗运通,沿着这个走向奋勇迈进,中华诗词的振兴将不是一句空话。

"十年辛苦不寻常",当我们庆贺中华诗词学会成立十周年的时候,欣喜地看到"诗国"已"起雄风"。继之而来的,将是春色满园,百花竞艳。

(原载《回归颂》,学苑出版社)

《世纪颂》前言

1999年是一个异彩纷呈的年代。追忆建国五十年来的辉煌,迎接澳门回归的喜悦,目睹党的跨世纪蓝图而激发的对于历史巨变的回顾和对于壮丽前景的憧憬,使每一个华夏儿女心潮澎湃、诗情喷涌。为此,我们决定举办"世纪颂"中华诗词大赛。大赛自1998年12月24日在京举行隆重的仪式宣布开赛以来,得到了海内外各界人士、各地诗词团体及广大中华诗词爱好者的热烈响应。至截稿日止,参赛者近一万五千人,遍及国内31个省、市、自治区和台、港、澳地区,以及美、英、法、日、比利时、西班牙、荷兰等十多个国家。参赛作品三万六千余首,题材多样,古风、律绝、词曲众体咸备。或讴歌建国勋业,或赞颂改革开放,或再现世纪风云、宏扬民族正气,或欢庆港澳回归、展望祖国统一,或歌颂英烈以励士气,或鞭挞腐败以正党风,或为致富图强谱写新声,或为抗洪抢险高唱赞歌。总之,参赛者俯仰今昔,感事抒情,举凡近百年来一切与国计民生有关的题材,尽入吟咏,美不胜收。

根据开评前制定的"评选标准",初评共选出3385首,复评共选出950首。自1999年5月31日至6月8日,来自全国各地的十五位评委在首都进行终评。评委们夜以继日,秉持公心,就糊名的950份诗卷逐一评审,按百分制背对背打分,然后按总分高低排出次序。

港澳回归,是本世纪激动亿万炎黄子孙心灵的大喜事,写这一题材的参赛作品为数甚多。许多人写同一题材,难免出现雷同化的倾向。而经过多次筛选进入一、二、三等的作品,则从不同角度切入,各有独特的意境。如《赠杜岚女士——在澳门升起第一面五星红旗的人》,就是构思新颖、蕴含深广的佳作。杜岚女士于1914年出生于陕西省米脂县,自幼受进步思想影响,中学时代即参加"反帝大同盟"。1934年被捕,押送南京宪兵司令部。获释后赴上海参加由"七君子"领导的抗日救亡运动,奔走呼号,险遭不测,乃潜入香港新闻学院,与难友黄健结婚。次年赴澳门执教濠江中学,1947年接任校长。自执教濠中以来,一方面为祖国培育英才,一方面发动群众,支援抗日战争及解放战争。当渴望已久的中华人民共和国成立之时,即在濠江中学升起了第一面五星红旗。这首七律,首联写杜岚女士"红颜报国"、"树蕙滋兰"的爱国行动和精神境界,领起全篇。次联用流水对,紧承首联,写杜岚女士于"海甸尚遵胡正朔"之时毅然在"濠江先竖汉旌旗"。对仗精工典雅,气势流走跳脱,而渴望澳门回归之激情喷薄而出,洋溢于字里行间。三联用工对,出句承"滋兰"写献身教育,对句承"报国"写心系祖国。以"游子丹心七月葵"对"教坛白发千茎雪",极新颖,极贴切。而"游子丹心"如七月之葵花向阳开放,仍归结于盼望澳门珠还,故尾联水到渠成,以"终见荷花红映日,……"收束全篇。杜岚的名字在澳门家喻户晓。她曾任中华教育会理事长,广东省政协委员、人民代表,1985年荣获教育劳绩勋章,其先进事迹屡见于《澳门日报》、《人民日报》海外版及《中华英才》。这首七律通过赞颂杜岚女士的育才业绩和报国赤忱欢庆澳门回归,章法谨严而转折灵活,高度概括而形象生动,取冠多士,既当之无愧,又有特殊意义。

《迎澳门回归》七律,纵向展现澳门从被占到回归的漫长历史,容易流于平铺直叙。作者的高明之处在于,既用"几代遗民北望痴,中原不见动王师"高度概括,又从"千双虎眼盯犀鹿"到"一炬神州醒睡狮",大幅度跳跃而迅速转入"初闻"、"又唱","荷花喜共荆花发"的动人情景,已闪耀于我们眼前。八句诗容量甚大而形象鲜明,格律谐调而腾挪飞动,堪称佳作。

古风《双璧回归颂》以"上古补天以石女娲氏"作陪衬,突出"今日南疆返璧凭两制",然后以"刚柔相济庆双归,鼙鼓不惊夸独异"承上启下,起势警挺。《金缕曲·香港回归,光腾青史,缅怀邓公小平伟绩感赋》,上片讴歌小平"扶大业"、"舒浩劫"的伟绩,下片赞颂小平"重整山河"、"定收港九"的丰功,而以"湔国耻,公不朽"煞尾。饮水思源,意蕴深广。《颂澳门回归》五律第一首"风来说惶恐,雨过叹零丁"一联颇佳,第二首"三通开胜局,两制运良机;葡蔓随风落,星旗映日辉"两联亦好。

1998年洪涝肆虐,溢岸溃堤,险象环生。百万军民与恶风巨浪作殊死搏斗所体现的抗洪精神,已化为建设物质文明和精神文明的巨大动力,光照史册。终评从大量抗洪作品中选出几首,各有优点。《长江抗洪曲》是长篇七言古风,每四句换韵,惊天动地的抗洪场景亦随之转换,从而形成了屠鲸斩鲛的快速节奏和排山倒海的雄伟气势。诗中既有"军民血肉筑长城"、"英雄挽臂迎涛立"

的宏观描绘,也有"将军两鬓凝霜雪"、"身先士卒战洪魔"的特写镜头,而以"江总亲临第一线,叱咤风云挟雷电"、"总理朱公督阵来,海啸山呼战鼓催"的传神之笔掀起高潮,展现了震古烁今的历史画卷,谱写了感天动地的时代浩歌。

　　长篇古风《李向群之歌》写李向群于"洪峰频至"、"树倒房摧"的险恶环境中带病抢险,并以"谁是英雄谁好汉,抗洪现场比比看"、"管涌就像是弹簧,你若强来它不强"的豪迈语言鼓舞士气。当由"拔针头"、"急归队"、"潜江底"、"排险情"、"筑人墙"写到"天旋地转又晕倒,口吐鲜血染碧草;千呼万唤已不闻,药石空施全无效"之时,总以为这首诗即将收尾,不料李向群的老父已出现在抗洪前线:

　　　　夜雨滂沱风呼啸,长空响彻进军号。点名呼唤李向群,老父挺胸抢答"到"!儿子英雄父自豪,心潮更比恶浪高。竟与官兵同战斗,气壮山河遏狂飙。"父承子业完遗志,儿子走了有老子!"将儿军服身上穿,冲锋陷阵忘生死。白发人送黑发人,悲痛化作力千钧。前仆后继皆壮举,义薄云天撼昆仑。……

紧接着,"风悲雨泣追悼会"、"万人空巷送英灵"的悲壮场景,掀起了又一次高潮。高潮初落,即响起了回肠荡气的尾声:

　　　　其实英雄并未走,当代楷模万代久。请看荆江大堤固若山,人说向群在驻守;请看海南椰树振雄风,那是向群在抖擞;漓江岸上演兵场,向群正在操练忙;奇峰镇中阅览室,向群奋笔写华章。……

　　全篇通过人物的行动、语言、心态和环境烘托,描绘英雄、讴歌英雄、语言通俗活泼,形象鲜明生动,激情洋溢,高潮迭起,震撼人心。

　　缅怀英烈之作都意蕴渊永,引人深思。《金缕曲·彭德怀诞辰百年祭》以"天意高难测"发端,中间历叙彭总的"万字诤言"和赫赫战功,而以"千古庐山真面在,任乱云飞度终消歇。青史恨,后人说"收尾,悲壮苍凉,催人泪下。《沁园春·百年恩来》中的"对浦江延水,追怀遗响;蜀山钟阜,铭记丰功。来似莲清,去如梅隐,梦向西花厅畔逢"诸句,触景生情,托物寄兴,令人低回想象于无穷。七律《登天子山仰贺龙铜像》中的"拔地诸峰千笏立,擎天一柱万夫雄。居高能识峥嵘势,近日偏多料峭风"两联,人与山兼写,比与兴并用,既雄奇壮阔,又含蓄蕴藉。写学者、诗人闻一多为反内战、争民主而英勇献身的《至公堂浩歌》,换韵换意,纵横驰骋,充分发挥了长篇歌行的优势。《读近代史有感》以"岂无人杰制豺狼"发端,引起悬念。继之以"禁毒雷霆震八方",林则徐的英姿已跃然纸上。次联"强寇入侵原可御,长城自毁剧堪伤"对仗工稳而跌宕生姿,其惨痛教训与深沉感慨,即从跌宕生姿的语气中表露无遗。三联"雄狮昏睡牙何在"承上,"骏马骁腾鬣始扬"启下,于今昔对比中见哲理。尾联"港澳回归春似海"承"骏马"句写今,妙在接下去不复写今,而回顾前五句总结历史教训,写出了"冰霜往事莫遗忘"的结句,真可谓警钟长鸣,发人深省。

开国以来,特别是近二十年来,改天换地,脱贫致富,祖国面貌日新月异,真如南曲《红豆词》所写:"忘不了三中全会拨航船,赞不已南巡讲话开生面;谱不尽的新篇,数不清的巨变。"在终评入选的作品中,就有不少从不同角度、不同方面反映这种巨变的新篇。《木兰花慢·合江亭远眺》展现的画面是:"参差千万户,街远近,路横斜。看车水马龙,人声鼎沸,笑语喧哗。云遮。江波浩渺,更轻舟逐浪浪飞花。堤畔芙蓉斗艳,崇楼深院人家。"七绝《不见炊烟》构思新巧:"平端画板"描写农村晚景,却因"不见炊烟"而感到惊愕——难道像旧社会那样村民逃亡殆尽了吗?仔细观察,断定并非如此,于是写出了这样的警句:"顿悟农家煤气灶,从兹不复起炊烟。"1978年底,安徽凤阳县小岗村二十户农民冒险签订契约,分田到户,次年粮食产量由三万多斤猛增至十二万多斤,揭开了农村改革的序幕。《西江月·赞小岗精神》第一首"夜静惟闻心跳,灯昏仅见人名。鲜红手印血凝成,岂惧杀头监禁?死也不当饿鬼,终于打破坚冰。雷惊蛰土致丰登,父老含哺相庆。"生动地再现了惊心动魄的历史镜头。第二首"包产终成定制,当年火种星星。小岗经验至堪珍,可证邓公'猫论'。海外蛙鸣雀噪:'谁来养活龙人?'甘年科技促农兴,早已粮充仓廪。"准确地反映了小岗经验的推广和高科技的普遍应用,改变了贫穷落后的农村旧貌。组词《蝶恋花·农村科技大集散记》则分写日中为市,科技图书琳琅满目,农民纷纷购买;专家下乡,科技咨询;为农民传经解惑,散发传单,教农民辨认种子、化肥的优劣真伪……四首词写人写景,语言明丽,意象鲜活,使我们于柳暗花明、欢声笑语中看见了科技兴农的新气象。

新建成的虎门大桥是世界第六大桥,我国第一大桥。七古《虎门大桥万人行》先写"欢心举足上桥头,清风送我云间走;伸手重霄挹彩霞,张唇碧落衔星斗。桥外连峰绿万重,桥上旌旗十里红;岭表山河添秀色,大桥长助虎门雄。"然后回思"国弱君昏"、外敌入侵的往事,于今昔对比中讴歌了"改革春风"。《重访白石渡》的作者,曾经是在广阔天地里接受贫下中农再教育的"知青"。三十三年以后,他重访当年插队的白石渡,正被眼前出现的"长桥飞架"、"层楼耸翠"迷失道路的时候,幸好碰上老房东把他迎进别墅般的庭院,在雕梁画壁的楼房里把酒畅叙。于是巧妙地引出了大伯、大娘,通过他们自叙切身经历,展现了三中全会前后的两种世界。"自从打破旧框框,拔掉贫根种富树","不是开放政策好,那得今日幸福来",这是曾经被"兴无灭资割尾巴"弄得"蔬菜红薯难果腹"的老房东的心声,也是由于"延长承包心有谱"而"适应市场闯新路"的亿万农民的心声。

  《末代农奴歌》的构思谋篇与《重访白石渡》类似,而取材造境却别有新创。且看开头:"喜马拉雅山上月,光临山麓藏民宅。嫦娥含笑窥新房,青稞酒香酥奶热。汉藏同胞聚一堂,亲亲热热话家常。主人百岁诞生日,扎西得勒祝吉祥。末代农奴阿玛爷,满头银发白如雪。二十世纪同龄人,畅饮三杯话不绝。"寥寥数十字,既介绍主人,又烘托环境,更通过祝寿的场景表现了汉藏亲如一家。而这一切,又都闪耀着浓郁的地域色彩。这位百岁老寿星三杯下肚,便情不自禁地畅话今昔。昔,前五十年,他当农奴:"日夜干活累断腰,主人把我当牲口。无房无地无牦牛,无产无权无自由。""爷爷不服农奴主,活活打死喂狼虎。阿爸反抗领主头,挖眼割舌埋荒土。……"今,后五十年,他作主人:"出地狱,进天堂。一锄埋葬农奴制,双手捧起红太阳。""老汉越活越舒畅,一代更比一代强。农奴儿子当乡长,孙子考上大学堂。……"不是由作者宣讲,而是由百岁农奴用切合身份的语言自叙经历,因而对农奴制的控诉和对民族自治、民族团结以及五十年来建设成就的讴歌,都真切生动,充满激情。

  从先秦以来,我国的先进知识分子都忧国忧民,具有深沉的忧患意识;历代杰出的爱国诗人尤其如此。在当前,诗人们的忧患意识集中表现为对腐败现象的焦虑和鞭笞。终评入选作品,有许多是写其他题材的,但中间往往有反腐内容。例如《临江仙·纪念三中全会二十年》上片歌颂,下片却由"鱼龙混杂"渴望"澄清终有日,照水已燃犀"。五绝《庆祝建国五十周年》则安不忘危,在"共祝知天寿,频传动地歌"之后,倾吐了人民大众的共同心愿:"小民情切切,期捣蛀虫窝!"七绝《春日偶成》就"春日"落墨,先以"万里神州锦绣堆"展现无边春色。按照老一套的艺术构思,接下去该写春如何醉人了,但深沉的忧患意识却使作者打破常规,写了这么一句:"无边春色历寒来。""春色"既来之不易,就应该加倍爱护而不应该恣意摧残,因而自然而然将笔锋指向腐败:"朱门宴舞须三省,莫把江山付酒杯!"

《老骥行》以"老骥"为抒情主人公,倾吐它在直踏江汉、长驱海陬、东援朝鲜、百战立功之后流落民间的悲哀及对腐败现象的愤慨。"奋蹄欲踏绮罗场,腾骧却感身无力。"于是幻想"千军万马英灵作","净扫滔滔污与浊"。

诗歌创作不同于科学论著,借幻想写真实,往往更见沉痛。其实,当前既有日益滋长的腐败现象,也有反腐败的千军万马。党中央按照十五大精神和江总书记关于反腐败斗争的多次讲话,正加大力度,标本兼治,推动反腐败斗争的深入开展。七律《反贪倡廉》,便赞颂了朱镕基总理反腐的决心和魄力。全诗如下:

忧愤元元涕泗沱,横流物欲染山河。
一团腐气凭谁扫?两袖清风有口歌。
自古廉臣都恨少,于今墨吏却嫌多。
朱公手执龙泉剑,饕餮无门作怪魔。

描绘祖国壮丽河山的诗词也颇有佳作。《水龙吟》出自空军飞行员的手笔,写"黄昏飞越十八陵"时的所见所感。"翻身北去,日轮居左,月轮居右。……放眼世间无物,小尘寰、地衣微皱。"奇情壮采,读之令人神思飞越。《大峡谷之歌》取材于科考通讯,历写西藏大峡谷的壮观奇景,引人入胜。其他如《湘西索溪峪》、《六盘水万亩竹林行》等,皆自运炉锤,各见匠心。其他作品涉及多种题材,限于篇幅,不能一一介绍,这里只谈两篇。《水调歌头·环卫女工》于日常生活中发现,并且讴歌了平凡之美:"星月常相伴,无暇赏清光。晓风着意梳掠,淡淡女儿妆。……扫残叶,除败絮,迎朝阳。无求无悔,心如冰雪洁无双。"寥寥数语,把"环卫女工"披星戴月、涤垢除秽的淡素身影和不计名利、唯求奉献的美好心灵和盘托出。其言外之意,也引人深思。七律《寄台湾同胞》情深意切,艺术表现也相当完美,中间两联尤精采。全诗如下:

最怜咫尺苦思亲,翘首常望隔岸云。山水有情连海峡,弟兄何日聚天伦？宜从大局谋长策，莫让前嫌误后人。港澳回归君未返，团圆相约百花春。

从复评选出的950份诗卷看，在不同程度上各有优点，但不足之处也应该提出。

"世纪颂"诗词大赛并未要求参赛的每一篇作品都颂一个世纪，这在征稿启事中说得很清楚。然而历叙本世纪大事、甚至从炎黄二帝开始直写到现在的，却屡见不鲜；有的还以"世纪颂"为标题。题目太大太泛，在写法上又未能突出重点，虚实相生，情景交融，就难免流于平冗和概念化。这一类作品，大都在终评时落选了。当然，一首小诗也可以咏千百年历史，这在前人的"咏史诗"中不乏例证，但那是"咏"，不是"叙"。前面提到的《读近代史有感》，时间跨度就不算小，却写得很成功，主要原因在于作者不是叙"近代史"，而是抒"读近代史"的"感"，很好地运用了"咏史"的手法。

进入一、二、三等的作品有一些是通体完美的，另一些虽然也是美玉，却不无微瑕：或琢句未工，或押韵欠稳，或词不达意，或结构松散，或前后重复，或对句合掌，甚至同一韵脚一再出现。从作品的整体水平看，作者有能力改好，却没有认真修改。一气呵成的佳作可能有，但就一般情况而言，拿出来的作品像是一气呵成的，实际上却是反复推敲、多次锤炼的结果。正所谓"吟安一个字，拈断数茎须"、"看似寻常最奇崛，成如容易却艰辛"。

应该郑重声明的是：入选作品中的瑕疵，评委们都看到了。但为了评分公正和其他因素，我们定了一条大家共同遵守的纪律：原则上"不改"。收入获奖诗集的，也都是参赛作品的原貌。

"五四"新文学运动以来，传统诗词被划入"旧文学"的范畴，作者甚少，也很难发表。开国以后，小学、中学都讲一些诗词，大学中文系讲得更多，但都只讲思想性和艺术性，不教学生如何作。事实上，教师中的绝大多数，连自己也作不出合律的诗词来。随着改革开放的春风吹拂，诗词复苏，诗会、诗刊、诗报以及个人的诗词集越出越多，形势喜人。从中华诗词学会主办的多次诗词大赛看：创作队伍不断扩大，创作水平不断提高。更令人振奋的是：江总书记不但自己作诗填词，而且多次讲话，大力提倡；教育部和不少名牌大学的领导，从"素质教育"的高度提出了"诗词进校园"的课题，正采取措施，逐步落实。从小学到大学，学生们不仅读诗词，而且作诗词，大家焦心的中华吟坛"后继无人"的问题,也就切切实实地圆满解决了。

　　世纪之交举办的"世纪颂"诗词大赛,既回顾了中华民族百年来的抗争史和发展史,又检阅了近二十年来中华诗词创作普遍开展所取得的成绩。后顾前瞻,我们可以豪情满怀地说:在我们迎来新世纪的同时,也必将迎来中华诗词创作百花盛放、争妍斗丽的春天。

(原载《回归颂》,天马图书有限公司1999年出版)

《长岭集》前言

源远流长的中华传统诗词在"五四"以后由于受到不应有的排斥而一度陷入低谷。改革开放,大地春回,十多年来,全国兴起了诗词热,诗会、诗社、诗刊、诗报有如雨后春笋,诗词创作队伍迅速扩大,诗词创作水平迅速提高,中华诗词顿现振兴之势,令人欢欣鼓舞。陕西是周秦汉唐的京都所在地,从《诗经》中的《秦风》、《豳风》及周代开国史诗《緜》、《皇矣》、《生民》、《公刘》等以来,在这里创作出无数优秀诗篇。唐诗是世界文学宝库中的珍品,而三秦大地,则是唐诗故乡。因此,在十多年来的全国诗词大发展中,我们陕西理应处于领先地位,但毋庸讳言,其实际情况却是落后于许多兄弟省市,使有识之士忧心如焚。为了改变这种状况,我们在诗人徐山林省长的大力支持下创办了《陕西诗词》,又与长岭(集团)股份有限公司董事长联系,由长岭(集团)股份有限公司出资,由省诗词学会组织,主办"长岭杯诗词大奖赛"。

目前,这样那样的"大奖赛"很多,目的不同,方法各异。我们办这次大奖赛,其目的在于尽可能扩大影响,争取各界人士的广泛重视、积极参加和大力支持,从而齐心协力,振兴陕西诗词。为此,我们邀请省社科联、省老龄委、省作协、陕西日报、西安晚报、省电台、省工人报、科技报、老年报、三秦都市报、西北信息报、陕西信息报、企业周报等作为协办单位,组成"长岭杯诗词大奖赛"组织委员会。

1995年8月18日召开"长岭杯诗词大奖赛新闻发布会",会后十报一台发布了消息,提出凡属反映现实生活、抒发爱国情怀、体现时代精神、符合格律要求的诗词曲作品,均可参赛。为了进行更广泛、更深入的发动,我们还向全省各地县诗词组织、各县宣传部和文化局、在陕大中型企业、在外省工作的陕西籍诗友以及在陕西工作过的外省诗友发函,邀请他们参赛并组织征稿,还登门拜访了二十多位在文教界有影响的教授、专家,请他们以参赛的实际行动倡导风雅。通过一系列活动,很快掀起了诗词创作的热潮,每天收稿二三十件。至十月底截稿,共收到一千三百六十九位参赛者的作品二千五百九十六首。

这次大赛,参赛面极广,东起潼关,西到宝鸡,南至汉中,北抵榆林,全省十个地区都有诗友参赛,一百零六个县有九十一个县的诗友投稿;在甘肃、河南、湖南、湖北、北京、广西、云南等地工作的陕西籍诗友和在陕西工作过的外省诗友,也纷纷应邀寄来了他们的作品。地无分东西南北,人无分男女老幼,抒情挥健笔,投稿参诗赛,在陕西诗歌发展史上,真可谓盛况空前。

评选分三步进行。

第一步初评。从11月1日开始,对由专人登记、隐去作者姓名的二千多份诗稿采取淘汰法,不合格律者不选,诗味不浓者不选,语病较多者不选,用了二十二天时间,选出四百零四首入围作品。

第二步复评。将入围作品打印分发评委,评委使用代号,就题材、意境、情感、韵味、语言等五个方面区分高低,背靠背打分。然后由专人统计,按得分多少,将七十分以上的一百六十四首作品排出次序,交付终评。

第三步终评。12月23至25日在胜利饭店召开全体评委会议,经过反复研究,纵横比较,既坚持政治标准,又坚持艺术标准,既重视题材的多样化,又重视体裁、风格的多样化,议出一、二、三等作品的初步排列意见,然后按照九十分以上为一等、八十至八十九分为二等、七十至七十九分为三等的原则,全体评委以无记名方式打分投票,投出一等奖三首、二等奖五首、三等奖十首。又按复评得分顺序,由高到低,逐首评比,反复权衡,确定佳作奖五十首。最后拆开弥封,登记获奖者的姓名。陕西省公证处派人监督了评选的全过程,保证了评选的严肃性和公正性。

一、二、三等奖和佳作奖共六十八名,未免有遗珠之憾,因而扩大范围,对某些有社会影响的参赛者、外省的陕西籍参赛者、在陕西工作过的参赛者,以及年龄最大(92岁)、最小(11岁)的参赛者的优秀作品,定为特别奖,共十六名;其他优秀作品,则定为纪念奖,共二百一十六名。这样做,对团结广大诗友,鼓舞创作热情,将会起到积极作用。

近些年来,社会上的不正之风也刮入诗词园圃,借编诗词选、诗词家辞典和办诗词大赛牟利的事时有所闻。令有志于振兴中华诗词的人为之痛心疾首。我们办这次诗词大赛的目的是振兴陕西诗词,因而力求赛风正。诗词学会正副会长、秘书长等主要成员不参赛,组委会正副主任等主要成员不参赛,评委会全体成员不参赛;不收分文参赛费,不增加参赛者任何经济负担;在评选过程中严格保密,没有任何营私舞弊的现象发生,对一、二、三等奖和佳作奖只评诗,不问人。这样做,既为了真正选出好诗,也希望能对有损于诗词事业的歪风邪气起到矫正作用。

获一、二、三等奖的作品,并不是每一首都在艺术表现上完美无缺,但都有共同优点,那就是有强烈的现实感和时代精神,高扬爱国主义主旋律。《河山悲壮烈》为勇斗歹徒以保卫国家财产而献出年轻生命的李凤莲谱写了一曲英雄颂歌,弘扬了民族正气。《怀总理,代十五周年祭》缅怀革命前辈的丰功伟绩以激励后人,继往开来。《永遇乐·瀛湖颂》、《洞仙歌·泛舟长江》、《满庭芳·丁卯岁孟夏游西安鲸鱼沟》、《望海潮·古城西安》、《天汉田园春》、《黑河引水歌》、《念奴娇·向晚登骊山望关中大地》、《佛子岭水库》等诗词,通过描绘祖国的壮丽河山、美好田园和文化名城,讴歌了改革开放的新气象和社会主义建设的新风貌。《水龙吟·为抗日战争胜利五十周年而作》、《中秋节忆延安"抗大"》则从不同角度呼唤同胞毋忘国耻而发扬反侵略传统,富民强国。《贺我国一箭多星发射成功》以王母惊疑"大圣破天门"而为之"欲断魂",突出一箭多星的威力,寓意深而构思巧。《中秋望月》次联从《诗经·小雅·棠棣》"兄弟既翕(和合),和乐且湛"与曹植《七步诗》化出,上句抚今追昔,下句展望未来,三联以"补天"、"填海"表现两岸统一的决心,意境雄阔,尾联"待到金瓯完整日,相逢同贺月重圆"与起联隔海望月照应。中间两联对仗甚工而转折灵动,运用熟典,既明白易懂,又提高了艺术表现力。通篇起承转合丝丝入扣,章法井然,而盼望台湾回归祖国的激情溢于言表,当出老手手笔。《感事》、《阙题》,是两首针砭时弊的讽刺诗,足以振聋发聩,"不掠浮财归地府,怎将冥币贿阎罗"一联尤警辣,如果"即事名篇",拟一个显豁的题目而不用"阙题",就更引人注目。《平韵满江红·月夜飞行》写奇景,抒豪情,展现了一位年轻飞行员捍卫祖国领空的精神境界。《行香子·结伴黄昏后》上片写青春相恋,恋得纯真;下片写老年相爱,爱得高雅。与经济大潮中出现的五花八门的男女关系相比,这实在是一种美好的爱情和婚姻,值得赞颂。

从屈原、杜甫以来,我国的杰出诗人无一不对国家、民族、乃至全人类的前途、命运有强烈的责任感。这种责任感愈强烈,就愈能写出有深度的诗。这是中华诗歌的优秀传统。从上述获奖作品看,生活、工作在有周秦汉唐深厚文化积淀的三秦大地上的诗人们,是继承并发扬了这一优秀传统的。沿着这条路子前进,继续关注现实,不断提高文化素养,在认真研习历代名作、借鉴前人创作经验和艺术技巧的前提下勇于创新,力求题材新、观念新、感情新、语言新、意境新,坚定不移,坚持不懈,则唐诗的故乡必将百卉争荣、千花竞艳,为中华诗苑增添无边春色。相反,如果抛弃中华诗歌的优秀传统,不关注社会人生,不加强文化素养,不刻苦磨练诗艺,或在拜金主义的冲击下随波逐流,略能饾饤成篇即用以沽名捞钱,或向内心退隐,淡化现实、淡化主题、淡化政治、淡化思想,乃至照猫画虎,模仿西方自白派、垮派、语言诗派的皮毛,肯定开辟不出阳光灿烂的新天地。

  前述的获奖诗有两首应该略作说明。《河山悲壮烈》除首联和尾联外,中间全用对偶句,也大体合平仄,如果不是押入声韵而是押平声韵,就算是长篇排律。《天汉田园春》,则是一首完全合格的排律。获一、二等奖的只有八首诗,而排律、准排律就有两首,这可能引起误会,好像评委们在提倡作排律。这里郑重声明:这绝对不具有导向性,而是在入围的作品中,按五条标准(题材是否有现实意义、意境是否高雅、情感是否浓烈、韵味是否隽永、语言是否生动)来衡量、评比,使这两首诗得分最高或较高。诗歌体裁亦应百花齐放,排律当然可以作。但如果写长篇,则中间对偶句络绎而来,倘在内容上不力求叙述、描写、抒情、议论的转换、综错,在句法上不力求千姿百态以避免雷同,尽可能运以单行之气,在章法上不力求开阖转折、腾挪跌宕、浑灏流转,而又脉络贯通,那便难免流于堆砌、板滞、平衍或单调。《河山悲壮烈》题材极好,以作者的功力,如果用不讲对偶的古风来表现,那么不仅某些不甚圆融明畅的诗句可以避免,而且有可能写得更加气势磅礴,生动感人。《天汉田园春》写汉中田园风光之美,题材亦佳,语言清新,对仗工稳,句法亦有变化。但除结尾和中间个别诗句外,绝大多数是"景联",虽写景颇生动,而连篇累牍以对偶句铺写景物,便嫌堆砌、单调而无虚实相生之妙。作八句律诗,中间两联一般也有"景联"、"情联"之分,讲究情、景、虚、实的配合和开阖、抑扬、顿挫、跌宕等等的变化,更何况作排律?

  在二千五百九十六首参赛作品中,绝大多数是由于不合格律,缺乏诗味而被淘汰的。问题的解决,我们今后将通过函授、改稿、吟唱、开研讨会、作学术报告等多种渠道与全省诗友和广大的诗词爱好者切磋诗艺,共同提高。如果能得到有志于促进精神文明建设的企业家的慷慨资助,我们将在适当时机举办第二次、第三次、第四次乃至更多次诗词大赛。我们相信:参赛人数,将一次比一次多;参赛作品,将一次比一次好。物质文明建设与精神文明建设是互相促进的,必须两手抓。而言志抒情的诗歌对两个文明建设所能起的促进作用是无法估量的。倘若经过大家的长期努力,三秦大地的城市个个是诗城,三秦大地的乡村处处是诗乡,人人作诗唱诗,讴歌真善美,抨击假丑恶,则经济文化的繁荣昌盛和世道人心的淳厚优美,必将超周秦而迈汉唐,开万世新风。

(原载《长岭集》,陕西人民出版社1996年出版)

《二十世纪中华词选》序

刘君梦芙纂《二十世纪中华词选》，驰书索序。时座上客满，余以此喜讯相告，一客发问曰："本世纪新诗独领风骚，词属'旧诗'，已无前途，究有多少名家名篇可供'精选'者乎？"

此问涉及词之发展历史与近百年词在中华词史上之地位，确宜开展讨论，达成共识。

词为中华诗歌之独特品种，兴于唐，流衍于五代而大盛于两宋。宋词与唐诗并称，其艺术生命之辉煌，从可知矣。元曲大放异彩而词渐衰，至明季而衰极，陈子龙始力振之，至朱、陈出而词派以成。朱彝尊为浙派开山，编《词综》，尊姜张，欲以清空醇雅之词一洗纤靡淫哇之陋，一时风靡，以至"家白石而户玉田"。浙词以圆转浏亮取胜，其失在于或厚重不足，或意旨枯寂。陈维崧为阳羡派宗师，尊苏辛，尚雄豪，取材广博。其忧黎元、刺虐政之作，堪与少陵"三吏"、"三别"比美。言情则歌哭忽生，叙事则本末皆见，具龙跳虎卧之奇，得歌行顿挫之致，允为清初大手笔。为词援笔立就，往往一日得数十首，一韵至十余阕，故或失诸率易，或奔腾倾泻而少含蓄。陈、朱两派牢笼词坛百余年而流弊益甚，张惠言起而矫之，倡"意内言外"、"比兴寄托"之说以救叫嚣饾饤之失。发"缘情造端"、"感物而发"之义以攻无病呻吟之习，力主词非"小道"而与《风》、《骚》同科。周济发明张氏之旨而推尊词体，谓"诗有史，词亦有史"，词人"感慨所寄"，须关治乱盛衰，"或绸缪未雨，或太息厝薪，或已溺已饥，或独清独醒，随其人之性情、学问、境地，莫不有由衷之言。见事多，识理透，可为后人论世之资"。其"词非寄托不入，专寄托不出"、"万感横集"、"触类多通"之论，亦深中肯綮。常州词派遂大蠹高扬，领袖词坛矣。鸦片战后，外侮频仍，变故迭起，常州派关注现实、振衰救弊之词论，影响日巨，感事抒情，名家辈出，至清末而词道"中兴光大"（叶恭绰《全清词钞序》），被誉为中华词史之"一大后劲"、"一大结穴"（叶恭绰《全清词钞后记》）。

元、明词衰，历浙派、阳羡派、常州派之振兴，至清末而词体益尊，词道"中兴光大"。而"清末四大词人"王鹏运、郑文焯、朱孝臧、况周颐，或卒于本世纪初，或卒于本世纪二三十年代；与朱孝臧（1857—1931）等同时、稍后及五十年代尚从事创作之词人如沈曾植、文廷式、夏孙桐、张尔田、陈洵、夏敬观、王国维、邵瑞彭、吴梅、吕碧城以及黄人、汪兆镛、俞陛云、赵熙、桂念祖、金天翮、梁启超、秋瑾、于右任、黄侃、乔大壮、陈匪石、汪东、叶恭绰、柳亚子、顾随、张伯驹诸家，皆卓尔不群，各有千秋。然则，词道之"中兴光大"时期实包括本世纪前期。实证俱在，又何疑焉！

尤可注意者：上述诸词家多为博学鸿儒，主讲南北大庠，门弟子遍天下；王国维之《人间词话》、吴梅之《词学通论》以及王鹏运之《四印斋所刻词》、朱孝臧之《彊村丛书》、况周颐之《蕙风词话》、陈匪石之《宋词举》等沾溉词林，厥功殊伟；而抗日救亡、神州解放、四害为虐、拨乱反正、开放改革、港澳回归等旷古未有之历史巨变，尤足以感荡心灵，溢为伟词。故自本世纪前期至中后期，词人竞起，文采斐然而自具面目者亦指不胜屈。其尤著者如刘永济、夏承焘、詹安泰、龙榆生、缪钺、丁宁、钱仲联、沈祖棻、饶宗颐诸家，皆以倚声名海内，隽句佳章，播在人口。其影响之广且巨，自唐宋以来未之有也。

回顾近百年词，重传承，拓新境，绘时代之风云，写民族之抗争，歌四化之伟业，颂中华之振兴，其因革演进，实与社会之发展同步。谓为中华诗史之壮丽续篇，孰曰非宜？

本世纪词人众，词作多，开放以来见于各类出版物者尤难以数计，故"精选"殊不易为，却势在必行。梦芙幼承家学，既工倚声，复精品鉴。尝有慨于近百年诗词尚无学者专力研究，乃广泛搜集资料，通读大型选集数十种、重要专集数百种，工楷选录，积百数十万言，近百年海内外名家之佳什囊括无遗。在此基础上深入钻研，撰写《冷翠轩词话》及《二十世纪名家词述评》，已在《词学》、《中国韵文学刊》、《中华诗词》、《中国诗学》、《华学》、《中国诗歌研究》、《钱钟书研究集刊》等重要期刊发表名家诗词专论数十篇，颇获好评。今复以如此深厚之学养选百年词，则所选必精无疑矣。梦芙函告，此书选词以"格高、情真、语美、律严"为准则，入选者以名家为主，中青年确有成就者亦适当吸收。每家词前附小传，词后附集评，以为知人品词之助。诚如是，则此书之问世，堪为本世纪词高树丰碑，种种荣古虐今之议论，庶可一扫而空矣，岂不快哉！是为序。

1999 年 8 月 8 日写于陕西师大文研所

《海岳风华集》序

诗友毛谷风君寄示《海岳风华集》抄本,嘱为喤引。展卷诵读,隽句佳章,流光溢彩,无不兼取古人之长而自运机杼,时出新意,固可传世而行远也。及观目录、小传,惊喜入选者皆当代中青年杰出诗人:以地域言,遍及大陆,远至海外;以性别言,女作者多达六人,异军特起;以年龄言,自二十许至五十馀,雁序蝉联,自成梯队。"五四"以来,传统诗词备受贬抑,有心人每叹诗道中绝,不可复振。而近十馀年间,老诗人壮心未已,榷雅扬风;中青年诗人俊才辈出,舒葩振藻。乃知诗为天地之英华,天旋地转,万古不息,诗亦生生不已,吐艳飘香,岂有中绝之理乎?

诗以抒情为特质。情不孤生,缘境而生。境随时变而情亦变、诗亦变。时代前进,社会发展,新事物层出不穷,人之智慧、情思亦日新月异,与时俱进。故其为诗,《风》、《骚》尚矣,然不能沿袭而不变。倘太白摹拟《楚辞》而少陵仿效《三百篇》,岂复有"诗仙"、"诗圣"之杰作传诵至今,脍炙人口乎?历代优秀诗人,皆师古而不泥古,踵事增华,推陈出新。经汉魏六朝之开拓、积累,至唐诗而盛况空前。而唐诗之所以盛,更在因中有革,承中有创,名家竞起,各辟户牖,近体渐趋完善,古体日益扩展,众体咸备,斗丽争奇;而词亦抽枝发蕾,鲜花初放。援古证今,则知于继承中不断创新,实为诗歌发展之规律,不可违背者也。

继承、创新,前者为基础,后者为目的。对初学者而言,自宜先打基础。犹忆去冬于广东清远列席全国中青年诗人盛会,与会者逾百人,而《海岳风华集》主编毛谷风、熊盛元与入选作者刘梦芙、熊东遨、段晓华、周燕婷、卢为峰诸君皆在座,促余发言。因见年轻者甚众,故粗陈三义:一曰应先作古体,渐及近体,古近各体兼擅,始能表现各种情境;二曰能入能出,先入历代名家堂奥,含英咀华,尽取其法度、韵调及遣词、锤字、宅句、安章与夫言情、写景、叙事之经验、技巧,为我所用,然后出其樊篱,于反映新时代、抒发新感情之创作实践中求变求新；三曰提高文化素养，深入现实生活，识解高，感受深，既有助于"入"以领会名作意境，更有利于"出"以描状新人新事。谷风、盛元、梦芙诸君深韪余言，而讥为保守者亦大有人在。当前诗词热方兴未艾，令人欢欣鼓舞。然未谙格律，不辨平仄，而昌言诗体革新者有之矣；穷心力于律绝，斗小技于咏物，而不知传统诗歌中尚有各体古风可供纵横驰骋以反映时代风云者有之矣；不博古通今，不关心国计民瘼，略能钉饳成篇而沾沾以诗家自炫者有之矣。上述浅见，岂无的放矢也哉！今读《海岳风华集》，诗词俱美，古近兼工，皆能入能出而有益于匡时淑世之作也，故乐而为之序。

1995 年 11 月

《〈万首唐人绝句〉校注集评》序

六朝人喜作五言四句的小诗,如果将数人所作联缀成篇,便称"联句",如果自作四句,独立成篇,便称"绝句"或"断句"。试阅《南史》,便可在《宋文帝诸子·晋熙王昶传》、《齐高帝诸子·武陵昭王晔传》、《梁简文帝纪》、《梁元帝纪》、《梁宗室·临川靖惠王宏传》中分别看到"为断句"、"作短句诗"、"绝句五篇"、"制诗四绝"、"为诗一绝"的记载。有人认为《南史》乃唐人李延寿所撰,不能证明南朝已有"绝句"名称。然而徐陵(507－583)的《玉台新咏》编于南朝梁代,卷十专收五言四句小诗,其中吴均《杂绝句四首》、庾信《和侃法师三绝》等都是作者自己命名的。卷首的《古绝句四首》,当是汉、魏之际的民间歌谣,原来没有题目,徐陵认为类似当时的"绝句",便称为"古绝句",编在专收五言四句诗的卷十之首,意在表明当时的"绝句"并非突然出现的。由此可见,绝句之名,南朝已经流行。徐师曾《文体明辨》认为"唐初稳顺声势,定为绝句",这是不够确切的。

绝句就字数说,有五绝、六绝、七绝三种。六绝唐代才有,易作而难工,所以作者寥寥,然而王维的《田园乐》七首、皇甫冉的《问李二司直所居云山》和宋人王安石的《题西太一宫》二首,却精妙绝伦。

绝句就格律说,有古绝、拗绝、律绝三类。董文焕《声调四谱图说》云:"七言绝句之法,与五绝同,亦分三格,曰律曰古曰拗。"古绝源于古代民间歌谣,五言如《玉台新咏》所收《古绝句四首》之类,七言如北朝民歌《捉搦歌》、《隔谷歌》之类。古绝不限于唐代以前的作品,唐人绝句虽以律绝为主流,但不协律的古绝数量并不少(五言古绝尤多),而且多是名篇。随便举例,五言如王维《鸟鸣涧》、《华子冈》、《鹿柴》、《竹里馆》,崔国辅《怨词》、《古意》,李白《玉阶怨》、《王昭君》、《怨情》、《越女词》,柳宗元《江雪》等,七言如王维《少年行》,李白《横江词》、《山中问答》等,都是古绝的嗣响。至于拗绝,则和七律拗体一样,乃是为了追求音节峭拔、拗折以表现特定的情趣,有意失粘,有意创造不合律体的拗句,但在全诗中,一般仍有律句。这种拗绝句,杜甫最多,如《江畔独步寻花七绝句》、《夔州歌十绝句》等。其后如刘禹锡《竹枝词》之类的名作,也属于拗绝的范畴。

至于律绝,按说是律诗形成以后才有的。徐师曾在《文体明辨序说》里就提出这样的看法:"绝之为言,截也。即律诗而截之也。故凡后两句对者,是截前四句;前两句对者,是截后四句;全篇皆对者,是截中四句;皆不对者,是截首尾四句。故唐人绝句皆称律诗,观李汉编《昌黎集》,绝句皆入律诗,盖可见矣。"这里有两点不够确切。第一,唐人绝句,特别是五绝,有很多名篇都是古绝,不能说"唐人绝句皆称律诗"。第二,如果从律绝的格律看,这种"即律诗而截之"的说法是颇近情理的。然而从律绝的发展过程看,律绝却不始于律诗形成的唐代。不妨举几个例子:

心逐南云逝,形随北雁来。
故乡篱下菊,今日几花开?

——江总《长安九日》

日月光天德,山河壮帝居。
太平无以报,愿上万年书。

——陈后主《入隋侍宴应诏》

杨柳青青着地垂,杨花漫漫搅天飞。
柳条折尽花飞尽,借问行人归不归?

——隋无名氏《送别》

这些诗,完全符合律绝格律,至于基本上符合律绝格律的作品,在六朝乐府民歌和文人的作品中,更屡见不鲜。这样的现象是不难解释的。唐人所谓的"今体诗"或"近体诗",包括律诗和绝句,并不是在唐王朝建立之后突然涌现的,而是从晋宋以来、特别是从"永明体"以来,经过漫长的创作实践,逐渐形成的。在形成过程中,绝句先于律诗,而不是先有律诗,然后"截"律诗为律绝。

唐诗是我国诗歌乃至全人类诗歌发展的高峰,这是举世公认的。唐人绝句是整个唐诗宝库中最绚丽夺目的珍品,这也是举世公认的。下面选引几条有关资料,

余尝品唐人之诗,乐府本效古体而意反近,绝句本自近体而意实远,欲求《风》、《雅》之仿佛者,莫如绝句,唐人之偏长独至,而后人力追莫嗣者也。

——杨慎《升庵全集》卷二《唐绝增奇序》

考之开元、天宝巳来,宫掖所传,梨园弟子所歌,旗亭所唱,边将所进,率多当时名士所为绝句尔。故王之涣"黄河远上"、王昌龄"昭阳日影"之句,至今艳称之,而右丞"渭城朝雨",流传尤众,好事者至谱为《阳关三叠》,他如刘禹锡、张祜诸篇,尤难指数。由是言之,唐三百年以绝句擅场,即唐三百年之乐府也。

——王士禛《唐人万首绝句选序》

诗至唐人七言绝句,尽善尽美,自帝王、公卿、名流、方外,以及妇人女子,佳作累累。取而讽之,往往令人情移,回环含咀,不能自已。此真《风》《骚》之遗响也。

——宋荦《漫堂说诗》

五绝纯乎天籁,七绝可参以人工。二十八字中,要使篇无累句,句无累字,篇若贯珠,句若缀玉,意贵含蓄,词贵婉转。鸾箫凤笙,不足喻其音之和也;明珰翠羽,不足喻其色之妍也;烟绡雾縠,不足喻其质之轻也;荷露梅雪,不足喻其味之清也。有唐一代,名作如林,……此皆千古绝唱。旗亭风雪中听双鬟发声,足令人回肠荡气也。

——杨寿楠《云荳诗话》

绝句的突出特点是篇幅极短。要用寥寥二十字或二十八字作成一首好诗，说大话、发空论、炫耀才学、卖弄词藻、铺排典故，都不行，必须情感真挚，兴会淋漓，神与境会，境从句显，景溢目前，意在言外，节短而韵长，语近而情遥，神味渊永，兴象玲珑，令人一唱三叹，低回想象于无穷。唐人绝句中的无数佳作，在不同程度上都达到了这样迷人的艺术境界，因而从当时到现代，从国内到国外，一直赢得广大群众的喜爱，传诵不衰，脍炙人口。

唐人选唐诗，包含绝句。五代人选唐诗，已有专选绝句的，如《名贤绝句诗》（见胡震亨《唐音癸签》卷三一《集录（二）》）。宋人洪迈所编《万首唐人绝句》，乃是迄今为止规模最大的绝句总集。尽管为了凑足"万首"之数，琐屑撦拾，未能精审，然而如此汪洋浩瀚的唐人绝句赖有此书汇集，得免散失，其功实不可没。

洪迈的《万首唐人绝句》刊行不久，陈振孙即在《直斋书录解题》里指出其中不少谬误。到明代万历年间，赵宧光、黄习远有鉴于此，进行了一次相当认真的整理。赵宧光在《〈万首唐人绝句〉刊定题词》里说：

……洪公旋录旋奏，略无诠次，代不摄人，人不领什。或一章数见者有之，或彼作误此者有之，或律去首尾者有之，或析古一解者有之。至若人采七八而遗二三，或全未收录而家并遗。若此讹误，莫可胜纪。

黄习远在《重刻〈万首唐人绝句〉跋》里还指出了"王建之宫词，以三家互入"之类的缺失。针对这些谬误和缺失，他们"芟去其谬且复者共二百一十九首，补入四唐名公共一百一人，遗诗共六百五十九首，总得一万四百七十七首。诗以人汇，人以代次，厘为四十卷"（黄《跋》）。然后又花了三年时间，于万历丁未（1607）刻成。

洪迈于南宋淳熙年间因于暇日"教稚儿诵唐人绝句"，陆续抄录唐人绝句五千四百篇，后来了解到皇帝（宋孝宗）正在"使人集录唐诗"，便献上他的抄录本，立刻得到奖励。于是继续抄录，凑足万首。1955年文学古籍刊行社影印的明嘉靖本《万首唐人绝句》，大约是个仿宋本，包括七言绝七十五卷，五言绝二十五卷，六言绝一卷，合一百一卷，其前为目录。仅从目录看，已感到十分混乱。诗人未按时代先后排列，一位诗人，往往分见数卷。而赵宧光本"诗以人汇，人以代次"，大致按初唐、盛唐、中唐、晚唐排列，眉目就清楚得多。"一章数见"、"彼作误此"、"律去首尾",以及漏收失收之类的疵谬,也纠正了不少。总的来说,赵宧光本比洪本有许多优点。1983年书目文献出版社据赵本用简体字横排出版,是适合广大读者需要的。

然而赵宧光本仍然存在不少问题:前后互见的诗仍然不少,有不少诗题,或省或并,作者时代先后的排列,亦嫌凌乱,如七绝部分,列杜荀鹤(846—904)于第三十卷"晚唐三",而列杜牧(803—858)于第三十二卷"晚唐五",取律诗四句作绝句的例子,也屡见不鲜。至于误收先唐诗及五代、北宋诗的现象,更严重存在。例如洪迈将南朝梁诗人何逊(字仲言)写成何仲言,收其诗十四首入五言绝句,《直斋书录解题》已斥其谬,而赵本仍承其谬,编何仲言诗十四首于第九卷中。洪氏未收何象诗,赵本第一卷增收了署名"何象"的《赋得御制句"朔野阵云飞"》,这是错误的,其根据可能是北宋阮阅所编的《诗话总龟》。《诗话总龟》卷四引《古今诗话》云:

> 唐太宗征辽,师还,途中御制诗有"銮舆临紫塞,朔野阵云飞"之句。遂宁令何象进《銮舆临紫塞赋》、《朔野阵云飞诗》,召对嘉赏,授赞善大夫。诗有"塞日穿痕断,边鸿背影飞。缥渺浮黄屋,阴沉护御衣"之句。

赵本所增收者,从作者署名到诗句文字,皆与此全同。但阮阅所引的这段文字有两个问题:一、"唐太宗"应为宋太宗,"唐"字大约是衍文;二、"何象"应为何蒙,"象"字可能因形似致误。《宋诗纪事》卷一据宋人江少虞《皇朝类苑》收宋太宗"銮舆"两句诗,卷三据宋释文莹《玉壶野史》收何蒙"塞日"四句诗。按何蒙字叔昭,洪州人,少精《春秋左氏传》,南唐后主时举进士不第。入宋,授洺州推官。《宋史》卷二七七有传。传中说:

> 太平兴国五年,调遂宁令,时太宗亲征契丹,还,作诗以献。召见赏叹,授右赞善大夫。

结合这些材料看,《诗话总龟》所记的事实本来是不错的,只是由于衍了一个"唐"字,误了一个"象"字,赵宧光未深考,便以何象为唐太宗时人,排于来济之后,收了何蒙献给宋太宗的那四句五言诗。

考虑到赵宧光本存在的许多疵谬需要纠正,也考虑到一般读者阅读这些作品需要注释,需要看到前人的评语,我们以业余时间,完成了这部《〈万首唐人绝句〉校注集评》。

感谢王丽娜同志,她帮助我们从北京图书馆复制了赵宧光、黄习远的万历刊本(简称"赵本")。在校勘方面,我们即以赵本作底本,校以《文苑英华》、洪迈《万首唐人绝句》嘉靖本(文学古籍刊行社影印)、《全唐诗》和各家唐人别集、各种唐诗选本,改正了明显的错字。对于有价值的异文,在注释中注出,不作详细校记,以省篇幅。底本中与常见本殊异、而与嘉靖本相同、其义可通的字,为了保持原书特点,一律不改。如李白《黄鹤楼送孟浩然之广陵》第三句,一般版本均作"孤帆远影碧空尽",而赵本、嘉靖本都作"孤帆远影碧山尽","山"字便不改。细读全诗,"碧空"与第四句中的"天际"似嫌重复,而"碧山"却无懈可击。关于诗题,与常见本不同者颇多。有一些,是赵、黄省并的,而为数更多的,则与嘉靖本一致,疑洪迈别有所据。即如李白的《黄鹤楼送孟浩然之广陵》,赵本、嘉靖本俱作《送孟君之广陵》。因此,凡诗题与常见本有别者亦注而不改,以存原貌。各家专集,因版本不同而诗题也往往有差异。即如李白的《黄鹤楼送孟浩然之广陵》,咸本无"黄鹤楼"三字,敦煌残卷"之广陵"作"下惟扬"。故注诗题时,一般以《全唐诗》为准。

作者介绍,包括生卒年、籍贯、简况、别集名,事迹见两《唐书》的卷数,作品在《全唐诗》的卷数诸项。第十卷以后的作者如已见于前十卷,则注明作者介绍已见某卷。

注释力求简明扼要。首次出现的典故引原文,引文过长者节录;重复出现时简述大意,或注明见某卷某诗注;屡见者只说"注见前"。本事力求引原始出处。所有引文,皆引自原书,标明卷数或篇名,删节处用省略号。难句加以串讲。间引他人句法、意境相似的诗句,以资比较。

集评选引诗话、笔记、历代诗歌选本以及各家别集注本中有关的评论。评语过长者在不影响原意的前提下作适当删节,不加省略号。集评略依时代先后排列,评论家以已故者为限。各家绝句总评,附于七绝最后一首之后。

书后附录部分,包括洪迈《万首唐人绝句诗序》、《重华宫投进札子》、《谢表》;赵宧光《〈万首唐人绝句〉刊定题词》,黄习远《重刻〈万首唐人绝句〉跋》,赵本所附《唐风四始考》、《唐绝发凡》、《集评引用书目》、《作者索引》。

还有些工作需要做。赵本"芟去其谬且复者共二百一十九首"。"复者"自然应该芟,"谬者""谬"在何处,则宜考究。倘若实出唐人之手,芟掉未免可惜。所以这里还有一个甄别收录的问题。赵本"补入四唐名公一百一人,遗诗共六百五十九首",尽管有误收的,如前面提到的"何象"及诗,然而贡献确实不小。但黄习远在《跋》文结尾已明白提出:"耳目之外,秘篇所载,尚冀后之君子佐其不逮焉。"补遗工作,实不可少。然而我们目前实无暇及此,甄录与补遗,只好留待将来了。

还有一个问题应该一提。谢榛《四溟诗话》云:"洪容斋所选唐人绝句,不择美恶,但凑数尔。间多仙鬼之作,出于偏稗小说,尤不可取。"这代表了一种相当普遍的意见。赵本中,这类作品更有增加,书目文献出版社排印本的《前言》里因而说:"为保持版本原貌,原本所收的神仙鬼怪之诗,以及文艺虚构人物之诗,不予删除。"言外之意是:如果不是为了保持版本原貌,那些作品本来是应该删除的。对于这个问题,杨慎的意见很值得重视,他在《升庵诗话》中说:

> 诗盛于唐,其作者往往托于传奇小说、神仙幽怪以传于后,而其诗大有绝妙古今、一字千金者。试举一二:"卜得上船日,秋来风浪多。巴陵一夜雨,肠断木兰歌。"又:"雨滴空阶晓,无心换夕香。井梧花尽落,一半在银床。"又:"旧日闻箫处,高楼当月中。梨花寒食夜,深闭翠微宫。"又:"命笑无人笑,含娇何处娇。徘徊花上月,空度可怜宵。"

这见解十分通达。所有那些诗歌,当然不是神仙鬼怪作的,也不是文艺作品中的虚构人物作的,而是诗人作的。如果那诗人确是唐人,那诗篇确是绝句,以求"全"为目标的《万首唐人绝句》里无疑应该收。《全唐诗》里,不是也收了这一类作品吗?

这部书稿是我们在忙于岗位工作的同时抽时间完成的,兼之出自众手,水平不尽平衡,错误在所难免。殷切地期望读者和专家们不吝赐教。

(原载霍松林主编《〈万首唐人绝句〉校注集评》,
山西人民出版社1991年出版,三册精装本)

《历代好诗诠评》序

　　中华素有"诗国"的美誉。中华诗歌,更早的且不去说,只从《诗经》算起,至今已有三千多年的光辉历史。在这三千多年的历史长河中,论诗人则名家辈出、灿若群星,论诗作则名篇纷呈,争奇斗丽。其中的无数优秀篇章,具有永恒的艺术魅力,至今脍炙人口,成为中国人民、乃至全世界人民的精神财富。

　　中国诗论家早就提出了"诗言志"、"诗缘情"的主张。"言志",要求表现崇高的志;"缘情",要求抒发真挚的情。中国的方块汉字,一字一音而音有平仄,通过协调平仄可以使诗的语言具有独特的音乐美。用具有音乐美的语言抒写崇高真挚的情志,就能创作出"声情并茂"的诗章。"声情并茂",这是中华诗歌最根本的审美因素。再加上其他审美因素,诸如语言的精炼、生动、形象,赋、比、兴和象征、拟人、烘托、暗示、跳跃等手法的运用,炼字、炼句与炼意的统一,对偶与散行的综错,章法结构的谨严与变化,以及情景交融、象外有象的意境创造等等,就使得中华诗歌具有极高的审美价值和强烈的艺术感染力,既有德育、智育功用,又有美育功用,使读者于审美愉悦中陶冶性情,潜移默化,提高认识水平和精神境界。

　　屈原以来的历代杰出诗人都是民族精英。经邦济世、富民强国,乃是他们的共同职志。因而表现于不同诗篇的不同主题,诸如忧民忧国、匡时淑世、针砭时弊、关怀民瘼、抨击强暴、抵御外侮、力除腐恶、崇尚廉明、反对守旧、要求变革、追求富强康乐、向往和平幸福、赞颂美好的山光水色民风、抒发纯真的乡情亲情友情,以及公而忘私、国而忘家、捐躯报国、舍生取义等等,无不凝聚着中华民族精神,闪耀着爱国主义光芒。三千多年的中华诗歌,既是三千多年的中华"诗史",又是中华民族的社会史、文化史、心灵史。从童年开始长期受中华诗歌熏陶的人,中华民族精神必然饱和于他的全身血液,不论在什么时候、什么地方、什么情况下都关心国家的前途和民族的命运,以高度的责任感和使命感保卫祖国、建设祖国、报效祖国。近二十年来多次回国讲学的不列颠哥伦比亚大学终身教授叶嘉莹先生的一首诗说得好:"构厦多材岂待论,谁知散木有乡根。书生报国成何计,难忘诗骚李杜魂。"在这里,她以《诗经》、《离骚》、李白、杜甫代表中华优秀诗篇和历代杰出诗人。"诗骚李杜魂",就是几千年的中华诗歌所体现的民族精神和爱国情感。叶嘉莹教授的"乡根"之所以深深地扎进中华大地的沃壤,虽然久居海外,仍然时时不忘"报国",正由于"诗骚李杜魂"与她的心灵融合无间。这充分说明:对于学习任何专业、从事任何工作的中国人来说,都有必要读一些中华诗歌。

中华诗歌浩如烟海,怎能遍读?这就需要适于今人阅读的选本。我这个选本选诗的标准是:好!白居易《读李杜诗集,因题卷后》的最后两句是:

天意君须会:人间要好诗!

的确,"人间要好诗!"我从这个"要"字着眼,力图选出时代需要的、有高度审美价值的好诗,使读者于艺术享受中美化心灵,提高人文素质,从而振奋民族精神、培养爱国情操,弘扬民族正气,为实现中华民族的伟大复兴而奉献聪明才智。

有些好诗明白如话,人人都觉得好。但如果进一步追问为什么好,好在何处,就不一定都能回答。如果这首好诗还有深层意蕴或象外之象、言外之意,那就更需要诠释、品评。另一些好诗,或有文字障碍,或有特定的社会背景,或与作者的特殊经历和创作心态有关,或有意义空白,或正话反说、反话正说,言在此而意在彼,如果没有准确的诠释和精当的品评,那就很难充分领会它的好处。而只有充分领悟作品的好处,才能获得美感,吸取精神营养。因此,我对所选的好诗根据自己的体会作了必要的诠评,希望对读者有所助益。

这部书稿,是多年来结合教学、科研陆续写出的,最近才按时代编辑,作了一次总加工。粗略统计,超过百万字,出版社建议"好中选好",出漂亮的精装本。我觉得这是个好主意,便忍痛割爱,删去近三十位诗人,抽掉百多篇作品。正像从五光十色、琳琅满目的好货中选货一样,挑来选去,直弄得眼花缭乱,也许反而把"好中之好"抛弃了。

特别应该一提的是,中国社会科学出版社社长总编张树相同志既甘冒赔钱的风险为我出书,责任编辑郭媛同志,又在大热天加班加点,在审稿、校订、编排等方面付出了辛勤劳动,力求把这部书出快、出好。为此,谨向他们致以崇高的敬意和诚挚的谢意。

(霍松林《历代好诗诠评》,中国社会科学出版社 2000 年出版)

图书代号：ZH10N0963

图书在版编目(CIP)数据

霍松林选集. 第八卷，诗国漫步 / 霍松林著. —西安：陕西师范大学出版总社有限公司，2010.10
ISBN 978 – 7 – 5613 – 5259 – 5

Ⅰ. ①霍… Ⅱ. ①霍… Ⅲ. ①霍松林—选集②诗歌—文学理论—文集 Ⅳ. ①I217.2

中国版本图书馆 CIP 数据核字（2010）第 173661 号

霍松林选集　第八卷　诗国漫步
霍松林　著

出版统筹	刘东风　冯晓立
责任编辑	耿明奇
封面设计	安宁书装
版式设计	朱　雨
出版发行	陕西师范大学出版总社有限公司
	（西安市长安南路 199 号　邮编　710062）
网　　址	www.snupg.com
印　　刷	万裕文化产业有限公司
开　　本	710mm × 1020mm　1/16
印　　张	326
插　　页	4
字　　数	6135 千
版　　次	2010 年 10 月第 1 版
印　　次	2010 年 10 月第 1 次印刷
书　　号	ISBN 978 – 7 – 5613 – 5259 – 5
定　　价	2980.00 元（全十册）

读者购书、书店添货或发现印刷装订问题，请与营销部联系、调换。
电话：(029)85307864　　传真：(029)85251046